本项目由深圳市宣传文化事业发展专项基金资助

“三曹”诗学与中国古代诗学精神

李健 著

深圳学派建设丛书（第十辑）

中国社会科学出版社

图书在版编目（CIP）数据

“三曹”诗学与中国古代诗学精神 / 李健著 . —北京：中国社会科学出版社，2023. 4

（深圳学派建设丛书 . 第 10 辑）

ISBN 978 – 7 – 5227 – 1524 – 7

Ⅰ. ①三…　Ⅱ. ①李…　Ⅲ. ①古典诗歌—诗歌研究—中国　Ⅳ. ①I207. 22

中国国家版本馆 CIP 数据核字(2023)第 040846 号

出 版 人　赵剑英
责任编辑　李凯凯
责任校对　胡新芳
责任印制　王　超

出　　版　中国社会科学出版社
社　　址　北京鼓楼西大街甲 158 号
邮　　编　100720
网　　址　http://www. csspw. cn
发 行 部　010 – 84083685
门 市 部　010 – 84029450
经　　销　新华书店及其他书店

印　　刷　北京明恒达印务有限公司
装　　订　廊坊市广阳区广增装订厂
版　　次　2023 年 4 月第 1 版
印　　次　2023 年 4 月第 1 次印刷

开　　本　710 × 1000　1/16
印　　张　17. 25
字　　数　257 千字
定　　价　89. 00 元

《深圳学派建设丛书》
编 委 会

总序　学派的魅力

王京生

学派的星空

在世界学术思想史上，曾经出现过浩如繁星的学派，它们的光芒都不同程度地照亮人类思想的天空，像米利都学派、弗莱堡学派、法兰克福学派等，其人格精神、道德风范一直为后世所景仰，其学识与思想一直成为后人引以为据的经典。就中国学术史而言，不断崛起的学派连绵而成群山之势，并标志着不同时代的思想所能达到的高度。自晚明至晚清，是中国学术尤为昌盛的时代，而正是在这个时代，学派的存在也尤为活跃，像陆王学派、吴学、皖学、扬州学派等。但是，学派辈出的时期还应该首推古希腊和中国的春秋战国时期，古希腊出现的主要学派就有米利都学派、毕达哥拉斯学派、埃利亚学派、犬儒学派；而儒家学派、黄老学派、法家学派、墨家学派、稷下学派等，则是中国春秋战国时代学派鼎盛的表现，百家之中几乎每家就是一个学派。

综观世界学术思想史，学派一般都具有如下的特征：

其一，有核心的代表人物，以及围绕着这些核心人物所形成的特定时空的学术思想群体。德国19世纪著名的历史学家兰克既是影响深远的兰克学派的创立者，也是该学派的精神领袖，他在柏林大学长期任教期间培养了大量的杰出学者，形成了声势浩大的学术势力，兰克本人也一度被尊为欧洲史学界的泰斗。

其二，拥有近似的学术精神与信仰，在此基础上形成某种特定的学术风气。清代的吴学、皖学、扬学等乾嘉诸派学术，以考据为治学方法，继承古文经学的训诂方法而加以条理发明，用于古籍整理和语言文字研究，以客观求证、科学求真为旨归，这一学术风气也因此成为清代朴学最为基本的精神特征。

其三，由学术精神衍生出相应的学术方法，给人们提供了观照世界的新的视野和新的认知可能。产生于20世纪60年代、代表着一种新型文化研究范式的英国伯明翰学派，对当代文化、边缘文化、青年亚文化的关注，尤其是对影视、广告、报刊等大众文化的有力分析，对意识形态、阶级、种族、性别等关键词的深入阐释，无不为我们认识瞬息万变的世界提供了丰富的分析手段与观照角度。

其四，由上述三点所产生的经典理论文献，体现其核心主张的著作是一个学派所必需的构成因素。作为精神分析学派的创始人，弗洛伊德所写的《梦的解析》等，不仅成为精神分析理论的经典著作，而且影响广泛并波及人文社科研究的众多领域。

其五，学派一般都有一定的依托空间，或是某个地域，或是像大学这样的研究机构，甚至是有着自身学术传统的家族。

学派的历史呈现出交替嬗变的特征，形成了自身发展规律：

其一，学派出现往往暗合了一定时代的历史语境及其“要求”，其学术思想主张因而也具有非常明显的时代特征。一旦历史条件发生变化，学派的内部分化甚至衰落将不可避免，尽管其思想遗产的影响还会存在相当长的时间。

其二，学派出现与不同学术群体的争论、抗衡及其所形成的思想张力紧密相关，它们之间的“势力”此消彼长，共同勾勒出人类思想史波澜壮阔的画面。某一学派在某一历史时段“得势”，完全可能在另一历史时段“失势”。各领风骚若干年，既是学派本身的宿命，也是人类思想史发展的“大幸”：只有新的学派不断涌现，人类思想才会不断获得更为丰富、多元的发展。

其三，某一学派的形成，其思想主张都不是空穴来风，而有其内在理路。例如，宋明时期陆王心学的出现是对程朱理学的反动，但其思想来源却正是后者；清代乾嘉学派主张朴学，是为了反对陆王心学的空疏无物，但二者之间也建立了内在关联。古希腊思想作为欧洲思想发展的源头，使后来西方思想史的演进，几乎都可看作是对它的解释与演绎，“西方哲学史都是对柏拉图思想的演绎”的极端说法，却也说出了部分的真实。

其四，强调内在理路，并不意味着对学派出现的外部条件重要性的否定；恰恰相反，外部条件有时对于学派的出现是至关重要的。政治的开明、社会经济的发展、科学技术的进步、交通的发达、移民的汇聚等，都是促成学派产生的重要因素。名震一时的扬州学派，就直接得益于富甲一方的扬州经济与悠久而发达的文化传统。综观中国学派出现最多的明清时期，无论是程朱理学、陆王心学，还是清代的吴学、皖学、扬州学派、浙东学派，无一例外都是地处江南（尤其是江浙地区）经济、文化、交通异常发达之地，这构成了学术流派得以出现的外部环境。

学派有大小之分，一些大学派又分为许多派别。学派影响越大分支也就越多，使得派中有派，形成一个学派内部、学派之间相互切磋与抗衡的学术群落，这可以说是纷纭繁复的学派现象的一个基本特点。尽管学派有大小之分，但在人类文明进程中发挥的作用却各不相同，有积极作用，也有消极作用。如，法国百科全书派破除中世纪以来的宗教迷信和教会黑暗势力的统治，成为启蒙主义的前沿阵地与坚强堡垒；罗马俱乐部提出的“增长的极限”“零增长”等理论，对后来的可持续发展、协调发展、绿色发展等理论与实践，以及联合国通过的一些决议，都产生了积极影响；而德国人文地理学家弗里德里希·拉采尔所创立的人类地理学理论，宣称国家为了生存必须不断扩充地域、争夺生存空间，后来为法西斯主义所利用，起了相当大的消极作用。

学派的出现与繁荣，预示着一个国家进入思想活跃的文化大发展时期。被司马迁盛赞为“盛处士之游，壮学者之居”的稷下学宫，之所以能成为著名的稷下学派之诞生地、战国时期百家争鸣的主要场所与最负盛名的文化中心，重要原因就是众多学术流派都活跃在稷门之下，各自的理论背景和学术主张尽管各有不同，却相映成趣，从而造就了稷下学派思想多元化的格局。这种“百氏争鸣、九流并列、各尊所闻、各行所知”的包容、宽松、自由的学术气氛，不仅推动了社会文化的进步，而且也引发了后世学者争论不休的话题，中国古代思想在这里得到了极大发展，迎来了中国思想文化史上的黄金时代。而从秦朝的“焚书坑儒”到汉代的“独尊儒术”，百家争鸣局面便不复存在，思想禁锢必然导致学派衰落，国家文化发展也必将受到极大的制约与影响。

深圳的追求

在中国打破思想的禁锢和改革开放40多年，面对百年未有之大变局的历史背景下，随着中国经济的高速发展以及在国际上的和平崛起，中华民族伟大复兴的中国梦正在实现。文化是立国之根本，伟大的复兴需要伟大的文化。树立高度的文化自觉，促进文化大发展大繁荣，加快建设文化强国，中华文化的伟大复兴梦想正在逐步实现。可以预期的是，中国的学术文化走向进一步繁荣的过程中，将逐步构建起中国特色哲学社会科学学科体系、学术体系和话语体系，在世界舞台上展现“学术中的中国”。

从20世纪70年代末真理标准问题的大讨论，到人生观、文化观的大讨论，再到90年代以来的人文精神大讨论，以及近年来各种思潮的争论，凡此种种新思想、新文化，已然展现出这个时代在百家争鸣中的思想解放历程。在与日俱新的文化转型中，探索与矫正的交替进行和反复推进，使学风日盛、文化昌明，在很多学科领域都出现了彼此论争和公开对话，促成着各有特色的学术阵营的形成与发展。

一个文化强国的崛起离不开学术文化建设，一座高品位文化城市的打造同样也离不开学术文化发展。学术文化是一座城市最内在的精神生活，是城市智慧的积淀，是城市理性发展的向导，是文化创造力的基础和源泉。学术是不是昌明和发达，决定了城市的定位、影响力和辐射力，甚至决定了城市的发展走向和后劲。城市因文化而有内涵，文化因学术而有品位，学术文化已成为现代城市智慧、思想和精神高度的标志和“灯塔”。

凡工商发达之处，必文化兴盛之地。深圳作为我国改革开放的“窗口”和“排头兵”，是一个商业极为发达、市场化程度很高的城市，移民社会特征突出、创新包容氛围浓厚、民主平等思想活跃、信息交流的“桥头堡”地位明显，形成了开放多元、兼容并蓄、创新创意、现代时尚的城市文化特征，具备形成学派的社会条件。在创造工业化、城市化、现代化发展奇迹的同时，深圳也创造了文化跨越式发展的奇迹。文化的发展既引领着深圳的改革开放和现代化进程，激励着特区建设者艰苦创业，也丰富了广大市民的生活，提升了城市品位。

如果说之前的城市文化还处于自发性的积累期，那么进入新世纪以来，深圳文化发展则日益进入文化自觉的新阶段：创新文化发展理念，实施“文化立市”战略，推动“文化强市”建设，提升文化软实力，争当全国文化改革发展“领头羊”。自2003年以来，深圳文化发展亮点纷呈、硕果累累：荣获联合国教科文组织“设计之都”“全球全民阅读典范城市”称号，被国际知识界评为“杰出的发展中的知识城市”，连续多次荣获“全国文明城市”称号，屡次被评为“全国文化体制改革先进地区”，“深圳十大观念”“新时代深圳精神”影响全国，《走向复兴》《我们的信念》《中国之梦》《永远的小平》《迎风飘扬的旗》《命运》等精品走向全国，深圳读书月、市民文化大讲堂、关爱行动、创意十二月、文化惠民等品牌引导市民追求真善美，图书馆之城、钢琴之城、设计之都等“两城一都”高品位文化城市正成为现实。

城市的最终意义在于文化。在特区发展中，“文化”的地位正发生着巨大而悄然的变化。这种变化不仅在于大批文化设施的兴建、各类文化活动的开展与文化消费市场的繁荣，还在于整个城市文化地理和文化态度的改变，城市发展思路由“经济深圳”向“文化深圳”转变。这一切都源于文化自觉意识的逐渐苏醒与复活。文化自觉意味着文化上的成熟，未来深圳的发展，将因文化自觉意识的强化而获得新的发展路径与可能。

与国内外一些城市比起来，历史文化底蕴不够深厚、文化生态不够完善等仍是深圳文化发展中的弱点，特别是学术文化的滞后。近年来，深圳在学术文化上的反思与追求，从另一个层面构成了文化自觉的逻辑起点与外在表征。显然，文化自觉是学术反思的扩展与深化，从学术反思到文化自觉，再到文化自信、自强，无疑是文化主体意识不断深化乃至确立的过程。大到一个国家和小到一座城市的文化发展皆是如此。

从世界范围看，伦敦、巴黎、纽约等先进城市不仅云集大师级的学术人才，而且有活跃的学术机构、富有影响的学术成果和浓烈的学术氛围，正是学术文化的繁盛才使它们成为世界性文化中心。可以说，学术文化发达与否，是国际化城市不可或缺的指标，并将最终决定一个城市在全球化浪潮中的文化地位。城市发展必须在学术文化层面有所积累和突破，否则就缺少根基，缺少理念层面的影响，缺少自我反省的能力，就不会有强大的辐射力，即使有一定的辐射力，其影响也只是停留于表面。强大而繁荣的学术文化，将最终确立一种文化类型的主导地位和城市的文化声誉。

深圳正在抢抓粤港澳大湾区和先行示范区“双区”驱动，经济特区和先行示范区“双区”叠加的历史机遇，努力塑造社会主义文化繁荣兴盛的现代城市文明。近年来，深圳在实施“文化立市”战略、建设“文化强市”过程中鲜明提出：大力倡导和建设创新型、智慧型、包容型城市主流文化，并将其作为城市精神的主轴以及未来文化发展的明确导向和基本定位。其中，智慧型城市文化就是以追求知识和理性为旨归，人文气息浓郁，学术文化繁荣，智慧产出能力较强，学习型、知识型城市建设成效卓著。深圳要大力弘扬粤港澳大湾区人文精神，建设区域文化中心城市和彰显国家文化软实力的现代文明之城，建成有国际影响力的智慧之城，学术文化建设是其最坚硬的内核。

经过40多年的积累，深圳学术文化建设初具气象，一批重要学科确立，大批学术成果问世，众多学科带头人涌现。在中国特色社会主义理论、先行示范区和经济特区研究、粤港澳大湾区、文化发展、城市化等研究领域产生了一定影响；学术文化氛围已然形成，在国内较早创办以城市命名的“深圳学术年会”，举办了“世界知识城市峰会”等一系列理论研讨会。尤其是《深圳十大观念》等著作的出版，更是对城市人文精神的高度总结和提升，彰显和深化了深圳学术文化和理论创新的价值意义。这些创新成果为坚定文化自信贡献了学术力量。

而“深圳学派”的鲜明提出，更是寄托了深圳学人的学术理想和学术追求。1996 年最早提出"深圳学派"的构想；2010 年《深圳市委市政府关于全面提升文化软实力的意见》将"推动'深圳学派'建设"载入官方文件；2012 年《关于深入实施文化立市战略建设文化强市的决定》明确提出"积极打造'深圳学派'"；2013 年出台实施《"深圳学派"建设推进方案》。一个开风气之先、引领思想潮流的"深圳学派"正在酝酿、构建之中，学术文化的春天正向这座城市走来。

"深圳学派"概念的提出，是中华文化伟大复兴和深圳高质量发展的重要组成部分。树起这面旗帜，目的是激励深圳学人为自己的学术梦想而努力，昭示这座城市尊重学人、尊重学术创作的成果、尊重所有的文化创意。这是深圳40 多年发展文化自觉和文化自信的表现，更是深圳文化流动的结果。因为只有各种文化充分流动碰撞，形成争鸣局面，才能形成丰富的思想土壤，为"深圳学派"形成创造条件。

深圳学派的宗旨

构建"深圳学派"，表明深圳不甘于成为一般性城市，也不甘于仅在世俗文化层面上做点影响，而是要面向未来中华文明复兴的伟大理想，提升对中国文化转型的理论阐释能力。"深圳学派"从名称上看，是地域性的，体现城市个性和地缘特征；从内涵上看，是问题性的，反映深圳在前沿探索中遇到的主要问题；从来源上看，"深圳学派"没有明确的师承关系，易形成兼容并蓄、开放择优的学术风格。因而，"深圳学派"建设的宗旨是"全球视野，民族立场，时代精神，深圳表达"。它浓缩了深圳学术文化建设的时空定位，反映了对学界自身经纬坐标的全面审视和深入理解，体现了城市学术文化建设的总体要求和基本特色。

一是"全球视野"：反映了文化流动、文化选择的内在要求，体现了深圳学术文化的开放、流动、包容特色。它强调要树立世界眼光，尊重学术文化发展内在规律，贯彻学术文化转型、流动与选择辩证统一的内在要求，坚持"走出去"与"请进来"相结合，推动深圳与国内外先进学术文化不断交流、碰撞、融合，保持旺盛活力，构建开放、包容、创新的深圳学术文化。

文化的生命力在于流动，任何兴旺发达的城市和地区一定是流动文化最活跃、最激烈碰撞的地区，而没有流动文化或流动文化很少光顾的地区，一定是落后的地区。文化的流动不断催生着文化的分解和融合，推动着文化新旧形式的转换。在文化探索过程中，唯一需要坚持的就是敞开眼界、兼容并蓄、海纳百川，尊重不同文化的存在和发展，推动多元文化的融合发展。中国近现代史的经验反复证明，闭关锁国的文化是窒息的文化，对外开放的文化才是充满生机活力的文化。学术文化也是如此，只有体现“全球视野”，才能融入全球思想和话语体系。因此，“深圳学派”的研究对象不是局限于一国、一城、一地，而是在全球化背景下，密切关注国际学术前沿问题，并把中国尤其是深圳的改革发展置于人类社会变革和文化变迁的大背景下加以研究，具有宽广的国际视野和鲜明的民族特色，体现开放性甚至是国际化特色，融合跨学科的交叉和开放，提高深圳改革创新思想的国际影响力，向世界传播中国思想。

二是“民族立场”：反映了深圳学术文化的代表性，体现了深圳在国家战略中的重要地位。它强调要从国家和民族未来发展的战略出发，树立深圳维护国家和民族文化主权的高度责任感、使命感、紧迫感。加快发展和繁荣学术文化，融通马克思主义、中华优秀传统文化和国外学术文化资源，尽快使深圳在学术文化领域跻身全球先进城市行列，早日占领学术文化制高点。推动国家民族文化昌盛，助力中华民族早日实现伟大复兴。

任何一个大国的崛起，不仅伴随经济的强盛，而且伴随文化的昌盛。文化昌盛的一个核心就是学术思想的精彩绽放。学术的制高点，是民族尊严的标杆，是国家文化主权的脊梁骨；只有占领学术制高点，才能有效抵抗文化霸权。当前，中国的和平崛起已成为世界的最热门话题之一，中国已经成为世界第二大经济体，发展速度为世界刮目相看。但我们必须清醒地看到，在学术上，我们还远未进入世界前列，特别是还没有实现与第二大经济体相称的世界文化强国的地位。这样的学术境地不禁使我们扪心自问，如果思想学术得不到世界仰慕，中华民族何以实现伟大复兴？在这个意义上，深圳和全国其他地方一样，学术都是短板，理论研究不能很好地解读实践、总结经验。而深圳作为“全国改革开放的一面旗帜”，肩负着为国家、为民族文化发展探路的光荣使命，尤感责任重大。深圳这块沃土孕育了许多前沿、新生事物，为学术研究提供了丰富的现实素材，但是学派的学术立场不能仅限于一隅，而应站在全国、全民族的高度，探索新理论解读这些新实践、新经验，为繁荣中国学术、发展中国理论贡献深圳篇章。

三是“时代精神”：反映了深圳学术文化的基本品格，体现了深圳学术发展的主要优势。它强调要发扬深圳一贯的“敢为天下先”的精神，突出创新性，强化学术攻关意识，按照解放思想、实事求是、求真务实、开拓创新的总要求，着眼人类发展重大前沿问题，聚焦新时代新发展阶段的重大理论和实践问题，特别是重大战略问题、复杂问题、疑难问题，着力创造学术文化新成果，以新思想、新观点、新理论、新方法、新体系引领时代学术文化思潮，打造具有深圳风格的理论学派。

党的十八大提出了完整的社会主义核心价值观，这是当今中国时代精神的最权威、最凝练表达，是中华民族走向复兴的兴国之魂，是中国梦的核心和鲜明底色，也应该成为“深圳学派”进行研究和探索的价值准则和奋斗方向。其所熔铸的中华民族生生不息的家国情怀，无数仁人志士为之奋斗的伟大目标和每个中国人对幸福生活的向往，是“深圳学派”的思想之源和动力之源。

创新，是时代精神的集中表现，也是深圳这座先锋城市的第一标志。深圳的文化创新包含了观念创新，利用移民城市的优势，激发思想的力量，产生了一批引领时代发展的深圳观念；手段创新，通过技术手段创新文化发展模式，形成了“文化＋科技”“文化＋金融”“文化＋旅游”“文化＋创意”等新型文化业态；内容创新，以“内容为王”提升文化产品和服务的价值，诞生了华强文化科技、腾讯、华侨城等一大批具有强大生命力的文化企业，形成了文博会、读书月等一大批文化品牌；制度创新，充分发挥市场的作用，不断创新体制机制，激发全社会的文化创造活力，从根本上提升城市文化的竞争力。“深圳学派”建设也应体现出强烈的时代精神，在学术课题、学术群体、学术资源、学术机制、学术环境方面迸发出崇尚创新、提倡包容、敢于担当的活力。“深圳学派”需要阐述和回答的是中国改革发展的现实问题，要为改革开放的伟大实践立论、立言，对时代发展作出富有特色的理论阐述。它以弘扬和表达时代精神为己任，以理论创新、知识创新、方法创新为基本追求，有着明确的文化理念和价值追求，不局限于某一学科领域的考据和论证，而要充分发挥深圳创新文化的客观优势，多视角、多维度、全方位地研究改革发展中的现实问题。

四是“深圳表达”：反映了深圳学术文化的个性和原创性，体现了深圳使命的文化担当。它强调关注现实需要和问题，立足深圳实际，着眼思想解放、提倡学术争鸣，注重学术个性、鼓励学术原创，在坚持马克思主义的指导下，敢于并善于用深圳视角研究重大前沿问题，用深圳话语表达原创性学术思想，用深圳体系发表个性化学术理论，构建具有深圳风格和气派的话语体系，形成具有创造性、开放性和发展活力的理论。

称为“学派”就必然有自己的个性、原创性，成一家之言，勇于创新、大胆超越，切忌人云亦云、没有反响。一般来说，学派的诞生都伴随着论争，在论争中学派的观点才能凸显出来，才能划出自己的阵营和边际，形成独此一家、与众不同的影响。“深圳学派”依托的是改革开放前沿，有着得天独厚的文化环境和文化氛围，因此不是一般地标新立异，也不会跟在别人后面，重复别人的研究课题和学术话语，而是要以改革创新实践中的现实问题研究作为理论创新的立足点，作出特色鲜明的理论表述，发出与众不同的声音，充分展现深圳学者的理论勇气和思想活力。当然，“深圳学派”要把深圳的物质文明、精神文明和制度文明作为重要的研究对象，但不等于言必深圳，只囿于深圳的格局。思想无禁区、学术无边界，“深圳学派”应以开放心态面对所有学人，严谨执着，放胆争鸣，穷通真理。

狭义的“深圳学派”属于学术派别，当然要以学术研究为重要内容；而广义的“深圳学派”可看成“文化派别”，体现深圳作为改革开放前沿阵地的地域文化特色，因此除了学术研究，还包含文学、美术、音乐、设计创意等各种流派。从这个意义上说，“深圳学派”尊重所有的学术创作成果，尊重所有的文化创意，不仅是哲学社会科学，还包括自然科学、文学艺术等，应涵盖多种学科，形成丰富的学派学科体系，用学术续写更多“春天的故事”。

“寄言燕雀莫相啅，自有云霄万里高。”学术文化是文化的核心，决定着文化的质量、厚度和发言权。我们坚信，在建设文化强国、实现文化复兴的进程中，植根于中华文明深厚沃土、立足于特区改革开放伟大实践、融汇于时代潮流的“深圳学派”，一定能早日结出硕果，绽放出盎然生机！

写于 2016 年 3 月

改于 2021 年 6 月

目　录

绪　论

"三曹"与中国古代诗学

"三曹"是一个特定的文学称谓，特指活跃在汉魏时期建安（196—220）、黄初（220—227）年间的三个重要的文学家曹操（155—220）、曹丕（187—226）、曹植（192—232）。他们不仅是血缘上的父子，更是文学上的同道。他们认定文学是"经国之大业，不朽之盛事"[①]（曹丕《典论·论文》），身处那个极为动荡的年代，在繁重的政治、军事活动之余，仍坚守着文学事业，孜孜耕耘，在诗歌、辞赋创作和文学理论等领域都取得了突出的业绩，奠定了他们中国文学史上的辉煌地位。"三曹"之名由此生成，一个文学的伟大时代由此诞生。齐梁时期伟大的文学理论家刘勰较早将父子三人并列，并作出评价："魏武以相王之尊，雅爱诗章；文帝以副君之重，妙善辞赋；陈思以公子之豪，下笔琳琅；并体貌英逸，故俊才云蒸。"[②]（《文心雕龙·时序》）刘勰的意思大致有两重：一是说他们地位尊贵，二是说他们文学成就很高。如果单纯从地位或者文学成就来说，刘勰的言说无关紧要，因为这都是显而易见的事实；关键是，刘勰将他们的地位和文学成就联系起来，强调的是他们以如此之高的政治地位取得了如此巨大的文学成就，历史上罕有其匹，难能可贵。"三曹"是建安、黄初时期的政治、军事领袖，同时，也是名副其实的文坛领袖，他们与"建安七子"等人一道，共同开启了中国文学史上一个非凡的时代——建安文学，使

① （南朝梁）萧统编，（唐）李善注：《文选》（6），上海古籍出版社1986年版，第2271页。

② （南朝梁）刘勰著，范文澜注：《文心雕龙注》（下），人民文学出版社1958年版，第673页。

之成为一座光辉的里程碑。刘勰指出，建安文学的特点是“雅好慷慨”“志深而笔长”“梗概而多气”①（《文心雕龙·时序》），赞赏其在悲凉之中透露出来的慷慨之气，展现出一种崭新的精神风貌。建安文学所表现出来的这种慷慨悲凉的精神风貌，成为中国文学的典范，千百年来，为世人所景仰。此后的文学家们不仅在诗艺上学习建安，更在精神上师法建安，从而，铸就了中国古代诗学的精魂。

第一节 “三曹”的文学实绩与文学地位

曹操、曹丕、曹植的文学创作各有侧重。从他们现存的作品来看，曹操擅长四言诗，四言诗独冠当时，代表了《诗经》之后的最高成就。曹丕的五言、七言诗开一代风气之先，文学批评才能非常突出；他的《典论·论文》开启了文学批评的一个崭新的时代，文中以“建安七子”为例，展开了对“文人相轻”观念的批评，其所提出的“文气”说，意涵丰富，成为中国文学理论和美学史上的一种重要观念，具有里程碑的意义。曹植的诗歌、辞赋创作，“骨气奇高，词采华茂”②（《诗品·魏陈思王植》），不仅充实了建安风骨的美学内涵，而且完善了文学的形式，达到了一个时代的高峰，成为后来文学家争相学习、模仿的典范。尽管“三曹”各自的文学成就都非常突出，但是，具体到三个个体身上，还是存在着不少局限。这些局限只有将之放置到中国文学发展的历史长河中才能看得分明。

从“三曹”的文学实绩来说，曹植的文学创作整体成就高于曹操、曹丕，在“三曹”中举足轻重，可是，他依然取代不了曹操、曹丕在中国文学发展史上的地位。具体来说，他的四言诗比不过曹操，文学理论的贡献比不过曹丕。因此，“三曹”都有各自的长处。

① （南朝梁）刘勰著，范文澜注：《文心雕龙注》（下），人民文学出版社 1958 年版，第 674 页。

② （南朝梁）钟嵘著，陈延杰注：《诗品注》，人民文学出版社 1961 年版，第 20 页。

曹植优良的文学基因是遗传曹操的，其天分之高，非常人可比。从他现存的文学作品之中，我们能够清晰地看到他受曹操影响的痕迹。更为重要的是，曹植表现出了非常杰出的文学原创能力，其诗文比较完美地演绎了中国文学的魅力。当然，单单从遗传和天分上认识一个文学家的文学创造才能很可能会以偏概全，具体到曹植也不例外。曹植的文学创造的才能和源泉除了曹操的遗传和影响之外，还有先秦两汉文学创作实践的沾濡。他自觉地学习前代文学，吸收了其中优秀的品质。内部和外部因素共同作用，成就了曹植。而在文学理论与批评上，他却露出了自己的短板，他的见识显然不如曹丕，虽然他也写作了如《与杨德祖书》等谈论文学创作和批评的文章，发表过一通貌似通达的理论见解，但是，理论意义远不如曹丕深刻，影响自然也难与曹丕匹敌。因此，尽管曹植的文学成就很高，但他也不能代表“三曹”。“三曹”是一个文学整体，这一整体的出现是中国文学发展史上的奇迹。三者之中缺少任何一个，建安、黄初时期的文学都不会如此完美。当然，建安文学之所以取得如此巨大的成就，还离不开“七子”等人添砖加瓦。“三曹”与“七子”等人一起，共同塑造了建安文学、黄初文学，形成一种美学意蕴极其丰厚的文学风貌。

一

曹操是中国历史上一位非常杰出的政治家、军事家、文学家，生活在汉末这个极度动荡的年代。历史选择了曹操，赋予他承担起拯救这个时代的重任。在符合历史潮流的思想以及敏锐的政治嗅觉引导下，曹操做出了一系列轰轰烈烈的留名青史的壮举：董卓作乱，举义兵参与讨伐；击败匈奴於夫罗，收复北方大片土地；收编青州黄巾军，充实自己的军力；迎汉献帝于许昌，奉天子以讨不臣；颁布屯田令，推行屯田，解决军需之匮乏；大败袁绍于官渡，奠定统一的格局；北征乌桓，统一北部中国；发布求贤令，提倡“明扬仄陋，唯才是举”①（《求贤令》）；等等。这些举措，对壮大

① （三国魏）曹操著，夏传才注：《曹操集注》，中州古籍出版社 1986 年版，第 123 页。

自己的力量，维护国家的完整，推动历史进步，都产生了积极的作用。《三国志》曾经这样评价曹操：“太祖运筹演谋，鞭挞宇内，揽申、商之法术，该韩、白之奇策，官方授材，各因其器，矫情任算，不念旧恶，终能总御皇机，克成洪业者，惟其明略最优也。抑可谓非常之人，超世之杰矣。”①（《魏书·武帝纪第一》）其实，曹操的“非常”和“超世”的才能并不仅仅表现在政治和军事上，还表现在文学创作尤其诗歌创作上。紧张、严酷的政治和军事活动，并没有妨碍他对文学的执着，借助于乐府古题作诗言志、抒情，留下了不少千古传诵的诗篇。裴松之注《三国志》引王沈《魏书》评曹操曰：“是以创造大业，文武并施，御军三十余年，手不舍书，昼则讲武策，夜则思经传，登高必赋，及造新诗，被之管弦，皆成乐章。”②（《魏书·武帝纪第一》）在他的影响下，曹丕、曹植都钟情于文学，流风波及“建安七子”及邺下文人，形成时代文学的彬彬之盛。

据《隋书·经籍志》记载，曹操作有《魏武帝集》26卷、《魏武帝集新撰》10卷。可见，在隋代的时候，曹操传世的作品尚有很多。然而，随着战乱频繁，朝代更替，他的大部分诗文都散佚了。如今，仅存诗歌25首及若干残句，另有书、表、令等100余篇（包括残篇）。这些大多是后人从其他书籍中辑佚得来的。从现存作品来看，曹操的文学创作成就主要表现在诗歌上。现存曹操的诗歌，既有传统的四言诗，又有汉代兴起不久、能够代表当时诗歌体制创新的五言诗。相比而言，他的四言诗数量较多，也独具风采，最能体现他对传统文学的继承理想，也最能表现出他的文学的创造性。如著名的《短歌行》（其二）：

> 对酒当歌，人生几何！譬如朝露，去日苦多。慨以当慷，忧思难忘。何以解忧，惟有杜康。青青子衿，悠悠我心，但为

---

①（西晋）陈寿撰，（南朝宋）裴松之注：《三国志》（1），中华书局1982年版，第55页。

②（西晋）陈寿撰，（南朝宋）裴松之注：《三国志》（1），中华书局1982年版，第54页。

君故，沉吟至今。呦呦鹿鸣，食野之苹。我有嘉宾，鼓瑟吹笙。明明如月，何时可掇？忧从中来，不可断绝。越陌度阡，枉用相存，契阔谈燕，心念旧恩。月明星稀，乌鹊南飞，绕树三匝，何枝可依？山不厌高，海不厌深，周公吐哺，天下归心。①

在这首诗中，曹操继承了《诗经》的风雅传统，描写人生，表达理想，把忧生的情怀与济世的理想完美地融会在一起。诗歌化用了《诗经》中的两首诗，一是《郑风·子衿》，一是《小雅·鹿鸣》，可谓不露痕迹，出神入化。

《郑风·子衿》是一首爱情诗，格调柔美，情真意切。“青青子衿，悠悠我心。纵我不往，子宁不嗣音？”② 诗歌借一个年轻貌美的女子之口，表达对恋人的思念，字里行间充满柔情，同时，这种柔情又与埋怨结合在一起，通过埋怨，更加生动地表现了柔情，情感的表达跌宕起伏。抒情主人公魂牵梦萦地思念着自己的心上人，由于过度思念而产生了埋怨。她埋怨心上人自离开之后就没有了音信。她无法承受这种没音信的状况。而这无法承受带来的不是愤怒，却是深深的爱恋：“纵我不往，子宁不嗣音？”（虽然我不能去看你，你总要捎个信儿来吧？）怎么会音信全无呢？曹操直接将这首诗的原句拿来，虽然仍沿用了诗歌原本的思念情感，但是，这种情感已经不是男女之间那种因爱恋而产生的思念情感，而是借助于这种爱的思念情感表达对贤才的渴慕。曹操把统一天下视为自己的责任，他要建功立业，急需一大批能够助他一臂之力的人才，可谓思贤若渴。在这首诗中，他之所以为思念贤才而忧愁，就是因为得不到足够的他想要的治国、治军的贤才。同样是表达思念，曹操的思念已经不同于《子衿》的思念。他巧妙地转变了《子衿》的思念情感，使之契合自己思贤的思想、情感。在中国诗歌史上，曹操这一化用所造成的情感转变非常关键，它不仅直接导致了诗风的转变，而且催生出一种新的审美精神。这一转变的意义重大。虽然这

① （三国魏）曹操著，夏传才注：《曹操集注》，中州古籍出版社1986年版，第24—25页。

② （宋）朱熹注：《诗集传》，中华书局2011年版，第70页。

种做法并不是曹操开创的，（早在战国末年，屈原已经开创了这种诗风，他的美人香草之喻实为先声。）但是，是曹操继承并且发扬光大了这种做法，使得文学思想情感的表达又发现了一个新的途径，超越了简单的代拟，也超越了化用的本身。在《短歌行》（其二）这首诗中，曹操巧妙地将《郑风·子衿》中的爱情与思念移植，借以表达一种壮大的情思。这种对《诗经》的化用，成功地实现了意义的转化，比较完美地表达了他的政治理想。这是对传统的继承，更是创新。

《短歌行》（其二）化用的第二首诗是《小雅·鹿鸣》。这是一首迎宾曲，曲调非常优雅、欢快。“呦呦鹿鸣，食野之苹。我有嘉宾，鼓瑟吹笙。吹笙鼓簧，承筐是将。人之好我，示彼周行。”[①] 嘉宾来了，主人演奏起欢快的音乐，以示欢迎；在箩筐中盛满丰盛的礼品，送给嘉宾，以示热情。迎宾之时，主人态度诚恳、谦虚，请求嘉宾多多关照自己，能够教给自己更多的礼仪，使自己成为一个更为完美的人。曹操化用这首诗，其选择的一个关键点在“人之好我，示彼周行”两句，这是他的用意之所在，希望贤才的到来能够给他带来更多更好的治国、治军方略。如果我们细心观察就会发现，曹操在这首诗中，只是化用《小雅·鹿鸣》中的前四句，而原诗中透露迎宾主人意图的最后两句（“人之好我，示彼周行”）在诗中并没有被化用，但他的意愿却正是在这两句诗里得到了非常明显的暗示。这就要求读者必须谙熟《小雅·鹿鸣》，否则，根本无法理解曹操的用意。这便无形地增强了曹操诗歌的含蓄蕴藉之美。这一行为本身也表明，曹操对《诗经》的化用手法非常高妙！这已经不是简单的化用，而是带有个性的文学创造了。

由此可见，曹操的四言诗不仅在形式上继承《诗经》，而且，在文学精神上也继承《诗经》，通过对《诗经》诗句的化用，表达了强烈的思想情感与济世情怀，他的政治理想也得以完美呈现。然而，如果从艺术与审美上来衡量，就会发现，曹操化用《诗经》的创造性体现在对文学审美精神的张扬上，这种审美精神正是诗歌所

---

① （宋）朱熹注：《诗集传》，中华书局2011年版，第129—130页。

折射出来的精神力量。这种力量是曹操赋予的，也是《诗经》赋予的。倘若没有《诗经》的先导，没有《诗经》那些优美的诗句，也不会有这种审美精神。《短歌行》弥漫着一种慷慨激昂的感伤意绪。这种意绪，内蕴着悲伤、顽强、抗争，人们读过之后虽然会感到忧伤，但绝不会意志消沉。相反，读者在读过这首诗后，内在真力弥漫，仿佛心里也涌动着强烈的建功立业的渴望，也想为社会多做一些有益的事情。这就是曹操诗歌给人们带来的精神力量，与其说这是思想的魅力，不如说是审美的魅力，只有美才有如此巨大的召唤力。

曹操也创作五言诗，他的五言诗现存虽然只有9首，同样具有继承性和创造性的特征。五言诗是汉代初年兴起的一种新的诗歌体式，它是随着人们审美趣味的变化逐渐发展起来的，到了《古诗十九首》，五言诗在艺术上已基本成熟，能够代表汉代五言诗的发展水平。从现存各方面的材料推断，《古诗十九首》不是一位诗人的作品，也不是一个时代的作品，可能绵延整个两汉，因其风格大致统一，昭明太子萧统在编选《文选》时将之编在一起，置于《文选》中的“杂诗”类，命名为“古诗一十九首”，遂有今天之名。《古诗十九首》一个突出的主题是哀叹生命，重视生死。正如李泽厚所言：“这种对生死存亡的重视、哀伤，对人生短促的感慨、喟叹，从建安直到晋宋，从中下层直到皇家贵族，在相当的时间中和空间内弥漫开来，成为整个时代的典型音调。”① 其实，曹操的四言诗《短歌行》（其二）表达的就是这一主题。由“人生几何”的人生喟叹到渴望贤才、建功立业，其中有一个非常明显的思想、情感的逻辑线索。诗歌的情感基调是慷慨悲凉，这实质上是一种审美精神，而这一审美精神正是时代所赋予的。曹操的五言诗也同样沿袭的是这一诗学的路径。我们来看他的《蒿里行》：

关东有义士，兴兵讨群凶。初期会盟津，乃心在咸阳。军合力不齐，踌躇而雁行。势利使人争，嗣还自相戕。淮南弟称

① 李泽厚：《美的历程》，中国社会科学出版社1984年版，第109页。

号，刻玺于北方。铠甲生虮虱，万姓以死亡。白骨露于野，千里无鸡鸣。生民百遗一，念之断人肠。①

应该说，这是一首纪实诗，描写的是曹操曾经经历过的一段惨烈的历史。初平元年（190），东方各州郡结盟，以袁绍为盟主，组成盟军，讨伐董卓。此时，董卓虽然已经挟持汉献帝及官民西迁长安，而他本人却带兵留守洛阳，与盟军对抗。在进攻董卓的过程中，盟军将领由于各怀异心，军心不齐，相互观望，徘徊不前，更有甚者，挑起内讧，相互攻杀，不仅没有打败董卓，拯救国家，反而祸害了国家，给百姓带来了巨大的灾难。在这首诗中，曹操哀其不幸，怒其不争，既同情士兵，又哀叹百姓，字里行间，充满对生命的同情。整首诗的情感基调是悲哀、苍凉的。

如果认真考察一下曹操现存的诗歌，我们就会发现，曹操的诗歌使用的几乎都是汉乐府古题。《度关山》《薤露行》《蒿里行》《对酒》《气出唱》《精列》《陌上桑》属于《相和歌辞·相和曲》，《善哉行》属于《相和歌辞·瑟调曲》，《步出夏门行》《却东西门行》属于《相和歌辞·瑟调曲》，《短歌行》属于《相和歌辞·平调曲》，《董逃歌》《苦寒行》《秋胡行》属于《相和歌辞·清调曲》。在汉乐府中，每一种曲调都有其固定的表达主题，这意味着只要选择使用某一曲调必定会表达相应的主题。可是，到了曹操那里，主题的固定性规则遭到了抛弃。这就充分证明，曹操对中国传统诗歌的驾驭十分娴熟，他并不是亦步亦趋地拟古，而是着意彰显自己的创造能力。如《薤露行》《蒿里行》，在汉乐府古题中都是送葬的挽歌，曹操却借用它们描写悲惨的社会现实，反映生民疾苦。这本身就是创造。这种创造性在一定程度上完善了曹操诗歌的审美性，同时，也为民歌向文人创作的真正转化奠定了坚实的基础。

曹操的这种创造性，后人看得已经非常清楚。钟嵘评他：“曹公古直，甚有悲凉之句。”② 一方面说他的诗歌继承了《诗经》的古

① （三国魏）曹操著，夏传才注：《曹操集注》，中州古籍出版社 1986 年版，第5—6 页。

② （南朝梁）钟嵘著，陈延杰注：《诗品注》，人民文学出版社 1961 年版，第 56 页。

雅传统，另一方面又说他具有很强的创造性，形成了悲凉的诗歌风格。清人沈德潜曾经这样评价曹操：“孟德诗犹是汉音，子桓以下，纯乎魏响。”又说：“沉雄俊爽，时露霸气。”[①]“汉音”，就是针对曹操诗歌运用乐府古题来说的，意味着他的诗歌与传统的关系极为密切。“沉雄俊爽”是言说他诗歌的美学品格。陈沆说：“曹公苍莽，古直悲凉，其诗上继变雅，无篇不奇。”[②]刘熙载更是对曹操褒奖有加：“曹公诗气雄力坚，足以笼罩一切，建安诸子，未有其匹也。”[③]从这些评价中，我们能够体察曹操在批评家心中的分量，在中国文学史上的分量。他作为一个文学的“非常之人，超世之杰”，确实取得了令人瞩目的文学业绩。

然而，从古人对曹操的评价中，我们还看到另一种态度，即贬低他的文学成就，贬低他的文学史地位，与肯定曹操的一系形成巨大的反差。例如，钟嵘对曹操的评价，从他所下的品语和得出的结论上看，两者是充满矛盾的。他评曹操的诗风“古直”。“古直”一语的意涵即古朴、古雅、真率、质直，所隐含的是对曹操诗歌艺术特征的美学认识，是一种高度赞美的品语。可是，在总体上，钟嵘把曹操置于下品，判定他是南朝以前的三流诗人。《诗品》的上、中、下三品，就是钟嵘思想意识中的地位与等级，下品是最低的等级。何以会产生这种情形？应该联系钟嵘的意图来进行判断。凡是能进入钟嵘品第视野的诗人都是优秀诗人，即便下品中的诗人也是优秀诗人。曹操能进入钟嵘的品第之列本身就代表钟嵘对他地位的肯定，已属不易。在这里，我们不能不重申钟嵘品评的对象。钟嵘品评的诗人仅仅局限于五言诗人，它是以五言诗的创作成就作为品评的依据的。曹操虽然创作了一些五言诗，相比较而言，他的四言诗数量更多，成就更为突出。在这个意义上，我们就理解了钟嵘。他对曹操的评价并不是全面的文学史评价，仅仅依据的是五言诗的创作成就，所以，才会出现这种矛盾的现象。试想，假如曹操在南朝以前真的是一个三流文学家（诗人），那么，在中国文学史上，

① （清）沈德潜选：《古诗源》，中华书局1963年版，第103页。
② （清）陈沆撰：《诗比兴笺》，中华书局1959年版，第36页。
③ （清）刘熙载撰，袁津琥校注：《艺概注稿》（上），中华书局2009年版，第245页。

他何以又能变成一个一流的文学家？他的一流文学家地位认定的依据是什么？显然，这是着眼于曹操整体的文学创作成就。有人忽略了钟嵘品评的前提与对象是五言诗这种单一的文体，为曹操鸣不平，对钟嵘大加指责：“下品之魏武，宜在上品。”①（王士祯《渔洋诗话》）如果着眼于整体成就，确实如此！关于钟嵘对曹操的评价，明代诗评家许学夷曾经作出这样的解释：“按：嵘《诗品》以丕处中品，曹公及叡居下品。今或推曹公而劣子桓兄弟者，盖钟嵘兼文质，而后人专气格也。然曹公才力实胜子桓。”② 他认为，导致钟嵘与后人对曹操评价产生差异的原因是“钟嵘兼文质”，“后人专气格”。也就是说，他们评价的标准不同。许学夷强调曹操的诗歌才能比曹丕突出，应该说比较公正，但是，他仍然没有看到问题的实质。这里恐怕不仅仅是一个评价标准的问题。对钟嵘《诗品》关于曹操文学地位的评价，我们今天还可以找到另外一个说辞。钟嵘《诗品》所品评的诗人，仅仅局限于五言诗人，他给前代诗人所排的座次，也仅限于五言诗的创作和成就。而曹操的五言诗创作，与南朝以前的所有五言诗人相比，是否真的处于三流地位？已经很难判断。因为，现今，曹操的诗歌散佚较多，现存的五言诗只有 9 首，从现存的这 9 首五言诗中，是无法准确评价他的五言诗的地位的。在钟嵘所处的齐梁时期，曹操的诗歌散佚可能不是那么多，钟嵘读到的或许更多一些。就他目力所及的范围，他认定曹操的五言诗是三流，这其中有他的评价标准。当然，钟嵘的看法也只是一家之言，不能因为钟嵘这样说了，曹操的诗歌地位也就被确定了。我们说过，钟嵘的评价只是针对曹操的五言诗，而曹操真正拿手的是四言诗。因此，在我们看来，曹操在整个中国诗歌发展史上的地位绝不是三流，从他对中国文学精神的传承与创造来看，从他所取得的真正的文学实绩来看，从他的文学影响上来看，我们可以得出这样的结论：曹操堪与中国文学史上任何一流的大家媲美，他确实是中国文学史上的“非常之人”。

---

① 丁福保辑：《清诗话》，上海古籍出版社 1978 年新 1 版，第 203 页。

② （明）许学夷：《诗源辨体》，人民文学出版社 1987 年版，第 74 页。

二

曹丕的出生正值乱世。汉灵帝中平四年（187），他诞生于谯（今安徽亳州）。王沈《魏书》如此记载：“帝生时，有云气青色而圆如车盖当其上，终日，望气者以为至贵之证，非人臣之气。年八岁，能属文。有逸才，遂博贯古今经传诸子百家之书。”①（《魏书·文帝纪第二》注引）曹丕本人在《典论·自叙》中也陈述了他的成长经历，年幼时，常常随父征伐，所谓“生于中平之季，长于戎旅之间”②，成长的艰难可想而知。他目睹百姓遭殃，亲朋故旧战死，留下了很多痛苦的记忆。这些为他后来亲民善政奠定了基础，也为他的诗赋、文章写作积累了素材。年长之后，曹丕的生活范围局限在临时政治中心——邺城，这是曹操的大本营。在曹操率军征伐期间，基本上都由曹丕留守，由于胆大心细、足智多谋，每次都能够比较出色地完成留守任务，赢得曹操的信任，在政治上逐渐成熟。曹丕喜爱诗赋文章，这是受乃父曹操的影响。在他看来，“文章经国之大业，不朽之盛事”（《典论·论文》）③，对于治理国家和传播声名，都非常重要。因此，他不仅要求文士们勤勉写作，自己身体力行，创作了大量诗文，经常与“建安七子”等文学之士交流文章写作心得，与文士们关系甚笃。建安二十二年（217），曹丕被立为魏太子；建安二十五年（220），曹操死，曹丕袭位为魏王。同年，汉献帝降册逊位，曹丕代立，遂将都城从邺迁到洛阳，史称魏文帝。

建安、黄初年间，“三曹”不仅是政治核心，也是文坛核心。如果从整体上来评估建安、黄初时期的文坛，曹操卒于建安二十五年，曹丕、曹植身历建安、黄初两个时代，而曹丕职为太子、魏王、皇帝，政治地位最高，文学成就也很高，理所当然地是这一时

① （西晋）陈寿撰，（南朝宋）裴松之注：《三国志》（1），中华书局 1982 年版，第 57 页。

② 见（西晋）陈寿撰，（南朝宋）裴松之注：《三国志》（1），中华书局 1982 年版，第 89 页。

③ （南朝梁）萧统编，（唐）李善注：《文选》（6），上海古籍出版社 1986 年版，第 2270 页。

期文坛的真正领袖。在他诸多的文章中，我们都能够明确看出他的领袖气质。《典论·论文》评点“七子”，直陈他们文章与自身个性的优劣，批评“文人相轻”；在写给吴质的一封信中，陈述了他与“七子”等文士们之间的亲密关系：“昔年疾疫，亲故多离其灾，徐、陈、应、刘，一时俱逝，痛可言邪！昔日游处，行则连舆，止则接席，何曾须臾相失。每至觞酌流行，丝竹并奏，酒酣耳热，仰而赋诗。当此之时，忽然不自知乐也。”① （《与吴质书》）这些，都彰显了曹丕的领袖气质。作为建安、黄初时期的文坛领袖，曹丕当之无愧。

陈寿《三国志》这样评价曹丕：“文帝天资文藻，下笔成章，博闻强识，才艺兼该；若加以旷大之度，励以公平之诚，迈志存道，克广德心，则古之贤主，何远之有哉！”② （《魏书·文帝纪第二》）陈寿的话说得比较委婉，言外之意，曹丕身上存在着不少缺点，正因为这些缺点，还不能比肩于古代的贤明帝王。具体地说，他心胸不够开阔、大度，处理问题、待人接物有不少缺陷，不能做到公平。许多历史记载都可以作为佐证。这恐怕不能简单地归为性格缺陷，还应具体情况具体分析。残酷的政治、军事斗争，不能不使曹丕时刻保持高度的警惕、戒备，因此，他的一些毛病是属于政治的，是政治促成的。作为一个政治家，曹丕算不上完美。他气量狭小，政治风度不够。这确实是实际情况。比如，由他主导确立的“九品官人之法”，今天看来是一种倒退的制度。他对同姓诸侯包括自己兄弟如曹植、曹彰等人的刻薄，则显示他没有足够的自信心和同情心。由于担心他们犯上作乱，严令他们不得擅自离开封地，否则，严加治罪。陈寿评语中的“若”字下面的话，就是针对曹丕的气度来说的。这是政治对曹丕人格的扭曲，不单纯是曹丕的节操、能力问题。然而，作为一个文学家和文学批评家，曹丕却有着另一副面孔。他非常大度，非常通达，也非常公平。在与“七子”等人

① （南朝梁）萧统编，（唐）李善注：《文选》（5），上海古籍出版社1986年版，第1896—1897页。

② （西晋）陈寿撰，（南朝宋）裴松之注：《三国志》（1），中华书局1982年版，第89页。

交往中，不拘礼节，非常真诚，对他们的情感是发自内心的。我们可以从他为“七子”所做的一系列的事中看出他的真诚品格。曹操杀了孔融之后，曹丕却以重金收买孔融之文，目的是保存孔融的诗文，让它们流传下来。这是出于他对孔融诗文的喜爱与肯定。王粲去世，他亲自送葬，因王粲平生喜欢听驴叫，于是，在王粲墓前，他建议众人学驴叫以送别王粲。若非真诚，如何会记住一个人的怪癖？如何会做出这些看似荒唐的举动?！曹丕写了一篇著名的文学批评文章《典论·论文》，批判“文人相轻”的不良风气，指出“建安七子”身上也存在着这种现象，借此评述了他们创作的优劣，因为持论公允，成为后世文学批评的楷模。曹丕文学批评的公允、大度是有目共睹、无法掩饰的。与政治上的曹丕相比，文学上的曹丕似乎更为通达！无怪乎，陈寿高度赞赏他的文学才能：“天资文藻，下笔成章，博闻强识，才艺兼该。”

据《隋书·经籍志》记载，曹丕的作品在萧梁时期尚存23卷，隋朝时存10卷。另有《典论》5卷，《列异传》3卷，很多都已散佚。今存明代张溥辑录的《魏文帝集》，收入《汉魏六朝百三家集》中，是我们研究曹丕思想与文学成就的重要依据。

像乃父曹操一样，曹丕文学实绩的一个重要方面也表现在文学形式的创造上。他的诗歌既有四言诗、五言诗，也有七言诗、杂言诗。其四言诗、五言诗继承先秦两汉的传统，皆古雅质实，叹生忧生的情感意向十分鲜明。

如《善哉行》：

> 上山采薇，薄暮苦饥。溪谷多风，霜露沾衣。野雉群雊，猴猿相追。还望故乡，郁何垒垒。高山有崖，林木有枝。忧来无方，人莫之知。人生如寄，多忧何为？今我不乐，岁月如驰。汤汤川流，中有行舟。随波回转，有似客游。策我良马，被我轻裘。载驰载驱，聊以忘忧。[1]（其一）

---

① （清）沈德潜选：《古诗源》，中华书局1963年版，第108页。

再如《短歌行》：

> 仰瞻帷幕，俯察几筵。其物如故，其人不存。神灵倏忽，弃我遐迁。靡瞻靡恃，泣涕涟涟。呦呦游鹿，衔草鸣麑。翩翩飞鸟，挟子巢栖。我独孤茕，怀此百离。忧心孔疚，莫我能知。人亦有言，忧令人老。嗟我白发，生一何早。长吟永叹，怀我圣考。曰仁者寿，胡不是保。①

只要稍微细心品读就会注意到，这两首四言诗与《诗经》、汉乐府的关系非常密切。两首诗都写忧愁，前一首写思念故乡的忧愁，后一首写思念亲人的忧愁，情意绵绵之中带有慷慨悲凉。两首诗采用的都是汉乐府古题，都化用了《诗经》的语言，但是，丝毫不影响曹丕的创造性。“三曹”是较早开始独立创作的诗人，是第一批大规模从事诗歌创作的文人，都自然免不了对前代诗歌的化用。在对《诗经》的化用上，曹丕一改曹操的做法，确立了一个新的、更有价值的规则，那就是，他不像曹操那样整句或一连多句一字不变地挪用《诗经》，而是把《诗经》多首情感不同的诗完美糅合在一起，将其语言高度浓缩，彰显了诗歌语言的张力。这两首诗中，“上山采薇”，化用的是《召南·草虫》中的“陟彼南山，言采其薇”之句；“今我不乐，岁月如驰”化用了《唐风·蟋蟀》中的“今我不乐，日月其除”之句；“靡瞻靡恃，泣涕涟涟”化用了《卫风·氓》中的“不见复关，泣涕涟涟”之句；“呦呦游鹿，衔草鸣麑”化用《小雅·鹿鸣》中的“呦呦鹿鸣，食野之苹”之句；等等。这些化用皆出神入化，充分彰显了曹丕的文学修养及其高超的诗歌创作才能。这两首诗都将思念的忧愁与人的生命思索联系起来，借以表达深沉的哲思。这恰恰是曹操的做法，也是整个汉代诗歌包括《古诗十九首》所表达的主题。“人生如寄，多忧何为”，“嗟我白发，生一何早”，将对生命的慨叹主题与四言这一古老的艺术形式嫁接，使得诗意古雅、哀怨，较为完美地表现了曹丕四言诗

① （清）沈德潜选：《古诗源》，中华书局1963年版，第107页。

的风格。

与四言诗相比，曹丕的五言诗却展现出另一种气象，表现出了另一种风格特征，那就是“便娟婉约”[①]。“便娟婉约”的意涵是自然华美，圆润流转，余味曲包，意谓曹丕的诗歌艺术已经达到炉火纯青的水准。如著名的《杂诗二首》：

> 漫漫秋夜长，烈烈北风凉。展转不能寐，披衣起彷徨。彷徨忽已久，白露沾我裳。俯视清水波，仰看明月光。天汉回西流，三五正纵横。草虫鸣何悲，孤雁独南翔。郁郁多悲思，绵绵思故乡。愿飞安得翼，欲济河无梁。向风长叹息，断绝我中肠。
>
> 西北有浮云，亭亭如车盖。昔哉时不遇，适与飘风会。吹我东南行，行行至吴会。吴会非我乡，安能久留滞。弃置勿复陈，客子常畏人。[②]

这两首诗描写的都是故乡之思，情感悲凉。王世贞评说：“子桓之《杂诗》二首，子建之《杂诗》六首，可入《十九首》，不能辨也。”[③]（《艺苑卮言》卷三）《古诗十九首》是古代诗歌的典范，曹丕、曹植的诗堪与《古诗十九首》媲美，意谓艺术水平很高，不仅思想情感的表达神似，语言也神似，几能以假乱真。前一首借漫漫秋夜描写思念，充分调动视觉、听觉等感官，仿佛悲凉的情思声声在耳，历历在目，创造出一个凄清、忧伤的境界。那是一个深秋的夜晚，天气非常寒凉，作为抒情主人公的“我”却难以入睡。那不是因为天气寒冷，而是因为思念故乡，是故乡让他夜不能寐。披衣起床，徘徊在庭院之中，仰看明月，俯视清流；南翔之孤雁，悲鸣之草虫，无不令其动容。由于思念过度，回归的心情变得非常迫

---

① “便娟婉约”是清沈德潜对曹丕的评价。沈云：“子桓诗有文士气，一变乃父悲壮之习矣。要其便娟婉约，能移人情。”语见（清）沈德潜选《古诗源》，中华书局1963年版，第107页。

② （清）沈德潜选：《古诗源》，中华书局1963年版，第108页。

③ 丁福保辑：《历代诗话续编》（中），中华书局1983年版，第989页。

切、无奈，“我”想立刻回到故乡，可是，欲飞无翼，欲济无梁，只能向风叹息，愁断中肠。这首诗无论在语言上还是结构上都做到了一气呵成，情思哀婉，意境悲凉。后一首以浮云比兴，诗人充分发挥自己的想象，把游子想象成浮云，表达回归故乡的热切愿望。浮云漂泊无根，自由而无拘束，是游子的象征。浮云虽自由，但是并非绝对，它也受风向的制约。风吹浮云，并没有把它吹到它想去的地方，却将它吹到了江南的吴会，然而，吴会并不是故乡，如何能在这里久留呢？由于思念故乡，又找不到倾诉的对象，只能把思念压抑在心底，久而久之，整个人都变得自闭，以至于害怕见人。诗歌最后抒写了“弃置勿复陈，客子常畏人”的沉痛，将思念的哀伤渲染到了极致。这两首诗“便娟婉约”的诗学特征主要体现在细腻柔美的情感表达上，那种令人肝肠寸断的情感，自然圆润，华艳柔美，再配以绮靡的语言，比较完美地演绎了五言诗的形式功能。

曹丕对四言诗、五言诗形式的发展，由此可略见一斑。综合两汉时期四言诗、五言诗的创作状况，可以得出这样的结论：四言和五言这两种诗歌形式在曹丕的笔下已经产生了美学的质变，语言的诗性更加浓郁，情感的表达更加自然，真正实现了圆润流转。

然而，曹丕在诗歌形式方面最重要的贡献却表现在七言诗和杂言诗上。这在中国文学史上是有目共睹的事实。他创作了中国文学史上第一首完整的七言诗——《燕歌行》，同时，也创作了摇曳多姿的长篇杂言歌行——《大墙上蒿行》。这两首的艺术性姑且不说，单单七言、杂言的形式探索，便为诗歌形式的发展积累了丰富的经验。因此，曹丕在诗歌的形式方面做出了重要的贡献。

我们先来考察《燕歌行》：

> 秋风萧瑟天气凉，草木摇落露为霜。群燕辞归雁南翔，念君客游思断肠。慊慊思归恋故乡，何为淹留寄他方。贱妾茕茕守空房，忧来思君不敢忘，不觉泪下沾衣裳。援琴鸣弦发清商，短歌微吟不能长。明月皎皎照我床，星汉西流夜未央。牵牛织

女遥相望，尔独何辜限河梁。①

明胡应麟称这首诗“开千古妙境”②（《诗薮》内编卷三），清吴淇称这首诗“风调极其苍凉”，“真杰构也”。③王夫之更评之曰：“倾情倾度，倾色倾声，古今无两。”④何焯说它是“七言之祖”⑤。单从这些溢美之词中，我们就可以掂量出这首诗的分量。在我们看来，这首诗的文学史价值主要表现在以下三个方面。第一，它是我国文学史上第一首完整的七言诗。既然是第一首，其原创意义自然不可低估。这种原创不仅仅指形式本身，也体现在美学方面。它代表着审美风尚的变化，昭示着一种新的审美精神的形成。最为突出的表现是，随着诗句字数的增加，诗的表意容量在增大，诗所表达的情感也显得更加婉转、绵长，强化了诗的一唱三叹的审美功能。曹丕开创了七言诗这一崭新的诗歌形式，使得诗歌的表情达意在五言诗的“指事造形，穷情写物，最为详切”⑥（钟嵘《诗品序》）的基础上又前进了一步，为后来七言诗的繁荣立下了首功。第二，在押韵上，这首诗的特点非常突出。从第一句到最后一句用的都是一个 ang 韵，不要说在当时比较罕见，即使在整个中国诗歌史上也不多见。通过一韵到底的妙用，情感的表达一览无余。这说明，尽管历史文献没有记载当时已经出现诗律理论著作⑦，无法断定格律的理论建构状况，但从当时的诗歌作品来判断，诗的音韵在汉末、曹魏时期已经比较完善，故而，曹丕已经能够较为熟练地掌握诗的韵律，并将之运用到创作之中。以此推论，在两晋南北朝时期，涌现大量关于声律和四声的理论著述，绝非偶然。第三，这首诗是代拟诗，采用的是代拟方法。所谓代拟就是代言，即代替别人言说，或

① （清）沈德潜选：《古诗源》，中华书局 1963 年版，第 110 页。

② 吴文治编：《明诗话全编》（5），凤凰出版社 1997 年版，第 5471 页。

③ （清）吴淇：《六朝选诗定论》卷 5，清康熙刻本。

④ （清）王夫之：《古诗评选》，上海古籍出版社 2011 年版，第 18 页。

⑤ （清）何焯：《义门读书记》（下），中华书局 1987 年版，第 921 页。

⑥ （南朝梁）钟嵘著，陈延杰注：《诗品注》，人民文学出版社 1961 年版，第 2 页。

⑦ 据传，曹魏时，左校令李登曾经写作一部《声类》，可能是讨论声律问题的。此书早佚，具体情况不得而知。正史无载，仅为传说而已。

让别人代替自己言说。这个“别人”是虚构的，不是真实的，而这并不意味诗歌的意蕴是虚假的。代拟虽然包含虚构的成分，但是，并不违背“言志”的传统。代拟诗中言说的思想情感仍然是诗人自己的，只不过换了一个言说的角度，增加了一些悬念，强化了诗歌表达情感的艺术功能。曹丕继承了自屈原以来的代拟传统，在一定程度上完善了文学的虚构功能。全诗假托一个女子之口，思想情感的表达全是女性化的，想象之丰富，情感之柔婉，堪称典范。

《大墙上蒿行》是一首较长的诗歌。全诗76句，其中，三言、四言、五言、六言、七言、八言在同篇共存，显得非常奇特。诗歌的主题是慨叹人生，倡导及时行乐。在这首诗中，曹丕之所以杂用多种句式，是为了更好地实现复杂情感的宣泄与寄托，力争做到张弛有度。诗歌一开始运用的是较长的语句，节奏缓慢，情感沉郁。“阳春无不长成，草木群类，随大风起。零落若何翩翩，中心独立一何茕！四时舍我驰驱，今我隐约欲何为？人生居天壤间，忽如飞鸟栖枯枝。我今隐约欲何为？适君身体所服，何不恣君口腹所尝？”① 而到了最后，大量短句的运用，使得节奏变得急促，情感也由原先的沉郁变得高昂。“排金铺，坐玉堂。风尘不起，天气清凉。奏桓瑟，舞赵倡。女娥长歌，声协宫商。感心动耳，荡气回肠。酌桂酒，鲙鲤鲂。与佳人期，为乐康。前奉玉卮，为我行觞。今日乐，不可忘，乐未央。”客观地说，长短句相杂的诗的形式，是汉乐府中常见的现象，然而，像曹丕这首诗那样，长短相杂得如此复杂，篇幅如此之长，思想情感的表达如此酣畅，在当时的文人创作中确实罕见。也正因此，王夫之评价这首诗：“长句长篇，斯为开山第一祖。鲍照、李白领此宗风，遂为乐府狮象。非但兴会遥同，实乃谋篇夙合也。”“开山第一祖”等评价，将这首诗的文学史价值抬得极高，鲍照、李白的乐府诗创作之所以成就“乐府狮象”，就是因为“领此宗风”，足见这首诗对后世诗歌形式的影响之深刻。

此外，曹丕还创作了大量的辞赋，大都是些抒情小赋。从他现存的近30篇辞赋（包括残篇）作品中，我们大致可以看出他的辞

① （清）王夫之：《古诗评选》，上海古籍出版社2011年版，第21页。下引此诗见第22页，不另出注。

赋成就。他的辞赋基本上摆脱了汉大赋的窠臼，不再以宫室、苑囿、都城、田猎为表现对象，而将表现的焦点对准细小的自然物色和日常的社会现实生活，描写了秋雨、沧海、寡妇、美女、美玉、槐、柳、莺等，再现了行旅、出征的艰苦，在感物的基础上感伤、悼亡、思归、怀人，描写、叙述皆凝练、生动，具有一定的艺术感染力。总体来说，曹丕的辞赋虽然由于散佚而留存的篇目不多，表面看来成就远逊于诗，但是，其在魏晋南北朝辞赋发展史上，仍然不可忽视。尤其是他的抒情小赋，与王粲、徐干等人一起，为建安、黄初文学增添了一抹亮色，具有一定的文学史价值。

曹丕文学实绩的一个非常重要方面表现在对慷慨悲凉这一时代文学精神内涵的丰富上。曹操的诗歌创作，由于深度介入社会现实和人的心灵，开创了慷慨悲凉的诗学精神，这种精神深深影响曹丕、曹植及“建安七子”等人。时代的感召与鞭策，使得他们很快深入领会并把握了慷慨悲凉的精神实质，自觉地从内涵上去丰富它、弘扬它，从而形成了整个时代的审美风尚。曹丕的一项最突出的工作，就是拓展了慷慨悲凉的审美空间，使之不仅局限在哀叹生命、追求建功立业上，而且还扩展到爱情、友情、思乡等日常生活和情感领域。我们上文所列举的一些诗歌，表达的基本是这一内容。这是曹丕真实的思想与情感。这是因为，曹丕少小随父征战，到处漂泊，无以为家，他渴望故乡，梦想回归故乡，故乡是他的情感归宿，因此，才会有《善哉行》《杂诗二首》等优秀的思乡诗。战争给人们带来无限的恐惧，使人们必须面对血淋淋的死亡和孤独，因此，才会有《短歌行》等描写孤独和思念的诗。曹丕对孤独的恐惧在《丹霞蔽日行》中有更为深切的描绘：

> 丹霞蔽日，彩虹垂天。谷水潺潺，木落翩翩。孤禽失群，悲鸣云间。月盈则冲，华不再繁。古来有之，嗟我何言！①

人类的悲欢离合就像自然界的丹霞蔽日、月盈月亏、花开花落

① （清）王夫之：《古诗评选》，上海古籍出版社2011年版，第21页。

一样，是永恒的、无法弥缝的。

曹丕之所以非常看重爱情，珍惜友情，就是因为恐惧心灵孤独。在某种意义上，《燕歌行》就是这种心迹的折射。诗歌表面上的代言其实是遮不住真实的心灵世界的，他还是委婉地把这种心迹表达了出来。除此之外，曹丕还写作一首描写爱情的诗歌《善哉行》，同样展示了这种心迹。这首诗对爱情的描写虽然没有采用他在《燕歌行》和其他汉乐府古题中普遍使用的代拟形式，情感的表达是正面的、直截了当的，但是，却与《燕歌行》等诗的审美效果几无二致，依然感心动耳。

《善哉行》：

> 有美一人，婉如清扬。妍姿巧笑，和媚心肠。知音识曲，善为乐方。哀弦微妙，清气含芳。流郑激楚，度宫中商。感心动耳，绮丽难忘。离鸟夕宿，在彼中洲。延颈鼓翼，悲鸣相求。眷然顾之，使我心愁。嗟尔昔人，何以忘忧！①

诗歌以摇曳多姿的笔法描写了对美人的渴慕，情感的表达非常直白。美人的美丽令人心动，她"知音识曲"，高妙的音乐演奏技巧更增加了她的妩媚。对美人的心意却得不到美人的回应，内心无比忧伤与孤独。与战争、饥饿、生离死别等引起的忧伤与孤独相比，爱情的忧伤与孤独虽然不是那么血腥，不显得那么沉重，但是，也痛彻心扉。这同样是对悲凉审美内涵的拓展。曹丕对悲凉审美内涵的拓展，更加强化了文学与日常生活的亲密关系，丰富了时代文学的精神意蕴。

曹丕的文学创作取得了辉煌的实绩，由此，也奠定了他在中国文学史上的重要地位。因为父亲曹操、弟弟曹植文学成就都很高，后人自然会对他们父子三人进行比较，品评优劣。对"三曹"优劣的品评在刘勰之前就已经开始了。《文心雕龙·才略》记述道："魏文之才，洋洋清绮，旧谈抑之，谓去植千里。然子建思捷而才俊，

---

① （清）王夫之：《古诗评选》，上海古籍出版社2011年版，第20页。

诗丽而表逸；子桓虑详而力缓，故不竞于先鸣；而乐府清越，《典论》辨要，迭用短长，亦无懵焉。但俗情抑扬，雷同一响，遂令文帝以位尊减才，思王以势窘益价，未为笃论也。”① 刘勰的态度非常明确，曹丕、曹植各有胜处。曹丕的优点是思虑周详，乐府清越，尤其《典论》一书，辨析精要，超越前贤，这是曹植无法做到的。钟嵘《诗品》将曹丕列为中品，地位评价虽然不低，但对他的诗歌颇有褒贬。在钟嵘所处的齐梁时期，曹丕存世的诗有百多篇，《诗品》称其“率皆鄙质如偶语”（《魏文帝》），意谓曹丕的诗质直，类似于私语。褒贬的意向非常鲜明！然而，钟嵘也有对曹丕的赞赏，诸如“西北有浮云”等十余首诗，就说它们“美赡可玩，始见其工”②。这一评价深深影响后世。明人钟惺说：“文帝诗便婉娈细秀，有公子气，有文士气，不及老瞒远矣。然其风雅蕴藉，又非六朝人主所及。”③（《古诗归》卷七）张溥《魏文帝集》题辞云：“曹子桓生长戎马之间，善骑马，左右射，又工击剑弹棋，技能戏弄，不减若父。其诗歌文辞仿佛上下，即不堪弟蓄陈思；孟德大儿，固有余也。”④ 清代吴淇联系整个建安、黄初时期的创作现象评价曹丕，他认为，建安文士的创作体式错杂，“文帝之体总括于中，要以陈思为杰”，而到了黄初，“主持风雅唯文帝”。⑤ 从这些评论中我们可以看出，古人对曹丕文学地位的态度有以下几种：第一，“三曹”相比，曹丕不如曹操、曹植；第二，“三曹”相比，曹丕与曹操相当，但不如曹植；第三，曹丕的诗婉娈细秀，有公子气、文士气；第四，在魏晋南北朝的诸多皇帝之中，曹丕的文学成就是最高的，“风雅蕴藉，又非六朝人主所及”。参考这些意见，我们认为，曹丕作为一位杰出的文学家在中国文学史上理应具有很高的地

① （南朝梁）刘勰著，范文澜注：《文心雕龙注》（下），人民文学出版社 1958 年版，第 700 页。

② （南朝梁）钟嵘著，陈延杰注：《诗品注》，人民文学出版社 1961 年版，第 32 页。按：鄙质，诸本作“鄙直”。

③ （明）钟惺、谭元春：《古诗归》，明刻本。

④ （明）张溥著，殷孟伦注：《汉魏六朝百三家集题辞注》，中华书局 2007 年版，第 87 页。

⑤ （清）吴淇：《六朝选诗定论》卷 5，清康熙刻本。

位。就“三曹”而言，曹丕的创作成就总体上不如曹植，但是，应与乃父曹操旗鼓相当，绝不像钟嵘所评价的那样，“率皆鄙质如偶语”。（钟嵘把曹丕列为中品，把曹操列为下品完全出于五言诗的考量。）这与后人评他的诗称其“风雅蕴藉”的意旨南辕北辙。他创作了很多优秀的诗文，不少已经成为中国文学史上的经典。他的诗风婉娈细秀，自成一格，因为较早介入个体创作，理当成为文人诗歌创作的开拓者之一。[①]“三曹”之间各有特点，不能相互取代。在文学创作上，曹操、曹植成就较高，影响较大，而在文学理论上，曹丕的贡献则非常杰出。他的《典论·论文》开启了一个文学批评的新时代，对后世的批评风气起着引导作用。而这却是曹操、曹植没有做到的，他们在文学批评理论的发明上无法与曹丕抗衡。在充实建安文学慷慨悲凉的美学意蕴方面，曹丕的贡献依然突出，他拓展了慷慨悲凉的审美空间，自觉地推动着建安、黄初文学朝着雅正的审美方向发展。因此，曹丕完全有资格位列中国文学史和批评史上优秀的文学家、文学理论家，接受后人的爱戴与景仰。

三

曹植出生于汉献帝初平三年（192），此时，正是关东义士联合起来讨伐董卓之时。由于“军合力不齐”，联军陷入一片混战。当时，曹操军力薄弱，没有固定的落脚地，妻子儿女只好随军征战，无端经受惨烈的战争洗礼。在如此艰难的环境中，曹操并没有忽视对子女的教育。《三国志》记载，曹植“年十岁余，诵读诗、论及辞赋数十万言，善属文”（任城陈萧王传第十九）[②]，因为才思敏捷，深得曹操宠爱，曾经被列为太子人选，一度与曹丕一较高低。

---

① 建安以前的诗歌，乐府诗（民歌）占据主导。由于乐府诗大都从民间采集而来，无法确定作者。后来，文人依照乐府古题的意旨自觉创作，便出现了文人创作的乐府诗，被冠以李陵、苏武等名，皆不可信。《古诗十九首》传为枚乘所作，李善收录《文选》时作了记述，但明确强调不可信，其真实作者无可考。最早以个人名义开始诗歌创作的，除了战国时期的屈原、东汉张衡等少数诗人之外，就是“三曹”和“七子”等人。“三曹”“七子”等人都创作了大量的乐府诗。在这个意义上，称曹丕是文人诗歌创作的开拓者之一，似无不妥。

② （西晋）陈寿撰，（南朝宋）裴松之注：《三国志》（2），中华书局1982年版，第557页。

然而，曹植的性格也有非常明显的缺陷。可能是曹操娇惯的原因，曹植的性情比较粗放、轻狂。他不讲究礼仪，不善于掩饰，非常任性。因此，生活散漫，衣着随意，喜饮酒，且无节制。这很不符合曹操的期望，恐怕也是导致他最终失宠的重要原因。在这种性格的引导下，曹植做出了一系列非常荒唐的举动，姑且罗列两件。第一件，他私自驾车，驰骋于只有帝王举行典礼时才走的王宫正门司马门，酿成了一个非常重大的政治事件——司马门事件（217）。这件事被炒得沸沸扬扬，很多人站在礼法的角度指责曹植，认为他野心膨胀，犯了大忌。就这件事本身来说，确实关系着礼法。且不管当时曹植的本意如何，这种行为传递出来的信息肯定会被人们看作政治野心的信号。司马门事件之后，曹操基本上打消了立曹植为太子的念头，不久，便下诏册立曹丕，太子之争画上句号。自此，曹植的政治前途一片黯淡，不可能再有大的政治作为，只能被边缘化。因为有争立太子一事，曹丕警觉，曹植的政治与人生均笼罩着浓重的阴影。第二件，建安二十四年（219），曹仁被关羽围困。曹操依然对曹植有所期待，命他为南中郎将，行征虏将军，去解曹仁之围。当曹操下诏令他前来亲受敕戒时，他却酩酊大醉，以至于无法受命。曹操非常恼怒，于是，对他的偏见加深。如此一来，曹植在政治上咸鱼翻身的唯一机会就丧失了。这种性格的缺陷导致他在政治上屡屡受挫，从此，父兄都不再相信他，重用他，他也不可能再有大的政治作为。曹操死后，由于小人谗言，曹丕猜忌，丕、植兄弟之间的关系一度极为紧张。后期的曹植终日惶惶，生活较为凄苦。这从他的《赠白马王彪》等诗中可以看出一二。这些特殊的阅历尽管给他的人生打击很大，使他在政治上无所作为，但是，却成就了他的文学功绩。他之所以能够成为中国文学史上超一流的文学大家，幸赖他的这些特殊的人生经历。正是这些不平凡的人生经历，增加了他文学作品的价值砝码，使其思想、艺术和审美都达到了很高的层次。

曹植传世的作品相对较多。《隋书·经籍志》著录《陈思王曹植集》30 卷、《列女传颂》1 卷、《画赞》5 卷，原集皆散佚。今存最早的曹集版本为南宋嘉定六年刊本《曹子建集》。清人丁晏据此校订，参之以其他古籍辑佚，最终成书《曹集铨评》，颇为精审。今人赵幼文又在此基础上做了校订、注释，成书《曹植集校注》，是我们研究曹植文学创作与思想包括诗学思想不可缺少的比较完善的版本。

曹植的文学实绩，可以归纳为以下四个主要方面。

第一，在文学形式上，完善了五言诗和抒情赋的文学形式，不仅丰富了中国古代的文学文体，而且带来了审美观念的重大变化。

五言诗产生于汉代，兴盛于魏晋南北朝。建安、黄初处于两汉与魏晋南北朝的过渡时期，在这个时间节点，发生了很多历史事件，影响极大。与此同时，也出现了很多重要的文学现象，震撼着整个文学史。比如“建安文学”就是一个特殊的文学现象，后世一直把它当作文学典范来褒奖，誉之以“建安风骨”。五言诗正是在这一时期前后成熟的。可以这样说，建安、黄初是五言诗发展的转折时期，其所起的作用是承前启后，一方面继承了先秦两汉的诗骚传统，另一方面开启了魏晋南北朝的缘情、绮靡文风，不仅奠定了五言诗的形式基础，而且还确立了整个时代的审美风尚。文人的介入，更加完善了五言诗的语言和形式，使得它的审美意趣更加高雅，审美意蕴也逐渐丰盈。前面我们简要论述了曹操与曹丕，他们都创作了一定数量的五言诗，在承前启后方面都做了一些开拓性的工作。曹植的诗歌现存 90 多首，其中五言诗多达 60 余首，数量占绝对的优势。而曹植的文学贡献却不在于五言诗的数量，而在于他对五言诗的形式和艺术的完善，对五言诗审美意蕴的完善。他超越了曹操、曹丕和“建安七子”、蔡琰等人，取得了前所未有的艺术成就。

曹植的超越之处首先表现在他的五言乐府创作上。今人萧涤非称赞他的五言乐府集五言之大成，“尤为百世大宗”[①]。曹植何以能担负得起“百世大宗”的盛誉？这其中隐含着一种比较的眼光，隐含着对文学史的整体认识与评价。萧先生的评价可以从以下几个方面来解释。

---

① 萧涤非：《汉魏六朝乐府文学史》，人民文学出版社 1984 年版，第 139 页。

其一，像曹操、曹丕一样，曹植也主要借用乐府古题进行创作，表现现实生活，表达思想情感，可是，反映的面更加开阔，艺术的表现更加成熟。在他的五言乐府中，既有描写战乱、忧叹生灵的作品，又有表达理想、抱负，抒写爱情、友情的作品，甚至还有描写声色犬马等娱乐的作品。这些诗歌大都能以恰当的艺术形式和语言技巧，展示时代的精神风貌，表现诗人独特的思想和情感，即便描写游戏也不例外。曹植有一首诗《斗鸡》，表面上看写的是现实题材，表现的是当下的娱乐生活，其实，诗题依然是乐府古题，属于汉乐府中的《杂曲歌辞》。诗人借助于《斗鸡》这一乐府古题，主要意图不在于描绘游戏的场景，而在于表现时代的精神，展示时人的气质与风貌。因此，鸡的风采就是时代风采的隐喻，鸡的精神气质就是时代的精神气质。斗鸡俨然成为昂扬斗志的象征和隐喻。“挥羽邀清风，悍目发朱光。觜落轻毛散，严距往往伤。长鸣入青云，扇翼独翱翔。”① 鸡的凶悍，鸡的精神气质，完全超越了鸡这一动物本身。这哪里是写鸡，分明是写人，是诗人对奋发昂扬精神气质的向往，是理想、抱负的象征。

其二，曹植将他所运用的大部分乐府形式转换成五言的形式，丰富了五言诗的表情与表意空间。据萧涤非先生统计，曹植乐府诗共计41篇，其中五言乐府大约占四分之三。如《野田黄雀行》《升天行》《种葛篇》《薤露行》《怨诗行》《吁嗟篇》《五游咏》等，都成为五言乐府的典范。我们尝试以《野田黄雀行》为例来解说这一问题。曹植的《野田黄雀行》在郭茂倩《乐府诗集》里载录3首，其中前两首一首是晋乐所奏，一首是本辞，两首诗的文字基本重复，只是第17—20句的次序和文字有所不同。其中第一首收入曹植集中更名为《箜篌引》。郭茂倩引述《乐府解题》谈及此歌在晋代的流行状况：“晋乐奏东阿王‘置酒高殿上’，始言丰膳乐饮，盛宾主之献酬。中言欢极而悲，嗟盛时不再。终言归于知命而无忧也。”② 早在汉代的鼓吹铙歌中就有《黄雀行》，不知道与曹植的

① （三国魏）曹植著，赵幼文校注：《曹植集校注》，人民文学出版社1984年版，第1页。

② （宋）郭茂倩编：《乐府诗集》（2），中华书局1979年版，第570页。

《野田黄雀行》表达的内容是否相同。然而，从现存汉铙歌古歌来看，其形式多为杂言，与曹植运用的五言形式是不同的。曹植五言创作，使这两首诗在表情与表意方面有了巨大的空间。

> 置酒高殿上，亲友从我游。中厨办丰膳，烹羊宰肥牛。秦筝何慷慨，齐瑟和且柔。阳阿奏奇舞，京洛出名讴。乐饮过三爵，缓带倾庶羞。主称千金寿，宾奉万年酬。久要不可忘，薄终义所尤。谦谦君子德，磬折何所求。惊风飘白日，光景驰西流，盛时不再来，百年忽我遒。生存华屋处，零落归山丘。先民谁不死？知命复何忧。①（《箜篌引》）
>
> 高树多悲风，海水扬其波。利剑不在掌，结友何须多！不见篱间雀？见鹞自投罗。罗家得雀喜，少年见雀悲。拔剑捎罗网，黄雀得飞飞。飞飞摩苍天，来下谢少年。②（《野田黄雀行》）

第一首是宴会乐曲，优雅、热情，情感的表现由欢乐而及于悲伤，最终因知命而主张及时行乐，完成一次大的情感转变与精神顿悟。第二首描写人生际遇，通篇运用比兴的手法，充满象征、隐喻，以“高树多悲风”隐喻政治险恶，法度严酷，以“利剑”隐喻权力，以“黄雀得飞飞”表达对自由的向往与追求。这两首诗均巧妙地运用了五言的形式，韵律优美，情感炽烈，意蕴深沉。

其三，开拓出新的乐府形式，成为乐府诗的典范。曹植五言乐府的创作，还有一个比较显著的特点，那就是能够自创新题，自创新体。他的诗中有很多题目就是他自己开创的，后来也被纳入乐府之中，与古题同等并列，如《名都篇》《美女篇》等。这两首诗都属于《杂曲歌辞·齐瑟行》，都以诗的第一句名篇，这本身就是模仿汉乐府的做法。汉乐府如《孔雀东南飞》（又名《古诗为焦仲卿

---

① （三国魏）曹植著，赵幼文校注：《曹植集校注》，人民文学出版社 1984 年版，第 459—460 页。

② （三国魏）曹植著，赵幼文校注：《曹植集校注》，人民文学出版社 1984 年版，第 206 页。

妻作》）《日出东南隅篇》（又名《陌上桑》《艳歌罗敷行》）等都以第一句名篇，篇名不完全能呈现诗的内容。《名都篇》的创作在题材上显然是受班固《两都赋》、张衡《二京赋》的启发，将名都的题材移到诗中。由于赋、诗的形式差别，决定了内容的表现也有差异，因此，这两首诗表达的内容却超越了赋的京都题材范式，即不是从历史、地理、风物等方面描绘京都，而是从艺术和情感上表现京都，表现京都少年慷慨激昂、意气风发的精神气质。“揽弓捷鸣镝，长驱上南山。左挽因右发，一纵两禽连。余巧未及展，仰手接飞鸢。”[①]（《名都篇》）《美女篇》无论是诗意还是语言都受《日出东南隅篇》（《陌上桑》）的影响，带有非常明显的模仿痕迹。诗歌描写采桑女子的勤劳与美丽：“攘袖见素手，皓腕约金环。头上金爵钗，腰佩翠琅玕。明珠交玉体，珊瑚间木难。罗衣何飘飘，轻裾随风还。顾盼遗光采，长啸气若兰。行徒用息驾，休者以忘餐。”[②]（《美女篇》）这两首诗都是曹植自创的乐府新题，他用五言诗的形式来写作，咏名都少年，歌采桑美女，文采灿烂，情思柔婉，无论在形式上还是在审美上，其所呈现的意义都是非同寻常的。

除按照乐府的形式自创五言乐府之外，曹植还创作了不少普通的五言诗，丰富并完善了五言诗的诗歌形式，使这种原本借助于乐府存在的诗歌形式文人化，并逐渐独立，乃至最终成为中国传统主流的诗歌形式。我们来看看他的《送应氏》两首：

> 步登北邙坂，遥望洛阳山。洛阳何寂寞！宫室尽烧焚。垣墙皆顿擗，荆棘上参天。不见旧耆老，但睹新少年。侧足无行迳，荒畴不复田。游子久不归，不识陌与阡。中野何萧条，千里无人烟。念我平生亲，气结不能言。[③]

---

① （三国魏）曹植著，赵幼文校注：《曹植集校注》，人民文学出版社 1984 年版，第 484 页。

② （三国魏）曹植著，赵幼文校注：《曹植集校注》，人民文学出版社 1984 年版，第 384 页。

③ （三国魏）曹植著，赵幼文校注：《曹植集校注》，人民文学出版社 1984 年版，第 3 页。

> 清时难屡得，嘉会不可常。天地无终极，人命若朝霜。愿得展嬿婉，我友之朔方。亲昵并集送，置酒此河阳。中馈岂独薄，宾饮不尽觞。爱至望苦深，岂不愧中肠。山川阻且远，别促会日长。愿为比翼鸟，施翮起高翔。①

应氏即应玚、应璩兄弟，他们都是建安时期著名的文学家、诗人。应玚还是“建安七子”之一，与曹氏兄弟关系非常亲密。这两首诗是赠诗，“送”的意思是赠送、送别，至于是否属于唱和诗，尚不能确定，因为应氏兄弟的诗作大部分散佚，从现存应氏兄弟的诗作中找不到任何唱和的踪迹。倘若它们属于唱和诗，应是中国诗歌史上较早的。这两首诗写于建安中前期。前一首写当时的社会现实。诗人以无比沉痛的心情描写了董卓焚烧都城洛阳所造成的“中野何萧条，千里无人烟”的情景，对战争给百姓带来的灾难表达深切的同情。后一首写送别，以“山川阻且远，别促会日长”表达对朋友的依恋，以“天地无终极，人命若朝霜”表达对生命的态度，慷慨悲凉。曹植创作了不少类似的五言诗，借以表达他在现实生活中所产生的各种各样的感受，有悲伤，有爱恋，有同情，有反思。曹植五言诗的意义在于：完全打破了乐府的束缚，摆脱了音乐的限制，开始借助这种文字形式自由地抒写情感，表达对社会现实生活的关切，最终使五言诗成为文人创作的一种诗歌形式，而且是能够完美寄寓思想情感的主要形式。

在赋体创作方面，曹植的贡献也是杰出的。赋作为汉代形成的一种典范的文学形式，最初是以“大”的面目出现的，篇幅较长，结构精巧，气势宏伟，语言豪奢。汉大赋经常以宫殿、园林、狩猎等为表现题材，铺排这些大场景的宏阔与气势，其真正的意图是展现汉帝国的强盛。这其中蕴含着国家和民族的自豪感，融合浓厚的政治、历史和文化的记忆。因此，大赋不仅是文学的产物，也是政治的产物、时代的产物。东汉中后期，随着汉帝国国运衰微，大赋的创作已显得不合时宜，于是，辞赋创作开始向写景、抒情转化。

---

① （三国魏）曹植著，赵幼文校注：《曹植集校注》，人民文学出版社1984年版，第4页。

铺张扬厉的汉大赋演变为情思绵密的抒情小赋。张衡的《归田赋》、赵壹的《刺世疾邪赋》是这一转变的开始。曹植与王粲、徐干等人一起，是这种转变的实际完成者。曹植创作了大量的辞赋，在题材上，基本抛弃了汉大赋的庄严、凝重，逐渐向日常生活靠近。登台、娱宾、闲居、归思、游观、征伐以及秋霖、蝉、鹦鹉、橘、神龟、酒、芙蓉、神女等，无不成为他辞赋的题材，成为他的情感载体。曹植的小赋表现了丰富多彩的现实生活，展现了神奇美妙的自然景观，充满想象。在精巧构思和华艳语言的操纵下，浓烈的情感与瑰丽多姿的形象交织在一起，不仅完善了小赋的叙事与抒情艺术，而且推动了审美观念的转变。如《鹦鹉赋》：

> 美中州之令鸟，越众类之殊名。感阳和而振翼，遁太阴以存形。遇旅人之严网，残六翮之无遗。身挂滞于重笼，孤雌鸣而独归。岂予身之足惜，怜众雏之未飞。①

鹦鹉原本是自由自在的鸟，它们曾经无拘无束地生活着，一家老小非常美满。突然有一天，大祸降临它们一家头上。雄鸟被旅食者捕捉，剪去翅膀，关在笼子里，孤单的雌鸟哀鸣而归。而此时此刻的雄鸟记挂的不是他自己的安危，而是那些刚出生不久的小鹦鹉。它们将来怎么生活呢？赋虽然写的是鹦鹉，实际写的是人，无论在现实生活中还是自然界，都会存在一些残酷，令人痛心，让人悲伤。赋表面上是将鹦鹉拟人化，实际上也是将人拟物化，鹦鹉是物又是人，被赋予独特的寄托与隐喻意义。因此，这篇赋实际哀叹的是失去自由的人的悲哀，是他个人生活经历和情感体验的真实写照。

曹植最有代表性的赋作是《洛神赋》。这是一篇具有很高文学和艺术价值的抒情小赋。这篇赋与王粲的《登楼赋》一起，奠定了魏晋南北朝抒情小赋的艺术基础。赋中描写了洛神的美妙风姿，展现了一个富有传奇色彩的情感历程。曹植将神话传说与丰富的想象

---

① （三国魏）曹植著，赵幼文校注：《曹植集校注》，人民文学出版社1984年版，第57页。

糅合在一起，鬼斧神工般地将洛神塑造成一个含情脉脉的多情女子，让人爱恋，令人神往，同时，还着意让自己装扮成一个情感的失意者，一个洛神的崇拜者、追求者，强化赋的亲和力和感染力。联系曹植的人生可以感知，这篇赋有很深的寄托，实际上是曹植政治与理想失落的象征。

> 余情悦其淑美兮，心振荡而不怡。无良媒以接欢兮，托微波而通辞。愿诚素之先达兮，解玉佩以要之。嗟佳人之信修兮，羌习礼而明诗。抗琼珶以和予兮，指潜渊而为期。执眷眷之欵实兮，惧斯灵之我欺！感交甫之弃言兮，怅犹豫而狐疑。①

赋所描写的人神爱情的悲剧性终结，暗示着美的破灭，同时，也隐喻曹植理想的破灭，留给后人以无限的惆怅与无穷的回味。

第二，风骨与文采兼胜，拓展了建安文学的美学意蕴。

建安文学的美学特征是慷慨悲凉。曹操、曹丕的诗歌都蕴含着这一美学特征，展现出一种崭新的精神风貌。刘勰评价建安文学所说的“志深笔长，梗概多气”（《文心雕龙·时序》），就是后人所谓的“建安风骨”。刘勰特重风骨，《文心雕龙》专门有《风骨》一篇集中论述风骨问题，把这一范畴正式引进文章、文学评价之中，使之成为一个很高的美学标准。刘勰的“风骨”与汉代用以相面的“骨相”、魏晋用以进行人物品评的“风骨”“骨气”以及书画批评中运用的“骨”“骨法”等意义有很大的不同。他赋予风骨以完整的美学内涵，使之既包含着慷慨激昂的情感力量，又包含着“结言端直”的语言气势，是多种审美要素组合在一起而形成的一种独特的美学风貌。曹植的诗文多慷慨激昂，充满奋发昂扬的气势与力量。如我们前文列举的《送应氏》（其一），描写洛阳破败的情形：“垣墙皆顿擗，荆棘上参天。不见旧耆老，但睹新少年。侧足无行迳，荒畴不复田。”尽管情感悲凉，但是，意志并不消沉，字里行间蕴蓄着抗争的力量。再如《赠白马王彪》（其二）一诗描写

① （三国魏）曹植著，赵幼文校注：《曹植集校注》，人民文学出版社 1984 年版，第 283—284 页。

路途之艰苦：“太谷何寥廓，山树郁苍苍。霖雨泥我途，流潦浩纵横。中逵绝无轨，改辙登高冈。修坂造云日，我马玄以黄。”① 连天的大雨断绝了交通，马也生了病，人的生存面临极大的挑战。在这种挑战中，诗人并没有败退，而是自觉地迎接这种挑战，将之作为磨炼人精神意志的考验。因此，无论是描写战乱的《送应氏》（其一），还是描写自身遭际的《赠白马王彪》（其二），都能体现风骨的美学意蕴。

在追求风骨之美的同时，曹植的诗文还追求文采之美，不仅斟酌遣词造句，而且非常注重声韵的运用，力争做到音韵铿锵。这大概与曹植的音乐修养有密切关系。与曹操、曹丕及建安、黄初时期的其他文学家相比，曹植对语言的驾驭能力非常杰出，他能充分发挥语言的表情与表意功能，将语言的能指与所指发挥到极致。如《杂诗》（高台多悲风）：

> 高台多悲风，朝日照北林。之子在万里，江湖迥且深。方舟安可极，离思故难任！孤燕飞南游，过庭长哀吟。翘思慕远人，愿欲托遗音。形景忽不见，翩翩伤我心。②

前人在解释这首诗时，认为其在比兴之中包含着隐喻，隐喻政治环境的险恶。这是着眼于知人论世，站在意识形态的立场来认识问题，但是，并不意味着可以忽视它的审美意蕴。从审美的立场来看，隐喻的运用无疑增强了这首诗的艺术价值，使其言有尽而意无穷。诗中，高台、悲风、江湖、方舟、孤燕等意象都是隐喻，隐喻环境的艰险，隐喻漂泊和孤独。至于是否隐喻曹植自身，隐喻他所置身的政治环境，则需要思量。结合曹植的个人遭际，我们判断，这首诗很有可能包含他对个人与政治环境的隐喻。因为诗人确实曾经处在政治风暴的中心，并且屡屡遭受打击，有理由将这些结合起

① （三国魏）曹植著，赵幼文校注：《曹植集校注》，人民文学出版社 1984 年版，第 296 页。

② （三国魏）曹植著，赵幼文校注：《曹植集校注》，人民文学出版社 1984 年版，第 251 页。

来想象诗意。隐喻的运用，增强了这首诗的含蓄蕴藉，再加之音韵优美、谐调，几乎找不出雕凿的痕迹，无疑是诗之上品。钟嵘评价曹植，说他“骨气奇高，词采华茂”（《诗品·魏陈思王植》），就是对他诗歌艺术价值和美学价值的高度肯定。

第三，大规模运用代拟的手段，深刻影响着后世的诗歌创作。

中国古代对人与文的看法是多元的，由于知人论世的观念早已深入人心，多数人还是赞同人文一体的，即有什么样的人，就有什么样的文。所谓“诗言志”就是要求诗歌表达诗人的思想、情感、理想、抱负。代拟是代人立言，代人说话、抒情，其实，这是一个想象与虚构的过程。可见，代拟与人文一体的要求有一定的距离。代拟的对象可能会是与自己个性、气质乃至性别、年龄、职业、地位等差别很大的他人，以他人的口吻叙事、抒情，表面上看起来，说的是他人话，其实是抒发自己的心声。“代拟体”的称谓主要是针对文人创作的现象的。在《诗经》和汉乐府中，由于诗的作者不明，无法判断是否代拟。代拟体的运用最早可以追溯到屈原，《九歌》中的很多诗篇都采取了这种写作方式。魏晋南北朝时期，代拟体风行，这是学习汉乐府的结果。这种现象本身就说明，诗歌是虚构的，诗歌包含着诗人丰富的想象。曹丕的《燕歌行》本身就是乐府古题，诗歌代思妇立言，是比较典型的代拟诗，学习汉乐府的痕迹比较明显。从曹植的诗歌创作来看，他的代拟诗也主要集中在乐府中，诸如《妾薄命》《怨诗行》《种葛篇》《白马篇》《美女篇》等，都是代拟诗。其中，有代思妇、弃妇立言者，也有代行侠少年立言者，代拟的范围比较广泛。这都是表达情感的需要。

《白马篇》代少年游侠立言，描写了幽并游侠的豪迈气概。诗中的少年“少小去乡邑，扬声沙漠垂”，意气风发，怀有一腔报国热情。诗歌极力宣扬少年游侠的勇武精神：

> 白马饰金羁，连翩西北驰。借问谁家子？幽并游侠儿。少小去乡邑，扬声沙漠垂。宿昔秉良弓，楛矢何参差。控弦破左的，右发摧月支。仰手接飞猱，俯身散马蹄。狡捷过猴猿，勇剽若豹螭。边城多警急，虏骑数迁移。羽檄从北来，厉马登高

> 堤。长驱蹈匈奴，左顾陵鲜卑。弃身锋刃端，性命安可怀！父母且不顾，何言子与妻！名在壮士籍，不得中顾私。捐躯赴国难，视死忽如归。①

显然，这种勇武精神是曹植自身报国之志的写照。然而，这种勇武的精神气质以幽并游侠的形象在诗歌中出现，其创造意义巨大，它自觉地完成了文学的虚构，使得文学逐渐向着自觉的方向发展。代拟这种创作形式的出现，在一定程度上直接促成了文学的独立。曹植作为一个承前启后的诗人，他的代拟诗对后世的文学创作产生了深远的影响。两晋南北朝时期，代拟之所以能成为一种创作的风尚，应该与曹植有某种精神上的关联。

第四，艺术化地表现了失意文人的典型心态，丰富了这一心态的审美意蕴。

曹植是一个政治失意者。他的政治失意主要是因为对权力的欲望以及权力的最终丧失。在与曹丕争夺权力的过程中，曹植以失败告终，由此带来的种种不公，使他承受了巨大的心理压力。这是政治斗争、权力斗争的必然结局。权力的失去促成了他的失意心态，他的很多诗文都表现这种失意的心态，这是继屈原以来最为典型的心态，丰富了文学的情感表达意蕴。在这种心态的背后，寄予着他的人生反思和精神追求。

曹植对自己失意心态的描写采用的基本是比兴的方法。这是《诗经》发明、运用，楚辞给予创造性完善的诗歌创作方法，是诗骚传统中价值最高的诗学遗产之一。在这个意义上，我们可以这样说，曹植是中国文学史上最为忠实继承《诗经》、楚辞传统的伟大诗人之一。在曹植的诗文中，表现失意心态的文学意象很多，其中，转蓬就是一个典型的意象。借助转蓬，曹植将自己人生失意的情感渲染得非常凄切、悲凉。《吁嗟篇》这样写道：

> 吁嗟此转蓬，居世何独然！长去本根逝，夙夜无休闲。东

① （三国魏）曹植著，赵幼文校注：《曹植集校注》，人民文学出版社1984年版，第411—412页。

西经七陌，南北越九阡。卒遇回风起，吹我入云间。自谓终天路，忽然下沉泉。惊飚接我出，故归彼中田。当南而更北，谓东而反西。宕若当何依？忽亡而复存。飘摇周八泽，连翩历五山。流转无恒处，谁知吾苦艰！愿为中林草，秋随野火燔。糜灭岂不痛？愿与株荄连。①

这里的转蓬意象极其鲜明、生动，曹植的描绘极其细微。由于失去了本根，夙夜漂泊，忽而被吹入云间，忽而又沉入下泉，忽南忽北，忽泽忽山，忽存忽亡，转蓬经历着巨大的身体与心理磨难。无根的艰难使得它痛不欲生，它后悔自己是一个转蓬，还不如做一株秋草，哪怕被野火焚烧，也不会离开生它养它的根。转蓬无根象征着精神家园的丧失，这对诗人来说是最为痛苦的。这种精神家园是时代造就的英雄豪气，是建功立业的志向以及自信心。曹植不愿意面对这样的现实，不甘心自己的英雄志向和自信心就此沉沦。他渴望有朝一日能实现自己的英雄理想，能找回自己的自信心。为了坚守自己的精神家园，他甘愿吃苦受罪，即使自身毁灭也在所不惜。从中，我们看出了曹植的骨气，他有着坚强的信念，有着执着的精神追求。在这种力量的感召之下，失意心态就成为激励人们重新崛起的精神动力。这是曹植赋予失意心态的审美意义。显然，曹植对这种失意心态的赋意，是与慷慨悲凉的建安风骨血脉相连的。

曹植的诗文创作取得了突出成就，奠定了他中国文学史上超一流作家的地位，赢得后世极高的赞誉。钟嵘评价他：“骨气奇高，词采华茂，情兼雅怨，体披文质，粲溢今古，卓尔不群。陈思之于文章也，譬人伦之有周、孔，鳞羽之有龙凤，音乐之有琴笙，女工之有黼黻。俾尔怀铅吮墨者，抱篇章而景慕，映余晖以自烛。故孔氏之门如用诗，则公干升堂，思王入室，景阳潘陆，自可坐于廊庑之间矣。”②（《诗品·魏陈思王植》）敖陶孙赞美他：“曹子建如三

① （三国魏）曹植著，赵幼文校注：《曹植集校注》，人民文学出版社1984年版，第382—383页。

② （南朝梁）钟嵘著，陈延杰注：《诗品注》，人民文学出版社1961年版，第20页。

河少年，风流自赏。”[①]（《臞翁诗评》）这些评价，实际上都兼及了曹植的艺术特征和文学地位两个方面。钟嵘的“骨气奇高，词采华茂，情兼雅怨，体披文质”的品语，实际上，已经远远超出曹植这一个体，几乎成为衡量优秀作家作品的通则。这一品语所蕴含的美学意义值得我们深入思考和悉心研究。

钟嵘对“三曹”五言诗成就和地位的态度是：曹植是上品，曹丕是中品，曹操是下品。尽管钟嵘的评价仅限于五言诗这一单一的诗歌体裁，但是，毫无疑问，却影响了后来关于“三曹”的整个文学史评判。很多人无视钟嵘所设定的评价对象，将他对五言诗成就的评价看作对“三曹”文学史地位的评价。这说明，一方面，钟嵘的《诗品》影响之大，大得让人们遗忘了它的评判对象；另一方面，评价一个诗人虽然可以选择一个角度、一个领域，但仍须兼顾这个诗人的整体成就，不能简单处置了事。钟嵘就落入了这个陷阱。如果着眼于整个文学史，钟嵘的评价确实有简单化之嫌，不足以曲尽其妙地展示“三曹”的文学功绩。因此，钟嵘的评价不能视为对“三曹”文学地位的定评。今天的文学史也并没有依照钟嵘的这一单一文体角度的评价，将“三曹”都视为中国文学史上一流的大家。尽管钟嵘的评价在主观上和客观上都存在一些问题，但是，将曹植的整体成就看得高于曹操、曹丕，应该符合实际。当然，“三曹”之间各有特点，各有优长。这些特点和优长彰显了他们的个体差异，决定了他们存在的价值。正如清人吴淇所说：“子建之诗，檃栝《风》《雅》，组织屈、宋，洵为一代宗匠，高踞诸子之上。然其浑雄苍老，有时或不及乃父，清莹悲凉，有时或不及乃兄。然不能不推子建为极者，盖有得于诗家之正派的宗也。”[②]“三曹”作为中国文学史上一流的文学家，为中国文学与诗学的发展做出了杰出的贡献，具有崇高的地位。

---

① （宋）魏庆之：《诗人玉屑》（上），中华书局2007年版，第25页。

② （清）吴淇：《六朝选诗定论》卷5，清康熙刻本。

第二节 “三曹”与“三曹”诗学

曹操、曹丕、曹植的文学创作与文学批评，无论是从乐府、四言诗、五言诗、七言诗、辞赋等文体创作的角度来评判，还是从诗学、美学等理论批评的角度来评判，取得的成就都是非常突出的，堪称中国文学、诗学、美学的重大收获。也因此，他们才有资格进入中国古代经典文学家和批评家的行列，成为中国古代文学、诗学、美学发展的重要表征。表面看来，“三曹”是家族文学现象，这是一种特殊的文学现象，其特殊性体现在血缘上。或许因为家族血缘遗传因素的作用，“三曹”的文学才能都很突出，于是，便形成了一种奇妙的效应。再加之“三曹”家族的社会地位显赫，使得他们的言行具有极强的示范性与号召力，故而影响巨大。实际上，这又是一个特殊时代的文学现象，其时代的特殊性是政治混乱，战争频仍，民不聊生。战乱的时代往往是文学艺术的土壤，很多杰出的文学艺术家和文学艺术作品就是在战乱中产生的，这是因为，战乱制造了无数人间悲剧，给人带来痛苦，促使人不平则鸣，发愤著书。血缘与时代相遇，造就了“三曹”，促成了邺下文人集团的产生，涵养了邺下风流。“三曹”作为邺下文人集团的一分子并非普通一员，而是集团领袖，引领着这一文学团体的创作方向。这当然是他们的文学成就和文学影响力造就的。文学影响力是各种因素促成的，虽然家族、地位可能会起着一定的作用，但绝不是决定性的，起决定性作用的是文学成就，即作品的艺术性与审美价值。因此，艺术性与审美价值才是衡量文学成就的标准。“三曹”及建安时期的文学创作具有典范的艺术与审美意义。然而，问题似乎还不这么简单。为什么这一历史时期出现了“三曹”？为什么“三曹”能对后世文学创作和理论批评产生持续久远的影响力，并在整体上超越西晋的“二陆”（陆机、陆云）兄弟、南朝的谢氏家族（从谢灵运、谢惠连一直到谢朓）、北宋的“三苏”（苏洵、苏轼、苏辙）父子、明代的“公安三袁”（袁宗道、袁中道、袁宏道）等家族文学的代表？其中有颇多问题值得思索。这里涉及“三曹”的创作与传统文学的关系，与整个魏晋南北朝文学的语境关系，尤其是与建安、黄初作家的关系。这是我们要给予充分揭示的。

“三曹”是曹魏政治集团的领袖，同时，也是邺下文人集团的中坚。汉献帝建安年间，邺是曹魏的政治文化中心，实际上也是东汉末年的政治文化中心。所谓“邺下文人集团”是指在艰苦征战活动中逐渐形成的文人团体，因其成员围绕曹魏政权、都是“三曹”幕僚、建安中后期主要活动于邺而得名。建安元年（196），曹操迎汉献帝于许昌，从此，开始了“挟天子以令诸侯”的政治之旅。建安十五年（210），随着曹操《求贤令》的发布，一大批优秀的文学之士聚集于曹魏，逐渐形成了一个文人集团。据《三国志》记载，这一集团的成员多达一百余人，且多人成就卓著。邺下文人集团的代表是“建安七子”、吴质、杨修、路粹、繁钦、蔡琰等人，他们与“三曹”有共同的创作旨趣和审美追求。他们以自己对社会现实的深切体验，与“三曹”一道，共同开创了一条崭新的文学创作之路，深度表现了当时的社会现实，且在整体格调上，慷慨悲凉，“梗概多气”，形成了具有时代标志的文学风貌。因此，我们所说的“三曹”具有两层含义：一是指狭义的曹操、曹丕、曹植三人，二是指广义的“三曹”作家群，即围绕曹操、曹丕、曹植且以他们为核心的建安、黄初作家。这是因为，“三曹”与建安、黄初作家的文学创作旨趣和审美趣味大致相同，且共同造就了具有典型时代特征的文学风貌。

曹操、曹丕、曹植的文学实绩上文已经做了简要的论述，在这里，我们再讨论一下“建安七子”，至于其他人如吴质、杨修、繁钦等，因其作品流传更少，可以说出来的东西不多，故而省略。而文学成就较高的蔡琰，因为人生经历主要在匈奴，且回归后与“三曹”“七子”交往不多，也一并省略。

王粲（177—217）“长于辞赋”（曹丕《典论·论文》），是“建安七子”中诗赋成就最高的作家之一。他出身名门，祖父王畅曾位至三公，父亲王谦为何进长史。他的文学天分很高，才气卓越。少年时即享有盛名，赢得汉末大学者、左中郎将蔡邕的赞赏。据《三国志》记载，有一次少年王粲造访蔡邕。听说王粲到了门口，蔡邕“倒屣迎之”。王粲进来之后，在座的达官显贵见是一位弱冠少年，且身材矮小，其貌不扬，都很吃惊，不明白这个少年为何令“才学显著”“贵重朝廷”的左中郎将如此敬重。蔡邕向众人热诚推荐王粲：“此王公孙也，有异才，吾不如也。吾家书籍文章，尽当与之。”[①]（《魏书·王卫二刘傅传第二十一》）所谓“异才”，是指非常渊博的学识和非常独特的才能。这些，史书均有明确的记载。据《魏书》载，王粲“博物多识，问无不对”，记忆力超常，过目成诵，而且，有谋略，通礼法，精算术，这大概就是蔡邕所说的王粲的“异才”。这些才能让蔡邕钦服。17岁时，被辟为黄门侍郎，因西京战乱没有到任，后来，依附荆州刘表，不受重用。刘表死后，王粲劝刘表之子刘琮归顺曹操，他的才能才得以发挥。史书载，王粲“善属文，举笔便成，无所改定，时人常以为宿构；然正复精意覃思，亦不能加也”[②]。

王粲创作了大量的诗赋，涉及众多的题材，尤其描写战乱的诗歌，思想性与艺术性堪比曹操之作。如《七哀诗》（之一）：

> 西京乱无象，豺虎方遘患。复弃中国去，远身适荆蛮。亲戚对我悲，朋友相追攀。出门无所见，白骨蔽平原。路有饥妇人，抱子弃草间。顾闻号泣声，挥涕独不还。未知身死处，何能两相完？驱马弃之去，不忍听此言。南登霸陵岸，回首望长安。悟彼下泉人，喟然伤心肝！[③]

像曹操的《蒿里行》一样，这首诗也是反映董卓作乱的社会现实的。董卓挟持汉献帝迁都西京长安，致使长安处于战争的阴云之下，异常混乱。那时，王粲17岁，已经被朝廷委任为黄门侍郎，因战乱，没有到职，只好去荆州依附刘表。诗歌描写的就是王粲去荆

① （西晋）陈寿撰，（南朝宋）裴松之注：《三国志》（3），中华书局1982年版，第597页。

② （西晋）陈寿撰，（南朝宋）裴松之注：《三国志》（3），中华书局1982年版，第599页。

③ 俞绍初辑校：《建安七子集》，中华书局2005年新1版，第86—87页。

州路途中的所见所闻。出了长安城，路边到处是累累白骨，景象惨不忍睹。途中，他看见一个妇人亲手抛弃自己亲生孩子的悲惨场景。因为饥饿，妇人实在无力养活这个襁褓中的婴儿，迫于无奈，她只能将孩子抛弃在路边的草丛之中，希望被好心人捡去，或许还能给孩子一个活命的机会。孩子似乎知道母亲的意图，在草丛中大声哭号。妇人回头再听一听孩子的哭号声，肝肠寸断，挥泪毅然决然地离去。此情此景，令人刻骨铭心！王粲以极其沉痛的笔触记录下这一现实，展现出慷慨悲凉的情感意绪。

孔融（153—208）是“建安七子”中最为年长的一位，也是“七子”中最为孤傲的一位。从文体方面来说，孔融的长处不在诗，而在论。曹丕说：“孔融体气高妙，有过人者。”（《典论·论文》）就评说的是他在论这种文体方面的写作才能。孔融也创作过一些诗，大部分已经散佚。现存诗歌已经不能展示他的诗歌创作全貌，更无法准确衡量他的诗歌创作成就。然而，从他现存的诗作中，我们仍然能够看出他的诗歌风格，觉察到他的文章才气。他的语言驾驭水平很高，诗歌创作倾向与曹操、曹丕、曹植等人紧密关联，相互呼应，呈现出来的依然是慷慨悲凉的审美特征。如《杂诗》（之二）：

> 远送新行客，岁暮乃来归。入门望爱子，妻妾向人悲。闻子不可见，日已潜光辉。孤坟在西北，常念君来迟。褰裳上墟丘，但见蒿与薇。白骨归黄泉，肌体乘尘飞。生时不识父，死后知我谁。孤魂游穷暮，飘摇安所依？人生图嗣息，尔死我念追。俯仰内伤心，不觉泪沾衣。人生自有命，但恨生日希。①

这是孔融悼念他夭折的幼子的诗，诗歌的沉痛忧伤令人窒息。由于常年在外奔波，很少与儿子会面，以致儿子“生时不识父”。好不容易辗转回到家里，本想父子团聚，共享天伦，可是，日思夜想的儿子已经病亡，再也看不到儿子那稚嫩可爱的脸蛋，看到的只

① 俞绍初辑校：《建安七子集》，中华书局2005年版，第2页。

是一座生满野草的孤坟。那种情感的哀痛无法用语言表达！儿子活着的时候尚不相识，死后的儿子还能知道“我”是谁吗？从这首语言平实、近乎白描的诗中，我们感受到了诗人内心的无限悲伤，感受到了那种对骨肉死别的无边怨叹。诗的最后，诗人再也无法抑制内心的悲哀，仰天长叹：“人生自有命，但恨生日希。”

除了王粲、孔融之外，“建安七子”中的其他人也都写过类似的诗，或以战乱为题材，描写战争、思念；或表现一种人伦现象，揭示人间的美丑等；皆反思现实，哀叹生命，慷慨悲凉。阮瑀（165？—212）的《驾出北郭门行》描写一个孩子惨遭后母虐待的情形，展现了当时社会道德沦丧的一个侧影。亲母亡故，后母歹毒。“饥寒无衣食，举动鞭捶施。骨消肌肉尽，体若枯树皮。藏我空室中，父还不能知。上冢察故处，存亡永别离。”[①] 诗歌充满着对社会、人性的反思，情感极其沉痛。在现存阮瑀的诗中，我们还发现了一种非常奇特的现象：不仅活着的人反思生命，哀叹生命，甚至死去的人也在反思生命，哀叹生命。这说明阮瑀的想象力异常丰富。《七哀诗二首》中的第一首就是这样的诗。诗歌想象一个死去之人对生命的反思与忧虑：“丁年难再遇，富贵不重来。良时忽一过，身体为土灰。”[②] 人还没成年（丁年），转瞬之间就化为土灰，生命何其短暂！尽管生命已经在现实世界中消失，可是，那进入九泉之下的灵魂对生命的忧虑并没有停歇：“冥冥九泉室，漫漫长夜台。身尽气力索，精魂靡所能。嘉肴设不御，旨酒盈觞杯。出圹望故乡，但见蒿与莱。”（《七哀诗二首》之一）九泉之下，那不屈的灵魂仍在饱受煎熬，一天一天度过的都仿佛是漫漫长夜。生命如此艰难，令人生死记挂！死去之人何以还在哀叹生命？何以能够哀叹生命？除了诗人的虚构与想象之外，还说明一个非常重要的问题，那就是：汉末建安时期，对生命极为重视，极为珍爱。在时人的观念中，没有比生命再宝贵的了，应珍惜生命！那时，黄老思想虽然不像汉初那样风行，但是并没有完全消退，游仙及吃药、喝酒、追求长生的行为依然盛行。在经历一番不切实际的游仙努力之后，人

① 俞绍初辑校：《建安七子集》，中华书局2005年版，第157页。

② 俞绍初辑校：《建安七子集》，中华书局2005年版，第160页。下引此诗不再出注。

们大都抛弃了追求长生的幻想，开始认真思索生命，并且真诚地关爱生命、尊重生命。这是一种全新的哲学观念，它标志着人的生命意识的彻底觉醒。这一觉醒对推动思想的发展和社会进步都有积极的意义。我们从“三曹”和“七子”的诗中随处都能看到生命意识觉醒，体悟生命意识觉醒的思想魅力，而阮瑀只是其中的一员，无疑他以自己的独特思考又将这种思想推进了一步。

陈琳（？—217）曾经创作一首著名的诗《饮马长城窟行》，后来被收录在徐陵编订的《玉台新咏》和郭茂倩编订的《乐府诗集》中。诗歌描写了一位筑长城士兵的悲哀。由于长年累月在边地筑城，害苦了自己，也害苦了留守在家中的妻子。他为自己悲伤，更为妻子悲伤。男人的刚强与柔情在这首诗中得到了完美的表现。战争造成无数家庭妻离子散，虽然惨烈，倒也果断，一战之后，战士战死，死则死了，再也没有忧愁，没有挂念。而筑长城却不同。筑城的艰苦虽不惨烈、不果断，那是一种漫无边际的煎熬生活，由于工程浩大，不知道什么时候是个头儿。士兵早已厌倦了这种筑城的生活，宁愿在战场上厮杀而死。“男儿宁当格斗死，何能怫郁筑长城。”① 无聊的筑城生活折磨着士兵的身心，枯燥而繁重的劳动使士兵的心情无比抑郁。边境线漫长，长城也没有边际，士兵已经没有信心能够活着回去。万般无奈之下，只好给留守在家的妻子写一封令人伤心欲绝的信。信中，他劝妻子改嫁，嘱咐妻子在侍奉新公婆的同时，一定要照顾好他们的儿子：“便嫁莫留住。善事新姑章，时时念我故夫子。”这种无奈和沉痛是常人难以体验的。这同样是对生命的反思。战争对生命的摧残是形形色色的，从任何一个方面都能揭示战争的残酷。

刘桢（？—217）的《赠从弟》三首以苹藻、山上松、凤凰为隐喻，生动而形象地表现了社会的不公，在展示人的屈辱与郁郁不得志的同时，表达了自己不甘与世俗同流合污的高洁志向和道德品格。《赠五官中郎将》（秋日多悲怀）以代拟的手法抒发了女子的思念情感。由于战争，丈夫远征在外，留下了独守空房的妻子。妻子

① 俞绍初辑校：《建安七子集》，中华书局2005年版，第35页。下引此诗不再出注。

忧心、思念在外征战的丈夫，常常以泪洗面。“壮士远出征，戎事将独难。涕泣洒衣裳，能不怀所欢？”[①] 应玚（？—217）的《别诗》以一个士兵的口吻描写了行役的艰苦，表达对故土的依恋。“悠悠涉千里，未知何时旋。”“远适万里道，归来未有由。”[②] 故乡已经远隔了千山万水，却挡不住士兵日夜对家乡的思念，没有办法回归故里，也不知道什么时候才能见到父老乡亲。诗的字里行间尽是浓浓的乡情，尽是说不尽的思念。徐干（171—218）的《室思》是一首篇幅较长的诗，共由六章组成。全诗运用代拟的手法，代妇人立言，描写了离别的忧愁。“良会未有期，中心摧且伤。不聊忧餐食，慊慊常饥空。端坐而无为，仿佛君容光。”[③]（其一）因为离别已久，思念过度，饮食难安，精神恍惚，随之产生人生无常的慨叹。“君去日已远，郁结令人老。人生一世间，忽若暮春草。时不可再得，何为自愁恼？”（其二）“思君如流水，何有穷已时！”（其三）忧愁和烦扰时时萦绕在心间，绵绵无期，挥之不去，就像流水一样，无穷无尽。“寄身虽在远，岂忘君须臾。既厚不为薄，想君时见思。”（其六）因为思念，内心承载着巨大的精神困惑。诗歌虽然描写的是男女忧思，但是，那种忧思不单单是个人的，更是时代的，是时代的忧愁、时代的困惑。这种忧思充满哲学意味，表面上是因离别而忧愁、伤感，其实质是慨叹生命！这是“三曹”“七子”诗歌的基本主题。这一主题，在“三曹”“七子”的笔下，大都表现得悲哀而激昂。这正是慷慨悲凉的核心之所在。

综上所述，“三曹”“七子”等人的作品，由于深深植根于时代与现实的土壤之中，创造出属于那个时代的经典的文学艺术，折射出时代文学的整体风貌，完全能够代表建安、黄初时期的文学实绩和艺术成就。“三曹”“七子”等人身上所表现出来的文学创作经验与审美体验不仅是他们个人的，而且是时代的，是整个时代的文学创作经验与审美体验的凝聚。这些经验与体验，最终升华为能够彰

① 俞绍初辑校：《建安七子集》，中华书局2005年版，第189页。

② 俞绍初辑校：《建安七子集》，中华书局2005年版，第173页。

③ 俞绍初辑校：《建安七子集》，中华书局2005年版，第145页。下引此诗不再出注。

显中国古代诗学精神且具有典型意义的诗学。这种诗学，我们姑且称之为“三曹诗学”。

说到这里，我们不得不补充解释一下“诗学”这一概念。应该提醒的是，使用“诗学”这一概念，必须顾及这一概念的使用对象，即面对的是中国古代、现当代还是西方。语境不同，意义便有差异。由于“诗学”是中西方都有的一个概念，西方古今一直在使用，且意义没有太多的变化；而中国古代有，现当代也有，古代的意义和现当代的意义差别很大，现当代的意义基本等同于西方。具体地说，“诗学”可能与诗有关，可能关联的不仅仅是诗。因此，“诗学”充满歧义。由于“诗学”在中西方不同的知识谱系中具有不同的理论内涵，有必要对之进行清理，给出一个知识论的界定，进而，做出意义的界定，以便确立我们的研究视角。目前，文学理论界、艺术理论界和美学界对“诗学”的认识视角主要有两种。一是西方的诗学观念。在西方，“诗学”不单纯以诗这种文体为研究对象，其涵括的是广义的文学理论、艺术理论和美学。这是在古希腊的哲学家、美学家、文学理论家亚里士多德的影响下逐渐形成的一种观念。亚里士多德的《诗学》一书是这一观念的源头，奠定了西方诗学的理论基础。《诗学》讨论的问题便是广义的文学理论、艺术理论（悲剧与喜剧）以及美学问题，它是西方诗学的肇始。后来，中西方出现的许多以“诗学”命名的研究论著，研究的对象大都是文学理论、艺术理论以及美学。这说明，其采用的是西方诗学的观念。二是中国古代的诗学观念。中国是诗的国度，诗这一文体产生很早，几乎同时，也产生了关于诗的论说。在中国古人的思想意识中，“诗学”的范围并不像西方那样广大无边，它是关于诗、赋、词、曲的理论。尽管古人把诗、赋、词、曲这几种文体区分得非常清楚，其实，它们同宗同祖，关系极为密切。毫无疑问，它们都属于诗的范畴。[①] 在中国古代，“诗”是最古老的名称，其形式是

① 赋虽然是一种叙事文体，但是，它却是由诗演变而来的。关于赋的起源问题，文学史的讨论较多。最为典型的当数刘勰的《文心雕龙·诠赋》。其云：“及灵均唱《骚》，始广声貌，然赋也者，受命于诗人，拓宇于楚辞也。”明确说赋是脱胎于楚辞的。参见（南朝梁）刘勰著，范文澜注《文心雕龙注》（上），人民文学出版社 1958 年版，第 134 页。

不断变化的，赋、词、曲就是形式变化的结果，它们都是诗衍生出来的。中国古代也有“诗学”这一概念，它最迟出现在元代。这大概有以下几个方面的原因。第一，诗的形式在元代已经完备。那时，作为一种新的诗歌类型的曲也业已成熟，诗、赋、词、曲形成了一个相对完整的诗的文体链。第二，关于诗的理论也渐成体系。先秦两汉时期的那种服务于政治、伦理、道德教化的经典诗论，到南朝时发生了根本性的改变，论诗的观念指向了艺术与审美，论诗的形式也变成随笔式的理论言说，此后，赋论、诗话、词话、曲话等长盛不衰，在一定程度上推动了诗歌理论的大发展。第三，产生了一大批专门研究诗艺的诗人、辞赋家、理论家、诗评家，如刘勰、钟嵘、司空图、张戒、严羽、谢榛、王夫之、叶燮、王国维等人。在此基础之上，人们已经有条件从我们今天所说的学科的高度去研究与总结，因此，诗学的产生实属必然。在“诗学”的命名上，元代的杨载功不可没，他的《诗法家数》非常规范地使用了“诗学”这一概念。那是在评价风、雅、颂、赋、比、兴时所运用的。他说：“凡诗中有赋起，有比起，有兴起，然风之中有赋、比、兴，雅、颂之中亦有赋、比、兴，此诗学之正源，法度之准则。”① 显然，这里的“诗学”就是诗的理论，包括诗的美学。我们研究“三曹”诗学，其“诗学”一语，采取的并非杨载的那种狭义的“诗学”之意，而是比较宽泛的诗学意义，但是，意义并没有宽泛到西方“诗学”的水平，即“诗学”可以囊括所有的文学及艺术理论。具体一点说，我们在这里所说的“诗学”包括诗歌理论、词论、赋论及其在诗、词、赋作品中所蕴含的文学观念和美学观念。再具体到我们的研究对象——“三曹”诗学，是对以“三曹”为代表的那个时代的诗歌理论、辞赋理论及其在诗歌、辞赋创作中所蕴含的文学观念和美学观念进行分析与论证。这是因为，以“三曹”为代表的文学创作也仅限于诗歌、辞赋，尚没有涉及其他的文学形式——那个时代真正意义的小说和戏曲还没有出现，文学形式不像后来丰富多彩。需要特别强调的是，我们所说的“三曹”诗学，并

① （清）何文焕辑：《历代诗话》（下），中华书局1981年版，第727页。

不仅仅限定于曹操、曹丕、曹植三人的诗歌、辞赋理论、观念以及他们的诗歌、辞赋创作体验，而是指整个建安、黄初时期的诗歌、辞赋理论和观念及审美创作体验。之所以采取如此做法，是因为曹操、曹丕、曹植三人在这一时期处于核心地位，他们完全能够代表他们所处的那个时代。我们选取“三曹”诗学指称整个时代的诗学，意谓我们的研究视界并不局限于“三曹”这三个优秀的个体，而是放眼于“三曹”所生活的建安、黄初时期，力争较为全面涉猎这个时代整体的诗学观念和美学观念，科学地发掘“三曹”诗学的理论内涵，进而准确揭示“三曹”及其所处时代对中国古代诗学的贡献。

我们的“三曹”诗学研究，内容和范围主要包括以下三个方面。

第一，“三曹”提出的具体的文学理论和美学主张。曹操、曹丕、曹植的文学成就虽然主要表现在文学创作上，但是，他们在理论上也有非常突出的建树。他们都曾经提出过一些有价值的理论观念，留下了一些价值很高的关于文学创作与批评的理论文字，如曹丕的《典论·论文》《与吴质书》，曹植的《与杨德祖书》等。这是“三曹”诗学最直接、最宝贵的理论资料，是我们研究“三曹”诗学最重要的依凭。对这些资料进行理论的梳理与分析论证，发掘其中的理论内涵，是确证“三曹”诗学的理论基础。

第二，“三曹”的文学创作倾向及其美学风貌。“三曹”诗学不仅表现在理论论述上，还表现在文学创作实践上。文学创作本身就是作家文学观念和审美观念的呈现，这些文学观念和审美观念是通过实践印证的，需要我们进行理论归纳。从具体的文学创作出发考察文学家的文学思想和美学观念是一种科学的研究方法。这种研究难度虽然很大，但是，说服力很强。由于“三曹”留下的理论文字较少，况且，理论文字的涉及面也不会太广，会给我们的研究带来局限。相反，“三曹”文学创作的数量相对较多，涉及面更为广泛，因此，从“三曹”的文学创作出发进行理论的抽绎，揭示他们的文学倾向与美学追求，是确证“三曹”诗学的一项重要任务。

第三，“七子”及其相关作家的理论论述与创作倾向。上文我们说过，“三曹”诗学并不仅仅是曹操、曹丕、曹植三人的个体诗学，而是指“三曹”生活的建安、黄初时期的诗学，这是一个时代的诗学。建安、黄初时期的文学创作取得了辉煌的成就，成为中国文学史上的典范，是后世争相学习与效法的楷模。建安、黄初时期所取得的文学成就，并非仅仅属于曹操、曹丕、曹植三人的功劳，而是“三曹”与“七子”等人的合力创造，是众人之功。在创作实践与创作观念上，“七子”和建安、黄初时期的文学家与“三曹”可谓同声相应、同气相求，他们也是“三曹”诗学的开拓者与实践者。“七子”等人提出了一些相应的理论主张能够与曹操、曹丕、曹植相互呼应，同时，“七子”等人的作品展示出来的创作思想和审美观念也能够与曹操、曹丕、曹植相互呼应，是“三曹”诗学必要的延展与补充。因此，“七子”与建安、黄初时期其他作家的文学创作倾向与理论表述，也是“三曹”诗学的重要的组成部分，是我们研究“三曹”诗学不可忽视的内容。

我们研究“三曹”诗学，主要从上述三个方面切入。建安、黄初时期的文学已经成为中国文学的经典，其文学实践中所包含的文学（诗学）思想和审美观念相应地也成为文学理论（诗学）和美学的典范，这些思想和观念是必须发掘和总结的。作为文学经典时代的诗学（文学理论），“三曹”诗学自然具有典范的意义。其典范性究竟表现在哪些方面？有什么样的价值？这正是我们要探讨的。通过我们的发掘与分析，整理、归纳出“三曹”诗学的理论精义，发现其理论的独特性，彰显其理论的价值，进而在纵向的历史中检验它在中国诗学精神形成过程中所发挥的作用，从而公正考量它在中国文学理论（诗学）和美学史上的贡献。这是我们的研究目的。

第三节 “三曹”诗学与中国古代诗学

既然建安、黄初时期的文学已经成为文学史上公认的典范，那么，其背后必定有一套理论、思想、观念在支撑着。这一套理论、思想、观念便是诗学。理论是显性的，而思想、观念则是隐性的，需要透过文学家们的文学创作去发掘。“三曹”是建安、黄初时期的文坛领袖，不仅在创作上起着统领作用，而且在理论、思想、观念上起着主导作用，故而，建安、黄初时期的诗学都可归为“三曹”诗学。鉴于建安、黄初文学的典范效应，“三曹”诗学也成为影响深远的典范诗学，后人所标榜的“建安风骨”就是“三曹”诗学的主要构成。究竟“三曹”诗学的精神内核是什么？它对中国古代诗学的理论延展具有怎样的意义？在中国古代诗学精神形成的过程中发挥着怎样的作用？这些都是我们必须认真思考并试图回答的问题。从本章开始，我们概括介绍了刘勰《文心雕龙》对建安文学的评价，其中就关涉这些问题。“三曹”诗学的一系列理论和观念、命题都可以从《文心雕龙·时序》中发现线索。

刘勰相对完整的文字表述是这样的：

> 自献帝播迁，文学蓬转，建安之末，区宇方辑。魏武以相王之尊，雅爱诗章；文帝以副君之重，妙善辞赋；陈思以公子之豪，下笔琳琅；并体貌英逸，故俊才云蒸。仲宣委质于汉南，孔璋归命于河北，伟长从宦于青土，公干徇质于海隅，德琏综其斐然之思，元瑜展其翩翩之乐，文蔚、休伯之俦，子叔、德祖之侣，傲雅觞豆之前，雍容衽席之上，洒笔以成酣歌，和墨以藉谈笑，观其时文，雅好慷慨，良由世积乱离，风衰俗怨，并志深而笔长，故梗概而多气也。①

这段话背后隐含的是刘勰对建安作家的深入研究与深刻认识。他细致地研读了建安作家的作品，敏锐地发现了建安文学的非凡之处。在简要评论了“三曹”“七子”（缺孔融）、路粹（文蔚）、繁钦（休伯）、邯郸淳（子叔）、杨修（德祖）等人之后，归纳出建安文学的总体特征，那就是：“雅好慷慨”“志深笔长”“梗概而多气”。这其实就是对建安诗学的概括，也是对“三曹”诗学的概括，是“三曹”诗学的一个极其重要的组成部分。刘勰的这一诗学概

① （南朝梁）刘勰著，范文澜注：《文心雕龙注》（下），人民文学出版社 1958 年版，第 673—674 页。

括，在准确把握了建安文学精神特质的同时，触及了“三曹”诗学的精神实质，其内在蕴含的诗学、美学意义值得深入发掘。刘勰把建安文学所取得的成就归结为时代的原因，也就是他所说的“时序”，这是一种历史的观点。可见，他非常看重文学与社会现实的关联，把文学及理论的创造置于时代的大背景上展开研究，从而得出令人信服的结论。这是一种科学的认识方法，其科学性就在于，将文学视为历史与现实的客观存在，任何一种文学现象的产生都是社会现实生活的折射，都是对社会现实的体验。“世积乱离”“风衰俗怨”是汉末建安时期的社会现实，在这混乱的现实之中，百姓生活在水深火热之中，自然会对社会政治充满怨愤，自然会运用文学的方式把这种怨愤表达出来。这是思想、情感自然而然的流露。其实，社会现实只是刘勰看问题的一个视角。在《文心雕龙》的其他篇章中，刘勰还有另外的视角。如《明诗》：

> 暨建安之初，五言腾踊：文帝陈思，纵辔以骋节；王徐应刘，望路而争驱。并怜风月，狎池苑，述恩荣，叙酣宴，慷慨以任气，磊落以使才，造怀指事，不求纤密之巧；驱辞逐貌，唯取昭晰之能：此其所同也。①

这里就不提时代政治，不说社会现实，而将言说的重点放在“三曹”与“建安七子”等人诗歌艺术才能及具体表现内容等方面。“造怀指事，不求纤密之巧；驱辞逐貌，唯取昭晰之能”，高度概括了“三曹”“七子”等人的文学才能。刘勰强调，“三曹”“七子”等人在描绘事物、表情达性的时候，不单单追求技艺上的纤巧、细密，还追求其内在生气。他们遣词造句，塑造形象，追求的是昭然、清晰。刘勰特别提到他们诗歌的表现内容，大都是“怜风月，狎池苑，述恩荣，叙酣宴”的题材，表面看来，似乎是风花雪月，其实，内在都蕴含着作者对现实与人生的关怀及深刻认识。这一点，只要回味一下“三曹”“七子”等人的诗歌就很容易理解。曹

① （南朝梁）刘勰著，范文澜注：《文心雕龙注》（上），人民文学出版社1958年版，第66—67页。

操的《短歌行》最为典型，这就是一首“叙酣宴”之诗，然而，其对现实、人生的思考丝毫不亚于诸如王粲的《七哀诗》等一些直面现实的惨烈的诗歌。因此，刘勰在评说“三曹”“七子”等人的个性特征时，依然使用的是“慷慨”一词，“慷慨以任气，磊落以使才”，并强调这是他们共同的特征。在刘勰看来，慷慨的个性特征与“三曹”“七子”等人的诗歌风貌是一体化的，这种个性特征表现在诗歌之中，呈现出来的是奋发昂扬的精神风采，最终转化为刚健深沉的美学品格。这就充分说明，“雅好慷慨”“志深笔长”“梗概而多气”是“三曹”诗学的理论核心和美学精髓，其中的意蕴非常丰富。

“雅好慷慨”“志深笔长”“梗概而多气”之所以能成为“三曹”诗学的理论核心和美学精髓，是因为它准确揭示了“三曹”“七子”等人文学创作的审美特征和精神实质，揭示了他们的文学创作与时代审美的内在关联。这种审美特征和精神实质及其与时代审美的内在关联，在曹丕、曹植、杨修、吴质等人对“七子”及其作品的论述中早有触及。这些，将是我们在接下来的研究中要论述的。这提示人们，不唯建安之后200年的刘勰，即便在建安、黄初当时，已经有不少人认识到这一问题的存在，开始思考、论析这一问题，这就充分说明这一问题的重要性。“雅好慷慨”“志深笔长”“梗概而多气”背后隐含着一种独特的诗学精神，正是这种诗学精神使“三曹”诗学成为一种意涵丰富的诗学，因而，具有典范的诗学意义。

建安时期，由于“七子”等人横空出世，在创作上取得了非凡的成就，立刻成为时人研究与评论的焦点。曹丕、曹植、杨修、吴质等是最早关注“七子”等人的文学评论家，他们的评论涉及一系列诗学观念，其中不少成为古代诗学的核心话语。这些评论理所当然地都应归入“三曹”诗学的范围。

在《典论·论文》中，曹丕这样评价“七子”：

> 王粲长于辞赋。徐干时有齐气，然粲之匹也。如粲之《初征》《登楼》《槐赋》《征思》，干之《玄猿》《漏卮》《圆扇》

> 《橘赋》，虽张、蔡不过也。然于他文未能称是。琳、瑀之章表书记，今之俊也。应玚和而不壮，刘桢壮而不密。孔融体气高妙，有过人者，然不能持论，理不胜词，以至乎杂以嘲戏，及其所善，扬、班俦也。①

从这一段文字中，我们可以看出，曹丕评价“七子”有两个维度。首先，是文体的维度。在他看来，“七子”中的每一个人都擅长一种或多种与他们个性气质相适应的文体，他们创作成就的取得就体现在这些与他们的个性气质相适应的文体上。也就是说，不同的文体决定他们所取得的文学成就存在差异。离开文体的视角，无法评价他们的文学成就。其次，也是更为重要的方面，那就是“气”的维度。这个维度又是能够涵盖文体的。因为，每一种文体都有属于这种文体的个性与特点，这是一种文体的“气”。曹丕所说的“气”是一个作家身上独具的、不可取代的包括个性、情感、气质等在内的一些素质，这是作家独特的创作个性的成因。对这一点，曹丕比一般人看得格外清楚。在他看来，“七子”对不同文体的适应以及所取得的创作成就，都取决于他们的自身之“气”。“气”涵盖的内容很多，有生理的、心理的，有外部的、内部的，还有现象的、本质的，“气”就是这些内容的有机融合。尤为可贵的是，曹丕将“气”这一原本属于传统哲学的范畴改造成诗学和美学的范畴，并确立了它在诗学和美学中的核心地位，将之作为一个重要的批评依据及美学标准，评价“七子”的成败得失。这便是一种理论发明。曹丕用“文气”阐发“七子”的文学创作及其艺术风格、美学品格的生成，使得“文气”连同他评价“七子”所提出的其他相关的诗学理论无疑成为“三曹”诗学重要的理论内容。

曹丕说，“徐干时有齐气”，“应玚和而不壮”，“刘桢壮而不密”，“孔融体气高妙”。这些评价都关乎“气”。仔细辨析，这里的“气”的意涵还是差别比较大的，其中既有生理之气，如遗传、天赋等，也有受环境、风俗、习惯等文化熏染自然而然形成的个性

---

① （南朝梁）萧统编，（唐）李善注：《文选》（6），上海古籍出版社1986年版，第2270—2271页。

气质。徐干的“齐气”主要是环境、风俗、习惯等文化熏染而形成的；应玚、刘桢的“气”可能与环境、风俗、习惯等文化熏染有关，也可能是遗传、天赋；孔融的“体气”则主要是遗传、天赋。由于每一个作家的天赋、个性和成长环境不一样，身上所呈现出来的个性气质也不可能一样，因此，其作品的艺术风格、美学品格也不一样。任何一个人的个性气质都有自己的优点，也都有自己的缺点，不可能十全十美。曹丕深刻地认识到这一点。他强调，“气”在作家身上的表现是全方位的，其中有优也有劣，通常情形下，优劣相对而互补，共同构成了作家的创作个性。如他对孔融“体气高妙”的评价就是着眼于优点（正面）的评价，而对徐干、应玚、刘桢“齐气”“和而不壮”“壮而不密”的评价，则是着眼于缺点（负面）的评价，但这并不意味着孔融的创作就十分完美，而徐干、应玚、刘桢则一无是处。其实，他们的创作所呈现出来的风貌不同，差异明显，且各有特点。在这里，曹丕以“气”为核心，立体而多元地展现出作家创作矛盾的两个方面。然而，无论是正面之“气”还是负面之“气”，都集中凸显了作家个人的创作气质。而这些个人的创作气质又是融会在整个时代的审美风尚之中的，是整个时代审美风尚一个独特的组成部分。

基于此，曹丕在《典论·论文》中专门提出并论述了“文气”问题，试图从理论上加以论证。他说：

> 文以气为主；气之清浊有体，不可力强而致。譬诸音乐，曲度虽均，节奏同检；至于引气不齐，巧拙有素，虽在父兄，不能以移子弟。①

这就把“气”在文学创作中的作用令人信服地揭示出来。从此之后，“气”便成为打开作家创作神秘之门的一把钥匙。倘若准确地认识作家的创作，从“气”入手，把握作家内在的精神气质，包括性格、思想、情感、知识修养、审美认知等，至为关键；然后，

① （南朝梁）萧统编，（唐）李善注：《文选》（6），上海古籍出版社1986年版，第2271页。

再联系作家生活的时代、地域等外部环境等，就能实现对作家创作的深刻了解，进而，实现对作品的深刻理解。可见，“气”在文学创作中起着主导作用。作家创作的开展说到底就是内外之“气”的推动，同时，作家又不由自主地把“气”融会灌注到自己的作品之中，凸显了作品的个体性。“气”无论是对推动创作的开展还是艺术风格的形成都发挥了极其重要的作用。

“文气”的观念在曹丕的《与吴质书》、曹植的《与杨德祖书》中又有相应的阐发，从中可以看出“文气”意涵的复杂。这两篇文章虽然同样评价“建安七子”等人的创作，但是，看到的问题却不相同。这不仅与个体人有关，还与时间有关，因为，每个人都有自己的个性、气质、思想、情感，同时，时间也会改变人的思想、情感，改变人思考的角度。曹丕《与吴质书》的写作年代是建安二十三年（218），与《典论·论文》的写作时间相差不远，表达的文学观念基本一致。这篇文章也注重“气”表里内外的综合作用，对“建安七子”生理的、心理的、个人的、时代的等诸多因素均有涉及，有些问题的分析较《典论·论文》更为细致。如评徐干“伟长独怀文抱质，恬淡寡欲，有箕山之志”[①]（《与吴质书》），着眼的是徐干的个性。徐干的个性恬淡，这种个性决定了他的风格是文质兼备（“怀文抱质”）。评陈琳“孔璋章表殊健，微为繁富”，着眼的是陈琳的文体擅长。陈琳章表一类的文体写得尤其好。评刘桢“公干有逸气，但未遒耳；其五言诗之善者，妙绝时人”，着眼的是刘桢的个性气质和五言诗诗体。刘桢在个性上虽然有缺陷，缺乏遒劲之气，但五言诗却胜出时人。评阮瑀“元瑜书记翩翩，致足乐也”，也是着眼文体，意谓阮瑀书记一类的文体写得自由洒脱。评王粲“仲宣续自善于辞赋，惜其体弱，不足起其文，至于所善，古人无以远过”，着眼的是王粲的体格。由于王粲体弱多病，导致他的辞赋创作存在一些不足，总体感觉他似乎拿不起这种文体，写得柔弱，但他写得好的一些辞赋一般人也是无法逾越的。

曹植的《与杨德祖书》也对“七子”及建安作家进行了评价，

① （南朝梁）萧统编，（唐）李善注：《文选》（5），上海古籍出版社 1986 年版，第 1897 页。本段所引曹丕之语皆出自《与吴质书》，不另出注。

从曹植的评价中可以看出，他似乎更在乎作家成名的地域。“昔仲宣独步于汉南；孔璋鹰扬于河朔；伟长擅名于青土；公干振藻于海隅；德琏发迹于大魏；足下高视于上京。当此之时，人人自谓握灵蛇之珠，家家自谓抱荆山之玉。”① 究竟地域对作家的成功发挥着什么作用？曹植的评说虽然显得有些笼统，但是，从中我们仍然能够悟出一些实质性的问题。地域是作家生活与成长的环境，环境本身就是一个文化载体，它携带着大量的关于历史、地理、气候、风俗等信息，这些信息融汇到作家的血液之中，在作家的个性、气质、性格形成过程中发挥了无可替代的作用。任何一个作家都生活在特定的环境之中，都无法摆脱环境对他们自身的影响。因此，“七子”生活的地域（环境）在一定程度上决定了他们的创作，规定了他们的作品具有不同的审美特征。也正是因为地域、环境、个性、气质、性格等造就的这些创作特点，导致“七子”之间相互不服气。“人人自谓握灵蛇之珠，家家自谓抱荆山之玉。”“七子”中的每个人都认为自己掌握了创作成功的法器，自己的创作取得了成功。这其实就是曹丕所说的“文人相轻”，归根到底，仍然是“气”的问题。

从这两篇文章中可以看出，丕、植二位讨论的都是与“气”相关联的理论内容。从二人对“七子”及建安其他作家之“气”的分析中，我们产生了这样的体悟：“气”有“大气”与“小气”之分。所谓“大气”，是指地域、历史、文化等因素作用所产生的“气”，具体地说，是指社会现实、地理、风俗以及时代审美风尚等对文学创作的影响，对文学特征、文学风格形成的作用；“小气”则是指作家个人的素质，包括天赋、个性、情感、审美趣味等对文学创作的作用，对作家艺术风格的影响。可见，“气”的涵盖面非常宽泛，不同的“气”内外交织，相互作用，共同推动文学创作的开展，推动作家艺术风格的生成。

“文气”是“三曹”诗学重要的理论发明，是“三曹”诗学的理论核心，同时，也是中国古代诗学的理论核心，在中国古代诗学

① （三国魏）曹植著，赵幼文校注：《曹植集校注》，人民文学出版社 1984 年版，第 153 页。

发展史上具有崇高的地位。我们可以这样说，“三曹”诗学是“气”主导下的诗学，不仅因为曹丕、曹植等人在理论上倡导它，而且，还因为他们都将之切实运用到文学创作和批评中，分析“七子”的文章得失。在“气”主导之下，“三曹”“七子”等人的文学创作和文学批评孕育出许多鲜活的理论内容，涉及一些重要的诗学范畴，如比兴、感物、风骨、文质等——这些都是中国古代诗学重要的理论构成，已经成为中国古代诗学精神的重要组成——其中，有对传统诗学理论及观念的继承、发展，也有属于他们自己的独具一格的理论创新。“三曹”诗学所蕴含的理论意义巨大，要想真正确证它的存在意义，必须展开全面而深入的论证。“文气”理论及其所内蕴的“大气”与“小气”的观念，为准确衡量作家、艺术家及其文学艺术创作，认识个性鲜明的艺术风格，打开了一条科学的理论通道，同时，也自觉地催生了或风流洒脱或慷慨悲凉的审美风尚，催生了“三曹”诗学，对中国古代诗学精神的完善产生了巨大而深刻的影响。

第四节 “三曹”诗学的理论价值与现实意义

“三曹”诗学是“三曹”与建安、黄初时期的文学家通过自身的文学创作实践、审美体验以及理论阐发所呈现出来的文学理论、诗学与美学观念，这些理论与观念在经过漫长的历史检验之后，已经成为文学创作和理论批评的一种范式、一个标杆，长期规范着后世的文学创作与理论批评。任何一种文学创作和理论批评范式，必定会有自己的观念创造，会有自己的理论发明，而且对后世文学创作和理论批评意义一定是建构性的、包容开放的、具有张力的，能够切实推动文学创作和理论批评深化的。“三曹”诗学以“慷慨悲凉”“志深笔长”“梗概而多气”为核心，不断地辐射、延展，深度作用于文学创作与文学批评，形成了一种独特的美学风貌，具化为一种诗学精神，最终成为中国古代诗学精神的一个重要组成部分。“三曹”诗学产生于汉魏这一特殊的历史环境之中，带有鲜明的时代特征。时代造就了“三曹”诗学，“三曹”诗学也赋予这个时代以独特的美学气质、美学品格。正是因为“三曹”诗学深深植根于现实的土壤之中，比较完美地继承先秦两汉的诗学传统，展现了时代的美学风貌，故而具有很强的现实意义及理论衍生能力，赢得了后世的广泛推重。这本身就证明了“三曹”诗学的价值。全面开展对“三曹”诗学的研究，有利于弘扬中国古代的诗学传统和美学传统，以便引导当下乃至后世的文学创作与理论批评，朝着理想的方向发展、演进。

既然中国古代文学与理论批评的发展历史已经印证“三曹”诗学是一种独特的诗学形态，那么，它的独特性究竟表现在哪些方面？这是我们应该全面思考并做出回答的。在接下来的研究中，我们会细致回答这一问题。“三曹”诗学虽然提出了一系列创作和批评的理论和观念，但是，这并不是一个单纯凭靠理念和观念建构起来的空中楼阁，自始至终立足于文学创作实践这一坚实的大地。这是因为，“三曹”诗学的建构者都是身体力行的创作者，都是优秀的作家。建安、黄初作家的文学实践离不开彼时社会现实生活的熏染，离不开对彼时社会现实的体验，更离不开对文学传统的继承与借鉴。彼时社会历史环境及其相关联的现实生活是文学创作的感发之源，同时也是文学理论与批评的支点，而历史传承下来的优秀的文学传统是流淌在作家作品之中的血液。传统是根基，是基因，是生命赖以延续、生长的土壤。“三曹”诗学就是在继承优秀的文学传统、美学传统的基础之上逐渐生成的一种崭新的文学形态、诗学形态、美学形态。传统之于“三曹”诗学具有极其重要的意义，没有传统诗学，当然不可能产生“三曹”诗学。然而，单单具备传统基因这一条件还远远不够，并不足以化育“三曹”诗学。“三曹”诗学的生成还需要其他很多内在和外在的因素，内在的如作家修养、个性气质、审美体验、审美趣味等，外在的如社会现实、地理环境、时代思潮、审美风尚等。也就是说，“三曹”诗学的形成是诸多因素共同化育的结果，它的产生是偶然的，也是必然的。所谓“偶然”，是建安、黄初作家遭遇了这个时代，这是无法规划与预料的。正是因为有这个时代，作家们才有如此作为。所谓“必然”，是这个时代拥有了以“三曹”“七子”等为代表的优秀的作家，必定会产生建安文学、黄初文学。因此，“三曹”诗学的产生一定是必然的。“三曹”诗学之所以受到后世的广泛推崇，不仅是因为它具有独特的意义，更因为它具有普遍的意义，能够成为后世师法的诗学典范。“三曹”诗学之所以成为一种具有普遍意义的诗学典范，是因为它鲜活，不仅经受住了时代的洗礼，而且还经得起历史的评判，在文学发展的大潮之中，能够不断地自我充实，自我调适，最终实现了自我完善。作为一种特立独行的诗学形态，“三曹”诗学有属于自己的相对完整的理论观念，有丰富而生动的审美旨趣。正是由于“三曹”诗学立足于现实的地面，贴近生活，贴近创作，迎合了大众的审美理想与审美趣味，活力四射，健康，真诚，内涵丰盈，故而能够引导后世的文学创作和理论批评。“三曹”诗学的理论价值与现实意义是巨大的、深远的，是值得深入钻研、发掘的。

“三曹”诗学的理论价值与现实意义，在我们看来，应该围绕以下几个方面进行思考与探究。

第一，“三曹”诗学非常关注社会政治与百姓的日常生活，引导文学深度反映并反思社会现实，赋予文学以深刻的批判精神。

“三曹”诗学产生于汉末建安年间。从整个汉代历史来看，这是东汉社会矛盾总爆发的关键时期，也是东汉政治、文化思想发展的高峰时期。东汉前期，光武帝刘秀、明帝刘庄吸取西汉政治统治宽松的经验、教训，制定并推行一套严酷的法度，限制外戚、宦官干预朝政，较好地把持了皇权，天下太平。但自章帝刘炟开始，却又渐渐放松了法度，又开始给外戚、宦官以宽厚的待遇，因此，章帝也赢得了“宽厚长者”的美誉。此后，外戚、宦官势力抬头，再一次渗透到权力的核心，致使东汉中后期重蹈西汉末年覆辙，社会又一次陷入极度的血腥、混乱之中，长期笼罩着战争与恐怖的阴云。

东汉的血腥体现在政治上，而混乱则体现在社会秩序上。政治血腥是社会秩序混乱造成的，社会秩序混乱是政治血腥的根源。历史的经验告诉人们，假如一个时代社会失序，必然会造成混乱，必然会带来政治血腥。自汉和帝刘肇开始，社会就进入一个无序的时代。刘肇即位时年仅10岁，无力理政，窦太后把持朝政。窦氏兄弟姐妹独断专行，致使朝纲一片混乱。和帝虽然最终扫灭了窦太后，但是由于短命，只活到27岁，根本来不及实现雄图。此后的东汉历代皇帝大都皇权旁落，实际权力都掌握在外戚与宦官手中。外戚与宦官为了各自的利益长久地无休止争斗，殃及无数百姓，社会经济到了崩溃的边缘。自汉和帝刘肇始，到汉献帝刘协，这漫长的一百多年的时间，外戚与宦官始终是政治角力场上的主角，皇权被架空，皇帝沦为傀儡。每一次权力更迭，皆带来血腥杀戮，都进一步加剧了社会秩序的混乱程度。

建安文学就是在这种情形下产生的，“三曹”诗学也是在这种环境中萌生的。按照通常的逻辑来理解，任何一个时代的文学都应该与它所处的时代相适应，都应该把表现的焦点对准其所处的社会现实，并在此基础上进行艺术和美的观照。可是，实际情形却并非如此。纵观整个中国乃至世界文学史，并不是所有时代的文学都能深入时代的精神内核，艺术而本真地表现所处的时代，因此，很多时代的文学显得浮浅，缺乏历史的厚重感。而那些青史扬名的文学，都是艺术而本真地表现了时代的，通过对社会现实的本质描写，彰显了文学的艺术价值和美学价值。在这一点上，建安文学做到了，而且做得相当完美。“三曹”“七子”以及蔡琰等人的创作，直面社会现实，不仅艺术地描绘出一幅幅生动的社会现实生活图景，而且直面心灵，发现了人的内在精神气质与社会现实生活的审美关联，深度揭示了人内在的精神气质。

“三曹”诗学倡导并践行的“经国之大业”（《典论·论文》）的观念，其中的要义就是主张文学干预社会现实，多角度地表现社会现实生活，弘扬优秀的人文传统；或赞赏、讽刺社会的道德与人伦，或揭示、批判社会制度和社会风气。现实的美好、残酷、公正与不公正都以艺术的形式表现出来，让人们回味、反思。这其实也是在张扬文学的歌功颂德以及鞭策、警示的功能，与《毛诗序》所倡导的“上以风化下，下以风刺上”① 异曲而同工。可见，干预、

① 张少康、卢永璘编选：《先秦两汉文论选》，人民文学出版社1996年版，第344页。

鞭策、警示是“经国”的题中之义。“经国”的文学意旨赋予文学以崇高的社会责任，这不是对先秦两汉儒家教化诗学的简单继承，而是带有新的诗学思考的创造性发明。这种新的诗学思考，隐含着庄严的政治理想与国家抱负，与儒家教化诗学的根本出发点乃人伦道德教化有着根本性的差异。

第二，“三曹”诗学倡导“慷慨悲凉”的美学风貌，其中包含着对人的生存意识和人性的深度思考，目的是推崇积极进取的人生态度和积极生存的精神品格。

“慷慨悲凉”的美学风貌，积极进取的精神品格，就是后人在评价建安文学时所称道的“建安风骨”，是“三曹”诗学最有现实意义、最具精神价值、最富于审美光彩的独特的理论内容。“三曹”诗学作为一种在社会极度动乱时期产生的诗学，关注社会人生，张扬社会道义，在直面现实、批判现实的同时，塑造着时代的人文精神。在这一方面，应该说，建安、黄初时期的作家做得都相对完美。他们的作品不仅真切地表达了人的思想情感，而且还表现出人的理想与追求，张扬奋发昂扬的生命精神。然而，现实毕竟是严酷的，严酷的现实决定了文学的格调，成就了诗学的风貌。因此，悲凉成为建安文学的主体风貌，成为“三曹”诗学的精神品格。“三曹”诗学的悲凉，并不是悲哀与凄凉的叠加，更不是一味的哀伤、绝望，在悲哀、凄凉的背后，传递出来的却是“哀而不伤”，是悲壮。这就是慷慨。在悲伤之中奋力抗争，在绝望之中寻找希望。可以这样说，积极抗争的态度，无穷的追问与反思，强烈建功立业的愿望，正是悲凉背后隐含的精神意蕴。悲凉与慷慨交织、融汇，是先前不曾出现的一种创作倾向。那是一种新的诗学倾向和美学倾向。这是“建安风骨”一个极其重要的理论构成，具有极高的美学价值。

通过“慷慨悲凉”，“三曹”诗学展示出一种全新的人生价值观和审美观，对现实人生进行深刻的生命反思和美学反思，一方面，充实了人生无常的生命意识，深层次地揭示生命的本质；另一方面，在人生无常的生命意识之中植入积极进取的人生态度，孕育了豁达通脱的审美心理。与奋发、昂扬的积极进取相比，这是另一种积极进取，只不过，这种积极进取采用的是一种截然不同的形式，是一种更为真实的进取形式。这就是“慷慨悲凉”。试想，一个人面对严酷的社会现实生活，或是人生的失意，或是战争的惨烈，或是天灾人祸，个人、家庭、亲朋遭遇了很多不幸，怎么可能不影响个人的情感、思想与认识？因此，悲哀、忧愁、伤感、叹息，都是自然而然的情感表现。人是无法抛弃这种真实的情感而装弄出另一种虚假的情感形式，比如欢乐、安逸的情感形式，但是，人可以保持一种通脱而非绝望的情感形式。这一点，建安、黄初的作家们做到了。面对严酷的社会现实，他们不只是悲哀、忧愁、伤感、叹息，在悲哀、忧愁、伤感、叹息之后，积聚着奋发抗争的力量，对社会、人生依然充满热情与希望，向后人昭示这是一个永不放弃、积极进取的时代。“三曹”诗学投射出来的是悲壮的色彩。“慷慨悲凉”的美学品格将建安、黄初时期的文学置于一种多元的视角之下，为文学深度表现社会现实确立了一个诗学的法则，一个审美的规范。从这里我们可以看出，“三曹”诗学对社会现实人生价值的评判采取的不单纯是先秦以来的“言志”标准，而在很大程度上超越了这一标准，或者说，将“言志”由政治伦理道德化推向审美化，具有更为真诚的思想品格。

第三，“三曹”诗学对比兴创造性的诗学实践，充实并丰富了比兴的诗学内涵。

比兴是《诗经》的诗学创造，堪称中国古代诗学的精神之源。先秦时期，虽然在理论上没有对比兴作出相对明确、完整的意义界定，但是，却有明确的诗学实践，实践的行为本身承担着诗学传承，比兴诗学便被一代一代地传承下来。屈原就是《诗经》诗学的真正继承者。他的《离骚》《九歌》等作品所开启的美人香草之喻，就是比兴诗学的创造性应用，推动了比兴意涵的进一步深化。汉代刘安、司马迁、扬雄、班固、王逸等人都曾经赞赏屈原的诗歌创作才能，发掘他的诗学思想，比较明确地揭示了他的诗学特征，归纳起来，大致为文约、辞微（司马迁），如玉如莹（扬雄），弘博丽雅

(班固)，悠游婉顺（王逸)。[①] 而这些，都可归入比兴诗学的范围。比兴诗学在先秦时期已经具化为一种诗学精神，这种诗学精神在“三曹”与建安、黄初文人的文学创作中有非常鲜明的呈现。曹操的沉雄、曹丕的婉约、曹植的雅怨、刘桢的逸气、蔡琰的凄婉等等，其内在蕴含着十分丰富的比兴诗学的内涵。这些都是需要经过细微分析才能揭示的。例如曹操，他的《苦寒行》如此描写行路难：“羊肠坂诘屈，车轮为之摧。树木何萧瑟，北风声正悲。熊罴对我蹲，虎豹夹路啼。谿谷少人民，雪落何霏霏。”[②] 诗以路途的艰险隐喻生存的艰难，言有尽而意无穷，充满象征，增强了诗歌的含蓄力量。这其实就是比兴。这种比兴，与先秦、两汉时期的比兴相比，虽然缺失了诗意的引领，即通常人们理解的狭义的“起”意，差异很大，但是，比兴诗学的精神意蕴却得到了进一步深化。比兴诗学的介入，使得这一时期的文学创作在艺术上得到升华，达到一个非常完美的境界。

第四，“三曹”诗学引导了后世文学创作与批评的开展，即便在今天也具有一定的现实意义。

历史上对“三曹”诗学的总结是从两晋南北朝开始的。也就是说，“三曹”“七子”及其所处的建安、黄初文学产生不久，人们很快便发现了它的诗学价值。在中国诗学发展史上，应该说，这是一个非常有意义的诗学发现，对后世诗学的发展影响深远。建安、黄初文学遂成为文学史和诗学史的典型，成为足以彪炳千秋的特殊文学现象。从现存两晋南北朝及隋唐的史料来看，很多文学家认为汉魏是文学的辉煌时代，要求文学创作应以汉魏（尤其建安、黄初文学）为法，对那些背离汉魏文学精神而走向歧途异端的文学现象予以贬低与批判。我们有理由将这些行为都视为对“三曹”诗学的早期总结。沈约较早评价建安文学：“至于建安，曹氏基命，二祖、

---

① 相关论说，请分别参看司马迁《屈原贾生列传》、扬雄《法言·吾子》、班固《离骚序》、王逸《楚辞章句叙》，见张少康、卢永璘编选《先秦两汉文论选》，人民文学出版社 1996 年版，第 399、460、585、613 页。

② （三国魏）曹操著，夏传才注：《曹操集注》，中州古籍出版社 1986 年版，第 15 页。

陈王，咸蓄盛藻，甫乃以情纬文，以文披质。”① （《宋书·谢灵运传论》）高度赞赏建安文学的文质彬彬。他评价西晋时期的潘岳、陆机“体变曹、王”②（《宋书·谢灵运传论》），就是赞赏潘、陆在学习建安文学优良文风的基础上所表现出来的创造性，实际上是变相赞美建安文学。此后，刘勰在《文心雕龙·明诗》中高度赞美了建安诗人的创造。他指出：“晋世群才，稍入清绮，张、潘、左、陆，比肩诗衢，采缛于正始，力柔于建安。”③ 言外之意，西晋文学家和建安文学家相比，创造性就差了很多。钟嵘则更为明确，在《诗品序》中，他批判永嘉、江表时期的玄言诗风“理过其辞，淡乎寡味”，“皆平典似《道德论》”，“建安风力尽矣”。④ 到了唐朝的陈子昂，承接刘勰、钟嵘的认识，发出了沉痛的呼喊：“文章道弊五百年矣。汉、魏风骨，晋、宋莫传。”⑤ （《与东方左史虬修竹篇序》）这里的“汉魏风骨”主要是指“三曹”诗学。整个唐朝对“三曹”诗学极为推崇，随之，也将唐代诗学推到一个令人无法企及的高度。由此可见，“三曹”诗学早已成为一个标准、一个典范。在经过了漫长时间的检验之后，其标准、典范的意义更加凸显，价值弥足珍贵。

建安文学为什么会受到中国古代的广泛推崇？为什么会有如此巨大的艺术感召力和审美感召力？这是由建安文学的特质所决定的。总体说来，建安文学贴近现实，对现实的表现实在、质朴而不空疏，在艺术上追求雅正，更加符合普罗大众的审美趣味。这种表现极为难得。建安文学与其他时代的文学如两汉、南北朝、两宋、元、明、清大部分时段相比，无论现实表现的深度、广度还是艺术的成熟度，都更胜一筹。正是在这一层面上，建安文学才显现了它的存在价值。当下，中国的文学创作与理论批评也同样面临着空疏

① （南朝梁）沈约撰：《宋书》（6），中华书局 1974 年版，第 1778 页。

② （南朝梁）沈约撰：《宋书》（6），中华书局 1974 年版，第 1778 页。按：曹、王，即曹植、王粲。

③ （南朝梁）刘勰著，范文澜注：《文心雕龙注》（上），人民文学出版社 1958 年版，第 67 页。

④ （南朝梁）钟嵘著，陈延杰注：《诗品注》，人民文学出版社 1961 年版，第 1—2 页。

⑤ 周祖譔编选：《隋唐五代文论选》，人民文学出版社 1990 年版，第 70 页。

与实在的二难选择。之所以说“二难”，是因为实在说起来简单，但是，确实难以做到，而空疏也很难避免，难就难在将文学的内容与艺术和美有机地统一在一起。假如文学的表现内容拥有了适应这一内容的美的形式，就实现了统一；假如文学的表现内容游离了这种美的形式，就产生了空疏。文学创作如果要摆脱空疏，必须学习古今中外的优秀传统。“三曹”诗学作为一个优秀的传统，是我们必须认真研究与对待的。全面深入地开展对“三曹”诗学的研究，不仅是为了总结传统，而且是为了丰富与完善我们今天的文学创作和理论批评。当下的文学创作与理论批评需要一个坚实的历史支点，凭借这个支点发力，向着更为健康、真诚和美的目标前进。

第一章

“三曹”对比兴诗学的创造性发展

在中国古代诗学中，比兴作为最核心的诗学理论与范畴之一，典型地彰显中国古代诗学精神。作为中国古代的一种原创性诗学，比兴在漫长的历史发展过程中，形成了比较复杂的意义结构，已经成为一种相对完善的诗学形态。① 就其对中国古代诗歌创作和批评的影响来说，很少有其他诗学观念可以比拟。一部中国诗学史，比兴贯穿先秦与清代，而且始终处于核心地位。可以说，比兴已经融入中国古代每一位文学家、诗人的艺术血液之中，切实化作了中国古代诗学的精神。比兴范畴产生于先秦，而作为一种诗学则形成于汉代②，汉魏时期是比兴诗学的意义奠定期。这一时期，比兴诗学的发展主要表现在两个方面：一是从理论上界定比兴的意涵。以《毛诗序》、郑众、郑玄、王逸等为代表，力求厘清比兴的理论内涵，发表了许多关于比或兴的理解与认识，差异很大。二是在创作实践中赋予比兴以新的内涵。很多诗人自觉地运用比兴的方法进行创作，在实践中印证、明确比兴诗学，深化比兴诗学，使之趋于完善。“三曹”“七子”等人就是比兴诗学的实践者和印证者。在他们身上，我们能够比较清晰地看到比兴的诗学传承，以及在传承过程

---

① 我们在这里所说的诗学形态，是兼及诗学理论及其类型的。中国古代诗学以范畴为核心，范畴是中国古代诗学的理论“筋骨”，构成了中国古代诗学的整体风貌。而范畴有核心范畴和非核心范畴之分，每一个核心范畴都是一种理论，都是一种类型，内在都隐含着诗学的潜体系，都可称之为诗学形态。

② 比兴最早见于《周礼·春官》，称之为“六诗”。先秦时期，没有对“六诗”及比兴进行明确的阐释。到了汉代，毛氏解诗，又提出“六义”，内容与“六诗”相同。郑众、郑玄释《周礼》，对比兴进行了初步阐释，意义渐明。比兴作为一种诗学理论，形成于汉代，然而，先秦的化育也功不可没。

中所表现出来的独特性和创造性，无形中丰富了比兴的诗学内涵。“三曹”的诗赋，一方面从《诗经》、楚辞中汲取营养，另一方面又改造了汉乐府的抒情形式，对比兴的创造性运用非常显著。曹操的《苦寒行》《却东门行》，曹丕的《杂诗》《寡妇》《燕歌行》，曹植的《白马篇》《美女篇》《野田黄雀行》，等等，都是情感性和艺术性兼具的优秀诗篇，它们创造性地运用比兴，具体的情状却差异很大。这说明，不同诗人对比兴的诗学理解不太一样，而这不同的理解和运用并不妨碍他们的作品成为诗学实践的典范。我们研究“三曹”诗学，不能不关注比兴这一由《诗经》引发并被后世不断发展深化逐渐延续下来的艺术思维方式和创作方法。“三曹”的诗赋创作，在很大程度上就是依靠比兴传播文学趣味，弘扬建安风骨，从而，创造出美妙的意象和意境。可以说，比兴是“三曹”诗学极为重要的精神支柱。

第一节　比兴诗学的意义界定

比兴因《诗经》而生，是《诗经》催生的一种诗学观念。由于它浓缩了诗的艺术和美学中一些带有普遍意义的法则，已经成为古代诗学的传统，具化为古代诗学精神，是创作与审美必须遵循的准则。在先秦，围绕着《诗经》的教学与传播提出了“比兴”观念。[①] 两汉时期，伴随着解经风潮开始对这一观念进行有目的的阐释，试图从理论上去赋意，以迎合诗教的需要，于是，逐渐形成了内涵比较丰富、意义相对完整的比兴诗学体系。然而，随着时代的发展，文体形式、文学创作与文学观念在不断地演变，比兴的内涵也发生了相应的变化，这些变化都表现在不同时代文学家的文学创造中和理论家的理论阐释中。后世文学家和理论家经过不断的努力，结合时代和文学演变的具体情形，从比兴之中提炼出一些非常

① 先秦时期关于比兴的讨论，除了《周礼》的“六诗”（风、赋、比、兴、雅、颂）论外，还有孔子的“兴、观、群、怨”说和“兴于诗”说。这些说法都与教诗、诗教有关，涉及《诗经》的传播问题。

有价值的关于文学创作与批评的美学原则。我们可以将古代关于比兴的理论论述及其在创作与批评中的实际运用所呈现出来的比兴观念统称为“比兴诗学”。今天看来，比兴诗学已经成为一个自足的理论系统，涵盖了中国古代文学创作和理论批评的一系列问题，能够完整地解释中国古代文学创作和理论批评中的一些现象。自从比兴的诗学观念形成之后，其无时无刻不存在于文学家和批评家的文学创作与批评的视野之中，成为中国古代文学家、批评家从事文学创作与理论批评必须遵循的律令与法则。

古往今来，一提起《诗经》，人们自然而然地就会联想到风、雅、颂与赋、比、兴，而在说到比兴的时候，又会自然而然地联想到《诗经》。比兴与《诗经》是相伴而生的，它是对《诗经》的诗学总结。由于它准确地把握了诗歌创作的艺术和美学特征，因而具有强大的理论衍生力，唯其如此，才能成为重要的诗学法则，长期左右中国古代的文学创作与理论批评。在中国古代诗学的发展历程中，比兴的争议远比其他诗学观念激烈。从先秦一直绵延到现代，人们总能不断地听到关于比兴的不同解读，听到关于比兴的种种思索与疑虑。① 足见比兴在中国古代诗学史上举足轻重的地位。考察中国古代诗学的发展历史，人们就会发现这样一个事实：没有任何一种诗学理论比比兴更复杂多义，没有任何一种诗学理论比比兴的内涵更为丰富，也没有任何一种诗学理论比比兴更具有魅力。比兴已经成为一种独特的、无可替代的诗学存在，在它身上，能够集中表现中国古代诗学的鲜明个性与特色。作为一个生命力持久的诗学观念，比兴对文学创作与理论批评的影响巨大。大凡主流诗人，也包括很多非主流诗人，无不接受并运用比兴的创作方法。② “三曹”

① 关于比兴的学术史研究，请参阅李健的《比兴思维研究》（商务印书馆 2019 年版）第一章“绪论”及相关章节，该著对比兴的学术史清理仅限于 20 世纪以前。另可参阅李健《比兴研究新领域的开拓及反思——评张节末〈比兴美学〉》，《文艺研究》2022 年第 8 期。

② 所谓主流诗人，是指与中国传统主流意识形态相适应的诗人。在中国历史上，儒家是主流的意识形态，凡崇信儒家，坚持文学教化观念的诗人，都可以称之为主流诗人。比兴与儒家思想关系密切，言志、教化、美刺、比德等观念中都有比兴的影子，故而，主流诗人运用最为频繁。

作为主流诗人，自然摆脱不了比兴的沾溉。可以毫不夸张地说，在中国古代诗学的发展史上，“比兴”几乎成为中国古代诗学的代名词。

探讨“三曹”对比兴诗学的发展，必须首先关注“三曹”与《诗经》的关系。这一点，我们在第一章从创作的角度已经做了一些简单的分析。关于“三曹”与《诗经》的关系，“三曹”本人的言说和具体的创作实践都已经彰显出明确的态度，给予“三曹”学习《诗经》很多论据上的支撑。很多诗人、评论家也都有所觉察，对此进行了有深度的学理分析，揭示出“三曹”与《诗经》的创造性继承和发展的关系。这种创造性继承和发展不仅仅是形式上的，更是艺术和精神上的，是对《诗经》诗学精神的弘扬。曹操是以自己的诗歌创作实践践行《诗经》诗学精神的杰出代表，在他的诗中，随处都能看到《诗经》的影子，或者直接化用《诗经》，或者明确提及《诗经》。《苦寒行》一诗明确写道：“悲彼《东山》诗，悠悠令我哀。”诗中提到的《东山》诗，就是《诗经·豳风》中的一篇。自己写诗而刻意提及《诗经》，说明他受《诗经》的影响很深，自觉地学习《诗经》的情感表达；或借助《诗经》的诗意，实现准确表达自己思想情感的目的。《东山》和他的《苦寒行》都是描写征战、思乡的，因征战的艰苦而生发对家乡的思念。《东山》描写的是在外征战多年的战士思念、回归家乡的情感意绪。行军途中，征战之余，也难以抑制对故乡的思念，心情因思念而悲伤；终于回到日思夜想的故乡，那里的一草一木，一虫一鸟，都是那么亲切，那么令人喜悦！曹操受这首诗所表达的思想情感的感发，把它所表达的悲伤与喜悦的情感与自己的境遇及由此产生的情感联系起来，与自己所处时代的社会现实联系起来，不仅找到了情感的相似点，更发现了精神上的关联。因此，才会产生“悲彼《东山》诗”的喟叹，意谓他是受《东山》诗的感发，才借助于乐府古题，创作了这首《苦寒行》，表达他行军征战路途的艰苦以及渴望尽早得胜东归的愿望与理想，为自己建功立业寻求一个力量的支点。陈沆曰：“曹公苍莽，古直悲凉，其诗上继变雅，无篇不奇。但亮节慷慨，无烦笺释。”① “上继变雅”就讲述的是曹操与《诗经》的关系。“变雅”是《毛诗序》提出的一个诗学概念，通常情况，“变”是针对“正”来说的。《毛诗序》将《诗经》中的风、雅按照其表现的内容与思想情感的差异细分出变风、变雅，相对于一般的风诗、雅诗有很大的区别。按照《毛诗序》的理解，一般的风诗、雅诗是正面地表现现实的，是歌功颂德的，是正风、正雅，这是风、雅原本的教化状态，即通过歌功颂德来进行教化，而变风、变雅虽然也表现现实，但立场是相反的，并非歌功颂德，而是揭露和批判。变风、变雅的揭露和批判立场也是出于教化，只不过是反面教化，其意图也是为了维护统治者的政治统治，是风、雅不可缺少的重要内容。陈沆说，曹操的古直悲凉与变雅有直接的关系，认定他的古直悲凉就是从变雅中来的。显然是着眼于曹操揭露、批判现实的立场，姑且不说这种看法是否确当，其中有不少问题确实值得深入思考。为什么曹操继承的不是“变风”而是“变雅”？曹操的“悲彼《东山》诗”中的《东山》一诗就不属于雅，而是风（豳风），如何解释？无论如何，陈沆都是在肯定曹操诗歌的揭露与批判立场，意在厘清他的诗歌源头。同时，这也不经意触及曹操诗歌所蕴含的人文关怀精神。那是诗的良心！曹操与《诗经》的关系极为密切，他是把《诗经》作为自己的诗学模范来加以师承的。

曹丕也大致如此。曹丕的诗歌创作从《诗经》中借鉴了很多，他自觉或不自觉地学习了《诗经》表现现实、表达情感的艺术方法，接受了《诗经》传递出来的现实关怀与人文精神。曹丕诗歌的艺术和诗学成就，当然不能简单归为《诗经》的功劳，还与他从小接受的传统教育有关。曹植《文帝诔》评曹丕：“研几六典，学不过庭。潜心无妄，抗志清冥。才秀藻朗，如玉之莹。”② “六典”也就是人们所说的“六经”，即《诗》《书》《礼》《乐》《易》《春秋》。曹丕学识非常丰富，他对包括《诗经》在内的“六经”非常熟悉，因此，曹植说他“研几六典”。在当时的情形下，对诗歌的

① （清）陈沆撰：《诗比兴笺》，中华书局1959年版，第36页。

② （三国魏）曹植著，赵幼文校注：《曹植集校注》，人民文学出版社1984年版，第342页。

学习，除了《诗经》、楚辞、汉乐府之外，并没有太多可依凭的诗人与文本。沈德潜评曹丕诗：“子桓诗有文士气，一变乃父悲壮之习矣。要其便娟婉约，能移人情。”[①]“便娟婉约”是对曹丕诗风的评价，然而，沈德潜却说曹丕“一变乃父悲壮之习”，是否意味着曹丕抛弃曹操的悲壮（慷慨悲凉），离《诗经》传统越来越远了？其实不然。沈德潜的话语之中仍然隐含着曹丕对《诗经》的接受之意。因为《诗经》的诗学精神原本就是多元的，依陈沆所说，曹操也只是接受“变雅”的诗学智慧。只要简略回顾一下《诗经》，便可清楚沈德潜的意图。除了“变雅”之外，《诗经》中的“风”有很多情感柔美、婉约的诗，如《邶风·静女》《卫风·氓》等，均哀怨、婉转。在沈德潜看来，曹丕的诗歌就是学习这一部分作品，因此，形成了“便娟婉约”的风格。我们阅读曹丕的《燕歌行》《杂诗》等诗作，自然而然地会想起《诗经》，足见曹丕摆脱不了与《诗经》干系。至于曹植，其与《诗经》的关系就更为密切了。钟嵘《诗品》就直觉到曹植诗与《诗经》的渊源，用感悟的语言这样评说：“其源出于《国风》。骨气奇高，词采华茂，情兼雅怨，体披文质，粲溢古今，卓尔不群。”[②]就是说，曹植的诗歌是自觉地学习《国风》的结果。他的“骨气”，他的“词采”，他的情感表达，均受《国风》的影响极深。这虽然是一种直觉判断，但从曹植的具体创作表现来看，确实是一种比较准确的判断。然而，单单着眼于《国风》来解读曹植的诗歌，可能会产生很多局限。钟嵘也非常明确地认识到这一点，在说曹植源于《国风》的同时，还说他“情兼雅怨”，就是说，曹植的怨是源于《诗经》雅的。从这里我们领会到，曹植与《诗经》的关系是全方位的，不是局部的。

既然“三曹”与《诗经》的关系都非常密切，而《诗经》的诗学精髓又是赋、比、兴，那么，他们对赋、比、兴又有怎样的诗学拓展？对中国传统诗学的发展又有怎样的贡献？这是我们接下来要着重解决的问题。为了使这一问题的解决有一个逻辑的铺垫，有必要先说一下赋、比、兴，简单地回顾古往今来关于这一问题研究的

① （清）沈德潜选：《古诗源》，中华书局1963年版，第107页。
② （南朝梁）钟嵘著，陈延杰注：《诗品注》，人民文学出版社1961年版，第20页。

基本状况。

据先秦典籍的记载，比兴原本属于“六诗”。《周礼·春官》最早提出了“六诗”概念：“（大师）教六诗，曰风，曰赋，曰比，曰兴，曰雅，曰颂；以六德为之本，以六律为之音。”①“六诗”具体指的是什么？由于《周礼》没有做任何解释，导致人们的认识存在很多差异。后来，《毛诗序》又改换了一个名称，称“六义”，同样指的是这些内容：“故诗有六义焉。一曰风，二曰赋，三曰比，四曰兴，五曰雅，六曰颂。”②“六诗”和“六义”虽然六项指称都一样，但是，它们是否说的是同样的内容？现在已经很难给出明确的答案。有人怀疑，“六诗”是六种乐歌，赋、比、兴也像风、雅、颂一样是乐歌，可现存资料找不到赋、比、兴作为乐歌种类的任何证据。有人认为，风、雅、颂作为乐歌是事实，赋、比、兴是表现手段也是事实，但是，作为“六义”的风、雅、颂和作为乐歌的风、雅、颂意义不在一个层面，传统关于“六义”的“三体三用”“三经三纬”的说法不符合逻辑，“六义”应是六种表现手段或艺术手段。这一说法证据鲜明且能自圆其说。在我们看来，“六诗”与“六义”之间存在发展、演化的关系，它们之间的关系三言两语难以说清楚，这两个概念的意义应该是有差异的。然而，无论在古代还是当下，“六诗”和“六义”两个概念是混淆的。这主要是经学至高无上的地位使然，人们不敢贸然怀疑经学家对“六诗”和“六义”的阐释。就《诗经》而言，它的内容由风、雅、颂三个部分组成，赋、比、兴早在汉代就被经学家解释为《诗经》的创作方法（或曰表现方法、修辞方法），因此，一种主流的声音认为，这“六诗”“六义”是“三体三用”（孔颖达），或曰“三经三纬”（朱熹），风、雅、颂为“体”（“经”），赋、比、兴为“用”（“纬”）。对“六诗”和“六义”来说，这种解释非常明显地是混淆了黑白。无论“六诗”还是“六义”，六个概念的总体内涵肯定是同一的，不可能其中的三个是“体”（“经”），另外三个是“用”（“纬”），

① （汉）郑玄注，（唐）贾公彦疏：《周礼注疏》卷23，第228页；《唐宋注疏十三经》（2），中华书局1998年影缩本。

② 张少康、卢永璘编选：《先秦两汉文论选》，人民文学出版社1996年版，第344页。

因为“体”“用”毕竟是两个内涵完全不同的东西。况且，古人是将这六个概念交错排列的，不同的东西不可能交错排列在一起，这明显不符合古人的思维逻辑。由于“三体三用”“三经三纬”是由孔颖达、朱熹两位著名经学家提出的，对这一严重违背逻辑的说法，大多数人不愿意多思，甘受蒙骗，致使“三体三用”“三经三纬”的观念影响中国古代诗学长达1500年。既然风、赋、比、兴、雅、颂是统一的“六诗”或“六义”，《周礼》《毛诗序》将它们交错排列，就说明它们的内涵是同一的，要么都是“体”，要么都是“用”，或者是其他内涵一致的内容。不知道前代圣贤为什么会犯如此逻辑混乱的低级错误，将体、用这两个原本不同的东西硬性地杂糅在一起。孔颖达曾经为他始作俑的不合逻辑的解释做过这样的辩解：“大小不同而得并为六义者，赋、比、兴是《诗》之所用，风、雅、颂是《诗》之成形。用彼三事，成此三事。是故同称为义。”[①]确实，就《诗经》而言，无论是风还是雅抑或颂都离不开赋、比、兴的创作方法，的确是用彼三事（赋、比、兴）成此三事（风、雅、颂）。细细思来，孔颖达却在暗暗偷换概念。“六义”中的风、雅、颂不是《诗经》乐歌种类的风、雅、颂，而是表现手段的风、雅、颂。《毛诗序》对作为表现手段的风、雅、颂有明确的阐释，如说风是讽喻（“风，风也，教也”），雅是校正（“雅者，正也”），颂是颂美，即歌功颂德（“颂者，美盛德之形容，以其成功告于神明者也”）。风、雅、颂的这三种意义才能与赋、比、兴对应起来，风、赋、比、兴、雅、颂的排列顺序才能解释得通。[②] 孔颖达明显不能自圆其说。体用、经纬之说并不符合“六诗”或“六义”的本原意义。也就是说，孔颖达、朱熹们没有真正弄清楚“六诗”或“六义”的意义。为此，才有后来许多不同的意见。有人认为，“六诗”是六种乐歌；有人认为，“六诗”是指六种教诗的方法；有人认为，“六义”是指诗歌的六种表现手段；等等。这些观点到底哪

---

① （唐）孔颖达：《毛诗注疏》卷1之一，第14页；《唐宋注疏十三经》（1），中华书局1998年影缩本。

② 关于“六义”的释义，参见李健《诗“六义”新论》，载李健《中国古典文艺学与美学的当代价值》，黄山书社2012年版，第249页以下。

一种才符合“六诗”“六义”的本原？现在已经很难说得明白。

尽管如此，赋、比、兴作为有价值的艺术思维方法和创作方法已经深入人心，人们已经自觉地将赋、比、兴尤其是比兴当作最重要的方法运用到创作之中，并在内涵上不断地丰富它、深化它，使之逐渐完备。在古代，人们总是比、兴分说，如认为比是“见今之失，不敢斥言，取比类以言之”①，是“喻类之言”②（挚虞《文章流别论》），是“以彼物比此物”③（《国风·螽斯》注），等等；兴是“见今之美，嫌于媚谀，取善事以喻劝之”④，是“引譬连类”⑤（何晏《论语集解》引孔安国语），是“有感之辞也”⑥（挚虞《文章流别论》），是“先言他物以引起所咏之辞”⑦（《国风·关雎》注），等等。似乎比与兴都是比喻，或者说都与比喻有关。既然比与兴都是比喻，与比喻有关，那么，它们之间究竟存在怎样的差别？迄今为止，还没有任何一位研究者得出令人信服的结论。为了确定比与兴的差别，有人说比是比喻，即朱熹所谓“以彼物比此物”，兴是起兴，即朱熹所谓“先言他物以引起所咏之辞”。说比是“以彼物比此物”，相对好理解一些，意思是，两物相比，借助于一个形象鲜明的他物来比喻此物，以增强此物的形象性，或者，由于言说的此物难以理解，通过言说他物使得此物容易理解。而兴是“先言他物以引起所咏之辞”则相对难以理解。言他物怎么就会引起所咏之词？如何引起？怎样引起？“他物”与“所咏之词”之间到底是一种什么关系？这恐怕不是“关关雎鸠，在河之洲”引起“窈窕淑女，君子好逑”能够说清楚的。也就是说，在兴的状态中，也展现了他物与此物的关系，因此，兴是包含比的。然而，兴具有更为复杂的理论意义。很多研究者都已经看到了这种事实。比兴在

① （汉）郑玄注、（唐）贾公彦疏：《周礼注疏》卷23，第228页；《唐宋注疏十三经》（2），中华书局1998年影缩本。

② 郁沅、张明高编选：《魏晋南北朝文论选》，人民文学出版社1996年版，第179页。

③ （宋）朱熹注：《诗集传》，中华书局2011年版，第6页。

④ （汉）郑玄注、（唐）贾公彦疏：《周礼注疏》卷23，第228页；《唐宋注疏十三经》（2），中华书局1998年影缩本。

⑤ （清）刘宝楠撰：《论语正义》，中华书局1990年版，第689页。

⑥ 郁沅、张明高编选：《魏晋南北朝文论选》，人民文学出版社1996年版，第179页。

⑦ （宋）朱熹注：《诗集传》，中华书局2011年版，第2页。

文学创作中的具体表现，如果具体考察古代文学创作尤其诗歌创作就会发现，无非是采用比喻、联想、想象、象征、隐喻、灵感等方法，以引起情感与意义的发生。在我们看来，在中国古代诗学发展史上，比兴已经紧密地结合在一起，成为一个一体化的东西，那是一种艺术思维方式，可称为比兴思维，或曰比兴诗学。从刘勰开始，就将比兴并称。尽管《文心雕龙·比兴》依然比兴分说，但这却是一个非常明确的信号：比兴已经成为一个不能截然分开的一体化的诗学观念，成为一种艺术思维方式。这种比兴思维，包含着比喻、联想、想象、象征、隐喻、灵感等创作必要的手段。运用这些手段进行创作，能够创造出美妙的意境、意象，同时，强化语言的诗意，实现言有尽而意无穷。[①] 这也就是我们所说的比兴诗学的理论意蕴。

我们研究“三曹”诗学，探索“三曹”对比兴诗学意义的发展，只能从“三曹”的诗文创作对比喻、联想、想象、象征、隐喻、灵感等创作手段的运用着手，进行深入的分析。通过这种努力，力求较为客观地揭示“三曹”诗学的理论实质。

第二节 曹操：对《诗经》比兴的诗学超越

一

曹操对《诗经》情有独钟，在继承和发展《诗经》诗学思想的过程中完善了他的诗学个性，形成了自己独特的品格。曹操对《诗经》的诗学继承，不仅表现在对《诗经》四言这种艺术形式的运用上，而且还表现在对《诗经》语言的化用上。在化用《诗经》语言的同时，也将《诗经》的比兴带入其中，形成了他诗歌创作的一道独特的风景。

化用是部分改编或者直接袭用别人的一种语言行为，虽然这是一种因袭行为，但是，也不能简单判定为抄袭、模拟，应该视具体

① 关于比兴与想象、象征、隐喻、灵感关系的论述，请参阅李健《比兴思维研究》第四章“比兴思维的思维特征”，商务印书馆 2019 年版。

的化用情况来衡量。判断化用是否抄袭、模拟的一个重要的标准是意义的创新，即作者在运用前人的语言时有没有新的赋情或赋意。同时，化用本身也说明化用者对所化用作品的尊重和崇敬，他（她）很有可能是将化用对象作为典范来对待的。曹操之于《诗经》就是尊崇，他化用《诗经》，是将这种尊崇的态度转化为实际的行动。曹操现存的唯一的也是最为经典地化用《诗经》的诗，是我们在第一章已经简略分析过的《短歌行》（其二）。在这首诗中，曹操化用了《诗经》中的不少诗句，甚至一字不改，借以表达他想表达的思想与情感。重读他所化用的《诗经》之诗，联系他的情感表达，我们发现与比兴有关，可视为他创造性改造比兴诗学的直接信号。这种经典性的化用，早已成为古人的一种习惯行为，给后来黄庭坚“夺胎换骨”的诗学理论提供了一个强有力的实践支撑。后来的批评家大都认可并赞赏曹操的这种做法，强调这也是一种诗学的创造。如清代的吴淇就曾经这样说：“‘呦呦’四句，是明引成语，不是剿袭。”① 王夫之也评价这首诗：“尽古今人废此不得，岂不存乎神理之际哉！”“此篇人人吟得，人人埋没，皆缘摘句索影，谱入孟德心迹。一合全首读之，何尝如此？捧画上钟馗，嗅他靴鼻，几曾有些汗气？惭惶惭惶。”② 曹操的创造性很多人不理解，因此，才会出现“人人吟得，人人埋没”的状况。人们大都认为，这首诗只不过是“摘句索影，谱入孟德心迹”，就是说，曹操的感情（“心迹”）是通过对《诗经》的化用（“摘句”）来表达的。但是，这不是简单地借用，是化用。曹操把他的诗学理解都融入这化用之中，生动传神，不露痕迹。正因此，王夫之提到“神理”这个概念。“神理”指的是什么？必须联系前一句话以及王夫之对其他诗人的点评才能看得清楚。前一句话是“尽古今人废此不得”，究竟什么废除不得？是巧妙地化用前人的语言吗？是指古代诗学的精深义理吗？这些意思恐怕都有。在评蔡邕的《饮马长城窟行》时，王夫之曾经用过这一概念，如果结合王夫之对蔡邕的评论，“神理”的意义就比较清楚了。王夫之说：“或兴或比，一远一近，谓止而流，

① （清）吴淇：《六朝选诗定论》卷5，清康熙刻本。

② （清）王夫之：《古诗评选》，上海古籍出版社2011年版，第14页。

谓流而止。神龙之兴云雾駆，以人情准之，徒有浩叹而已。”“神理略从《东山》来，而以《东山》为鹄，关弓向之，则其差千里。”①这就是说，蔡邕诗的比兴是从《诗经·东山》而来的，倘若按照《诗经·东山》的诗意来理解蔡诗，就会相差很远。言外之意，蔡邕诗的比兴已经超越了《诗经·东山》的比兴，是一种创造。因此，“神理”指的是包括比兴在内的诗学创造。我们拟从比兴的角度再对曹操的这首名诗进行深度解读，探求曹操的诗学创造意义。

首先，《短歌行》（其二）是一首言志之作。大凡言志，诗人都会将自己的思想情感寄寓在自然或现实的物象之中，进行多方面的引譬连类，因此，比兴自然是不可缺少的。在这首诗中，曹操也运用了比兴的方法象征、隐喻自己渴望贤才、建功立业的志向，但已与《诗经》中的比兴有很大的不同。明代谭元春曾经这样谈论过阅读这首诗的感受：“少小时读之，不觉其细；数年前读之，不觉其厚。至细，至厚，至奇。英雄骚雅，可以验后人心眼。”②“至细，至厚，至奇”说的就是这首诗的比兴，把英雄的志向寄寓得非常典型，具有长久的艺术魅力。钟惺也说：“四言至此，出脱《三百篇》殆尽。此其心手不粘带处。‘青青子衿’两句，‘呦呦鹿鸣’四句，全写《三百篇》，而毕竟一毫不似，其妙难言。”③赞美曹操引用《诗经》，却说“一毫不似，其妙难言”。“至细，至厚，至奇”是说这首诗越品味味道越浓厚，言外之意是说这首诗具有含蓄蕴藉的品质，这也是比兴本身所固有的诗性品质。“验后人心眼”是说这首诗具有教化、净化的作用，而《诗经》比兴手法的运用，在后人尤其是儒家看来就是教化与净化人们的心灵的，真正优秀的诗歌都应该具备这种功能与品质。钟惺所谓“一毫不似”是赞美曹操的创造，曹操对《诗经》的化用达到出神入化的地步，完全超越了《诗经》比兴的意义，具有新的意蕴，使得人们在阅读的时候，丝毫不感觉他是化用《诗经》，而是他自己的独创。这就意味着，曹操将比兴的诗学意蕴向前推进了一大步。

① （清）王夫之：《古诗评选》，上海古籍出版社 2011 年版，第 13 页。
② （明）钟惺、谭元春：《古诗归》卷 7，明刻本。
③ （明）钟惺、谭元春：《古诗归》卷 7，明刻本。

为了更加细致地说明这一问题，我们有必要将曹操引用《诗经》的这两首诗与他的《短歌行》进行对读，从中找到曹操的创新点。

《郑风·子衿》：

> 青青子衿，悠悠我心。纵我不往，子宁不嗣音。
> 青青子佩，悠悠我思。纵我不往，子宁不来。
> 挑兮达兮，在城阙兮。一日不见，如三月兮。[①]

朱熹在解释这首诗时认为，“青青子衿”“青青子佩”“挑兮达兮”都是赋。我们暂且不对朱熹的这一解说发表评论。其实，对《诗经》赋、比、兴的区分不是一件容易的事，即使朱熹本人也常常犯糊涂，弄不清楚它们之间到底存在着什么样的差别。如《郑风·野有蔓草》一诗：“野有蔓草，零露漙兮。有美一人，清扬婉兮。邂逅相遇，适我愿兮。”朱熹就解释说“赋而兴也”[②]，意思是说，这一节诗既是赋，又是兴。诸如此类“赋而比”“赋而兴”的解释，在《诗集传》中尚存多例，不一一列举。具体到《郑风·子衿》这首诗，“青青子衿，悠悠我心”，是否也存在着一个比兴问题？我们的回答是肯定的。朱熹却将之简单判定为赋，否定其中所蕴含的象征与隐喻意义，显然是不妥当的。

至于这首诗的内容，苏辙在他的《诗集传》中曾经这样解释：“子衿，刺学校废也。”[③] 这种看法在后世的影响很大。在具体解释第一节时，苏辙说：“青衿，学子之所服也。礼，父母在，则衣纯以青，嗣续也。学校不修，则有去者，有留者，而莫之禁。故留者念其去者，而责之曰：我虽不往见子，子曷为不传声问我乎？”[④] 苏辙的这一番言论，虽然语意上也能够说得通，但是却不符合诗意，从中我们看到了他夫子的形象，倒不如真正的夫子朱熹眼光敏锐。

① （宋）朱熹注：《诗集传》，中华书局2011年版，第70页。
② （宋）朱熹注：《诗集传》，中华书局2011年版，第71页。
③ （宋）苏辙：《诗集传》卷4，文渊阁四库全书本。
④ （宋）苏辙：《诗集传》卷4，文渊阁四库全书本。

朱熹说：“青青，纯缘之色。具父母，衣纯以青。子，男子也。衿，领也。悠悠，思之长也。我，女子自我也。”明确地判定：“此亦淫奔之诗。”[①]“淫奔”是儒家贬低爱情的陈词。大凡男女爱情，没有父母之命，媒妁之言，仅凭两情相悦的，都称之为“淫奔”。且不管朱熹对淫奔的态度如何，他都准确认识到，这是一首女子思念恋人的爱情诗，眼光比苏辙更为独到。这说明，朱熹具有很强的艺术判断力。

曹操将“青青子衿，悠悠我心”两句诗原原本本地搬到他的《短歌行》中，恰如其分地表达了他彼时彼刻的情感。他“对酒当歌”，是因为联想到了人生的短暂。人生短暂得就像那早晨的露水，太阳出来后就消失了。回首往事，在这短暂的人生历程中，自己不知经历了多少苦难！这些苦难桩桩件件，均刻骨铭心，难以排遣，于是，只能借助于酒精暂时麻痹自己的神经。这首诗的字里行间，曹操虽然表达了自己的无限悲哀，但是，给人的感觉并不消沉。他哀叹生命，在哀叹之中蕴蓄着坚强不屈，渴望在短暂的人生中能够活出精彩，建功立业。而建功立业需要群体的力量，需要一批志同道合的人，单单依靠个人的能力是难以实现的。只有群体齐心协力，共同奋斗，才能成就大业。聚合一个志同道合的群体不是一件简单的事，其中的一个重要的途径就是广纳贤才。正是出于这种思考，曹操的笔下自然而然地涌现出“青青子衿，悠悠我心”两句诗，非借此不足以表达自己的心声。这是典型的比兴之笔。

其一，“青青子衿”是指读书人，是知识与才能的象征。我们前引苏辙与朱熹的话说得已经很清楚，周代的学生衣领都是青色的，“青衿”，是青年学生的代称。青年学生意气风发，充满青春与活力，这就象征着一种事业。曹操渴望聚集很多有知识、有才能的人，帮助自己建功立业，实现统一国家的理想。他想象着，假如他身边有数不清的青年才俊，他们都是些意气风发的人，那该有多么快意！可是，现实中能够助他一臂之力的青年才俊很少，国家统一的路途非常艰难。他日夜忧愁、朝思暮想的都是这样的人才。如果

① （宋）朱熹注：《诗集传》，中华书局2011年版，第70页。

联系曹操的人生经历，我们就会看得很清楚，在他的政治历程中，有很多青年才俊曾经帮助过他，在他的统一事业中发挥了非常重要的作用。荀彧就是其中重要的一位。据史载，荀彧学识渊博，眼光远大，足智多谋。他认定曹操是一世之杰，遂弃袁绍而投奔曹操，后来，又说服曹操迎汉献帝于许昌，奠定了曹操统一中国的政治基础。不仅如此，他还知人善任，先后为曹操推荐了荀攸、钟繇、郭嘉等人，都是些年轻有为的智识才俊，后来，都成为曹魏集团的中坚力量。[①] 曹操身边的这一批杰出的年轻人都是他理想中的“青衿”。

其二，“青青子衿”隐喻、象征着忠孝、忠厚。关于“青青子衿”，郑玄笺曰：“礼，父母在，衣纯以青。”[②] 就是说，父母都活着的时候，应该穿青色镶边的衣服，以示对父母的孝敬。这是对《礼记》的解说。《礼记》云：“孝子不服暗，不登危，惧辱亲也。”“为人子者，父母存，冠衣不纯素。”[③] 按照中国传统风俗，衣服缟素，标志家有丧事。衣着关涉中国传统礼节。因此，衣着纯青，表明此人年轻，且至淳至孝。曹操曾经发布一个《求贤令》，要求僚属“明扬仄陋”，“唯才是举”。[④] 给人的感觉是：他似乎不太在意人的德行，只要有某一方面的才能，都可重用。在《求贤令》之外，曹操还发布过一个《举贤勿拘品行令》，宣称要选拔这样的人：一是“无有至德”却“果勇不顾”“临敌力战”之人；二是“文俗之吏”却有“高才异质”“或堪为将守”之人；三是“负污辱之名，见笑之行，或不仁不孝”却有“治国用兵之术”之人。[⑤] 说到底，在这里，曹操选拔的只是一般的勇武将才，对这样的人才，可

---

① 关于荀彧、荀攸、钟繇、郭嘉等人的谋略及事迹，参见《三国志·魏书》卷10至卷14。

② （唐）孔颖达：《毛诗注疏》卷4之四，第118页；《唐宋注疏十三经》（1），中华书局1998年影缩本。

③ （唐）孔颖达等撰：《礼记注疏》卷1，第13页；《唐宋注疏十三经》（2），中华书局1998年影缩本。

④ （三国魏）曹操著，夏传才注：《曹操集注》，中州古籍出版社1986年版，第123页。

⑤ （三国魏）曹操著，夏传才注：《曹操集注》，中州古籍出版社1986年版，第162页。

以不计较个人的品行。这是非常时期的需要，是战时需要。但是，对一些大才、要才，起关键作用的帅才，曹操还是强调德才兼备的，希望那些既有知识与才能又忠诚、孝顺的人辅佐自己，共同完成统一大业。这在曹操的用人行为中能够找到有力的佐证。由此可见，“青青子衿”是曹操人才需求的最高理想。这一理想借助于比兴的手段，通过化用《诗经》语言自然而然地表现了出来，已经截然不同于《诗经》的比兴意蕴。

其三，“青青子衿”隐喻、象征着对贤才的爱慕，这是基于对爱情的想象。《郑风·子衿》是一首情感炽烈的爱情诗。全诗以“青青子衿”引发，借助于一个妙龄女子之口，表达思念的柔情。“青青子衿”既是衣服，又是年轻的智识才俊；既是铺陈，又是起兴。因此，它不仅仅是赋，其中也包含着比兴的意蕴。年轻的智识才俊，牵动着妙龄女子的芳心。这种思念绵缈悠长，动人心魄。思念之中夹杂着哀怨。这种哀怨，随着情感表达的加深不断地起伏，给人以回环曲折之美。第一节，女子责怪心上人不给她音信：虽然我不到你那里去看你，难道你连一个音信也不给我？第二节，她责怪心上人不来看她：虽然我不到你那里去看你，难道你就不能回来看看我？第三节，终于见到心上人，看到他在城墙上蹦跳游玩，女子的情感也达到高潮。她再也说不出任何责怪的话语，却说出了最真实也是她最想说的一句话：“一日不见，如三月兮。”多么痴情的女子！在这里，曹操就是以痴情女子自比，他对贤才的渴望就像那位妙龄女子渴望见到他的情人那样急切！那样情真意切！

通过上面的分析，我们可以看到曹操对比兴运用的绝妙。比兴所包含的象征、隐喻的诗学内涵得到了充分的展开，“青青子衿，悠悠我心”就成为展开这一诗学内涵的意义丰富的诗学符号。这一符号在《短歌行》（对酒当歌）中的运用再恰当不过了。在准确表达理想、志向的过程中，它是绝不可缺少的，完全可以视为曹操丰富并深化中国传统诗学精神的一个突出表征。

我们再来对照一下曹操化用的另一首诗《小雅·鹿鸣》：

呦呦鹿鸣，食野之苹。我有嘉宾，鼓瑟吹笙。吹笙鼓簧，承筐是将。人之好我，示我周行。

呦呦鹿鸣，食野之蒿。我有嘉宾，德音孔昭。视民不恌，君子是则是傚。我有旨酒，嘉宾式燕以敖。

呦呦鹿鸣，食野之芩。我有嘉宾，鼓瑟鼓琴。鼓瑟鼓琴，和乐且湛。我有旨酒，以燕乐嘉宾之心。①

这是一首宴宾曲，各家解诗者对这首诗的理解没有什么歧义，基本上都认为诗歌通过宴宾以展示周礼，表达对宾客的尊重。朱熹说：“此燕飨宾客之诗也。盖君臣之分，以严为主；朝廷之礼，以敬为主。然一于严敬，则情或不通，而无以尽其忠告之益。故先王因其饮食聚会，而制为燕飨之礼，以通上下之情。而其乐歌又以鹿鸣起兴，而言其礼意之厚如此，庶乎人之好我，而示我以大道也。”② 全诗以“呦呦鹿鸣”起兴，把主人的热情、周到、谦逊、好客表现得淋漓尽致。曹操对这首诗的化用，主要是从热情、周到、谦逊、好客这几个方面着眼的。这也与《短歌行》的思想情感相吻合。曹操慨叹人生短暂，渴望建功立业，希望身边能够聚集一大批贤才。“青青子衿，悠悠我心”，实在是思贤如渴的情感写照。然而，一旦贤才到来，应该给他以什么样的礼遇？诗意自然而然地过渡到“呦呦鹿鸣，食野之苹，我有嘉宾，鼓瑟吹笙”。在《诗经》中，这原本描写的是一个盛大的欢迎场面。借助于这一场面，表达对贤才的礼敬，非常自然、贴切！

在这里，有两个问题必须弄清楚：《小雅·鹿鸣》这首诗为什么要用鹿鸣起兴？鹿鸣和后面的诗意有没有关系？关于起兴的问题比较棘手，不好给出固定、统一的解释。有人曾经指出，起兴就是为了起头协韵，用于起兴的意象与整个诗意无关。③ 然而，我们还是坚持：用于起兴的意象与诗意多多少少有一些直接或间接的关

① （宋）朱熹注：《诗集传》，中华书局2011年版，第129—130页。

② （宋）朱熹注：《诗集传》，中华书局2011年版，第130页。

③ 1925年，顾颉刚发表了一篇题为“起兴”的文章，说的是他对现代歌谣的体悟。在整理、编选现代歌谣的过程中，他突然悟出了兴的意义，认为兴的运用主要是为了起头、协韵，与后面的诗意没有关系。这一看法，引发了一场关于兴的讨论。参见《古史辨》（第3册），上海古籍出版社1982年版。

联。因此，《小雅·鹿鸣》用鹿鸣起兴也是有一定的用意的。苏辙说：“鹿食于野，无所畏忌，则悠然自得而鸣，呦呦矣。我有嘉宾，而礼乐以燕之，从容以尽其欢，使其自得，如鹿之食苹。则夫思以忠信之道示我矣，忠信者，可以愿得之，而不可强取也。”[①] 苏辙的意思我们可以从以下几个方面来理解：第一，鹿在野外觅食，无外在干涉，悠然自得，呦呦鸣叫，一派和谐、安详、优雅的景象。第二，宾客来了，待之以礼乐，礼乐奏出了和谐安详之音，极为优雅，极为自得，使人沉醉。第三，宴飨的宾客都是贤人，都是懂得忠信之道之人，通过这样的礼乐相待，期望他们能给主人以教诲，教给主人忠信之道。实际上，苏辙已经将整个诗意一网打尽。曹操化用这四句诗，并非仅仅局限于这四句诗的字面意和引申意，而是用这四句诗总揽《小雅·鹿鸣》全诗的诗意，以充实自己诗歌所要表达的思想感情。

实际上，《小雅·鹿鸣》的比兴意图已经成为曹操深化自己比兴诗学的一个重要的阶梯。紧承“青青子衿，悠悠我心”，“呦呦鹿鸣，食野之苹，我有嘉宾，鼓瑟吹笙”的比兴意义在于宣示他的真诚，借助于鹿鸣这一自然现象来表达他对贤才到来的想象。群鹿相处，相互关爱，每发现一个水草丰美的地方，就会呦呦鸣叫，相互呼唤。它们聚集在一起，没有争斗，一边悠闲地吃着艾蒿（苹），一边呦呦鸣叫。“呦呦”传递出自然、和谐、安详之音，也预示着曹操与贤才的关系。贤才的到来，会给他的事业带来兴旺。他们之间朝夕相处，由于志同道合，定会像群鹿一样和谐、安详。曹操想象着他与贤才相处的日子，内心充满着无限的欢乐。他要用最高的礼仪对待贤才，以表达他发自内心的真诚。曹操化用“呦呦鹿鸣，食野之苹，我有嘉宾，鼓瑟吹笙”，一方面采用了《小雅·鹿鸣》的本原意义，另一方面又对自己的化用进行了创造性的赋意，其中所隐含的热情、周到、谦逊以及对贤才尊敬的态度，是诗人的真实心迹。那是诗人情感的自然而然的流露。

然而，曹操的比兴意图并不仅仅在此，他的创造性还表现在：

① （宋）苏辙：《诗集传》卷9，文渊阁四库全书本。

借助于《诗经》的比兴诗学来表达慷慨悲凉的情感。作为一首言志之诗，《短歌行》的内容和情感基调是“及时为乐”①，这是曹操固定下来的。《短歌行》后来作为一个乐府古题，也缘于曹操的创造。在这首诗中，情感的抒发跌宕起伏，时而低沉，时而激昂，最终激昂占据了上风，是为慷慨悲凉！这与前代诗歌单纯表达欢乐或者单纯表达悲伤形成了鲜明的对比。曹操的创造性也正体现在这里。“对酒当歌，人生几何”一开头就奠定了悲凉的情感基调，这种悲凉的情感究竟是如何产生的？诗歌委婉地陈述了这种悲凉情感产生的缘起，那是因为身边缺少能帮助自己建功立业的贤才。这才有“青青子衿，悠悠我心”的比兴，接着才有“呦呦鹿鸣，食野之苹，我有嘉宾，鼓瑟吹笙”的比兴。从表面上看，在《短歌行》中，《小雅·鹿鸣》的比兴意义虽然没有消失，但是，那又不是《小雅·鹿鸣》本原意义的移植，而被赋予了新的意义，并将这种新的意义化为贴切的诗意注入其中，从而成为诗学的新拓展。《小雅·鹿鸣》比兴意义和《短歌行》的比兴意义相比已经发生了很大的变化。这种变化的主要表现是：在《小雅·鹿鸣》中，“呦呦鹿鸣，食野之苹，我有嘉宾，鼓瑟吹笙”展现的是彻头彻尾的欢乐；而在《短歌行》中，这种欢乐依然存在，但是，那是在诗人的想象中存在的，正是因为想象，思想情感受到了鼓舞，无形中增加了诗的慷慨内容。想象原本就是虚幻的，欢乐的虚幻很快落到现实的地面，被摔得粉碎，于是，引发了悲凉。这才有“明明如月，何时可掇？忧从中来，不可断绝”的情感抒发，诗意由欢乐再次转入悲凉，最终使悲凉笼罩全诗。正是由于有“呦呦鹿鸣，食野之苹，我有嘉宾，鼓瑟吹笙”的比兴，才有了《短歌行》的慷慨悲凉，形成了曹操个人的慷慨悲凉，最终影响曹丕、曹植及建安文人，形成了“三曹”诗学的慷慨悲凉，使之成为“三曹”诗学的精神支柱。这种化用所产生的牵一发而动全身的效应是人们始料不及的。

二

曹操对比兴诗学的创造性发展并不单单表现在对《诗经》的化

① （清）沈德潜选：《古诗源》，中华书局1963年版，第103页。

用上，而贯穿于他的整个创作之中。在他现存的诗作中，处处都能看到比兴的影子，但是，比兴的运用模式与《诗经》明显不同。也就是说，曹操诗歌的比兴运用在很大程度上超越了《诗经》的比兴模式，具有新的诗学意蕴。

曹操对传统比兴诗学的超越，大致表现在以下几个方面。

第一，打破了《诗经》比兴的局部性规则，完善了整体比兴的艺术形式。

《诗经》的比兴基本是局部性的，即在诗的某一局部使用比或兴，一般来说，比兴之于《诗经》不具有整体性意义。所谓整体比兴，是相对于局部比兴来说的。在《诗经》中，局部比兴是指在一首诗或一段诗的开头、中间、末尾运用比或兴。在一首诗的不同地方运用，功能不一样，艺术效果也不一样。例如兴，在开头用是起兴，起兴不仅是起头协韵，而且引导诗意，全诗的隐喻、象征等意义就是在开头奠定的。倘若兴在中间或末尾使用则是比较明确的隐喻、象征方法，那是一种语言的修辞，与开头的诗意引领差别天壤；既然是语言修辞，往往也起着表达情感与缓和语气等作用。比则不同，比的意义主要是比喻，包括明喻、隐喻（暗喻）、转喻等，它的表现没有兴复杂。《诗经》的比、兴在具体运用的过程中往往是连在一起的，不太容易区分。这也是我们比兴连用不加以细分的一个重要原因。虽然局部比兴的运用与整首诗的诗意有关联，但其表现仅限于局部，或者作为语言修辞的形式作用于诗歌，以增强诗歌的艺术性。如《周南·关雎》，比兴（兴）表现在第一段的开头（“关关雎鸠，在河之洲”）；《卫风·氓》，比兴（兴）表现在最后一段的中间（“淇则有岸，隰则有泮”，朱熹注：“赋而兴也。”[①]）；《唐风·椒聊》，比兴（兴）表现在各段的结尾（“椒聊且！远条且”朱熹注：“兴而比也。”[②]）。整体比兴，顾名思义，就是将比兴运用在整首诗或整段诗中，它并不只是以开头的几句诗作为起兴，以引起全诗（段）的诗意，也不是只在中间或结尾运用比兴，以表达比喻或象征的意蕴，而是通篇或通段运用比兴表情赋意，使得整

① （宋）朱熹注：《诗集传》，中华书局2011年版，第50页。

② （宋）朱熹注：《诗集传》，中华书局2011年版，第90页。

首诗都蕴含着隐喻或象征。在艺术上，整体比兴的艺术效果会更加突出，大致来说，整体比兴的诗歌含蓄蕴藉，想象奇特、丰富，更具有美感力量。

其实，整体比兴的诗在《诗经》中也有不少（或许不是那么典型），如《周南·葛覃》《王风·采葛》《魏风·硕鼠》等。我们姑且以《周南·葛覃》为例，来看看整体比兴的特点，以与曹操的整体比兴相比照。诗云：

> 葛之覃兮，施于中谷，维叶萋萋。黄鸟于飞，集于灌木，其鸣喈喈。
>
> 葛之覃兮，施于中谷，维叶莫莫。是刈是濩，为絺为绤，服之无斁。
>
> 言告师氏，言告言归。薄污我私，薄澣我衣。害澣害否，归宁父母。①

这首诗写的究竟是什么？运用的究竟是什么艺术手法？兴还是赋？对此，古往今来的看法不太一样。关于这首诗运用的艺术手法，孔颖达认为是兴，而朱熹则认为是赋。至于诗所表达的内容，主要观点有两种：一种观点认为，这是一首赞美诗，赞赏女子才、德、美兼具（赞美后妃可归入这一类，《毛传》及孔颖达、朱熹都持这一观念）。② 另一种观点认为，这是一首具有讽刺意蕴的诗，反映的是女奴们的劳动生活。③ 显然，这两种看法都有鲜明的意识形态色彩，前者是儒家教化，后者是阶级意识观念。《毛传》按照赞美后妃的理解解释这首诗，其解释第一节前三句说：“兴也。覃，延也。葛所以为絺绤，女功之事烦辱者。施，移也。中谷，谷中也。萋萋，茂盛貌。”郑玄笺云：“葛者，妇人之所有事也。此因葛之性

① （宋）朱熹注：《诗集传》，中华书局2011年版，第4页。

② 《毛传》云：“葛覃，后妃之本也。”对此，孔颖达做了详尽阐释。见（唐）孔颖达《毛诗注疏》卷1之2，第21页；《唐宋注疏十三经》（1），中华书局1998年影缩本。

③ 今人高亨说：“这首诗反映了贵族家中的女奴们给贵族割葛、煮葛、织布及告假洗衣回家等一段生活情况。”参见高亨《诗经今注》，上海古籍出版社1980年版，第3页。

以兴焉。兴者，葛延蔓于谷中，喻女在父母之家，形体浸浸，日长大也。叶萋萋然，喻其容色美盛也。”①《毛传》解释第一节后三句道：“黄鸟，抟黍也。灌木，丛木也。喈喈，和声之远闻也。”郑笺：“葛延蔓之时，则抟黍飞鸣，亦因以兴焉。飞集丛木，兴女有嫁于君子之道。和声之远闻，兴女有才美之称，达于远方。”② 这些解释，假以儒家的伦理道德发挥诗意，牵强附会的痕迹非常明显。若按照这一思路理解诗，则诗的审美功能完全丧失。显然，那是出于儒家教化的需要。而讽刺统治者和反映女奴生活的观点也同样忽略审美，抛弃诗意。在我们看来，这是一首爱情诗。爱情的诗意是通过对葛藤以及将葛藤加工成成衣的劳动过程的描写展示出来的，由于整体比兴的运用，爱情的诗意比较隐晦。诗以一个妙龄女子的口吻，描写劳动中所产生的情感起伏。第一节写葛藤的茂密。葛藤生长在深谷之中，黄鸟在里面飞来飞去，它们快乐地鸣叫着，声音“喈喈”，极为美妙动听。这一节关于葛藤与黄鸟的描写给人提供了无比丰富的想象空间，葛藤和黄鸟实际是比兴，被赋予了独特的象征或隐喻的意义，象征或隐喻爱情的和谐、美妙。人们可以把这一描写理解为一个单纯的劳动场景，但是，将这种单纯的劳动场景写得如此欢乐、和谐、美妙会令人感到突兀，缺乏情感的依据，因而缺乏合理的逻辑。因为劳动毕竟是辛苦的，有情感的劳动才富有诗意。将这种情感理解为爱情恐怕更为合理。第二节描写将葛藤加工成成衣的劳动过程，这个过程依然是伴随欢乐的。把葛藤割下来，先进行粗加工（为绤），把它做成丝，然后再进行精加工（为絺），把它织成布，最后做成衣服，穿在身上舒服极了。这是在享受劳动的成果吗？享受劳动的成果固然很快乐，更为快乐的是精神的愉悦。这一节关于劳动的描写也是比兴，同时也可以视为隐喻，那是隐喻爱情的收获。爱情是在劳动中获得的，也在劳动中成熟。更意味深长的是诗的第三节。诗以含蓄委婉的笔法这样写道：“言告师

① （唐）孔颖达：《毛诗注疏》卷1之2，第21页；《唐宋注疏十三经》（1），中华书局1998年影缩本。

② （唐）孔颖达：《毛诗注疏》卷1之2，第21页；《唐宋注疏十三经》（1），中华书局1998年影缩本。

氏，言告言归。薄污我私，薄澣我衣。害澣害否，归宁父母。”将葛藤加工成成衣的劳动完成之后，女子开始向她的师傅告假，她要回去探视（归宁）父母。这中间有一个洗衣的描写，对洗衣的要求几近苛刻，唠唠叨叨说要把自己的内衣、外衣洗得干干净净。在我们看来，这就是比兴，就是隐喻。她要把自己梳洗打扮得干干净净、漂漂亮亮的，然后，再去见自己的父母。这不仅意味着她做到了外表整洁，同时也意味着她的心灵更为纯净，她要用她那颗纯净之心去迎接爱情。她如此着急去见父母，一方面是思念父母，另一方面恐怕就是出于一己之私了。如果联系到前面两节关于葛覃和黄鸟的描写，我们就会感觉到，这是一个春心萌动的女子。她要回去把自己的美好心情告诉父母，告诉他们自己找到了一个称心如意的郎君。由于整首诗运用比兴，使得诗意朦胧，让人很难估摸得透。

由此可见，整体比兴在《诗经》中的运用已经非常成熟。可是，由于古人向来把赋、比、兴看作单一、独立的艺术手段，并以这种思维和意识去认识问题，并不能看清整体比兴的诗学价值，同时，也给后人理解《诗经》的比兴笼罩上一层迷雾。

曹操已经开始有意识地运用整体比兴，他的《苦寒行》就是运用整体比兴的力作。

> 北上太行山，艰哉何巍巍！羊肠坂诘屈，车轮为之摧。树木何萧瑟，北风声正悲。熊罴对我蹲，虎豹夹路啼。谿谷少人民，雪落何霏霏。延颈长叹息，远行多所怀。我心何怫郁，思欲一东归。水深桥梁绝，中路正徘徊。迷惑失故路，薄暮无宿栖。行行日已远，人马同时饥。担囊行取薪，斧冰持作糜。悲彼《东山》诗，悠悠令我哀。①

诗歌描写的虽然是行军征战之苦，但是，给人们的感觉却好像一个游子在叹息。整首诗笼罩在比兴的氛围之中，然而，又与《诗经》之比兴存在着根本的不同，主要表现在：民歌那种反复、回

① （三国魏）曹操著，夏传才注：《曹操集注》，中州古籍出版社 1986 年版，第 15 页。

环、一咏三叹的手段没有了。这也意味着《诗经》式的比兴丧失了，实写与象征、隐喻相互交织，难以分清哪是虚，哪是实。起首一句“北上太行山，艰哉何巍巍”，慨叹路途艰难。这其实就是比兴的诗学手腕，既是实写，也是比喻与象征，以路途艰难隐喻、象征战争的艰苦、人生的艰难。其中，北风、熊罴、虎豹、大雪、深水以及断绝的桥梁等都带有隐喻或象征的性质，营造出一个苦寒、凄凉的诗歌意境。将曹操的这首诗与《周南·葛覃》比较，就可以看出曹操整体比兴与《诗经》的根本性不同。首先，《诗经》的比兴是原始古朴的，由于它们大部分是以民歌形式存在的，程式化的痕迹非常明显，其中，最突出的表现是反复、回环，在反复、回环之中只要更换很少的字，就能达到表情的目的。如《周南·葛覃》的第一节“葛之覃兮，施于中谷，维叶萋萋”，而第二节只把“萋萋”换成“莫莫”，这就是反复、回环，也是比兴常用的方法。而曹操的比兴却超越了这种程式化的痕迹，没有比兴的反复和回环，比兴处于明显的隐蔽之中。这是汉代以后诗歌创作的文人化使然。诗歌创作的文人化导致了比兴的变化，这恐怕就是刘勰所说的“炎汉虽盛，而辞人夸毗，诗刺道丧，故兴义销亡”①（《文心雕龙·比兴》）的原因。显然，刘勰有些夸大其词。这是因为，他没有看清比兴的这种变化，显得有些多虑。比兴的变化正说明比兴已经发展，诗歌创作的文人化推动了比兴的创新。曹操作为诗歌文人创作的早期推动者和实践者，功勋卓著。其次，曹操的诗歌与《诗经》相比，整体比兴的表情赋意差别较大，比喻、象征、隐喻的运用存在着根本性的差异。应该说，曹操对比兴的运用显得更为成熟。这符合诗歌发展的规律。当我们阅读《周南·葛覃》“葛之覃兮，施于中谷，维叶萋萋”的时候，由葛藤的枝条蔓延联想到爱情，要越过许多曲折，脑筋要转过几个弯；这不是艺术手段高超的问题，恰恰是因为艺术不太成熟所导致的。也许真的像某些《诗经》研究者所判断的那样，因为《诗经》的产生年代比较久远，其中有很多我

① （南朝梁）刘勰著，范文澜注：《文心雕龙注》（下），人民文学出版社 1958 年版，第 602 页。

们当下难以理解的人类学问题如图腾崇拜、生殖崇拜、社树崇拜等[①]，但是，也不能否认艺术上存在的问题，那毕竟是诗歌的初年，艺术不成熟也在情理之中。而当我们阅读曹操的北风、熊罴、虎豹等意象的时候，自然而然地会将之与险恶的环境与恐怖、残忍的社会现实联系在一起。这就是比兴的成熟，也是曹操的成熟。当然，这与诗歌的语境也有密切关系。曹操的语境离我们较近，《诗经》的语境离我们遥远，但这不是根本的。最根本的是，曹操学习《诗经》，实际已经远离了《诗经》的原始古朴，努力寻求艺术表现手段的现代化途径。钟嵘说他“古直”（《诗品》卷下），正是看到他学习《诗经》的一个方面。

第二，深化了比兴与诗情、诗意的关系，使比兴与诗情、诗意的关系更加明朗，联系更为紧密。

在《诗经》中，一般情况下，比兴尤其是兴与诗情、诗意的关系不直接，也不明朗。很多诗，想真正说清楚比或兴与整首诗的诗情、诗意之间到底存在着一种什么关系，还真的很难。那些用以起兴的物象到底隐喻什么？象征什么？在很多情形下，必须要靠多方联系才能理解。如《召南·野有死麕》：“野有死麕，白茅包之。有女怀春，吉士诱之。”[②]“野有死麕，白茅包之”与“有女怀春，吉士诱之”到底构成一种什么关系？很难说明白。为此，顾颉刚才会提出这样的观点：兴是无意义的起头协韵。细细思之，不能说这一看法一点道理也没有。钟敬文在解释兴的时候认为，兴诗可以分为两种：“1. 只借物以起兴，和后面的歌意了不相关的，这可以叫它做‘纯兴诗’。2. 借物以起兴，隐约中兼略暗示点后面的歌意的，这可以叫它‘兴而带有比意的诗’。”[③]钟敬文所说的这两种情况并不能涵盖比兴的所有现象。这也充分说明，在《诗经》中，比兴与诗情、诗意的关系不直接、不明朗是一种普遍现象。例如《王风·采葛》：

① 参见赵沛霖《兴的源起》，中国社会科学出版社1987年版。

② （宋）朱熹注：《诗集传》，中华书局2011年版，第16页。

③ 钟敬文：《谈谈兴诗》，载《古史辨》（第3册），上海古籍出版社1982年版，第681页。

彼采葛兮，一日不见，如三月兮！
彼采萧兮，一日不见，如三秋兮！
彼采艾兮，一日不见，如三岁兮！①

显然，这首诗表达的是思念的情感。这种思念的情感是通过采葛、采萧、采艾这些行为传达出来的。采葛、采萧、采艾与思念的情感如何联系起来？确实难以捉摸。朱熹在解说这首诗时说，采葛、采萧、采艾都是“赋也”。“采葛，所以为絺绤，盖淫奔者托以行也。故因以指其人，而言思念之深，未久而似久也。”“萧，荻也，白叶，茎粗，科生，有香气，祭则焫以报气，故采之。”“艾，蒿属，乾之可灸，故采之。”② 从中，我们找不到这些行为与思念情感的逻辑关系。也就是说，采葛、采萧、采艾与思念情感的关系是模糊的。而在曹操的诗歌中，比兴与诗情、诗意的模糊关系得到了改善。在他所运用的任何一个比兴中，我们都能够找到比较明确的诗情、诗意指向。如《薤露行》，这是一首反映当时现实的诗歌，其中的比兴对表现现实具有深化的作用：“沐猴而冠带，知小而谋强。”“白虹为贯日，已亦先受殃。”③ 沐猴冠带，指猕猴穿上人的衣服。这是比较明显的比兴，是比喻、象征那些才智平庸不能胜任大事却又得到重用的人。白虹，指空中白色的云气。白虹贯日，指白色的云气穿过日头。这是一种常见的自然现象，但是，在古人那里，被视为一种灾难的象征，预示将会出现危害君主的祸乱。据《后汉书·献帝纪》记载：“初平二年……壬辰，白虹贯日。”④ 而就在初平元年（190）正月，董卓杀了被废为弘农王的少帝刘辩。从此，国家陷入更为严峻的混乱之中。《薤露行》所表现的就是这一时期的历史。沐猴冠带、白虹贯日与诗情、诗意的关系非常直接，不需要假以太多的联想就能够理解。

① （宋）朱熹注：《诗集传》，中华书局 2011 年版，第 60 页。
② （宋）朱熹注：《诗集传》，中华书局 2011 年版，第 60 页。
③ （三国魏）曹操著，夏传才注：《曹操集注》，中州古籍出版社 1986 年版，第 4 页。
④ （南朝宋）范晔撰，（唐）李贤注：《后汉书》，《前四史》（下），天津市古籍书店 1991 年影缩本，第 1340 页。

再如《步出夏门行》(龟虽寿):

> 神龟虽寿，犹有竟时；腾蛇乘雾，终为土灰。老骥伏枥，志在千里；烈士暮年，壮心不已。①

诗歌抒写自己的志向，以神龟、腾蛇、老骥进行比兴，将诗对人生、志向的隐喻、象征推向一个很高的层级。龟的寿命再长，终有一死；蛇的本领再大，终为土灰；这是自然规律，谁都无法抗拒。千里马虽然老了，伏在槽边，但是，它的志向未老，仍想着驰骋千里；有理想有抱负的人也像这千里马，即使处在暮年，壮怀之心并没有消失。人性的自由就体现在心灵的自由之中，就体现在这审美的自由之中。这是曹操精神品格的象征。他的身体虽然一天天衰老，但是，他的壮心(理想、抱负)从来都没有消失，这种壮心(理想、抱负)就像一把火炬照亮了他的人生，使他获得了精神的自由和审美的自由。这些比兴非常巧妙，也非常传神，乃至流传千载，至今仍具有生命与活力。

第三，赋予比兴以慷慨悲凉的美学意蕴。

曹操的诗歌写得慷慨悲凉，这是一种新的诗学精神的凝聚，是一种新的美学风貌，其中蕴含许多诗学问题，需要加以深入发掘。它不仅关联着比兴，而且还涉及文质、文气、风骨等。比兴、文质是古老的诗学命题，汉魏时就已经演化为诗学精神，而文气、风骨却是汉魏时期凝练而成的诗学理论，由于触及文学深层的美学风貌和精神实质，也很快演化为一种诗学精神。比兴、文质、文气、风骨都贯通整个古代诗学，是中国古代诗学精神的重要组成部分。前文，我们以《短歌行》为例，初步探讨了这一问题。究其实，慷慨悲凉并不是曹操及建安文学的独创，在《诗经》中，就已经出现了慷慨悲凉的诗歌，其中，最为典型的就是《小雅·采薇》。诗以一个既思念故乡又坚守保家卫国信念的士兵的口吻，描写了他的矛盾情感，字里行间，无不透露出慷慨悲凉之气。“采薇采薇，薇亦作

① (三国魏)曹操著，夏传才注:《曹操集注》，中州古籍出版社1986年版，第20页。

止。曰归曰归，岁亦莫止。靡室靡家，猃狁之故。不遑起居，猃狁之故。”“昔我往矣，杨柳依依。今我来思，雨雪霏霏。行道迟迟，载渴载饥。我心伤悲，莫知我哀。”① 这种慷慨悲凉借助于比兴，表现得极为生动传神。“采薇采薇，薇亦作止”是起兴，也是隐喻和象征，生动而形象地把战时士兵的艰苦生活展现在人们面前。没有粮食，就到田野里采摘一些可以食用的豌豆苗充饥；虽然思念家乡，但是，不能就这样回归，因为猃狁会随时随地进犯。士兵把思念故乡的忧愁和悲哀情感与抗击敌人的慷慨勇武结合起来，形成了慷慨悲凉的情感基调。“杨柳依依”和“雨雪霏霏”的比兴将悲哀的情感渲染到极致。杨柳、雨雪等自然现象都好像有情有义，同情士兵的遭遇。我们在阅读这首诗的时候，不只是感到悲哀，同时还感受到了士兵慷慨赴死的责任。曹操的慷慨悲凉显然来自《诗经》，只不过，他把这种思想和情感基调深化、放大，并恰如其分地个性化，使之逐渐演化成自己的诗歌美学，呈现出一种独特的诗学风貌。

曹操把慷慨悲凉的美学品格植入比兴之中，强化了比兴与诗情、诗意的直接关联，使得比兴变得厚重。他的那些直接描写现实的诗是这样做的，表现理想的诗也是这样做的。《薤露行》《蒿里行》《苦寒行》是曹操描写社会现实的诗歌，由于创造性地运用了比兴，思想和情感的表达呈现出复杂的情状。这些诗歌摆脱了一般诗歌表达思想、情感的单纯和单一，就像一曲多声部音乐，一种主旋律贯通，多种和声伴随，使得这些诗和谐而不单调。这些诗的思想情感在悲凉的主旋律下均可以进行多元解读，或者说，它们本身就是多元的。因此，透过曹操这些诗歌所运用的比兴，我们读出的是一种奇妙的情感，虽然悲哀，但是并不消沉，相反，却充斥着一种超越悲哀的激愤。这激愤就是慷慨悲凉。“沐猴而冠带，知小而谋强”的比兴，带有一种明显的鄙视、轻视之意。那些乱国小人，非常弱智，他们恣意横行，祸国殃民，他们的存在只是短暂的，不可能长久，必将为正义的力量所淹没。“北上太行山，艰哉何巍巍”的比

① （宋）朱熹注：《诗集传》，中华书局2011年版，第137、139页。

兴，充满对艰难的畏惧，然而，这种畏惧是建立在坚定的信念的基础之上的。假如它不艰险，不令人畏惧，很容易达到目的，何来征服之美？诗歌通过太行山路途艰险的比兴，展现了诗人的悲哀与壮怀。曹操的那些表现理想的诗歌，思想和情感依然多元。《步出夏门行》是一组展现曹操胸襟与怀抱作品，诗歌借助于开阔壮大的自然景物比兴，将慷慨悲凉蕴含到无限的自然之中。诗歌描写沧海："水何澹澹，山岛竦峙。树木丛生，百草丰茂，秋风萧瑟，洪波涌起。日月之行，若出其中；星汉灿烂，若出其里。"①（《观沧海》）凸显慷慨之思。诗歌描写生命与理想："神龟虽寿，犹有竟时；腾蛇乘雾，终为土灰。老骥伏枥，志在千里；烈士暮年，壮心不已。"（《龟虽寿》）因为志向远大，所以慷慨，因为人生短暂，所以悲凉，诗歌在慷慨之外又加进悲凉，意味深长。因此，比兴在丰富曹操慷慨悲凉的诗歌美学中所起的作用非常关键，正因为比兴的介入，慷慨悲凉才更具打动人心的美学力量。

比兴的创作方法源于《诗经》，而作为一种诗学理论是后人对以《诗经》为代表的文学艺术的经典归纳。这种理论和方法经过屈原的楚辞创作实践得到进一步发展，理论意涵得到充实。因此，诗骚传统并非空洞之言。屈原最为突出的贡献是“香草美人”之喻的发明，这一发明为后人所津津乐道，可视为他对比兴诗学的完善。“香草美人”之喻并非一般意义上的比德，不是对以老子、孔子等人为代表的比德观念的简单传承，而是艺术和美学的升华。他以香花、香草、美人隐喻君子，以恶花、恶木隐喻奸佞小人，这种隐喻拓展了《诗经》比兴的空间，丰富了比兴诗学的意涵。曹操是继屈原之后重视比兴并在创作上着意丰富比兴的一位重要诗人，他的诗歌创作，使古老的比兴焕发生机，重新充满生命的活力。他的比兴诗学与《诗经》、楚辞一道，构成一幅绝妙的诗学风景，助力比兴成为中国古代诗学精神的核心内容，为丰富中国古代诗学做出了独特的贡献。

① （三国魏）曹操著，夏传才注：《曹操集注》，中州古籍出版社 1986 年版，第 18 页。

第三节　曹丕：比兴与写景状物一体化的尝试

比兴与写景状物原本就存在着难以切割的关系。在《诗经》中，不少诗的比兴已经拥有了双重身份，承担着双重责任：一是比兴本身固有的起兴、比喻、象征等功能，它使诗歌含蓄蕴藉；二是比兴的写景状物功能，它能够增强诗的文采之美，营造诗的意境。比如，《召南·草虫》：“喓喓草虫，趯趯阜螽。未见君子，忧心忡忡。”① 前两句是比兴，同时也是写景状物，以草虫的鸣叫和蚱蜢的跳跃来衬托心境的苦闷。《小雅·采薇》：“昔我往矣，杨柳依依。今我来思，雨雪霏霏。行道迟迟，载渴载饥。我心伤悲，莫知我哀。”前四句是比兴，也是写景状物，以杨柳、雨雪衬托悲凉的情感。从《诗经》的这些表现，我们可以得出结论：比兴在起兴、比喻、象征的同时，大都具有写景状物的功能。非常遗憾的是，这一功能在《诗经》中并没有得到完善。全面考察《诗经》，就会发现，在很多情形下，比兴与写景状物呈现分离的状态。比兴不是写景状物，写景状物也没有任何比兴的意图。这是造成《诗经》很多诗歌所运用的比兴令后人难以理解的重要原因。而以屈原为代表的楚辞创作，虽然有一定的突破，但是，也有一些缺陷，那就是，将比兴与写景状物着意黏合，强行赋意，其“香草美人”之喻，牵强附会的痕迹非常明显，仍然不能算作理想的比兴。在我们看来，理想的比兴应该是比兴与写景状物呈现为一种自然的、没有任何人为痕迹的状态，它们应该是一体化的。比兴要更好地履行它表情达意的职责，必须与写景状物密切结合，实现比兴与写景状物的一体化。曹操的诗歌虽然对比兴诗学的内涵有一定的充实，但是，在比兴与写景状物的一体化方面，并没有明显的作为，即便他有一首山水写景名篇《步出夏门行》（东临碣石），其中的比兴与写景一体化的意图仍不明显。这种情形，到曹丕却有了一定的改观。曹丕的诗歌创作

① （宋）朱熹注：《诗集传》，中华书局2011年版，第11页。

在比兴与写景状物的一体化方面实现了突破，使它们在一定程度上得到了实现。因此，我们可以说，曹丕为深化比兴诗学做出了重要贡献。

曹丕的比兴与写景状物的一体化，其主要做法就是借助于写景状物来比兴，在写景状物的过程中进行深入的赋意，使得诗歌含蕴深厚，言有尽而意无穷。我们首先来考察一下他的四言诗创作，由于这种诗歌形式贴近《诗经》，可能更具有说服力。

我们来分析两首《善哉行》：

上山采薇，薄暮苦饥。谿谷多风，霜露沾衣。野雉群雊，猿猴相追。还望故乡，郁何垒垒。高山有崖，林木有枝。忧来无方，人莫之知。人生如寄，多忧何为。今我不乐，岁月如驰。汤汤川流，中有行舟。随波转薄，有似客游。策我良马，被我轻裘。载驰载驱，聊以忘忧。

有美一人，婉如清扬。妍姿巧笑，和媚心肠。知音识曲，善为乐方。哀弦微妙，清气含芳。流郑激楚，度宫中商。感心动耳，绮丽难忘。离鸟夕宿，在彼中洲。延颈鼓翼，悲鸣相求。眷然顾之，使我心愁。嗟尔昔人，何以忘忧。①

这两首四言乐府，皆音韵铿锵，韵味无穷。我们不能够截然分离出诗中所运用的比兴，也无法明确地指认诗中的写景状物。这就是因为，曹丕将比兴与写景状物有机地融合在一起，比兴就是写景状物，写景状物就是比兴。元人刘履评第一首诗云：

赋中有兴也。薇，菜名。雊，雉求匹之声。诗云：“雉之朝雊，尚求其雌。”郁，丛密之貌；垒垒，重叠貌；皆指高山林木而言。故下文因以起兴，方定所也。汤汤，流不息貌。转薄，回旋也。此文帝因征行劳苦，感物忧伤，而歌以自娱也。托言上山采薇，既不足以疗饥，而徒为风霜所侵。且物之群动者，

① 逯钦立辑校：《先秦汉魏晋南北朝诗》（上），中华书局1983年版，第390—391页。

> 尚各求其匹侣，今我何独远离所亲，而劳于征役乎？于是还望故乡，则郁然垒垒者，又为隔绝，使不可见。故其忧感之怀，反复兴叹而不能已焉。“汤汤川流”以下三语，亦以申言岁月如驰，人生如寄之意。宜乎策马被裘以自遣释也。①

刘履说，这首诗“赋中有兴”，我们的理解就是将比兴与写景状物融合在一起。赋是铺陈，包括写景状物等各种描写的方法在内。这是一首描写行旅艰苦的诗，前半部分（从“上山采薇”到“林木有枝”）以写景为主。清人陈祚明说：“发端四句，情在景事之中。”② 诗人“感物忧伤”，将自然景致与人的心境联系起来，充满象征、隐喻。行走在大山之中，前不着村，后不着店，腹中饥饿，只能上山采摘一些野菜充饥。在大山中采摘野菜并不是一件轻松的事。由于正值深秋季节，山谷中霜露很重，风多且急。露水很快就打湿了衣裳，在疾风的吹拂下异常寒冷。山很高，林木非常茂盛。野鸡鸣叫求偶，声音凄厉；猿猴相互追打，一片混乱。整个山里充满恐怖。自然界也像现实社会一样嘈杂，没有静土。如此险恶的山中环境，使人更加思念故乡。故乡给心灵带来温暖、安宁。后半部分（“忧来无方”以下）写自己内心的忧愁，忧人生艰辛，叹生命无常。人生就像这汤汤川流，回环曲折，“随波转薄”，一直在漂泊。这首诗描写了很多景物，其实都具有寓意，或寓意环境艰险，或寓意世事无常。诗人就是要借助这些景物渲染行旅的艰辛。这是在写景，同时也是比兴，写景与比兴完全融汇在一起。“豁谷多风，霜露沾衣”是比喻环境的艰苦，同时，也象征人生的艰难。“野雉群雊，猿猴相追”是隐喻人间的争斗，尔虞我诈。正是因为生活有如此多的艰苦、艰险、艰难，诗人才会发出“人生如寄，多忧何为”的感叹。可是，人为了生活，仍然要翻越这高山茂林，要承受这艰险的环境。这是人生的必要修炼。在这首诗中，景物的描写，为慨叹人生、排遣忧愁奠定了基础。因此，这里的写景就是比兴，比兴就是写景，写景与比兴一体化，难以分辨。

---

① （元）刘履：《风雅翼》卷2《选诗补注二》，文渊阁四库全书本。

② （清）陈祚明：《采菽堂古诗选》卷5，清乾隆刻本。

第二首诗的写法与第一首类似。陈祚明评这首诗“比兴言之则宛转详尽”①。诗的前半部分描写美人之美，后半部分写景，同时，它们又都是比兴，或者说写景与比兴一体化。起头一句“有美一人，婉如清扬”化用《诗经·郑风·野有蔓草》，一开始就进入了对美人的正面描绘。诗人以细腻的笔触描写了美人的一举一动，一颦一笑，可谓字字珠玑，动人心魄。接着，通过对美人演奏音乐的场景描写进一步深化美人之美：“哀弦微妙，清气含芳。流郑激楚，度宫中商。感心动耳，绮丽难忘。”美人的音乐演奏技巧极为高明，听到这美妙的音乐，空气也好像清新了许多，散发着醉人的芳香。这美妙的声音超越了郑声楚吟，使人“感心动耳”。读过这首诗，那优美的音乐连同美女那美妙的风姿，将会永远保留在人们的记忆里。后半部分是写景，但是，从诗人对自然景象的深切描绘中，人们很容易辨识这种描写又是比兴。“离鸟夕宿，在彼中洲。延颈鼓翼，悲鸣相求。眷然顾之，使我心愁。”诗句化用《诗经·周南·关雎》，诗意也紧承《关雎》，表明这也是一首爱情诗。那宿于中洲的孤独的鸟，伸长着脖子，鼓动着翅膀，显得焦躁不安。它悲哀地鸣叫着，那是在寻求它失散的另一半。在比兴与写景状物的一体化中，这首诗的情感表达也更加艺术化，使得整首诗言有尽而意无穷。写景状物与比兴的一体化可视为曹丕的诗学创造。

曹丕的四言诗创作呈现出比兴与写景状物一体化的特征，而他的五言诗也同样呈现出这一特征。我们来看他的《芙蓉池作》：

> 乘辇夜行游，逍遥步西园。双渠相溉灌，嘉木绕通川。卑枝拂羽盖，修条摩苍天。惊风扶轮毂，飞鸟翔我前。丹霞夹明月，华星出云间。上天垂光彩，五色一何鲜。寿命非松桥，谁能得神仙。遨游快心意，保己终百年。②

陈祚明评价这首诗：“建安正格。后人非不追做，然正不易似。试细玩味之，‘双渠’四句，写景何其生动。‘飞鸟’句，健。‘丹

① （清）陈祚明：《采菽堂古诗选》卷5，清乾隆刻本。

② 逯钦立辑校：《先秦汉魏晋南北朝诗》（上），中华书局1983年版，第400页。

霞’二句，光泽鲜丽。结四句，俯仰有情。盖佳处本在词语之外，非渠木枝条云目诸字有异也。”① 这是在赞赏这首诗的创造性，所谓“后人非不追做，然正不易似”就是创造性的表现，以至于后人模仿都无法做到。这首诗无论是在体式、风格、语言还是情感的表达上都具有非常独特的意义，是“正格”，堪称建安诗歌的典范之作。诗歌的妙处是意在言外，具有言有尽而意无穷的审美特征。诗描写夜游的欢乐，这种欢乐是借助于对傍晚西园美妙景致的描绘展现出来的。西园里水流潺潺，嘉木参天。鸟儿在眼前自由地飞翔。在晚霞映照的天空，一轮明月孤悬，星星稀稀落落地在云间闪烁，五彩斑斓。流水、树木、飞鸟、云霞、明月、星星，编织成一幅美妙的人间仙境图。这是写景，也是比兴，所有的景物都具有鲜明的隐喻与象征意义。流水隐喻心境的闲适，树木象征着心境的高远，飞鸟象征人心的自由，云霞隐喻生活的多彩，明月、星星隐喻心境的澄明。诗人在戎马倥偬的间隙，难得有这种闲适的心境。此情此景强化了他及时行乐的人生感悟：人要善于把握好的时机，全心享受美妙时光。诗中这样写道：“寿命非松桥，谁能得神仙。遨游快心意，保己终百年。”汉魏时期，及时行乐不是消极心态，恰恰是积极进取，其内在意蕴是，在艰难险恶之中保持乐观心态，抓紧时间捕捉、欣赏身边的美。正是这些优美的景物，衬托出诗人逍遥的心境。这首诗大部分诗句表面上是写景，人们阅读的第一印象可能会感觉景物的描绘非常传神，即便如此，也遮蔽不了写景背后的比兴意义。只要细心品味，就会在这优美的景物描绘的背后，发掘出无穷无尽的韵味。比兴与写景已经融为一体。

曹丕将比兴与写景状物一体化的突出贡献，大体表现在以下几个方面。

第一，使中国古典诗歌创作打破了《诗经》比兴的原始模式，逐渐脱离了民歌的窠臼，开始向真正的文人创作转化。从中国古典诗歌的发展历史上看，这一转化并不是从曹丕才开始的，屈原的楚辞创作就已经成功地进行了这一转化的尝试。汉代延续着这一尝

① （清）陈祚明：《采菽堂古诗选》卷5，清乾隆刻本。

试，但是，并非亦步亦趋，而是更加多元，寻求多种途径。这一转化，刘勰看得非常清楚。在《文心雕龙·比兴》中，他曾经这样说：“楚襄信谗，而三闾忠烈，依诗制骚，讽兼比兴。炎汉虽盛，而辞人夸毗，诗刺道丧，故兴义销亡。于是赋颂先鸣，故比体云构，纷纭杂遝，信旧章矣。”① 刘勰高度评价了屈原在这一转化过程中的意义，认为他是“依诗制骚，讽兼比兴”，即把比兴和讽喻的意图完美地结合在一起。而在评价汉代的文学创作时却说出了“辞人夸毗，诗刺道丧，故兴义销亡”一语。所谓“兴义销亡”就是指《诗经》“兴”的原始意义的消亡。在刘勰看来，“兴”的原始意义就是表达相关教化的意蕴，汉代之所以“兴”义消亡，其中的一个重要的原因就是汉人过分注重夸饰，使诗的讽喻功能沦落。对此，刘勰的态度比较沉痛。这就是说，汉代在尝试诗歌创作文人化的过程中，存在着一些值得总结的教训。刘勰在恪守传统的基础上指责汉代的这一转化，表现出守旧的思想——当然，这种观念是他的原道、征圣、宗经思想的映射。这种认识不完整，也不真实。而我们恰恰看重这一转化的意义。曹丕虽然不是这一转化的始作俑者，但是，却是整个转化过程中的重要代表。他的诗歌创作已经成为一个标志。这一标志就是“文士气”的形成。沈德潜说：“子桓有文士气。”② 这“文士气”是从诗的语言、表现手段以及意境的创造等多个方面来说的，具体表现就是诗的雅化。如果我们从传统诗学的发展角度来理解沈德潜的这一评价，比兴与写景状物一体化的做法，应该是诗歌雅化的一种手段，而这恰恰是曹丕的典型做法。这是对传统比兴的深化。从我们上文对曹丕的《善哉行》和《芙蓉池作》的具体分析中，可以看出这一做法对诗歌艺术发展的意义。在诗歌艺术多元化的发展过程中，曹丕做出了杰出的贡献。

第二，增强了诗的含蓄蕴藉之美。比兴本身就具备含蓄蕴藉的素质。当郑玄说“比，见今之失，不敢斥言，取比类以言之；兴，

① （南朝梁）刘勰著，范文澜注：《文心雕龙注》（下），人民文学出版社 1958 年版，第 602 页。

② （清）沈德潜：《古诗源》，中华书局 1963 年版，第 107 页。

见今之美，嫌于媚谀，取善事以喻劝之”① 时，实际上，他就意识到比兴的寓意、寄托作用。寓意、寄托能够使诗歌含蓄多义。只不过，郑玄对比兴的理解，完全围绕着儒家教化，寓意、寄托当然也围绕着儒家教化。这种理解，在先秦两汉时期具有代表性，也确实影响了这一时期的文学创作。从美学上看，教化指导下的文学创作，含蓄蕴藉的度是有限的，审美受到很大的限制，作品审美价值也大打折扣。当然，对比兴的认识不仅仅是教化一种。在《诗经》中，比兴有起兴，同时，还有写景状物。从《诗经》整个表现的状况来看，比兴的写景状物成分不多，且不成规模。写景状物的大规模介入，在一定程度上冲淡了文学（诗歌）教化的理念，使文学（诗歌）向着艺术美的方向前进了一大步。曹丕的比兴与写景状物一体化的努力，虽然由于其君主的特殊地位在当时的文学创作中已经产生了比较明显的效应，但是，其更大的效应却在后来的诗学发展上。在南朝梁代，钟嵘就对比兴进行了全新的阐释，他认为，兴是“言有尽而意有余”，比是“因物喻志”（《诗品序》），开始了对比兴的含蓄蕴藉之美的研究，对确立后来文学创作的发展方向意义深远。

第三，使比兴诗学的诗学意蕴变得复杂，逐渐向审美的多元化方向演变。比兴的意义涉及文学的发生问题，且在比兴产生之初没有给予明晰的界定，原本就很复杂。由于儒家最早从实用的角度对比兴进行阐释，这就确定了比兴意义的主体必定与儒家思想有关联。人们一提起比兴，一定与教化有关，或者认定比兴就是关于文学教化的诗学理论。这一思想观念弥漫整个两汉。而以曹丕为代表的诗歌创作，将写景状物与比兴结合在一起，写景大规模地介入比兴之中，打破了教化一统比兴的诗学格局，推动比兴诗学也向着多元化的方向发展。首先是使比兴赋予文学作品以含蓄蕴藉的特征。这一点，我们上文已经做了初步分析。其次是确立比兴与兴象的关系。兴象是唐代诗学的一个重要范畴，这一范畴涉及诗歌意象的空灵之美。由于写景状物追求隐喻、象征，言有尽而意无穷，使得诗歌兴象玲珑，富有韵味。后来，比兴又关涉意境创造，意境作为一

① （汉）郑玄注，（唐）贾公彦疏：《周礼注疏》卷23，第228页；《唐宋注疏十三经》(2)，中华书局1998年影缩本。

个诗学、美学范畴虽然产生于唐朝，其前身应该是比兴诗学。钟嵘对比兴的认识已经揭示比兴与意境的关联，意境诗学是比兴诗学的升华。最后是情景诗学。比兴是先言他物以引起所咏之词，可见，它是离不开自然物色的。在这一诗学命题中，还涉及人与自然的关系这一重大的命题，当然也是美学的重大命题。这些诗学理论相互交融、化生，归根结底，都无法摆脱比兴。比兴诗学无疑充当着中国古代“诗学祖母”的角色。

曹丕诗歌创作的诗学意义，只有将之置于中国古代文学和诗学发展的历史长河中才能够凸显。他的比兴与写景状物一体化的创作实践标志比兴诗学的进一步发展，比兴诗学的理论内涵更为丰富了，审美意蕴更加多元，并且，更向着纯粹审美靠近。如果我们以当下的眼光来看，这一变化可能非常平常，然而，如果我们着眼于中国古代诗学的发展演变，就会发现，这一变化的意义重大。它标志着艺术观念和审美观念的进步。汉魏晋南北朝的诗学、美学后来受到极高的推崇，与曹丕等人的诗学、美学创造不无关系。因此，曹丕的比兴诗学不容轻视。

第四节 曹植：熔铸诗、骚而拓宇于比兴

就“三曹”而言，曹植的诗赋创作数量最多，内容最为复杂，表现出来的诗学意蕴也最为丰富。具体到比兴，其创造性也是十分鲜明的。他不像曹操，主要以化用《诗经》为突破口进行创造；也不像曹丕，主要将写景状物引入比兴之中进行创造，最终实现比兴与写景状物的一体化。曹植的创造性主要表现在：他将写景状物与象征、隐喻等综合在一起，不仅丰富了比兴写景状物的表现技巧以及象征、隐喻的诗学内涵，而且更加深化了比兴诗学。因此，曹植的比兴诗学堪称中国传统比兴诗学的重要拓展。

曹植对比兴诗学的贡献，缘于他的审美体验。与父兄比较，他的天分似乎更高，趣味更为独特；与同时代他人比较，他的各种修养似乎更为深厚，审美眼界更胜一筹。正是因为他对社会现实生活

有很深的体悟，审美意识超凡脱俗，创作中所彰显出来的思想深度与艺术技巧都显得更为精熟。在曹植身上，比较完整地展示出那一时代比兴诗学的特征，表现出集时代之大成的审美气质。然而，任何一种现象和观念的产生都不是偶然的，都有这样或那样的缘由，或者是外在的，或者是内在的，或者内外兼具。人的血缘有遗传的规律，艺术血缘同样有遗传的规律。按照艺术血缘遗传的规律，曹植的比兴诗学依然来源于《诗经》（诗）、楚辞（骚），诗、骚比兴凝结而成的审美特质和审美精神是他比兴诗学的灵魂。作为中国文学的祖先，诗、骚孕育的诗学法则是古往今来任何一位有创造性的诗人都无法绕过的。况且，曹植离这两个祖先的年代并不十分遥远，继承的遗传基因可能会更多一些。从中国文学的发展来看，两汉时期的文学尤其诗歌，尽管已有乐府诗从民间走向正统文坛，并逐渐站稳脚跟，但是，树干还不是太健壮，枝叶还不是太茂盛，很难进入百花争艳的状态。也就是说，先秦两汉诗歌能够提供给建安、黄初时期诗人的有价值诗学基因母体不是太多，他们选择的范围很窄。曹植只能选择诗、骚作为自己诗歌的基因母体，参之以汉乐府的艺术形式，并在此基础上进行自己的诗学创造。因此，他与诗、骚的渊源很深，加之他的个性、气质、审美趣味非同俗流，能够兼收并蓄诗、骚、汉乐府之精华，故而，风采独具，无论体式、语言、思想、情感抑或创作技法，都呈现出属于他自己的审美特征，其中，当然包括比兴诗学。

比兴发端于《诗经》，充实于楚辞，是中国诗学的当然“鼻祖”。“三曹”处于中国古代诗学发展承前启后的关键时期，对所有有价值的诗学元素自然不会忽略，当然，对比兴也不敢有丝毫怠慢。他们的诗歌创作，从不同的方面，不断丰富并完善了比兴诗学。曹操、曹丕的比兴诗学如此，曹植的比兴诗学也是如此。所不同的是，曹植在他们的基础之上更深入一步，创造性的意义更为突出。钟嵘评曹植：“其源出于国风。骨气奇高，词采华茂，情兼雅怨，体被文质，粲溢古今，卓尔不群。”①（《魏陈思王植》）钟嵘的

①（南朝梁）钟嵘著，陈延杰注：《诗品注》，人民文学出版社1961年版，第20页。

意思，在我们看来，大致包括两个方面：一是说曹植继承了《诗经》国风的赋、比、兴的艺术创造和美学方法；二是说他同时也继承了国风的反映社会现实的精神。而国风的这种精神，钟嵘是用“骨气”“文质”来加以概括的。清代学者吴淇曾经这样评价曹植：“子建之诗，隐括风、雅，组织屈、宋，洵为一代宗匠，高踞诸子之上。然其雄浑苍老，有时或不及乃父，清莹悲凉，有时或不及乃兄。然不能不推子建为极者，盖有得于诗家之正派的宗也。”[①] 这就是说，曹植的诗歌成就很高，自身的局限也不少，别人暂且不论，与乃父、乃兄相比，不及之处就很多。然而，其自身的优势也非常明显，那就是“隐括风、雅，组织屈、宋”。在这里，吴淇对曹植褒贬分明，同时，也把他的诗学渊源说得非常清楚。在吴淇看来，曹植是在继承《诗经》、楚辞优秀诗学传统的基础之上，自觉创新，才成为“一代宗匠”的。

那么，曹植究竟继承了《诗经》、楚辞诗学的一些什么基因？我们上文已经明确，主要是比兴传统。比兴的意义极为丰厚，它实际囊括了诗歌的所有要素，不仅仅是创作方法、语言手法，其中也包含诗歌的内容要素和审美形式要素。现实与自然中的一些美好或丑恶的事物，只要经过比兴的加工，便会成为含蕴丰富的艺术形象，具有深刻的美学内涵。这是比兴生命力的体现，比兴的审美奥秘也在这里。曹植在继承《诗经》、楚辞比兴的同时，也有自己鲜明的创新，具体表现在，淡化《诗经》比兴的民歌特征，雅化楚辞比兴的隐喻、象征，使比兴朝着“骨气奇高”“词采华茂”的方向发展，从而进一步丰富了比兴的审美内涵，推动诗歌的文人化进程。汉末以前，诗歌主要以乐府民歌的形式存在，尽管文人已经开始介入诗歌创作，但自由度却受到了很大的限制。因此，那时的文人诗大都依乐府古题而创作，这就意味着诗的内容必须贴近乐府古题。曹操、曹丕的创作基本如此，他们留存的诗歌基本是乐府古题。曹植的诗歌创作开始有意识地摆脱民歌的束缚，也就是摆脱民歌原本俗的本性，逐渐趋向于雅化。诗歌的个性化在凸显，审美性

① （清）吴淇：《六朝选诗定论》卷5，清康熙刊本。

在增强。应该说，这并不能算作曹植一人之功，而是时代之功，是曹操、曹丕、“七子”等人与建安前后作家共同的功绩。只不过，由于曹植取得的创作实绩更为丰硕，是后人公认的“建安之杰”①（《诗品序》），所起的作用更为关键而已。

《诗经》、楚辞都出自民歌，或与民歌关系密切。楚辞就是湘沅之地流行的民歌，经过屈原的改编，成为文人效仿的范本。民歌是中国诗歌的母体，它给诗歌提供了极其丰富的营养，然而，自身的局限也非常突出，主要表现在：艺术形式单一，艺术手段单调，语言俚俗。如何吸收民歌的养分？完善诗歌的艺术技巧？推动诗歌的雅化？赋予诗歌以更高的审美品质？这是诗歌发展的基本方向。曹植正是朝着这个方向做出了自己不懈的努力。这些努力就集中体现在他对比兴的改造与运用上，当然，这一切不可能摆在明面，都是通过具体的诗歌创作实践潜移默化完成的。为了更好地理解曹植的贡献，我们便从他的创作实践入手，通过对他诗歌的具体考察，来论证这一问题的真实性。

曹植对比兴的重大改造就是拓展了“言志”的表现空间，借物咏志，赋予“言志”更为丰富的审美内涵。也就是说，曹植的借物咏志是指运用比喻、象征等艺术和美学的方法表达情感、理想、志向，那是一种更为艺术化的呈现。乍看起来，借物咏志似乎不是一个新鲜的话题，在《诗经》、楚辞中原本就已经存在，但是，我们这里所说的借物咏志与《诗经》、楚辞的有所不同，主要意图是强调其艺术和美学的转向。《诗经》中的《硕鼠》一诗，屈原的《橘颂》，都是借物咏志的典范。《硕鼠》将不劳而获的统治者比作大老鼠，对之大加挞伐、讽刺。老鼠的强取豪夺、贪得无厌、忘恩负义成为恶人的典型象征或隐喻符号，全诗就借助这一形象来咏志，实际上是批判人世间的不公。《橘颂》通过对橘的诸多自然属性的描写来比附人的高尚品德，句句写橘，又句句写人。“绿叶素荣，纷其可喜兮。曾枝剡棘，圆果抟兮。青黄杂糅，文章烂兮。精色内白，类可任兮。纷缊宜修，姱而不丑兮。”② 如此比兴，与他的《离

① （南朝梁）钟嵘著，陈延杰注：《诗品注》，人民文学出版社1961年版，第2页。
② （宋）洪兴祖撰：《楚辞补注》，中华书局1983年版，第153—154页。

骚》和《九歌》中的香草、美人之喻有很大的不同，最突出的地方就是，描写对象具体、实在，容易联想。橘树的形象，在现实中非常具体，可触可摸，可见可闻；而美人的形象却是飘忽的、抽象的。美人在现实中的形态很多，人们很难给美人一个确定的、人人都认同的形象标准，诸如西施、昭君、貂蝉、玉环诸美人，尽管她们可能是历史的、真实的，但也是想象的，每个人都会依据史书的记载，按照自己的理想去想象，使之符合各自的审美理想。这不仅因为，当时照相技术还没有出现，真实的影像无法流传下来，致使这些可能是真实的美女们在人们心中的形象都虚幻不实。即便她们的影像能够流传下来，不同时代的人们也会有不同的评价。这是因为审美观念是变动不居的，不同的时代有不同的审美标准。我们所说的借物咏志，就是强调将所借之物落到实处，描绘的形象具体而意指明确。曹植对比兴的借物咏志的改造就集中体现在这一方面。他是沿着《诗经·硕鼠》和楚辞《橘颂》的路子往前走的，因而，他的借物咏志就具有了非凡的诗学意义。

借物咏志首先是借物，这个“物”涵盖非常广泛，可以是自然物象，也可以是人或社会现象。在曹植的诗歌中，物就包含着黄雀、美女、名都、白马、弃妇等事物。这些自然物象、人和社会现象，都是具体的、生动的，都能超越其本身的自然属性和社会属性之外，具有独特的意义。其次是咏志。借物的目的是咏志。在曹植的诗歌中，咏志不是单一的歌咏情感，表达志向，还包含着反映现实、批判现实的思想和情感意旨，或者说，与此有密切的联系。借物咏志就是借助于外在物象反映现实、批判现实，表达自己的思想情感，展示理想、抱负、志向、愿望。当然，这一借物咏志的做法，并非停留在肤浅的层面，而是具有强烈的思想情感力量和无比丰富的象征、隐喻内涵，能够给人们的心灵带来震撼。

我们来读一下他的《野田黄雀行》：

高树多悲风，海水扬其波。利剑不在掌，结友何须多！不见篱间雀？见鹞自投罗。罗家得雀喜，少年见雀悲。拔剑捎罗网，黄雀得飞飞。飞飞摩苍天，来下谢少年。①

像《诗经》中的很多诗歌一样，这首诗的开头两句就是起兴，但是，如果细细品味，似乎又能感觉到它与别的起兴有某些差异。赵幼文注这两句诗说：“高树，象征曹丕政权。悲风，谓法制严峻。海水喻群臣。扬其波谓推波助澜，扩大迫害。”② 是否真的是这么实在？我们很难苟同。如果像这样具体地理解一首诗歌，那么，这首诗的意义实在狭窄，艺术性也大打折扣。这是典型的强行赋意。强行赋意是纯粹审美阅读的一大忌讳。这是因为，它削弱了诗歌含蓄蕴藉的美学特质，使得诗歌的思想情感也狭窄化，没有任何回旋的余地，可能会纯粹成为发泄私人一己思想情感的工具。而强行赋意又是古今阐释普遍存在的现象，说到底，是比兴、教化的庸俗化。“高树多悲风，海水扬其波”其实是大实话。谚云：树大招风。树高了，当然会成为狂风袭击的主要目标，受到风的冲击要强劲一些，遭受的磨难要多一些。大海里激浪很多，危险无处不在，所谓无风三尺浪，就描述的是大海的凶险。这说明，高树上，大海里，由于它们所处的位置特殊，蕴藏着太多的凶险。社会，也就像这大树、大海一样，凶险无处不在。这是坐实理解。表面上看，这是就事论事，其实，虚的空间仍然很大。由这两句诗，我们便自然而然地想起了社会与自然界中的许许多多的凶险，内心充满警惕。这两句就是比兴，蕴含的意义极其丰富。接着两句似乎游离了整首诗的诗意之外：“利剑不在掌，结友何须多！”手里没有锋利的宝剑，何必要结交这么多朋友。宝剑与结交朋友有什么关系？我们今天已经很难想象。在这里，宝剑是一种象征，它象征的是权力，手中没有权力，是无法庇护朋友的。因为，朋友之间需要相互扶持，相互帮助。由此可见，宝剑与朋友的关系确实非常直接。这一句同样是比兴，与整首诗的诗意密切关联。撇开宝剑的象征意义，回到诗的字

① （三国魏）曹植著，赵幼文校注：《曹植集校注》，人民文学出版社 1984 年，第 206 页。

② （三国魏）曹植著，赵幼文校注：《曹植集校注》，人民文学出版社 1984 年版，第 206 页。

面意义，既然整个社会与自然界如此凶险，必要的防身武器还是要携带的。可是，身上偏偏没有防身的利剑，这就使得自己时时刻刻都处于凶险的威胁之下，显得极其脆弱。连自身都这么脆弱，就没有必要再结交朋友了，因为，在自身脆弱的条件下，不可能对朋友有任何帮助，相反，只会给朋友带来更多凶险。前四句从自然说到人事，运用的都是比兴，使诗意一开始就处于含蓄、朦胧之中，增强了读者解读与求知的欲望。这四句诗虽然是比兴，运用生动、形象的象征表达情感，但是，其中又蕴含着比较深刻的说理，可是，我们却丝毫没有感觉到诗人在讲什么道理，相反，感觉诗人就是要用这婉曲之笔，诉说心中的愤懑与不平。

接下来，诗歌以白描的笔法叙述了黄雀与少年的故事。这个故事非常感人。黄雀是一种非常平凡的鸟，没有漂亮的外形和高强的本领，正是因为它平凡，才会成为被玩弄和欺压的对象。黄雀和少年的故事，是对“高树多悲风，海水扬其波，利剑不在掌，结友何须多”的诗意衔接。整个故事虽然简单，但却充满隐喻。黄雀因为害怕遭到鹞的伤害，到处躲藏，不幸却误投了罗雀人专门为它设置的罗网。罗雀人自然感到欢喜，黄雀已经成为囊中之物了。这时，一位意气风发的少年目睹了发生的这一切，他为黄雀的遭遇而悲哀，愤愤不平。于是，他毅然决然地拔出宝剑，划破罗网，救出了黄雀。利剑的重要性似乎在这里突显了。“利剑不在掌，结友何须多”的隐喻也极为清晰了。黄雀重获新生，飞向蓝天。重获自由的黄雀并没有忘记少年的恩德，在天空中，不时地飞下来，向少年表示感谢。黄雀之所以能获得自由，是因为少年的利剑。黄雀、鹞、少年、罗网、利剑都是比兴，其中充满着象征、隐喻。鹞与罗网象征、隐喻自然界与人类社会中的邪恶势力，它们会不断地给自然界与人类社会制造麻烦，给生物和人类带来伤害。可以说，它们是妨碍自由的天敌。而少年则是正义力量的化身，他机智、勇敢、果断，敢于伸张正义，是人们企盼、景仰的对象。在自然界与人类社会中，因为有少年的存在，才会有正义与公平。少年和利剑都是正义与公平的象征，他们是权力，权力能够暂时整治邪恶，保护遭受伤害的弱势群体。黄雀象征自然界与人类社会中的弱势群体，它势单力薄，孤立无助，是人们同情的对象。在人类社会与自然界，有更多的黄雀们需要人们去保护、关爱，唯有如此，才能彰显社会正义。现实生活中类似黄雀与少年的故事会经常发生，这意味着，人类社会与自然界不能够缺少正义。联系曹植生活的时代，不管是王室之间还是群臣之间，随处都存在着争权夺利、相互倾轧的现象，尔虞我诈的风气非常盛行，生存环境相当险恶。这是一个弱肉强食的时代，包括曹植本人这位王室的重要成员，也成为弱势群体的一员。这就非常需要社会正义。在这首诗中，寄予了曹植社会公平的理想，寄寓着他对社会正义的渴望。

由此来看，《野田黄雀行》是一首优秀的比兴之作。与《诗经》中的诸多诗歌相比，这首诗的比兴意蕴显得更加丰富，就是因为借物咏志发挥了很大的作用，由于所借之物具有很强的象征意义，被赋予了深厚的思想情感意蕴，在艺术与审美上取得了前所未有的成功。这首诗所借之物具有典型的意义，截然不同于《诗经》的比兴。关于《诗经》的比兴，先儒在解诗时，往往牵强附会人或物的形象意义，将之解释得那样具体！如《周南·樛木》：“南有樛木，葛藟累之。乐只君子，福履绥之。”朱熹注：“兴也。”他释“君子”：“君子，自众妾而指后妃，犹言小君内子也。”进而，将这几句诗理解为“后妃能逮下而无嫉妒之心，故众妾乐其德而称愿之”[①]。实际上，这是在弘扬诗的教化，漠视了诗的艺术表达，远离了比兴的审美特征。如此理解比兴，诗的艺术价值会大打折扣！而这首《野田黄雀行》，赵幼文也仿儒家解释《诗经》比兴的套路做出如此解说：“此篇属相和歌辞瑟调曲。考《魏志·陈思王植传》裴注引《魏略》：‘时仪亦恨不得尚公主，而与临淄侯亲善，数称其奇才。太祖既有意欲立植，而仪又共赞之。及太子立，欲治仪罪，转仪为右刺奸掾，欲仪自裁。而仪不能，乃对中领军夏侯尚叩头求哀。尚为涕泣，而不能救。乃因职事收付狱杀之。’疑植此篇，盖因仪之被囚而希有权力者为之营救而作也，故多比兴之词。”[②] 这是知人论世的套路，有

① （宋）朱熹注：《诗集传》，中华书局2011年版，第5页。此处所引诗、注均见此页。

② （三国魏）曹植著，赵幼文校注：《曹植集校注》，人民文学出版社1984年版，第207页。

些死板，真正的审美理解不需要这么实在。这首诗中的黄雀、鹞、少年、罗网、利剑是隐喻或象征，其中蕴含的隐喻或象征意义则有很大的艺术张力，不需要刻意思量就能够获得准确的理解。诗人正是通过对这些典型之物的借助，彰显了这首诗含蓄蕴藉的美学特质。

《美女篇》也是一篇经典的借物咏志之作。前文我们说过，美女是屈原作品经常使用的一个意象。在屈原那里，“美女”是抽象、虚拟的符号，是君子的代称，是优良品质的化身。美人的形象之所以能成为中国文化中一个具有代表意义的意象，在很大程度上是从屈原开始的。这是一种美人思维，这种美人思维对后世的影响极大，以至于人们在理解曹植这首诗时，采用的仍是屈原式的赋意模式和思维定式。如沈德潜就这样解释这首诗：“美女者，以喻君子。言君子有美行，愿得贤君而事之。若不遇时，虽见征求，终不屈也。”[①] 显然，沈德潜的阅读缺乏创造性。他没有看到曹植与屈原的区别，以至于混淆了两者的美人形象的意义差别。屈原的美人形象是抽象的、虚拟的，曹植的美人形象则比较具体、实在。我们可以将《美女篇》作为一篇普通的叙事诗来阅读。

> 美女妖且闲，采桑歧路间。柔条纷冉冉，落叶何翩翩。攘袖见素手，皓腕约金环。头上金爵钗，腰配翠琅玕。明珠交玉体，珊瑚间木难。罗衣何飘飘，轻裾随风还。顾盼遗光采，长啸气若兰。行徒用息驾，休者以忘餐。借问女何居？乃在城南端。青楼临大路，高门结重关。容华耀朝日，谁不希令颜。媒氏何所营，玉帛不时安。佳人慕高义，求贤良独难。众人徒嗷嗷，安知彼所观？盛年处房室，中夜起长叹。[②]

人们不难看出，这首诗与汉乐府民歌的关系至为密切。汉乐府民歌中有一首《陌上桑》，诗中塑造了一个美女秦罗敷的形象。秦

① （清）沈德潜编选：《古诗源》，中华书局1963年版，第115页。

② （三国魏）曹植著，赵幼文校注：《曹植集校注》，人民文学出版社1984年版，第384—385页。

罗敷是一位采桑女，生得非常美丽。诗歌从正面和侧面两个方面描绘了罗敷之美，衬托的笔法用得尤其绝妙：“青丝为笼系，桂枝为笼钩。头上倭堕髻，耳中明月珠。缃绮为下裙，紫绮为上襦。行者见罗敷，下担捋髭须。少年见罗敷，脱帽著帩头。耕者忘其犁，锄者忘其锄。来归相怒怨，但坐观罗敷。”① 显然，曹植的创作灵感来自汉乐府民歌《陌上桑》，《美女篇》带有非常明显的模仿痕迹。从两诗对采桑女美貌的描写中，我们能够直觉到这一点。在《美女篇》中，曹植模仿汉乐府运用衬托的笔法写美女之美，但是，写得比较简单，只不过用了两句诗，“行徒用息驾，休者以忘餐”，远不如《陌上桑》铺排之繁。然而，《陌上桑》的描写只是叙事，主要在于赞美罗敷之美。罗敷不仅形象美丽，而且心灵也美，她对爱情无比忠诚，坚贞不渝，品德高尚。至于其中隐含着怎样的隐喻、象征等比兴的意图，从文字之中似乎不容易看出来。《陌上桑》还有一个名字叫《艳歌罗敷行》，“艳歌”是对乐府诗题的定性，与它的民歌身份相适应。因为民歌本身大都缘事而发，歌咏的都是身边发生的平常事情，不一定有很深的寓意。曹植的《美女篇》则不同，虽然它不一定像沈德潜等人所说的借助于美女比喻君子，但是，诗中有比较明显的寓意则是无可置疑的。诗歌渲染了采桑女的富有：“青楼临大路，高门结重关。容华耀朝日，谁不希令颜。”这种富有，如果对应于美女的家庭，是财产的富有；如果对应于美女的人品，则是才情与品德的富有。而后一种才是人们向往和期盼的。美女有她自己的择偶标准。由于她个人的品质与素养很高，对择偶的条件要求也相应很高，她心中的如意郎君不仅要有才情，而且要有“高义”。诗的后几句就描写美女的择偶标准以及依照这些标准择偶所遭遇的困惑，我们从这几句诗中能够看出诗歌的明显寓意。“佳人慕高义，求贤良独难。众人徒嗷嗷，安知彼所观？盛年处房室，中夜起长叹。”“佳人”就是指美女；“高义”指具有崇高的品德和良好修养的人。才情与品德兼有的美女喜欢的当然是具有崇高的品德和良好修养的男人。这样的“高义”之人在现实中是非常稀缺

① （宋）郭茂倩编：《乐府诗集》（2），中华书局1979年版，第410—411页。

的，想找到如此理想的郎君很难。然而，一般人根本无法理解美女的心思，他们只管凭靠自己的地位盲目地对美女表达倾慕之情，试图凭靠他们引以为傲的地位和财产赢得美女的芳心。可是，由于他们无法真正理解美女的心思，只能“徒嗷嗷”，一厢情愿的心思只能白费。美女也存在无穷的烦恼，具有“高义”的男人稀缺，遇不到理想的知己，找不到如意的郎君，只能“盛年处房室，中夜起长叹”。如花的年华只能独守空房，自叹自怜！联系曹植自身的境况，我们认为，美女作为曹植的自况可以作为一种理解，这是他学习屈原的结果。由于自身个性的原因，曹植遭遇了太多的不幸，一身才情却无人赏识，因此，郁郁不得志。他无法施展自己的抱负，加之兄弟之间相互倾轧，个人的生存环境越来越险恶，使得他感到更难以实现自身的理想了，于是，便产生了无穷的烦恼。由此可见，曹植借美女来隐喻、象征，抒写自己的怀抱，其中的比兴意图极其鲜明。可以说，美女是曹植借物咏志的一个典型意象。

曹植熔铸诗、骚，对比兴诗学的另一个重大改造就是，运用寓言的方法进行象征、隐喻。寓言意味着虚构，神秘、荒诞、不真实，然而，这些都是针对寓言故事、情节而言的，寓言所揭示的道理、哲理仍然是现实的，是社会现实的反映。寓言所要达到的效果就是，运用非情理、不合逻辑的故事以实现对社会现实生活现象的寓示，言在此而意在彼。所谓非情理、不合逻辑，在很大程度上是指社会现实生活中不可能发生的事件，或者即使可能发生，故事的要素、主角也呈现出一些非情理化的表征。比如，动物与人之间能够开展像人与人那样的交流、交往活动，动物与动物之间能够像人与人一样说话、做事，等等，这都是非情理化的。这种寓言的方法在曹植的《野田黄雀行》中已经有充分的表现，少年和黄雀的故事就是一个寓言。少年出于对黄雀的怜悯，帮助它挣脱了罗网，这是现实生活中完全可能发生的事，而黄雀从万里高空之上飞下来感谢少年则是典型的寓言笔法。这不单单是一种拟人的语言方法问题，实是一种整体的象征、隐喻。追根究源，这主要是从屈原及楚辞中学来的方法。在《九歌》《九章》以及其他楚辞作品中，记述了大量的寓言传说，塑造了很多寓言形象，诸如东皇太一、云中君、湘君、湘夫人、山鬼等，都是寓言。这些寓言，形象灵动、飘忽，内涵丰富，对后世文学创作及观念的影响都是很大的。

曹植的《杂诗》，《文选》中收录六首。这六首诗，李善题注：“别京已后，在郢（应为鄄）城思乡而作。”① 按照清人吴淇的说法，“似皆原本于《离骚》”：“第一章‘高台多悲风’即《思美人》。二章‘转蓬’即《悲回风》。三章、四章‘西北有织妇’、‘南国有佳人’即《经》所谓‘蹇修’，乃《离骚》之正托。五章‘仆夫早严驾’，即《远游》。末章咏烈士，即《九歌》之《国殇》。”② 如此说来，仿佛这六首诗存在着一个顺序，有一种逻辑关系，似乎曹植有意而为。然而，据今人赵幼文《曹植集校注》考订，这六首诗中的五首（“西北有织妇”未被《曹植集校注》收录，不确定作于何时）并非一时一地所作，分别成诗于汉献帝建安、魏文帝黄初、魏明帝太和年间。如末章“飞观百尺余”被考订作于建安年间，“高台多悲风”作于黄初年间，“仆夫早严驾”“南国有佳人”“转蓬离本根”作于太和年间。如果真的是这样，吴淇的解释就显得漂泊无根了，完全是主观臆测。然而，他将“南国有佳人”作为《离骚》正托，从诗意上来分析，还是有一定的依据的。这是一首寓言性很强的诗，比兴的意图正是通过寓言才得到真切展现的。

我们来解析一下这首诗：

> 南国有佳人，容华若桃李。朝游北海岸，夕宿潇湘沚。时俗薄朱颜，谁为发皓齿？俯仰岁将暮，荣耀难久恃！③

不少研究者将这首诗所表现的意旨与曹植的另一首诗《美女篇》比附，认为“佳人”与“美女”具有同等的意义，都是自比。

---

① （南朝梁）萧统编，（唐）李善注：《文选》（3），上海古籍出版社 1986 年版，第 1363 页。

② （清）吴淇：《六朝选诗定论》卷 5，清康熙刊本。

③ （三国魏）曹植著，赵幼文校注：《曹植集校注》，人民文学出版社 1984 年版，第 387 页。

如赵幼文就说：“此篇与《美女篇》意同，而有时暮之感。”[①] 所谓“时暮之感”就是叹息时光流逝、美颜不再。清人张玉穀也曾经这样解说：“此首伤己之徒抱奇才，仆仆移藩，无人调护君侧，而年将老也。通体以佳人作比，首二自矜，中四自惜，末二自慨，音促韵长。”[②] 也就是说，这首诗的佳人蕴含着深刻的比兴。在这一点上，恰与楚骚衔接，屈原式的幽怨历历在目。不仅佳人的意象来自屈原，潇湘、时暮等意象也都来自屈原。这首诗的主要意旨是借助佳人的意象来抒发幽怨。先秦时期，佳人（“美人”）本身就是一个寓言。在《离骚》中，“美人”的意义十分丰富，有时意指君主，有时泛指情操、品德纯洁、高尚者，有时指自己，其性格特征忧伤、孤傲，不食人间烟火，仿佛神界人物，寓言特征非常鲜明。请看屈原的描绘：“扈江离与辟芷兮，纫秋兰以为佩。汩余若将不及兮，恐年岁之不吾与。朝搴阰之木兰兮，夕揽洲之宿莽。日月忽其不淹兮，春与秋其代序。惟草木之零落兮，恐美人之迟暮。”[③]（《离骚》）在这里，江离、白芷、秋兰、木兰、宿莽等都是自然中的香花、香草。“美人”披着江离与白芷，戴上秋兰，使得“美人”更加美艳、芳香。其实，这个着意用自然来装扮的“美人”就是典型的寓言，除了外表的芳香、美艳之外，内在的心灵、品格也如同外表，至于其中的具体、多元而丰富的内涵，只能根据具体作品去意会，谁能说得清楚？曹植的佳人显然是从楚骚而来，佳人就是寓言，其比兴意图与独特之处，我们可以从以下两个方面进行阐释。

首先，佳人是一个悲凉的意象，这一意象隐喻人生无常。在现实生活中，佳人往往是以她的美貌赢得荣耀的，因此，美貌成为她的资本。当她年轻时，貌美如花，处处受到人们的喜爱、追捧。然而，随着时光的流逝，人的容颜会衰老，而荣耀也将随着容颜的衰老逐渐失去。这是任何人都无法抗拒的自然规律。诗中吟咏“俯仰岁将暮，荣耀难久恃”就具有这一层面的意义。“俯仰”是指时间

---

① （三国魏）曹植著，赵幼文校注：《曹植集校注》，人民文学出版社 1984 年版，第 387 页。

② （清）张玉穀：《古诗赏析》卷 9，振新书社刊本。

③ （宋）洪兴祖撰：《楚辞补注》，中华书局 1983 年版，第 4—6 页。

短暂，意谓美好的时光转瞬即逝。这也是佳人悲凉比兴意义形成的根据。显然，曹植佳人寓言最为明显的比兴意图是慨叹人生短暂。

其次，佳人象征一个才能卓著而又愿意报答社会的人。这是从佳人的品质上来说的。既然佳人是一个才能、品质都很卓越的人，她想以她的才能去报答君主，报答社会，做一些对君主、对社会有益的事情，可是，偏偏就有一些嫉妒她才能的小人，不断地向君主进谗言，导致君主对佳人疏远。这就是所谓的“时俗薄朱颜”了。“时俗薄朱颜”是慨叹世风日下，具体表现为：一个有才能的人处处遭到别人的嫉妒、迫害。佳人就是这么一个人！君主对她产生了误解，而她本能地又希望有一个主持社会正义的人来帮助她消除误解，但是，很难。面对此情此景，诗人自觉地发出了“谁为发皓齿”的慨叹，感叹当时的社会没有正义，也因之，产生了无穷的悲凉。这一层面的寓言意义更深刻一些，也符合曹植自己的人生实际。现实中的曹植确实文采飞扬，风流倜傥，傲骨铮铮，睥睨万物。在诗中，他将自己隐喻为一个才能卓著的佳人，傲然面对世界。而他的这种自恋最终因才能无用武之地而归于失败。这正符合曹植的佳人形象。因此，佳人实际上是一个具有悲剧色彩的寓言。

由此看来，曹植诗歌比兴具有复杂的意涵，对它的理解可以做多面观。寓言作为曹植诗歌的比兴操作虽然不是曹植的创造，但是，是曹植使它更加鲜活起来，更具有美的魅力。他的比兴诗学在熔铸诗、骚的过程中也有着自己独特的美学创造，而这正是值得我们细致研究、深入发掘的内容。

第二章

“三曹”对感物诗学的拓展

在中国古代诗学中，“感物”是一个非常重要的观念和范畴，涉及文学艺术审美创造和审美体验发生的核心问题。这一观念和范畴产生于先秦，在《礼记·乐记》中有比较完整的表述。[①]《礼记·乐记》云：“凡音之起，由人心生也。人心之动，物使之然也，感于物而动，故形于声。”[②] 这里谈论的是音乐的产生。音乐的产生不是无缘无故的，归根结底，都是“感于物”的结果。“感于物”就是被物感，就是感物，那是心物感应，即人心与外物产生感应，感应的结果就是产生创作冲动，进而，完成一个创作的过程。我们之所以强调“感于物”是感应，是依据先秦天人合一的哲学理念所做出的判断。那是远古的自然观。先秦古人真诚地相信人与天地万物是一气贯通的，天地万物的任何变化都能带来人的回应，都可能引发人的创造的发生。感应具有双向性，不单单人能感物，物也能感人，人与物在文学艺术创作过程中是合一的。这种“感”是自然的、自由的，即它不是人为推动的，带有功利性和目的性。不管是人受外物的引发产生创作的欲望，还是人内心情感的郁积寻求发泄，其过程都是自然的、自由的，只有做到自然、自由，才能保证创造的艺术性与审美性。因此，感物注重的是人与天地万物的自

---

① 汉代有《大戴礼记》和《小戴礼记》之分，分别为汉代学者戴德、戴圣所编。据班固《汉书·艺文志》载，武帝末年，在孔子故宅得古文《尚书》及《礼记》《论语》《孝经》等。一般认为，《礼记》指的是《小戴礼记》。《礼记》虽然汉代成书，但通常都认为，其“记述了以周王朝为主的秦汉以前的典章、名物、制度和自天子以下各等级的冠、昏、丧、祭、燕、享、朝、聘等礼仪”。（见孙希旦撰《礼记集解》点校说明，中华书局1989年版）故而，我们说，感物观念产生于先秦。

② （清）孙希旦撰：《礼记集解》（下），中华书局1989年版，第976页。

然、自由的感应。在中国古代诗学发展史上，感物观念首先是与艺术表现联系在一起的。《礼记·乐记》在言说了人心“感于物而动”之后，便开始谈论艺术表现：“乐者，音之所由生也，其本在人心之感于物也。是故其哀心感者，其声噍以杀；其乐心感者，其声啴以缓；其喜心感者，其声发以散；其怒心感者，其声粗以厉；其敬心感者，其声直以廉；其爱心感者，其声和以柔。六者非性也，感于物而后动。”[①] 这充分说明，人的心境左右着感物，人心的哀、乐、喜、怒、敬、爱决定艺术表现的内容，从而也决定着艺术的风格特征。《礼记·乐记》是儒家经典，这就意味着儒家先贤不可能抛弃教化来言说感物，必然将感物与伦理道德联系在一起。因此，《礼记·乐记》紧接着上述一段话，便谈论起“先王慎所以感之者”的问题，将感物与教化连接，逐渐形成了一套机械化、程式化的感物策略。也就是说，儒家的感物首先是追求政治伦理道德教化感应的，或者与政治伦理道德教化有密切关联，其次才是情感感应、审美感应。汉代的感物诗学沿袭先秦儒家，由于教化理论被空前发展并强化，感物的诗学意蕴不可能脱离教化。汉代关于感物的理论阐发，除了《毛诗序》“诗者，志之所之也”之外，具有典型意义的是班固的“缘事而发”。在班固看来，感物就是感事、感时，就是感应社会人事与人伦道德。因此，他提出的“感于哀乐，缘事而发”[②]（《汉书·艺文志》）的观念，赋予感物以独特的思想意涵。人的喜、怒、哀、乐情感的产生不是无缘无故的，都有一定的缘起。所谓“缘事而发”，说的是事对人的引发。人与事产生感应，引发创作冲动。这“事”显然不是自然物色，而是社会现象，即与政治人伦道德有密切关系的现实境遇或社会人事。随着文学艺术观念的发展，感物的视野逐渐拓宽。凡是能够激发人的思想情感的社会现象、自然物色，当然也包括伦理道德，都可以成为“感”的对象，都能够与人产生感应。这样，“物”的内涵不断丰富、充实，由原本的伦理道德之物逐渐向社会现实之物与自然风物转化。在我们看来，“物”由伦理道德向自然风物的转化尤其关键，它标志着

① （清）孙希旦撰：《礼记集解》（下），中华书局1989年版，第976—977页。

② 张少康、卢永璘编选：《先秦两汉文论选》，人民文学出版社1996年版，第572页。

文学艺术开始向本体回归，也昭示着真纯的文学艺术创作观念的生成。感物的诗学观念是在魏晋南北朝时期才定型的，形成了具有完整理论内涵的美学范畴。魏晋南北朝的感物诗学理论非常丰富、深入与完备，涉及了文学艺术的各个门类，囊括了文学艺术创作的各个领域。应该说，建安、黄初时期是感物诗学定型的过渡期。“三曹”处于这一过渡的关节点，其意义自然非同寻常。“三曹”的感物诗学思想在文学创作与理论上有什么具体的表现？在传统感物的基础上，又补充了哪些诗学与美学的观念？这种诗学和美学的观念对中国古典诗学精神产生了怎样的影响？这都是我们要关注的问题。

第一节 “三曹”与社会现实的审美感应

文学艺术是离不开社会现实生活的，它表现现实生活，是作家、艺术家与社会现实生活的审美感应。我们强调感应，乃是强调文学艺术创作的自然、自由，在我们看来，这是文学艺术的生命价值和审美价值之所在。作家、艺术家的创作观念和审美观念往往是借助他们的作品呈现出来的，那是一种自然而然的情感与心理过程，是极其真实、毫无掩饰的。任何一个优秀的作品都内蕴着作家、艺术家对社会现实独特的观照视角，这一观照视角本身可以决定这一作品的价值，也就是说，作家、艺术家采取什么样的态度与方法去观照表现对象，作品就有什么样的价值。一般来说，作家、艺术家对社会现实的观照视角有两种：一种是审美的，一种是政治伦理道德的。这只是粗略的概括。在通常情况下，这两种视角并非独立的，而是融合、重叠的。也就是说，文学艺术对社会现实的表现不可能游离社会的政治伦理道德和审美，问题的关键是，以审美为目的，还是以宣扬政治伦理道德教化为目的？这是评判文学艺术价值的标准。倘若以审美为目的，那么，其对社会现实的表现必须是审美的，作品中表现的政治伦理道德应服从审美；倘若以政治伦理道德教化为目的，那么，其对社会现实的表现必须是政治伦理道德的，审美则从属于政治伦理道德教化。因此，这两种视角的差异是根本性的。审美的视角必然会以艺术的手段去驾驭社会现实，以自然、自由的态度去抒写社会现实，赋予社会现实以鲜活的生命精神和审美意义；而政治伦理道德的视角则意在发掘社会现实本身所蕴含的政治伦理道德，或者赋予其以政治伦理道德的意义（这往往是一种强行赋予）。在中国文学发展史上，这两种视角呈交替态势，依据作家的思想情感、生活经历、价值取向、审美趣味等相互交替，即使在同一时代，这种交替依然存在。因此，人们看到的情形是：有些作品的审美意味浓烈，而有些作品的政治伦理道德教化意味浓烈。当然，也不乏两者结合得比较好的作品。可见，文学创作的整体表现是非常复杂的。审美的视角是自由的、自然的，而政治伦理道德的视角很难做到自由、自然。从这种立场出发来判断，先秦时期的文学创作应该是自由的、自然的，因为那一时期的乐歌大都产生于民间，是百姓的自发行为，即便歌美或讽刺政治统治，传播人伦道德，也是自然的、自由的。《诗经》《九歌》都产生于民间，它们都是情感的自由抒写，是发自内心的自由吟唱，不带有任何人为的政治伦理道德的功利性和强制性。这就是民间的价值。然而，为什么这些作品后来都被赋予了政治伦理道德的意蕴？这是因为，在后来的传播与接受的过程中，接受者出于某种政治或伦理道德的目的，人为地对这些文学作品进行了政治伦理道德的赋意，从而使得这些作品的意义产生了根本性的改变。可见，接受对作品意义的影响，在一定程度上也起着决定性的作用。对《诗经》的接受就是最为典型的例子。由于《诗经》被奉为儒家经典，被赋予了政治伦理道德的意义，历来对《诗经》的阅读与阐释大都有意忽略了它的自由性和审美性，忽略它的无功利性，再加之统治者对《诗经》的利用，接受者也大都认定《诗经》中的任何一首诗都有一定的政治伦理道德目的，都具有教化的作用。这种功利性的阐释却为后来的文学艺术创作所接受，逐渐发展演化为文学艺术创作的一种赋意原则，即有意识地赋予作品以某种特定的意义，以达到个人的某种企图。赋、比、兴理论就包含这种赋意原则。这种赋意，很大程度上是强制性的、刻意的，即为了某一目的赋予作品以政治的或伦理道德的意义。然而，今天看来，这种强行赋意并非一无是处，有其存在的合理性，也可能会带来一定的审美价值，关键是，这种强行赋意的对象是否符合比附的原则，是否做到了自然、自由？比如，屈原的楚辞因受《诗经》赋、比、兴的影响，就带有非常明显的强行赋意特征，然而，他的强行赋意是建立在他对社会现实深刻体验的基础之上的，其实是诗人的真实思想情感。因此，楚辞并不是真正的强行赋意。后来，人们从政治统治的需要出发，将屈原的创作理解成强行赋意，对此，我们也抱以深深的理解。这是因为，他们并没有歪曲屈原。由于屈原情感的真实性，使得他的强行赋意具有很高的审美价值。这说明，要真正区分文学创作中的审美和政治伦理道德的视角与意图还不是那么容易。这里，既有一个复杂的创作背景的原因，也有一个复杂的阅读背景的原因。屈原的楚辞创作就是受之前的《诗经》阅读的影响，把误读当作了《诗经》原本的创作意图，并将这种误读充分消化运用到自己的创作之中，因此，才出现了难以辨别其审美与政治伦理道德教化视角的尴尬情形。汉代的文学创作尤其是汉大赋的创作，政治伦理道德意图非常明显。为了实现劝谏的目的，汉大赋的作家们不惜铺张扬厉，尽可能将政治伦理道德的意图隐藏得深一些，从而助长了汉大赋的空洞。而汉乐府以民歌的面目出现，真正继承了《诗经》的传统，赋予社会政治伦理道德以审美的品质。这些，都为“三曹”的创作提供营养。“三曹”的创作关注社会现实，将社会现实生活艺术化、审美化。虽然他们没有明确的关于感物的理论论述，但是，并不说明他们没有这种观念。这种观念鲜活地呈现在他们的创作实践中，深深镶嵌在他们的作品里，成为“三曹”诗学的一个重要内容。

一

“三曹”的文学创作立足于当时的社会现实，不仅写出了那个时代社会现实生活的深度和广度，而且以美的视角进行全方位观照，赋予社会现实生活以美的基质和美的内涵。因此，他们的艺术成就都很高，都赢得了后世的广泛赞誉。“三曹”的文学创作扭转了汉代以来单纯以讽喻教化为本的理念，同时，也深化了先秦以来业已形成的文学言志观，推动了文学创作观念和审美观念的彻底转变。代表应首推曹操。尽管曹操的文学创作成就总体上不如曹植，但他却是开风气者，一是开启了慷慨悲凉的诗风，奠定了建安文学的总体基调，最终成为建安文学的精神特征和审美特征；二是开启了魏晋风流，使得“志深笔长”“梗概而多气”的沉雄、洒脱成为整个魏晋的美学风貌，孕育了很多杰出的作家、诗人；三是推进了文人创作的日常化，文人可以自由地运用各种文体，进行创作，即便诗这种神圣的文体也最终成为文人自由创作的体裁。而这在先秦时期是难以想象的。这就使得文学有了更为广阔的发展空间。曹操对文人创作日常化的引领意义重大，表现在创作上则是对乐府诗的改造，一方面改变了乐府古题固定的表情与表意限制，赋予其新的内容；另一方面推动语言的雅化，使诗歌语言朝着文人个性化的方向发展。在曹操的引导下，曹丕、曹植及“建安七子”等人创作了大量的乐府诗，艺术而深刻地描写了社会现实，展现了社会现实生活的丰富多彩，展示了文学美的魅力。

曹操的《薤露行》就是改造乐府并以这一乐府古题为题而创作的一首著名的诗，它虽然是乐府诗，但是，又不同于民歌的乐府，内容有差别，语言也有差别，变得典雅了。在这首诗中，曹操描写了当时社会混乱的现状，抓住了外戚专权、军阀残忍、百姓凄惨等典型的场景，对社会现实的描绘既恐怖又真实。中平六年（189），汉灵帝刘宏死，少帝刘辩即位。因少帝年幼，何太后听政。那时，外戚与宦官的矛盾非常激烈，相互之间争权夺利，致使国家混乱不堪。由于宦官势力很大，时刻威胁着朝廷，何太后的哥哥何进便密谋诛杀宦官。于是，他暗召董卓进京，伺机行动。不料密谋泄露，宦官张让等人诱杀何进。何进的部将袁绍等趁机发动兵变。兵士们冲进宫廷，焚烧宫殿，捕杀宦官。张让等人挟持刘辩及陈留王刘协出走京师。后来，董卓带兵迎还刘辩，独揽朝政，不久，杀何太后，废刘辩，立刘协为帝。这就是汉献帝。诗歌生动地描绘了这一段历史史实，将之艺术地呈现在人们面前。诗歌描写何进：“沐猴而冠带，知小而谋强。犹豫不敢断，因狩执君王。”① 因为何进智谋短浅，犹豫不决，错过了诛灭宦官的良机，使得君王为宦官所执，走上颠沛流离之路。诗歌描写董卓：“贼臣持国柄，杀主灭宇京。荡覆帝基业，宗庙以燔丧。”董卓最终杀了少帝刘辩，窃取朝廷大权；为逼迫迁都，一把火烧了京都洛阳，惨无人道，罪恶累累。诗歌描写百姓：“播越西迁移，号泣而且行。”董卓烧了京城，逼迫朝廷迁都，驱使数十万官吏与百姓艰难地向西京进发，哭号之声遍野。诗歌最后哀叹洛阳被毁：“瞻彼洛城郭，微子为哀伤。”看到昔日繁华的洛阳化成一片废墟，内心怎能不哀伤。在这里，现实中发生的所有事件、出现的所有现象都被情感化了，化作一个个鲜活生动的情感符号。人们在领略这段多灾多难历史的同时，也领略了曹操的那份怜惜生民的情感，社会现实生活与曹操产生了强烈的情感感应，遂形成这首诗的悲愤之美，慷慨悲凉！

与《薤露行》的情感基调类似的还有《蒿里行》，这首诗我们前文已经做过简单的分析。董卓挟持汉献帝及数十万官民，西迁长安，引起众怒，东方各州郡纷纷起兵，结成同盟，讨伐董卓。皇帝虽然被挟持到长安，而董卓本人仍旧留守洛阳，指挥军队与盟军对抗。这才有“关东有义士，兴兵讨群凶。初期会盟津，乃心在咸阳”的诗句。似乎这原本是一场正义的战争，然而，实际情形却让人非常忧虑，根本没有体现原本应有的正义。尽管各路大军都非常痛恨董卓，但是，由于诸军将领各怀异心，劲儿不往一处使，致使各路人马相互观望，徘徊不前；更有甚者，相互猜忌，乃至相互攻杀；产生激烈的内斗。如此一来，劳师动众，不仅没有拯救国家，反而给百姓带来了无尽的灾难。曹操沉痛地写道：“军合力不齐，踌躇而雁行。势利使人争，嗣还自相残。”“铠甲生虮虱，万姓以死亡，白骨露于野，千里无鸡鸣。生民百遗一，念之断人肠。”由于常年战争，士兵们的铠甲上生满了虮虱，原野上到处是累累白骨，千里之内没有任何生命的迹象，难得听到一声鸡的叫声。这种景象多么凄惨！“白骨露于野，千里无鸡鸣”成为乱世悲惨的典型写照！

① （三国魏）曹操著，夏传才注：《曹操集注》，中州古籍出版社 1986 年版，第 4 页。下引此诗皆出自此页。

这首诗的艺术价值很高，然而，由于其真实地描写了当时的历史，是实录，因而又具有很高的历史价值。

曹操的诗歌对社会现实生活的描绘近乎实录，这本身说明，他所延续的仍然是自古以来的崇史风尚，没有摆脱两汉经学。东汉时期，以王充为代表的今文经学就是崇尚实录的。曹操追求历史的真实，同时，又着意消除经学教化的程式化，试图打破儒家的伦理道德规范。因此，他的诗歌不受约束，对社会现实的表现力争做到本真、自然、自由，这恰恰是一种审美的状态。曹操描写的历史是一段令人悲愤欲绝、不堪回首的历史，他以审美的态度审视这些历史，使它在人们的心目中定格，鲜活起来，乃至成为一个审美的范本，其主要的原因就是他做到了自然、自由地感物，使自己的社会理想、审美理想与现实生活产生自然、自由的感应，并赋予社会现实生活以审美的特质。

为了进一步说明曹操的感物诗学思想，我们拟细读一下他的《却东西门行》，以此来探讨他对社会现实生活自由抒写的理论依据。

> 鸿雁出塞北，乃在无人乡。举翅万余里，行止自成行。冬节食南稻，春日复北翔。田中有转蓬，随风远飘扬。长与故根绝，万岁不相当。奈何此征夫，安得去四方？戎马不解鞍，铠甲不离傍。冉冉老将至，何时反故乡？神龙藏深渊，猛虎步高岗，狐死归首丘，故乡安可忘。①

如果说，前面所举的两首诗都是现实的实录——以公元189—190年的社会历史为依据，将真实艺术化，那么，这首诗则展示一个新的艺术境界——一个虚实相生的境界。在这首诗中，曹操显然没有沿袭前面两首诗的实录方法，而是运用实笔与虚笔相结合的方法，借助于一个士兵的所见、所感、所思来表现现实。实笔写的是思乡，虚笔却落在现实的大地上，其真实的意图是表现战乱的社会

① （三国魏）曹操著，夏传才注：《曹操集注》，中州古籍出版社1986年版，第26页。

现实。东汉末年，穷兵黩武，无数士兵长期在外征战，有家难归。由于兵员匮乏，即使年老体弱，也不得不应征服役，充当战争的奴隶。诗歌表达了一个年老士兵的思乡情感。奇妙的是，曹操并没有直接抒写这种思乡，而是采用更加艺术化的表现手段，借助于两种自然的物象将这种情感表达出来。

第一种物象是鸿雁。鸿雁原本生活在塞北，那里地势开阔，四季分明，适宜这种动物生活。然而，鸿雁是一种隐喻。作为候鸟，每到秋去冬来，它们就会成群结队地南飞，飞到南方的稻田里去寻觅食物。一旦春天到来，天气回暖，它们再成群结队地飞回来，飞到它们长期生活的塞北。对鸿雁来说，塞北才是它们的故乡，才是它们的栖息之地。显然，描写鸿雁这一意象不仅仅是为了展示它们的生活习性，也是为表达征夫思乡的情感，是为表达思念所作的铺垫。南来北往的鸿雁之所以年复一年，去去来来，就是因为有一根思乡的红丝线在牵引着它们。为了生计，它们不得不离开故乡，故乡永远是它们的心灵栖息之地。而那些远征的士兵虽然也像鸿雁一样思乡，但是，却没有鸿雁的自由，不能像鸿雁一样说走就走。他们日夜思念着故乡，渴望回到故乡，然而，只能停留在心灵的思念和渴望上，现实却无法满足他们回归的愿望。

第二种物象是飞蓬。飞蓬是一种草本植物，生长在北方，它的叶子很小，似柳叶，开白花。像北方的大多数植物一样，每当秋冬之际，草木零落，飞蓬的花叶也会干枯。而那干枯了的花叶却随风飞扬，漫无边际。这就与鸿雁冬去春来目标明确有着很大的不同。在这里，飞蓬隐喻的是远征士兵飘无定所的悲惨境况。尽管鸿雁年年南飞，但是，最终都会北归，回到它们的栖息之地。然而，飞蓬却没有那么幸运，一旦它们随风飘飞，就意味着已经不可能再回到原来生长的地方。它们不知道自己会落到何方，只能任风摆布，最终的结局是，或落地生根，或化作尘埃。

曹操这首诗中所写的鸿雁和飞蓬，均关联着诗的艺术化和审美化。就鸿雁和飞蓬所起的作用来说，既可以将之认定为比兴，同时，又可以将之认定为感物。比兴原本就与感物是联系在一起的。作为比兴，鸿雁和飞蓬本身具有浓烈的象征与隐喻色彩。它们的象征与隐喻表现在两个层面：第一个层面是，士兵远离故乡，思念故乡，渴望回到故乡，希望能像鸿雁一样。这是鸿雁的象征与隐喻，一种带有浓烈羡慕色彩的、理想化的象征与隐喻。第二个层面是，士兵远离故乡之后就不可能再回到故乡，就像随风飘零的飞蓬。这是飞蓬的象征与隐喻，一种具有绝望色彩的象征与隐喻。前一层面的象征与隐喻在辛酸之中尚有慰藉，这慰藉就是理想与希望；而后一层面的象征与隐喻则是纯粹的悲凉，那是对生活的绝望！鸿雁与飞蓬的象征与隐喻，既有相同性也有差异性。相同性体现在，它们都是漂泊的，远离故土，自由自在；不同的是，鸿雁离开还能回来，能自己主宰自己，而飞蓬离开却难以回归，完全受制于风，自己无法主宰自己。诗歌借助于鸿雁与飞蓬，表达了离别与思念的复杂情感，同时，也将美感的复杂性呈现出来。将鸿雁与飞蓬视为感物，是因为它们引发了诗人关于远征士兵的复杂情感。鸿雁和飞蓬作为诗歌创作和审美体验的引发也同样具有多层次性，这是感物的多层次性。首先是诗人与鸿雁、飞蓬这些自然风物产生感应。这种感应是由鸿雁、飞蓬的自然特征引发的，由这些特征引发了诗人对远征士兵悲惨遭遇的想象。其次是士兵的遭遇本身与诗人的情感产生感应。这种感物仅仅局限于对社会现实的感应层面上。社会现实深深触动了诗人的情感，使诗人产生了强烈的创作欲望，并努力把这种情感真实地表现在诗歌中。最后是上述两者的融合。自然风物与社会现实在特定的条件下都与诗人的情感产生感应，这是双重感物。这种双重感物使得自然风物和社会现实相互借助，相互推动，最终落实到诗的赋意，使诗歌成为一种有意味的形式。这一过程本身又迅速促成了自然风物和社会现实生活的审美化。因此，鸿雁、飞蓬成为连通诗歌意义的两个审美意象。我们特别看重最后一个层次的感物，这一层次在文学艺术的审美化进程中非常关键。

尽管曹操没有具体的理论文字言说感物，没有明确阐释或说明他在具体创作中的感物，但是，从他诗歌作品中所表现出来的诗学倾向可以推断出他的感物诗学思想。他是受社会现实生活的感发才产生了创作的冲动，创作出感人的作品，这种感发是自然的、自由的，唯其自然、自由，才能生动、感人。也就是说，曹操的诗歌完全抛弃了“经夫妇，成孝敬，厚人伦，美教化，移风俗”（《毛诗序》）的儒家教条，追求创作的自然、自由，追求艺术与审美的自然、自由，这本身就证明他的感物诗学已趋于成熟。①

二

曹丕生于汉末战乱年代，曾随父亲曹操南征北战，在艰苦的环境中，培养了自己敏锐的直觉及深刻的洞察力。在入主曹魏之后，他亲自指挥并参与了平定各地军阀作乱的斗争，对战乱的社会现实有着极其深刻的体验。在此基础上，他也创作了一些以战争为题材的诗歌，从另一个侧面表现战争的本质，展示人的精神风貌。因此，他对战争的描写不像曹操，写得那么直接，那样惨烈，却将他描绘的焦点对准战争的气势，试图透过磅礴的气势展现人的昂扬斗志，揭示战争背后所隐含的实质性内容。曹丕对社会现实的表现同样是真实的、有深度的，他对社会现实生活的感发也是自然、自由的，真正地做到了有感而发，发而动容。尽管他和乃父曹操对社会现实的聚焦点不一样，但在自然、自由的感发上，却异曲同工，几可比肩。正是因为曹丕的诗歌对社会战乱的描绘既不直接也不惨烈，同时又能真切地揭示战乱的残酷，并且是一种自然、自由的感发，因而造就了他诗歌的艺术性和审美性，具有很高的艺术价值。曹丕运用了一些独特的方法，有意识地强化自己诗歌的艺术性和审美性，自觉地推动着他的诗学观念朝着更为自然、自由的方向发展。这不可能不涉及他的创作观念，涉及他的感物诗学。曹丕的诗歌中艺术性和审美性很高的有不少，我们特意选择几首与战争相关的诗如《饮马长城窟行》（浮舟横大江）、《黎阳作》、《至广陵于马上作》（观兵临江水）等，下面以这些诗歌为例，来分析他的感物

---

① 关于感物在中国美学史上的发展，请参阅本人《魏晋南北朝的感物美学》（中国社会科学出版社 2007 年版）和《中国古代感物美学》（人民出版社 2021 年版），书中有比较清晰的描述。本人的基本观点之一是，魏晋时期，自然风物已经独立，成为纯粹的审美对象，标志着中国古代感物美学趋于成熟。“三曹”正处于这个时段的开始。自然风物独立，说明它不再单纯依赖于政治伦理道德寄托，而走向纯粹审美。先秦两汉时期，无论是“知者乐水，仁者乐山”（《论语·雍也》）还是“善鸟香草，以配忠贞；恶禽臭物，以比谗佞”（王逸《离骚经序》），都明显地引导着自然风物的依附。

诗学思想。

《饮马长城窟行》云：

> 浮舟横大江，讨彼犯荆虏。武将齐贯錍，征人伐金鼓。长戟十万队，幽冀百石弩。发机若雷电，一发连四五。[①]

这首诗运用的是乐府古题，写作背景是建安年间一次讨伐孙吴的战争。曹操为汉相，主政汉室，为巩固政权，实现统一，多次征讨孙吴。建安二十一年冬天，双方再一次开战。曹操亲自击鼓，指挥军队进退。[②] 不知道曹丕这首诗描写的是不是这一次战争。清人朱乾给这首诗解题，曾经这样分析：“此以大江当长城，以浮舟当饮马，备言兵士危险，而家人之思，自在言外。后简文帝拟之为《泛舟浮大江》。”[③] 显然，这种解释并没有摆脱《饮马长城窟》这一乐府古题特定内容的限定，更没有现实地看待这首诗。《饮马长城窟行》属于相和歌瑟调曲。郭茂倩《乐府诗集》解释说：“一曰《饮马行》。长城，秦所筑以备胡者。其下有泉窟，可以饮马。古辞云：‘青青河畔草，绵绵思远道。’言征戍之客，至于长城而饮其马，妇人思念其勤劳，故作是曲也。”“《乐府解题》云：‘古词，伤良人游荡不归，或云蔡邕之辞。’”“言秦人苦长城之役也。”[④] 这首诗在后来产生了一定的影响。朱乾说这首诗写的是“家人之思”，我们没有读出。可是，我们却读出了这首诗的气势，读出了一种奋发昂扬的战斗精神。在波涛汹涌的长江上，曹魏大军万船齐发，征伐屡屡进犯的孙吴军队。将士们个个精神抖擞，披坚执锐。进攻开始了，擂动金鼓，惊天动地，喊杀声响遏行云，整个江面上竖立的都是战士们的长戟，真是势不可当！这次战争，曹军使用了一些新式武器，其中产自幽冀的石弩发挥了强大的威力，它不仅速度飞

---

① 逯钦立辑校：《先秦汉魏晋南北朝诗》（上），中华书局 1983 年版，第 398 页。

② 《三国志·魏书·武帝纪第一》载：“（建安二十一年）冬十月，治兵，遂征孙权。”裴松之注：“《魏书》曰：‘王亲执金鼓以令进退。’”（西晋）陈寿著，（南朝宋）裴松之注：《三国志》（1），中华书局 1982 年版，第 49 页。

③ （清）朱乾：《乐府正义》卷 8，清乾隆朱珪刊本。

④ （宋）郭茂倩编：《乐府诗集》（2），中华书局 1979 年版，第 555 页。

快，若雷若电，而且可以连发，给敌人以沉重的打击。很明显，曹丕笔下的战争，已经不是曹操笔下“铠甲生虮虱，万姓以死亡，白骨露于野，千里无鸡鸣，生民百遗一，念之断人肠”的令人绝望、惨烈的战争，而是充满希望的战争。这样的战争描写因为正面切入且突出气势而具有另类美感。然而，哪有不惨烈的战争？战争必然会有流血，会有死伤，任何一场战争即使是胜利者的战争也是惨烈的。曹丕以一个胜利者的眼光来看待这场战争，他所着眼的是自己军队的气势，本能地感受到了一种酣畅淋漓，故意忽略了惨烈。这是一种描写战争的视角。我们无法否认这是一种战争美感。而这种战争美感缘自他对战争场景的深切体验以及自然、自由的抒写。从曹丕对战争的审美体验中，我们能够看出他的感物是自然的、自由的。由于人的个性、气质和思想、情感的差异，对战争的感发允许有许多类型。每一种类型都是一种视角，例如，正面描写、侧面描写、气势描写、惨烈描写、喜悦描写、哀怨描写，等等。正是这些类型切入的视角，表达了创作者的态度。曹丕关于战争的独特描写仅仅是他感物的类型一种。

《黎阳作》是一组诗，写的是靖乱行军途中的经历。诗虽然没有正面地描写战争，只是写行军，但是，也应属于战争题材，因为行军本身就是战争的重要内容。在这组诗中，曹丕的感物却呈现出另一种景观，行军当然很艰苦，可在这艰苦之中也有酣畅淋漓，也有乐趣。

这组诗共三首，其中，两首四言，一首五言。

朝发邺城，夕宿韩陵。霖雨载途，舆人困穷。载驰载驱，沐雨栉风。舍我高殿，何为泥中。在昔周武，爰暨公旦。载主而征，救民涂炭。彼此一时，唯天所赞。我独何人，能不靖乱。

殷殷其雷，濛濛其雨。我徒我车，涉此艰阻。遵彼洹湄，言刈其楚。班之中路，涂潦是御。辚辚大车，载低载昂。嗷嗷仆夫，载仆载僵。蒙途冒雨，沾衣濡赏。

千骑随风靡，万骑正龙骧。金鼓震上下，干戚纷纵横。白旄若素霓，丹旗发朱光。追思太王德，胥宇识足臧。经历万岁林，行行到黎阳。①

第一首诗描写行军路途的艰苦。这次靖乱的军事行动发生在建安八年（203年）。这一年，曹丕随父亲曹操征战，曾于三月和十月两度到黎阳。这首诗描写的是三月的那一次，曹丕去黎阳是为平定袁绍的儿子袁谭、袁尚叛乱。由于霖雨不断，道路非常泥泞，军队在这泥泞的路途中行进，极为艰难。黎阳地处中原，那里是一望无际的平原。军队士兵有数万，一同走过同一个路段，后面踩踏着前面的脚印，泥会越踩越深。战士们每前进一步，都要付出艰辛而巨大的努力。车轮深陷泥中，马拉肩推，真的难为了那些驾车的马和人！面对此情此景，诗人的心情异常沉重。面对大自然带来的困难，他无能为力，只能叹息这行军的艰难。然而，诗人并没有一味停留在对这行军路途艰难的叹息上。在品味这艰难的同时，他还自觉地反思这次行军平叛的意义，自然而然，诗中便平添了几分社会责任。这种社会责任是通过对武王伐纣这一历史典故的运用表现出来的。诗中，曹丕自比武王、公旦，就是希望自己也能够像他们帮助他们的父亲文王一样帮助自己的父亲曹操，救生民于水火，为国家的统一尽自己最大的努力。显然，这又是一首言志诗。从整首诗的艺术表现来看，诗人对社会现实的感发是自然的、自由的，因而，情感的表达极其真切。诗歌描述的“霖雨载途”“沐雨栉风”等自然现象，其实是他实现自己理想抱负的衬托，其寓意在于，救生民于水火，不可能一帆风顺，必然要面对许许多多的艰难困苦。只有直面这些艰难困苦，才能够成功。也正是因为有了这些艰难困苦，才彰显人的精神气质，衬托出人不屈不挠的意志。

第二首诗同样描写行军路途的艰苦，写出了另一种情感、另一种气象。诗没有重复第一首诗的赋意，借路途艰难抒写社会责任和理想抱负实现的艰难，进而表达顽强不屈的意志，相反，运用的却

① 逯钦立辑校：《先秦汉魏晋南北朝诗》（上），中华书局1983年版，第399页。

是近乎白描的手法，就事而写事，纯粹写路途艰难，咏叹行军艰苦。由于诗歌没有寄托、延伸，不涉及行军艰苦之外的其他内容，在这种情形下，提升诗的艺术和思想情感极为不易。可是曹丕做到了。他要传递给人的是行军的悲壮之美，这种悲壮之美是乐观主义情怀和顽强的意志。王夫之曾经如此赞美此诗：“只用毛诗‘雨雪载途’一句，纵横成文。伤悲之心，慰劳之旨，皆寄文句之外，一以音响写之。此公子者，岂不允为诗圣?”① 尽管王夫之给曹丕以“诗圣”的崇高赞美，但是，我们却认为他并没有说到位。这是传统的读诗思路，动辄将诗歌与《诗经》的赋意联系起来，显然有牵强附会之嫌。诗中，我们体会不到“伤悲之心，慰劳之旨”。

诗歌描写的是一次夏季行军。雷声隆隆，大雨滂沱。在这种雷电天气行军，其艰苦程度是可想而知的。道路泥泞，车无法乘坐，只能徒步而行。沿着安阳河的河岸行进，将士们深一脚浅一脚，每迈出一步，都要付出极其艰辛的努力。在满是泥泞的道路上驾着战车，战马使尽了浑身的力气，几欲匍匐；车一高一低，行进缓慢。诗的奇妙之处在于，没有着眼于全景描写，却致力于细节刻画，集中描绘了将士与随军仆役的表现，通过对这些个体的描写，展现了将士们的顽强、英勇，真实而典型地表现军队的行军风貌。诗写将士们：“辚辚大车，载低载昂。”“蒙途冒雨，沾衣濡赏。”他们浑身泥浆，衣服早已湿透，虽然已经筋疲力尽，但是，依然驾着车，一高一低，顽强前行。诗写随军驾车的仆役们：“嗷嗷仆夫，载仆载僵。”他们忍受不了这种路途的艰辛，身体早已累得僵硬，痛苦地哀号，筋疲力尽地匍匐在泥泞之中，艰难地挪动着脚步。这种对比描写，使得行军途中的艰辛与困苦也具有美感。在曹丕的眼里，将士们顽强的斗志本身就是美的化身，具有审美价值，他们顽强的精神风貌和个性气质是值得赞美的。这种对社会现实的真切抒写，只有融入了自然、自由的感物观念才能够实现。在中国文学发展史上，像这种借助于创作展示观念的现象非常普遍，也非常丰富。相比而言，曹丕感物观念的展示无疑具有独特的意义，其中最根本的

① （清）王夫之：《古诗评选》，上海古籍出版社 2011 年版，第 79 页。

是融入了建安风骨。他对社会现实生活的感发因为抛弃了刻意的寄托而具有纯粹的审美意义，故而，对后世文学创作的影响是极其深远的。

第三首诗是一首五言诗，诗依旧描写的是黎阳行军。诗中，曹丕一反前两首的做法，没有继续描写行军路途的艰苦，反而描写的是行军路途的顺畅，意图是通过军队的威武雄壮来表现军人的精神气质，进而展现时代的精神。倘若我们将这三首诗作为一个整体来看，就会发现，这首五言诗和前面两首四言诗可能存在时间上的先后关系。上文已述，黎阳戡乱不止一次，203 年的三月和十月就分别发生过。从诗歌描写的场景来看，第一、二首似乎处于同一场景，而第三首则是另一个场景。究竟这两个场景谁先谁后？不得而知。《艺文类聚》将第三首置于第一，而《诗纪》则置于最后，就说明这三首诗很可能不是同一时间的作品。长途行军可能会遭遇各种各样自然或人为的阻碍，比如天气、道路等，再比如敌军袭扰等。倘若天公不作美，不停地下雨、下雪，道路泥泞甚至被阻断，行军就会变得异常艰难；倘若天公作美，风调雨顺，行军就会变得非常顺畅。雨雪之中的行军使将士们饱受磨难，他们的意志也得到考验。虽然他们的行为和形体可能会变得狼狈不堪，神情可能会显得疲惫，但顽强抗争的意志依然不屈。这是一种精神风貌。而行进在平坦路途上，将士们则呈现的是另一种精神风貌。他们队列整齐，士气高昂，步伐矫健；战马仰天嘶鸣，虎虎有生气，蹄下生风，扬起一路烟尘。“千骑随风靡，万骑正龙骧”写的是马的气势，但又不仅仅是在写马，而是在写人，意在渲染将士们一往无前的昂扬斗志。平坦的路途上，鼓声震天，将士们肩上的长戟纵横交错；军旗猎猎，白色、红色以及各种鲜艳色彩的彩旗交织成一个旗的海洋。这是一支威武之师！在这种情形下，诗人的理想、抱负仿佛又有了强有力的支撑，诗的内在意蕴也就自然而然生成了。继承前代先贤的功德，建功立业，做出一番成就，成为当然的选择。因此，这首诗渲染的是一种豪迈之气。这种豪迈之气是时代赋予诗人的真实感物，代表着时代的精神气质。这与前面两首诗所呈现的场景形成鲜明的对比，但表现出来的精神气质却是相同的。这三首诗共同创造了一个情感和精神的整体，这个整体的形态是多姿多彩的，而精神风貌则是统一的。

曹丕对社会现实的描写是自由的、自然的，这缘于他对社会现实生活的真切、自然、自由的感应。由于这种感应没有夹杂太多人为的功利因素，因而，具有较强的审美性。我们在阅读曹丕的这些直面现实的诗歌时，感受不到曹操笔下曾经出现过的凄惨、死亡，相反，感受到的却是昂扬、奋发。这里有曹丕生活阅历的因素，更为主要的是因为他感物的自然、自由。感物的自然、自由导致了审美的自由。这标志曹丕的诗学观念已经进入了一个较高的审美层次。

三

“三曹”之中，曹植现存诗最多，可是，直面惨烈社会现实的诗歌却很少。由于社会阅历的缘故，他已不可能写出像曹操那样的惨烈诗篇，但是，却写出了社会现实生活的另一面。相比于战争那一面来说，那是更为复杂、更为多变的一面。它也会像战争一样重伤人的心灵，甚至有过之而无不及。曹植诗歌所展现的这一面生活触及了人的灵魂深处，表面上笼罩着亲情、友情，内在却敛藏丑恶、残酷，其惨烈程度并不亚于刀光剑影的战场。因此，也可以说，这是另一种形态的战争。由于曹植处于这种现实生活的核心，他对这种现实生活本质的揭示是非常深刻的。现实生活的本质在一定程度上决定了诗歌的审美特质。曹植的诗歌审美价值之所以很高，就是因为他对复杂的社会现实生活有深刻的体验，并且能以自己独特的审美眼光来审视这些现实生活，以至于钟嵘如此赞美他及他的诗：“骨气奇高，词采华茂，情兼雅怨，体披文质，粲溢古今，卓尔不群。”[①]（《诗品·魏陈思王植》）究竟曹植“卓尔不群”在什么地方？我想，其中一个重要的因素就是，他与社会现实生活产生了感应，创作实现了真正的自然、自由，不存在任何刻意雕凿的痕迹，这就是感物。正是这种诗学思想左右着他的诗歌创作，对推动

① （南朝梁）钟嵘著，陈延杰注：《诗品注》，人民文学出版社 1961 年版，第 20 页。

他诗歌美学的形成起着关键的作用。曹植的诗歌是发自内心的，他对社会现实的抒写实现了高度的自由，不仅超越了曹丕，同时，也超越了曹操。他的创作昭示他的感物诗学意蕴丰厚，在中国古代诗学发展中有着非同寻常的意义。

我们尝试以曹植的《赠白马王彪》一诗来分析他与社会现实的感应。这涉及他感物诗学的一个非常重要的内容。这首诗是曹植诗歌中比较长的一首，也是直面现实最为直接的诗歌之一。全诗由七节诗组成。对于这七节诗，文学史上有不同的看法。有人认为，这七节诗是一个有机的整体；也有人将每一节诗都当作独立的一首诗来看待，认为这是一组由七首诗组成的组诗。我们认同前者。诗前有一小序，陈述了诗歌创作的缘起。序云：

> 黄初四年五月，白马王、任城王与余俱朝京师，会节气。到洛阳，任城王薨。至七月，与白马王还国。后有司以二王归藩，道路宜异宿止，意毒恨之！盖以大别在数日，是用自剖，与王辞焉，愤而成篇。①

这篇序直截了当地陈述了诗歌创作的缘起。因为要参加朝廷的迎节气（夏至）典礼，各地王侯纷纷聚集到京师。在京师，曹植同母之兄任城王曹彰，由于经受不起路途颠簸，暴病而亡，酿成了一出不该发生的悲剧。曹植无比悲伤。然而，曹植的悲伤不仅仅因为任城王的死，还有其他原因。当时的政治形势非常严峻，人与人之间的关系非常紧张。众所周知，在曹植和曹丕之间，曾经发生过王位之争。正是由于王位之争，兄弟之间产生了隔膜。曹丕即位乃至称帝以后，对此仍耿耿于怀，不仅对曹植心存戒备，对其他兄弟诸王同样心存戒备。因此，他对诸王的监管极严，法度极为苛酷，甚至连正常的交往也加以限制，致使兄弟亲爱之情淡漠许多。这才是曹植产生极度悲伤且久久难以平复的一个非常重要的因素。曹植并没有将这种愤恨直接发泄在曹丕身上。他不可能也不敢这样做，只

---

① （三国魏）曹植著，赵幼文校注：《曹植集校注》，人民文学出版社 1984 年版，第 294 页。

好迁怒于“有司”。我们从这首诗中读到的“有司”是阴险、狠毒的，似乎亲朋之间发生的一切都是“有司”造成的，其实，“有司”并没有这么大的权力，“有司”的背后是强大的权力支撑。这是不言自明的。这导致曹植创作了这组诗。不管如何，这篇序都非常明确地告诉人们，是现实的生活境遇引发了他创作的冲动，说明他对现实生活的感发是自然、自由的。

全诗照录如下：

谒帝承明庐，逝将归旧疆。清晨发皇邑，日夕过首阳。伊洛广且深，欲济川无梁。泛舟越洪涛，怨彼东路长。顾瞻恋城阙，引领情内伤。

太谷何寥廓，山树郁苍苍。霖雨泥我途，流潦浩纵横。中逵绝无轨，改辙登高冈。修坂造云日，我马玄以黄。

玄黄犹能进，我思郁以纡。郁纡将难进，亲爱在离居。本图相与偕，中更不克俱。鸱枭鸣衡轭，豺狼当路衢。苍蝇间白黑，谗巧令亲疏。欲还绝无蹊，揽辔止踟蹰。

踟蹰亦何留？相思无终极！秋风发微凉，寒蝉鸣我侧。原野何萧条！白日忽西匿。归鸟赴乔林，翩翩厉羽翼。孤兽走索群，衔草不遑食。感物伤我怀，抚心长太息。

太息将何为？天命与我违！奈何念同生，一往形不归。孤魂翔故域，灵柩寄京师。存者忽复过，亡殁身自衰。人生处一世，去若朝露晞。年在桑榆间，景响不能追。自顾非金石，咄唶令心悲。

心悲动我神，弃置莫复陈。丈夫志四海，万里犹比邻。恩爱苟不亏，在远分日亲；何必同衾帱，然后展殷勤！忧思成疾疢，无乃儿女仁。仓猝骨肉情，能不怀苦辛！

苦辛何虑思？天命信可疑！虚无求列仙，松子久吾欺。变故在斯须，百年谁能持。离别永无会，执手将何时？王其爱玉体，俱享黄发期。收泪即长路，援笔从此辞。[1]

---

① （三国魏）曹植著，赵幼文校注：《曹植集校注》，人民文学出版社1984年版，第294—300页。

诗的第一节写“归旧疆”。告别了皇帝，第二天便踏上了归程。早晨从洛阳出发，到了傍晚才过首阳，原本不远的路程走了这么长时间，可以想象路途是比较艰难的。诗歌描写了路途的艰险，不仅山路崎岖，而且河无桥梁。面对波涛滚滚的伊水与洛水，只好乘坐一叶小舟勉强渡到对岸。回归的道路真是漫长！渡过了伊水与洛水，回过头来再望一眼洛阳城，内心不禁产生了无限的悲凉。

回首都城洛阳，引发了诗人的伤感。这种伤感是多层面的，诗序已经有了比较明确的交代。而诗的第二节并没有马上描写这种伤感，仍然将笔墨集中在路途的艰险上。行走在幽静的山谷之中，苍翠的树木布满山冈。由于是夏天，雨水较多，道路非常泥泞。由此，我们不禁想起了曹丕《黎阳作》诗中关于道路泥泞的生动描绘。曹植的描写丝毫不亚于曹丕。雨是“霖雨”，意味着雨不仅下得时间长，而且非常大。道路积水很深，很多路段被完全冲毁，已经不再是道路。人马不得不改道而行。没有了路，只好选择泥水比较少的高冈行进，权且以高冈为路。走在高高的山冈上，山冈高耸入云，就好像走在云彩和太阳中。道路的艰难，不仅人难以承受，马也支撑不了，真可谓人困马乏！不久，马就病倒了。诗以“流潦浩纵横”“中逵绝无轨”“修坂造云日”“我马玄以黄”等句子来描写这种情形，渲染路途的艰险。我们在阅读这些描写时，感觉到的不仅仅是艰难的道路给人肉体带来的磨难，还有现实生活给人精神带来的伤害。道路的艰险并不可畏，精神的愉悦往往可以化解这种自然的磨难，而精神的伤害却难以弥补。这种肉体和精神的双重打击使得诗人不得不抒写自己的悲伤与困顿，从而印证了感物的自然和自由的品格。

第三节就进入了感伤的实质性描写。如此艰难的道路，令人马都已病倒，心也更加忧郁。处于生命危难的关头，想得自然会多一些。这时，曹植想到了眼前这些可怜的生命，同时，也自然而然想到了兄弟骨肉的无端分离。本来，他是可以与曹彪兄弟同路而行的，在路途上可以同甘共苦，畅叙亲情，然而，因为小人的谗言不得不分开行走。兄弟一别，从此天各一方，怎能不令人伤心呢？接着，诗人运用了比兴的方法，将奸佞小人比作鸱枭、豺狼、苍蝇：

“鸱枭鸣衡轭，豺狼当路衢。苍蝇间白黑，谗巧令亲疏。”正是他们的谗言才使得骨肉分离。由于思念过度，诗人曾经一度幻想再回京城。可是，“欲还绝无蹊”。“无蹊”就是无路。到洛阳怎么可能没有路呢？显然，这是一种隐喻的说法，其中的意蕴非常深刻。京城是他的伤心之地，在那里，同胞兄长曹彰丧命；同样在那里，兄弟骨肉分离。不是回归洛阳无路，而是实在没办法再回去。由眼前的所见所闻，引发了诗人灵魂深处的伤痛，这种伤感同样是自然、自由的，情感的打动力量极其强烈。

第四节描写相思，不仅是对白马王曹彪的相思，还包括对其他亲人以及已经死去的兄弟曹彰的思念。感物诗学的高妙技巧在这里凸显了。诗人直面现实，产生了不平的情感，又受自然的感发而产生思念的情感。诗歌所描写的一系列自然物色都是诗人的表现手段，都是诗歌的主要意象。七月，虽是初秋，秋风已经有了些凉意，寒蝉在人的身边鸣叫，使人感到凄凉。原野上已显现出一些萧条的迹象：看不到人的踪迹，草有些黄了，树木也失去了生机；太阳沉沉地落下山去，大地上一派静寂。这些秋的意象，撩拨起人们思念的情绪，使曹植自然而然地再一次联想到分离的兄弟亲人。接下来的自然物色描写，将思念的情感更加形象化：鸟儿争相你追我赶，纷纷飞回巢穴，唯恐耽误了归程；失群的野兽到处寻找兽群，寻找失散的亲人，由于急迫，它们连进食的时间也不舍得浪费，只好衔着食物，在原野上奔走。动物尚且思念它们的亲人，更不要说人了。因此，曹植写出了“感物伤我怀，抚心长太息”的诗句。言外之意，自己正是受自然中这些动物的感发，创作了这组诗。人受社会现实与自然的感发，并与之产生了感应，感应的方式是想象、联想、象征、隐喻。由现实与自然物色想象、联想，并在想象、联想的基础上进行象征、隐喻，从而赋予现实与自然物色以审美的特质，诗歌便具有了打动人心的艺术力量。在这里，曹植明确说出“感物伤我怀”，说明“感物”的思想观念已经深深地刻印在他的创作潜意识之中，乃至成为推动创作与审美的力量。尽管“感物”是曹植在诗歌中提出来的，并不是严格的理论表述，因而没有系统的理论言说，但是，丝毫不影响这一诗学思想的理论价值。我们可以将“感物”视为《赠白马王彪》的创作方法，其实，这也是曹植所有诗的创作方法。任何有价值的文学创作都是对社会现实和自然物色的感应，都是在感应过程中产生情感碰撞的结果。刘勰说：“人禀七情，应物斯感，感物吟志，莫非自然。”① （《文心雕龙·明诗》）“是以诗人感物，连类不穷，流连万象之际，沉吟视听之区；写气图貌，既随物以宛转；属采附声，亦与心而徘徊。”②（《文心雕龙·物色》）此之谓也。

第五节又将感物拉回到现实的世界，回到对兄弟生离死别的感叹，具体地说，是对任城王曹彰的怀念。曹植首先将自己的这种人生遭遇归为天，慨叹“天命与我违”。也就是说，兄弟的生离死别是天命，即上天的安排。既然上天让他们成为兄弟，就已经安排了他们来生的许多事情。这些，都是个人凭借一己之力无法抗拒的，包括人的生死。人忍受这么多磨难，自然也是上天的有意安排，这也是无法避免的。即使如此，曹植还是表示，他实在想不通：为什么手足兄弟，说死就死了呢？为什么人的生命是如此脆弱呢？如果说，前面对路途艰难的描写是天命，那么，这里对任城王的怀念则是对天命的一种责难，显然有一种怨天的意蕴在内。活生生的同胞兄弟，居然在这次“会节气”的京师之行中，命赴黄泉。可是，兄弟生生记挂的仍是任城的亲人与百姓，他的魂灵早已回到封地任城，而灵柩却寄留在京师。人的生命是如此短暂！就像早晨的露水，太阳一出来就干了。人在一天一天地老去，生命的时间就像虚无的影子和声音，是人们难以追及的。由任城王之死，诗人也联想到自己，他的生命也不可能像金石一样，永不朽烂，终究有一天，他也要死去。想到这些，怎能不引起人内心的悲伤呢？

第六节从极度的悲伤中清醒，马上意识到不能这样一味地伤感下去。如此伤感会影响兄弟白马王的情绪，死者长已矣，活着的人还要努力地活下去，而且争取活得好一些。因此，这一节全是劝慰

① （南朝梁）刘勰著，范文澜注：《文心雕龙注》（上），人民文学出版社 1958 年版，第 65 页。

② （南朝梁）刘勰著，范文澜注：《文心雕龙注》（下），人民文学出版社 1958 年版，第 693 页。

之词。“丈夫志四海，万里犹比邻。”这样的劝慰之语多么慷慨激昂！大丈夫应该以四海为家，只要志同道合，即使相隔万里，也就好比生活在一起。只要兄弟情分坚如磐石，相距远反而会更加亲密。何必要一天到晚厮守在一起？即便如此，对兄弟的思念仍使他染上了疾病，病中的他更难以割舍这儿女情长。毕竟是同胞骨肉，相互分别怎么会不伤感呢？

第七节承接第五节的天命态度，仍然在指责天命不公。第五节描写天命难违，是为了慨叹人生无常。其实，诗人并非真正相信天命，天命只是他对残酷现实所造成的伤痛寻求的一种安慰。而在这首诗中，天命却成了荒谬的代指。在经历一系列生活的磨难和生命体验之后，曹植对天命的认识更为深刻了。天命就是欺骗，天不能给人提供庇护，不可能使人长生。人的生命是有一定的长度的，无论如何都不可能改变人生的长度。神仙是虚无的，赤松子长生不死是骗人的神话。哪里有神仙存在？怎么可能会有长生不死之人！世界在不断地变化着，灾难随时随地都可能降临在人的头上，谁能保证人的一生都无灾无难？言外之意，兄弟骨肉目前的灾难处境，充分证明世事难料，人生命短暂，这不是上天、神仙所能保佑的。既然生命无常，世事难料，就应该泰然处之。思念死去的兄弟，珍惜自己的生命与未来。这次离别可能永远都无谋面的机会，很难想象下次会在什么时候、什么地点相见，甚至还能不能再见。不管怎样，大家都应该爱惜家人，珍惜自己的身体，力争能平安享度晚年。写到这里，诗歌的情感渲染也达到了高潮。

这首诗的感物意蕴非常繁富。我们上文对这首诗平铺直叙的分析就是想清晰地描述曹植在写这首组诗的感物历程，以期揭示曹植感物诗学的思想内涵。这首诗所展现出来的感物诗学已经完全超越了先秦两汉。先秦两汉时期的感物基本上是为满足政治伦理道德教化的需要，文学家的感物似乎全是为了这一单纯的目的，而且这一目的完全取代了审美。曹植的感物诗学呈现出明显的多面性、多层次性：一方面，是社会的现实生活与人的感应，这种感应能引发人们的审美体验；另一方面，是自然景物与人的感应，这种感应往往能将人的生命体验和审美体验提升到更高的层次。同时，这两种感应相互交织，形成复合感应，更增强了诗歌的审美意蕴。无论何种感应，其本质都是自然的、自由的，都追求自然、自由的审美本质。曹植的感物诗学内在意蕴非常深厚，其深刻、精微的理论意义，值得我们深入研究、借鉴。

第二节 “三曹”与自然物色的审美感应

自然现象作为文学艺术创作的感发之源，在感物诗学中的地位与作用非常突出。这是因为，任何文学艺术创作都离不开自然，都不能缺少自然现象的感发。如果没有自然现象的感发，文学艺术的创作就会失去神思和应感的基础，是不可能成功进行的。自然现象古人称之为物色，意谓自然景物都有丰富的形状、色彩、声音、姿态，能够引发人心的感动。正是因为古人认识到了自然物色对人的情感的感发，以及这种感发所引发的创作行为，才提出“感物”这一观念。起初，人们对感物的认识由于教化的引领和文学艺术的不完善还显得相对单一、片面，但是，先贤们毕竟洞察到了这一文学艺术创作发生的奥秘，因此，感物是一个了不起的发现。然而，自然物色在文学艺术的创作中到底扮演着怎样的角色？如何看待自然物色在文学艺术创作中所扮演的角色？是判定感物诗学价值的标尺。先秦两汉时期，感物的理论背景相当复杂，要想厘清这一理论背景，必须深入了解先秦两汉的哲学思想，包括先秦的诸子百家，汉代的黄老之学、谶纬以及经学、文学诸观念。[①] 然而，这不是本书研究的任务。道家的齐万物、等生死的思想奠定了感物诗学的基础，但是，道家思想并不是先秦两汉的主导思想，自然不是感物诗学的主流。先秦两汉的感物诗学主流是儒家的比德、教化思想，这是在特殊的历史土壤中所结成的硕果。受儒家比德、教化思想的影响，自然物色统统被纳入政治伦理道德的考量之中，自然沦为政治伦理道德的符号。大凡涉及自然物色者，无不从这一角度去理解、

---

① 参见李健《魏晋南北朝的感物美学》第一章绪论部分，中国社会科学出版社2007年版。

解释，将之与政治伦理道德教化绞合在一起。孔子的“知者乐水，仁者乐山”[①]（《论语·雍也》）是最为经典的表述。山水这些自然物象，也只不过是“知者”与“仁者”品格的寄托对象，是政治伦理道德的符号。如果文学艺术都采取这样的方法去创作，自然原本美的特质就会丧失，文学艺术就会变得僵死。这就充分说明，作为自然现象的“物”，在先秦两汉时期并没有独立，因为没有独立的审美价值。因此，这一时期的感物思想并不能真正进入纯粹的诗学与美学领域。

到了汉末，由于政治混乱，战争频仍，风衰俗怨，儒家的大一统地位被打破，思想与信仰趋于多元。儒家思想、道家思想、玄学思想、佛学思想交相辉映，多姿多彩。由于老庄、佛学、玄学对自然怀有无限崇敬，自然而然，自然的地位开始凸显，人们开始关注自然之美，自觉地从自然之中去挖掘美。“三曹”作为魏晋思想与观念的先驱，不可能不关注自然，表达对自然的看法，亮明对自然的观点。这些看法、观点不一定要通过专门的论说文字，也可以或隐或显地表现在诗文之中。然而，无论隐与显，都不影响思想和观念的传播，都能发挥应有的作用，彰显它们自身的价值。曹丕提出“文以气为主”，这是著名的“文气”说，其中，“气”就包含着自然之气，那是人受自然陶冶、熏染所形成的天生禀赋。这天生的禀赋对创作影响很大。曹植曾经写过一篇《橘赋》，其中有这样的语句：“夫灵德之所感，物无微而不和。神盖幽而易激，信天道之不讹。”[②] 自然万物能与人的灵德相感相和，神灵也是能够激发的。这就是感物。我们上文讨论了《赠白马王彪》诗，分析了其中的“感物伤我怀，抚心长太息”，肯定其中人与自然感应的意旨。这些，都是“三曹”感物诗学的一个侧面。“三曹”的自然观通过他们的诗文创作有全方位的展示：一方面，彰显了自然物色的感发作用；另一方面，展现了自然物色的美的魅力。

曹操对自然美的展示，由于他的诗作现存较少，我们目前所能

① （宋）朱熹撰：《四书章句集注》，中华书局1983年新1版，第90页。

② （三国魏）曹植著，赵幼文校注：《曹植集校注》，人民文学出版社1984年版，第58页。

看到的主要是沧海意象。组诗《步出夏门行》之二《观沧海》便是一首杰作。

> 东临碣石，以观沧海；水何澹澹，山岛耸峙。树木丛生，百草丰茂，秋风萧瑟，洪波涌起。日月之行，若出其中；星汉灿烂，若出其里。幸甚至哉，歌以咏志。①

沧海在曹操的笔下不仅是一个美的意象，而且是一种气势与灵性的存在，已经成为一个意蕴宽广胸怀和勃勃生机的美的范本。沧海之美，在曹操笔下，是具有层次性的。这种层次性表现在两个方面：一方面，明丽生动，具有优美的品性；另一方面，波澜壮阔，又具有壮美的品格。曹操首先展示了沧海的优美品性，描绘出了它的明丽生动。在沧海上，水波涌动，山岛耸立。傲立于水中的山岛，任凭海水肆虐，丝毫不改本色，依然保持着自己的明丽生动。这明丽生动最为典型的特征就是“树木丛生，百草丰茂”，这是自然的造化。作为一首诗，曹操的描绘显得非常模糊，同时，又非常精准。其模糊表现在，他没能准确地展示树木与花草的具体姿态，但是，却给人们留下了无比丰富的想象空间。精准表现在，寥寥几笔，就将这万千树木的顽强生命力展现出来。已经是“秋风萧瑟”的时节，可这山岛上的树木依然丰茂，给大海增添了明丽的色彩，勃勃的生机。沧海的优美表现在山岛的景致上，那么，沧海的壮美则是包括山岛在内的整个大海形象。对此，曹操的描绘用笔较多。“秋风萧瑟，洪波涌起。日月之行，若出其中；星汉灿烂，若出其里。”大海无风三尺浪，何况还有秋风呢？秋风吹来，海浪滔天。这是可以想象得到的。大海无边无际，它可以包容无限，日月星辰都好像藏匿在大海之中，每天都从大海中升起，然后又落入大海之中。大海包容了这么丰富的灿烂与明媚。这便是沧海的壮美。曹操对沧海的描绘之所以充满激情，就是因为沧海激发了他潜藏在内心的情思，沧海的景象与他的豪情壮志产生了自然、自由的感应，使

① （三国魏）曹操著，夏传才注：《曹操集注》，中州古籍出版社1986年版，第18页。

他不得不借助于沧海这一意象将这种感应表现出来，把自己心中的万丈豪情与灿烂、明媚表现出来。这是曹操感物诗学的魅力之所在。

确切地说，曹操的这种对自然的感应脱胎于先秦两汉的感物观念。先秦两汉的感物，与“言志”在同一层面。曹操的这首诗歌以“言志”为目的，“言志”的意图非常鲜明，诗中就有明确的表述。“歌以咏志”即是此意。沧海的壮阔与曹操的君临天下的豪情壮志发生了感应。他南征北战，其目的就是要一统天下，救生民于水火，造洪福于万邦。这种豪情，恐怕只有“洪波涌起”的沧海才能比拟。这是一种多大的志向！沧海的壮阔、沧海的气魄、沧海的涵容力量，恰恰成为曹操心胸的象征，成为曹操志向的隐喻。与先秦两汉不同的是，曹操并没有将“志”强行政治化、伦理化、道德化，而是将之自然化，使之成为可感可亲、真切实在的现实存在。这就说明，与先秦两汉相比，曹操的感物诗学发生了变化，已经开始贴近本真。但是，在曹操的感物诗学中，我们又能够真切看到他与自然的感应受黄老之学与谶纬迷信思想影响的痕迹，这实际是玄学的先声，他的感应是建立在天人合一的基础之上的。正是因为曹操相信天人感应是真诚的，才会有他对自然的真诚赞颂。

曹丕对自然的审美态度异于乃父曹操，这种差异，不是审美本质上的差异，而是审美气势上的差异。也就是说，他们对自然的审美态度都是纯粹的、自由的、自然的，但是，在气势上却呈现出不同的美学风格。这一点前人已经看得很清楚，我们上文也做了一定的论述。敖陶孙说：“魏武帝如幽燕老将，气韵沉雄。”[①]（《臞翁诗评》）沈德潜说：“子桓诗有文士气，一变乃父悲壮之习矣，要其便娟婉约，能移人情。”[②] 这是由于人的性情差异而导致的感物差异和审美差异。对此，曹丕的认识相对清醒。他在《典论·论文》中阐述的“文气”说就是由此而发。在他看来，作家的“气”有很大的成分是与生俱来的，因而是不可随便更易的，即使亲密如父子兄弟，“气”也不可能完全相同。这种“气”是作家身上固有的气质、

① （宋）魏庆之：《诗人玉屑》（上），中华书局2007年版，第25页。
② （清）沈德潜选：《古诗源》，中华书局1963年版，第107页。

情感、性格等特征的凝聚。气的清浊不同，导致了感物所产生的审美结果不同。在本质上，曹操、曹丕父子与自然的感应都是审美的、自由的、自然的；而在审美气势上，一个是气韵沉雄，一个是便娟婉约，二人的差异很大。我们前边分析了曹操的沧海意象，沧海的浩大，展现了一种磅礴的气势，这就是气韵沉雄的表现。而曹丕则沉入了便娟温柔之乡中，其诗文呈现更多的是风花雪月。这是我们要从感物的角度给予分析的。

在《与朝歌令吴质书》中，曹丕曾经这样回忆文士游赏的情景：“每念昔日南皮之游，诚不可忘，既妙思六经，逍遥百氏，弹棋闲设，终以六博，高谈娱心，哀筝顺耳。驰骋北场，旅食南馆。浮甘瓜于清泉，沉朱李于寒水。白日既匿，继以朗月。同乘并载，以游后园。舆轮徐动，参从无声。清风夜起，悲笳微吟。乐往哀来，怆然伤怀。”① 从这段记述的文字中，我们可以看出，南皮之游给曹丕带来了无限的快乐，也带来了无限的伤感。这么多博学鸿儒，这么多志同道合之人，对弈弹筝，驾车遨游。可是，就仅仅因为夜幕降临，清风吹来，听到悲凉的胡笳之声，便“怆然伤怀”。乍看起来，似乎由头不足。然而，文人多情，这又确实是曹丕的感物。曹丕情感之细腻，迥然不同于乃父。这从他的著名诗篇《燕歌行》中便能真切领略。

《燕歌行》假托妇人之口，描写思念的悲哀情感，是曹丕感物诗学的一个表征。我们前文对这首诗已经做了一些分析，分析的角度不是感物，而是着眼于这首诗的文学史价值。从感物的角度来说，这首诗依托秋天，借助于秋天的自然景物来抒发情感。“秋风萧瑟天气凉，草木摇落露为霜。群燕辞归雁南翔，念君客游思断肠。”诗人的情感与秋天产生了感应。自然季节与人的感应，是中国古代感应理论探讨的一个非常重要的内容，西汉大儒董仲舒对此有比较系统的看法，其出发点虽然是谶纬的，但是，天人合一的立场极其鲜明，其合理性也是非常明显的。《春秋繁露》云：

① 郁沅、张明高编选：《魏晋南北朝文论选》，人民文学出版社 1999 年版，第 8 页。

人生有喜怒哀乐之答，春秋冬夏之类也。喜，春之答也；怒，秋之答也；乐，夏之答也；哀，冬之答也。天之副在乎人，人之情性有由天者矣。[①]（《为人者天第四十一》）

夫喜怒哀乐之发，与清暖寒暑，其实一贯也。喜气为暖而当春，怒气为清而当秋，乐气为太阳而当夏，哀气为太阴而当冬。四气者，天与人所同有也，非人所能蓄也，故可节而不可止也。节之而顺，止之而乱。人生于天，而取化于天。喜气取诸春，乐气取诸夏，怒气取诸秋，哀气取诸冬，四气之心也。[②]（《王道通三第四十四》）

春，喜气也，故生；秋，怒气也，故杀；夏，乐气也，故养；冬，哀气也，故藏。四者天人同有之。[③]（《阴阳义第四十九》）

董仲舒的思想旨在强调人与自然的感应。人的情感对应于四季，在不同的季节里便会产生不同的情感。他将春秋夏冬对应于人的喜、怒、哀、乐情感四极，每一个季节代表不同的情感取向。我们尝试以秋天为例来加以说明。董仲舒之所以将秋天与人的怒的情感对应，是因为秋天的气候特征给人的情绪施加的影响，秋天干燥、阴冷，这种季节的自然特征作用于人的生理，从而引起人情感的不适。这种不适的情感是包含多个方面的，不仅有怒，而且也有悲。先秦时期，宋玉就这样描写过秋天：“悲哉秋之为气兮，萧瑟兮草木摇落而变衰。”（《九辩》）他认定秋天是悲哀的，是看到和感受到秋天的气象而产生了悲哀。秋天的萧瑟、草木摇落作用于人的生理、情感，形成一种感应关系。这是人的切身体验。其实，比宋玉更早认识到这种现象的大有人在，《诗经》已经有类似的描写。由生理而及于情感，感应的情状非常复杂，很难将其内在东西说全说清。

曹丕借助于秋天来描写思妇的情感，同样是秋天之气引发他，

① 苏舆撰：《春秋繁露义证》，中华书局1992年版，第318—319页。
② 苏舆撰：《春秋繁露义证》，中华书局1992年版，第330—331页。
③ 苏舆撰：《春秋繁露义证》，中华书局1992年版，第341页。

使他与秋天产生了感应，然后，通过神思将这种感应移诸思妇，巧用代拟，便成为思妇的哀怨。萧瑟的秋风、飘零的草树、冰冷的秋霜、南归的燕子、皎洁的明月、西流的星汉等，这些都与“思妇”的情感产生感应，形成共鸣，由此，才会有这首诗的悲凉。诗歌假托妇人吟诗，通篇都是代拟的口吻。“慊慊思归恋故乡，何为淹留寄他方。贱妾茕茕守空房，忧来思君不敢忘，不觉泪下沾衣裳。援琴鸣弦发清商，短歌微吟不能长。”这种做法本身也说明，曹丕对思念有着深刻的体验，他非常理解妇人的思念之心、思念之苦，打心底里认定她们是社会的弱势群体，是需要关注的一族。透过代拟，我们能够感受到他对孤独妇女的同情。正是因为曹丕对离思有比较深切的体验，才能写出这意象冰冷而情感炽热的诗歌。

《燕歌行》所表现出来的感物诗学，充分证明作家、艺术家在文学艺术创作过程中感应生成的复杂性。通常，我们在理解感应时，往往将它限定在三个方面，即人与人之间、人与物之间、物与物之间，但是，在文学艺术创作过程中，感应只能发生在人与人和人与物之间，物与物之间的感应与文学艺术的创作没有直接关系。而人与人之间、人与物之间的感应也不是单线条的，经常会多线条交织。也就是说，当人与人之间产生感应时，并不仅仅存在这一种感应，同时，还会发生人与物之间的感应。同样，当人与物之间产生感应时，也可能会同时发生着人与人之间的感应。感应并不仅仅就是人与自然关系这一个层面，还有人与人的关系层面。《燕歌行》就是如此。首先是曹丕与秋天的自然物色产生了感应，然后是他与思妇产生了感应，在这两种感应相互交织之后，便生成了更为复杂的感应。从这首诗中，我们首先体味到的是思妇的情感，其次体味的才是曹丕的情感。这不同的情感又相互交织，形成了一个立体的情感状态。正是因此，这首诗的意义才是无穷的，给人以“言有尽而意有余”的无限回味。

为了进一步论述曹丕的感物诗学，我们还可以分析一下他的《寡妇》诗，以印证我们上文的推断。这首诗的诗题之下有“友人阮元瑜早亡，伤其妻寡居，为作是诗”之语，显然是哀叹阮瑀逝世、怜悯他的妻子寡居的。阮瑀是“建安七子”之一，是西晋著名文学家阮籍的父亲，与曹丕关系甚笃。诗云：

> 霜露纷兮交下，木叶落兮凄凄。候雁叫兮云中，归燕翩兮徘徊。妾心感兮惆怅，白日忽兮西颓。守长夜兮思君，魂一夕兮九乖。怅延伫兮仰视，星月随兮天迴。徒引领兮入房，窃自怜兮孤栖。愿从君兮终没，愁何可兮久怀。①

诗以寡妇——阮瑀妻子的口吻抒情，是典型的代拟。前几句表面写景，其实是感物，描述的是心物交感。秋天的霜露、落叶、大雁、归燕，都与诗人的心灵产生感应，引发了他无穷的思绪与悲哀，并自然而然地将之寄予在阮瑀的寡妻身上，因此，才有“妾心感兮惆怅”的感叹。究竟诗人如何感？为什么自然物色能够引发妇人的惆怅？这些自然物色蕴含着什么意义？这是我们思考的问题。我们尝试从诗中的自然物色霜露、落叶、大雁、归燕着手进行解析。首先，霜露的冰冷直观作用于人的生理，使人感到一种彻心透骨的凄凉，这预示着一个严冬的来临。对于失去丈夫的寡妇来说，这也是她人生的严冬。在这个季节中，她将要接受怎样的考验，要经受多少磨难，是人们难以想象的。在古代，丈夫是家中的支柱，承担起家庭的主要责任，失去丈夫，意味着家庭的崩塌，意味着妻子将要承受无尽的磨难。在以男权为中心的古代，这是极其艰难的。当然，作为曹魏名臣阮瑀的妻子，受朝廷荫佑庇护，物质生活自然不会有太大的问题，但是，情感的缺失却是物质生活难以替代的，而这恰恰是一个女人最需要的。因此，对深秋季节自然物色的渲染其实是对艰难生活的喻示。其次，飘零的落叶是深秋常见的一种自然现象，之所以能够引发人的悲凉情感，是因为它给人以失去根基的感觉。树叶飘落意味着它离开了大树之本。在古代，男人是一个家庭的根，失去男人，就意味着无所依靠。丈夫去世，妇人就像被秋风吹落的树叶，刹那间失去了它所依附的根基。在这里，曹丕之所以把寡妇比作那随风飘零的落叶，就是基于男女在一个家庭

① （清）沈德潜选：《古诗源》，中华书局1963年版，第109—110页。

中的不同的担当。因为落叶能非常形象地表现寡妇的生存境况，所以，能够与诗人的情感产生感应。再次，大雁是一种候鸟，每到冬天，都会南迁。南迁途中，万里长天无处不回荡着大雁沙哑的鸣叫。其实，这是一次生命的迁徙。在这次迁徙中，可能会出现意想不到的变故。在这首诗中，大雁鸣叫被赋予一定的情感意义。这鸣叫声中，有对故土的留恋，有对前程的担忧，也有对新生活的向往。这又何尝不是寡妇的复杂心思呢？最后，我们再说说归燕。燕子是一种与人最亲近的鸟，春天到来，秋凉离开。它借宿在百姓的家里，在檐梁上筑巢，生儿育女，与百姓和谐相处，互不干扰。深秋的时候，它也要南去。临行之时，它会恋恋不舍地徘徊在它生活了一个夏天的百姓门前，内心充满无限的依恋与惆怅。燕子意象是对温暖的留恋，是对家庭的依恋。阮瑀去世，他的家庭已经支离破碎了，只留下这孤儿寡母，非常凄惨。这些自然的物色，虽然都是借寡妇（阮瑀之妻）的眼睛观察到的，其实是诗人的感物，是诗人人生体验的凝聚。

这首诗所涉及的自然物色并不仅仅上述四种，还有日、星、月，这些意象相对好理解一些。诗中写道：“白日忽兮西颓”，“星月随兮天迴”。太阳落山，意味着一天的结束，接下来便是沉沉的黑夜。由太阳落山，引发了诗人的人生体验。人的死亡，也就像西沉的太阳，走完了一天的尽头。这里的太阳之喻仅仅限时一天，因为一天是一个完整的时间单元，在这个单元里出现的一切现象都是一个完整的过程。诗歌着眼的就是这一完整的过程。对于阮瑀来说，他很快地走完了自己的人生，这未免太急了。一个“忽”字，惋惜之情不言而喻。阮瑀死于 212 年，当时只有四十多岁（阮瑀生年不详，据史料推断，大约生于 165 年前后，死时应不到五十岁），所以“忽”。太阳落山，这是大自然的运行规律，而人也服从太阳的运行规律，日出而作，日落而息。然而，太阳西沉作为象征与隐喻，还有着更为复杂的意义，它给人留下来的是漫漫黑夜。从对人的影响来说，尤其是夜间对人的影响，太阳西沉意义就非凡了。夜间是人睡眠的时间，在夜间，人应该安静地休息。可是，对于失去丈夫的妇人，夜不能寐，极其痛苦！“守长夜”隐喻阮瑀的去世给妻子留下的漫长而艰难的日子。这是诗人由太阳落山现象产生的人生感悟。然而，在这漫漫的黑夜中，给人留下希望的是月亮与星星。随着黑夜的延伸，黎明的到来，月亮与星星也在慢慢地消逝。这是对自然的真实描写，但是，也隐喻接下来的人生之路会无比艰难。月亮和星星与诗人的情感产生了感应，使得诗人不得不将这悲凉延续到底，强化情感的色彩。

曹丕与自然现象的审美感应，我们姑且如是说。但是，到曹植那里，对自然现象的审美感应情形就有些不太一样了。在曹操与曹丕的诗歌中，展现的自然物色比较有限。这可能是因为他们作品传世较少。而曹植诗歌中的自然物色相对丰富。由于曹植现存的作品较之曹操、曹丕为多，描写自然物色的自然会比较多，以此类推，自然意象也比较丰富，从而导致其感物诗学的意蕴更为丰富。需要说明的是，从曹操到曹植，感物诗学的发展并不是一个阶梯状的历程，总体来说，他们处于同一平面，只不过，在这同一平面有一定的起伏而已。这是因为，“三曹”都是同时代人，他们的创作几乎是同步的。

呈现在曹操、曹丕诗歌中的自然物色，那些比较典型的往往都是些阔大的、整体的自然意象，如曹操的沧海、星汉、太行、泰山、蓬莱等，曹丕的秋天、长江、高山、茂林等。这些阔大的、整体的自然意象与他们的个性、气质相适应，皆能充分满足他们的情感表达需要。在曹植的诗赋中，这类自然意象固然不会缺少，但在我们看来，气魄远不如曹操、曹丕宏阔，而更具有魅力的却是那些细微且独立的意象，这些意象生动、灵秀，无形中增添了曹植感物诗学的光彩。

曹植描写春天，抓住的恰恰是细微的意象，赋予其丰富的审美意蕴。在写给王粲的一首赠答诗中，他描画了他与春天细微景致的感应，展现了独特的感物风貌。诗云：

端坐苦愁思，揽衣起西游。树木发春华，清池激长流。中有孤鸳鸯，哀鸣求匹俦。我愿执此鸟，惜哉无轻舟！欲归忘古道，顾望但怀愁。悲风鸣我侧，羲和逝不留。重阴润万物，何

惧泽不周？谁令君多念，遂使怀百忧。[①]（《赠王粲》）

关于这首诗的写作缘起，赵幼文校注时有个说明：“王粲初归曹操，未任显职，对当时政治待遇抱着悒郁不满之悲思，欲见曹植申诉而无机会，故写诗藉以倾诉自己的愿望。”[②] 由于王粲的作品散佚很多，我们今天已经看不到他写给曹植的诗。倘若果真如此，这首诗便是曹植的回复。依王粲的处境，诗中理应有同情，有劝慰。诗人以忧愁起笔，因为愁思而西游，目的就是摆脱静下来胡思乱想，免得自己更加忧愁。在这春天众多美好的物色中，他没有发现令他特别喜悦的景致，却唯独注意到一只孤独的鸳鸯，在树木环绕的清池中哀鸣。它是在呼唤它的伴侣。究竟发生了什么？为什么鸳鸯会形单影只？不禁令人无端猜测。在中国传统文化中，鸳鸯通常是爱情的隐喻，因为它们总是成双成对地生活在一起，形影不离。显然，这首诗的鸳鸯隐喻的不是爱情，而是友情。那是诗人和王粲的友情。很久没有见到老朋友了，心中着实记挂。春天里一只孤独的鸳鸯引发了他的情感，使他与鸳鸯产生了感应，思念的忧愁找到寄托。那是友情的感应。以鸳鸯来隐喻友情，喻示友情是一种非同凡响的友情，几可与爱情的分量同等并列。在以男权为中心的中国古代，友情往往是超越爱情的。诗人和王粲志同道合，情谊很深。他们长期形影不离，吟诗作赋。诗歌怜惜这只鸳鸯，运用摇曳的笔法，描写对鸳鸯的同情，内在隐含的是对王粲遭遇的同情，对因为离别而不能及时倾诉的不舍。他想与那只孤独的鸳鸯为伴，使它不再孤独。可惜的是，没有船，无法到达水中。这就预示，诗人虽然同情王粲，但却无法当面劝慰，无法当面倾诉思念之情。由一只鸳鸯联想到友情，书写离别与思念，悲哀之情溢于言表。由于过度悲伤，从水池边出来，竟然无法找到回去的路。天已经黑了，月亮慢慢西流，环境愈是清幽，愈容易增加心中的悲愁。这里的感物，抓

① （三国魏）曹植著，赵幼文校注：《曹植集校注》，人民文学出版社 1984 年版，第 29 页。

② （三国魏）曹植著，赵幼文校注：《曹植集校注》，人民文学出版社 1984 年版，第 30 页。

住春天这一季节的自然意象，沿袭了伤春的抒情模式，却摆脱了鸳鸯固定的隐喻模式，自然、自由地表达了忧愁的情感，抒发了思念的伤感，彰显了感物的独特性。

既然曹植作品中的自然物色多是细微的、独立的自然意象，那么，他是如何借助于这些细微的、独立的自然意象表达情感，彰显他的感物诗学意蕴的？这需要考察他的创作，通过研读他的诗赋作品得出结论。在今存曹植文集中，我们查得他所运用的自然意象大略有鹦鹉、橘、赤雀、蝉、神龟、雁、车渠、迷迭香、槐、朔风、芙蓉、柳、黄雀、谷、禾、鹊、鸠、甘露、磐石、浮萍、灵芝、喜雨等，其中，不少都是建安文人共同歌咏的对象，如鹦鹉、橘、芙蓉等。我们所罗列的这些自然意象，大都直接取自曹植的诗题。这就说明，它们作为审美对象都是独立的，都是曹植借以抒写情志的独立对象。例如，《鹦鹉赋》就是受鹦鹉的感发，抒写人间悲情：

> 美中州之令鸟，越众类之殊名。感阳和而振翼，遁太阴以存形。遇旅人之严网，残六翮之无遗。身挂滞于重笼，孤雌鸣而独归。岂予身之足惜，怜众雏之未飞。分糜躯以润镬，何全济之敢希。蒙含育之厚德，奉君子之光辉。怨身轻而施重，恐往惠之中亏。常戢心以怀惧，虽处安其若危。永哀鸣其报德，庶终来而不疲。①

鹦鹉因为乖巧、美丽，被旅人捉来关在笼子里，作为玩赏的对象。旅人，即厨师，旅食者之谓。旅人弄残了它的翅膀，把它关在笼子里，使它不能飞翔。原本成双成对的鸟儿，雄鹦鹉被捉，只剩下一只雌鹦鹉，孤独地往回飞。赋以寓言的笔法描写了鹦鹉被捉之后复杂的心理感受：它感到非常悲哀，悲哀并不仅仅因为自己被捉，失去了自由，而且还因为那些在巢穴中嗷嗷待哺的孩子没有人哺育。它们的羽翼还没有长成，不会飞翔，尚不能出去寻觅食物。自己不幸被捉，再也不能尽抚养它们的责任。原本以为自己被捉必

① （三国魏）曹植著，赵幼文校注：《曹植集校注》，人民文学出版社 1984 年版，第 57—58 页。

遭杀戮，再无生活之理，可是，捉它的人并没有杀它，却把它关进笼子里，作为娱乐的玩物，好吃好喝，待遇丰厚。此时此刻，身处笼子中的鹦鹉，还不得不抱着一颗感恩之心，感激主人（“君子”）对自己的养育之德。在这里，感激是一种保全策略，时时刻刻向主人表达自己的感激是为了更好地保全自己。这是因为，身居笼子中，表面上似乎非常安全，其实，也是最危险的环境，稍有不慎，就会引起主人的恼怒，就会遭遇不测。因此，鹦鹉内心非常恐惧。为了保全，它不得不殷勤鸣叫，想用这鸣叫之声换来主人的恩惠，即便累死，也不会抱怨疲劳。这篇短赋立意非常奇妙，它写出了那个战乱的年代一部分仁人志士的遭遇与心态。这些人，何尝不似失去自由的鹦鹉，被人禁锢失去自由还要感恩？曹植的这一类诗赋，秉承的是先秦两汉的感物。感物就是“言志”，其中的精义妙旨是人们只有通过对所感之物的联想与想象才能够获得的。

《鹦鹉赋》折射出曹植感物诗学的一个突出特点：那就是将自然物象虚构为一些寓言故事（这自然物象就是自然意象），通过寓言故事来增强情感表达的生动性与真实性，从而彰显感应的创造和审美魅力。这自然物象可以是动物，也可以是植物。鹦鹉的寓言就是典范，鹦鹉作为一种鸟类动物被赋予有思想的鸟类，鹦鹉的所思所想就是人的生命体验和审美体验的植入，在这一植入的过程中，融合了众多的感物因素，不断地丰富着感物的诗学与美学内涵。

在曹植的诗歌中，我们还发现了以植物为虚构主体的例子，那就是石榴。这一意象颇有意味，它同样彰显了曹植感物诗学的特色。石榴的特别之处是，诗歌用这一意象来描写、隐喻弃妇，将石榴花的美艳与弃妇联系在一起，揭示弃妇被弃的原因。曹植是如何与石榴产生审美感应的？石榴怎样与弃妇发生关联？这是我们要思索并应给予解答的。

在《弃妇篇》中，曹植这样描写石榴：

> 石榴植前庭，绿叶摇缥青。丹华灼烈烈，璀采有光荣。光荣晔流离，可以处淑灵。有鸟飞来集，拊翼以悲鸣。悲鸣夫何为？丹华实不成。拊心长叹息，无子当归宁。有子月经天，无

子若流星；天月相终始，流星没无精。栖迟失所宜，下与瓦石并。忧怀从中来，叹息通鸡鸣。反侧不能寐，逍遥于前庭。踟蹰还入房，肃肃帷幕声。搴帷更摄带，抚弦调鸣筝。慷慨有馀音，要妙悲且清。收泪长叹息，何以负神灵？招摇待霜露，何必春夏成。晚获为良实，愿君安且宁。①

石榴生长在庭院之中，深绿的叶面，青白的叶背，中间开满火红的石榴花。而石榴树的显赫与光荣也就在这火红之中。如此一个美艳的处所，自然而然成为大自然的精灵向往的地方。这叶繁花艳的石榴树，最终迎来神鸟聚居。诗歌讲述的就是发生在这棵石榴树上的寓言故事，所有的一切都因为神鸟的到来引起。神鸟落在石榴树上，不停地拍打着翅膀，仔细观察之后，却悲鸣不已。它发现了什么秘密？它在悲鸣什么？仿佛很神秘。这是因为它发现了这些火红的石榴花将是徒有其表的无用之花，它们根本不可能结出甘甜的石榴。神鸟之神也就表现在这里，它能洞悉未来。这就是石榴与弃妇发生关系的连接点。石榴不结子徒有其表，弃妇之所以被弃是因为不生养。这样，人们就自然而然地将石榴与弃妇联系在一起。前庭这棵开满火红石榴花不能结籽的石榴树被隐喻为一个美丽而不能生养的妇人，暗示她将被遗弃。“归宁”是回去看望父母，实是遗弃的同义语。在古代，女子不能生养，将被视为女子的最大罪过。尽管这一“罪过”并非女子的意愿，但是，也不能免除女子本身受到惩处的命运。因为，人们本能地认为是女子断绝家庭的繁衍，在古人看来，这就是大不孝。能够生养的女人，就像那天上的月亮；不能生养的女人，则是转瞬即逝的流星，命运注定是悲惨的。整个感物活动由石榴树、神鸟、女人组成，三者共同编织成一个令人唏嘘的寓言。诗人的意旨也在这一寓言中得到完整的呈现。

中国古代的感物方式，如果采用刘勰《文心雕龙·诠赋》里的

---

① （三国魏）曹植著，赵幼文校注：《曹植集校注》，人民文学出版社 1984 年版，第 33—34 页。

说法，则有两种：第一，“情以物兴”；第二，“物以情观”。[①]“情以物兴”，是说外在事物激发了作家的情感，使作家产生了表达这种情感的欲望。“物以情观”，是说作家内在生成了情感，却要到自然之中去寻求能表达自己情感的物色去寄托这种情感。这两种方法都是在界定“情”与“物”的关系。“情”是表现在作品里的情感，“物”是显现在作品中的各种物色。“情以物兴”似乎在言述一种自然的激发，而“物以情观”则似乎在言说先入为主。先入为主，是先确定一个表现的内容，然后，再去寻求一个表现的对象。用现代话语表述就是主题先行。我们上文所论述的曹植的感物，基本是“物以情观”，即那是一种先入为主的审美感物方式。在《弃妇篇》中，弃妇的不幸是诗歌要表现的内容，而石榴则是表现的对象，尽管这是一首先入为主的诗歌，但是，丝毫不影响诗歌的审美意蕴。曹植把先秦以来的感物诗学尤其是汉代先入为主、言志为本的感物诗学用活了。从曹植诗歌中，我们阅读出来的感物是自然的、自由的，并没有给人以刀斧修饰的感觉。因此，我们可以这样说，曹植的感物诗学是中国古代感物诗学的一个重要环节，为完善中国传统感物诗学，进而完善中国古代诗学精神，意义非凡。

---

① （南朝梁）刘勰著，范文澜注：《文心雕龙注》（上），人民文学出版社 1958 年版，第 136 页。

第三章

“三曹”对文气诗学的创造与弘扬

“三曹”生活在一个社会动荡的时代，这是“三曹”的不幸，也是“三曹”的万幸。他们的成功与机遇都在这不幸与万幸之中。人生的价值就在于能在不幸之中把握机遇，为人类社会做出力所能及的贡献。今天看来，“三曹”都能够很好地抓住这一机遇，他们深度介入当时的政治、军事、文化（包括文学）领域，并且大显身手，取得了突出的业绩。评价“三曹”的文学成就，如果仅仅着眼于时代的因素，强调时代对他们的塑造，可能还不够全面；还应该着眼于他们自身，从他们自身的主体内部去认真、全面衡量，才可能发现最本质的东西。也就是说，只有将“三曹”各自的内外因素结合起来，才能对他们所取得的实际成就予以准确评价。所谓自身因素，就是指刘勰所说的才、气、学、习（《文心雕龙·体性》），或者叶燮所说的才、胆、识、力（《原诗》），其中包含着作家的禀赋、才能、性情、学识、兴趣、习惯、胆略等。这些，实际就是曹丕在《典论·论文》中所讨论的“文气”。上文，我们在论述前代对“三曹”的评价时，曾经列举出一些经典的评价话语，那是对“三曹”作品审美特征的评价。如评曹操：“气韵沉雄”（敖陶孙）；评曹丕：“便娟婉约”（沈德潜）；评曹植：“骨气奇高，词采华茂”（钟嵘）。这里都涉及一个“气”字，应该说，这些审美特征都是“文气”促成的，是“文气”在他们各自文学创作中的具体呈现。“三曹”的这些审美特征，我们上文已经结合他们具体的诗文创作做了简要的说明，这并不够，还有必要对之进行进一步深入的论证。“文气”作为一种诗学观念是曹丕的创造。他对中国哲学进行创造性的转化，把“气”这一哲学范畴成功地转化为诗学、美学范畴，对中国古代的文艺理论、诗学和美学影响深远，其中所蕴含的丰富的理论意涵，由于贴近现实，故而意义非凡，是中国古代文艺理论、诗学、美学的伟大贡献。

第一节 “文气”：曹丕的诗学发明

就“三曹”来说，曹丕还有一个重要的身份——文学理论家，或曰诗学家、美学家，这却是曹操、曹植无可比拟的。这一身份奠定了他在中国古代文学发展史上的独特地位，那就是：他不仅以诗文创作名家，而且以文学理论、诗学、美学名家，因为提出了系统而意义非凡的文学理论观念，成为那时当然的文坛领袖。曹丕撰有《典论·论文》《与吴质书》《与王朗书》等系列重要的文学理论文章，这些文章，均散发出独特的理论气息，尤其是《典论·论文》，涉及一些重要的理论发明，内容较为丰富。曹丕最重要的著作是《典论》，这部书原本由20篇文章组成，可惜的是，现今仅存2篇，除《论文》之外，还有《自序》一篇见于《三国志》裴松之注。由于《典论》一书绝大部分内容失传，导致曹丕的很多理论与思想随之失传，其中包括文学、诗学思想。尽管曹丕现存的理论著述不多，但是，将他现存的理论文章尤其《典论·论文》放到整个中国古代文学发展史、中国文艺理论史、诗学史、美学史去看，其贡献之卓著，实乃罕见。它是中国古代第一篇确凿地属于确定的个人的纯文学批评论著，而且文章的结构、逻辑及理论阐发均相当完整，原创性非常明显。曹丕的理论家的气质就表现在一系列理论的原创之中。这些原创性的理论开启了一个文学理论与批评的崭新时代，我们称之为文学理论的自觉时代。魏晋南北朝文艺理论、美学的辉煌自此发端。这显然是曹操、曹植所不及的。曹丕的诗学观念具有强烈的时代感，这种时代感突出表现在：他能够创造性地继承中国传统的哲学思想，尤其是气论哲学思想，将“气”这一哲学范畴转化为文学理论、诗学的范畴，并将之运用到文学批评之中，以比较客观、公正的态度评价当时的作家、诗人（如“建安七子”与其他作家），将作家、诗人的创作与他们自身的主体修养、个性、气质等以及生命价值联系在一起，高扬文学创作的意义。也正是在这个意义上，我们说，曹丕开创了一个文学理论与批评的崭新时代，开启了一个诗学的新时代。

《典论·论文》《与吴质书》等文章都写于曹丕为魏太子时。那时，曹丕的政治和军事事务并不十分繁重，有较多的时间从事文学创作，也有比较多的精力思考关于文章写作和诗歌创作理论问题。在《典论·论文》中，曹丕论述的核心问题是“文人相轻”，这是一种文化现象，也是一种心理现象。“文人相轻”的根本关联着崇古卑今的思想观念，关联着文体、文气、文章价值以及人的价值等问题，必须从深层次去认识这种现象。曹丕认为，自古以来，一直存在着文人相互轻薄的现象。这一现象的存在对文人自身的发展和文章写作（文学创作）都是不利的，它往往导致文人的自我膨胀，以至于不能够正确认识自己、评价他人，对文章写作（文学创作）更为不利。由于文人的自我膨胀，人人都认为自己就是当今的文章圣手，没有其他人能够超越，这就不能够客观认识文学创作，在一定程度上阻碍了文学的发展。曹丕以“建安七子”为例，对他们的文章写作水平进行了一一点评。他指出，“建安七子”虽然都是文章高手，且情谊深厚，但是，在他们身上依然存在着“文人相轻”的观念。曹丕一针见血地批评了这种思想弊端，他的基本态度是：文人不能相轻。他从“贵远贱近，向声背实”“文本同而末异”“文以气为主”等几个方面进行论证，其中，一个重要的方面就是“文气”。对此，曹丕有比较明确的表述：

> 文以气为主。气之清浊有体，不可力强而致。譬诸音乐，曲度虽均，节奏同检；至于引气不齐，巧拙有素，虽在父兄，不能以移子弟。[①]（《典论·论文》）

这一段话比较完整地呈现了曹丕的文气诗学，文气的理论内涵

① （南朝梁）萧统编，（唐）李善注：《文选》（6），上海古籍出版社1986年版，第2271页。

都槩括其中了。在曹丕看来，“气”是主导文章写作（文学创作）的关键，它有清浊之分，是人天生就有的，不是人通过自己的努力或依靠外在的力量想得到就能得到的；不同的人身上蕴蓄的气不一样，哪怕是父子兄弟，他们之间的差异性也极其明显。

“气”是一个非常复杂的哲学概念。关于这一概念，我们有必要做一点简单的清理，以便正本清源，更好地把握曹丕文气诗学的意义。作为中国古典哲学的一个核心范畴，“气”的理论意指非常广泛。它既可指称物质性的对象，又可指称精神性的对象。中国古代哲学家认为，“气”是世界万物的本原，它化生了万事万物。王充说：“天地合气，万物自生。”①（《论衡·自然》）这是古代最基本的观念。“气”作为自然界的物质，当它被用来进行生命的塑造时，是需要涵养的。只有经过涵养之后的气才对生命有益，才能充实生命。因此，孟子要求养气。《孟子·公孙丑上》在谈到养气的问题时，要求人应培养“至大至刚”的“浩然之气”。至于什么是浩然之气，孟子并没有给出直截了当的回答，却强调它是难以言说的。也就是说，人们无法用精准的语言描述并让人理解这种“浩然之气”，包括孟子自己。尽管如此，他还是描述了这种“浩然之气”，那只能是一种现象的描述，透过现象可以窥探本质。“其为气也，至大至刚，以直养而无害，则塞于天地之间。其为气也，配义与道；无是，馁也。是集义所生者，非义袭而取之也。行有不慊于心，则馁矣。”②（《孟子·公孙丑上》）“至大至刚”“塞于天地之间”是现象描述，“配义与道”“集义所生”是本质描述。从孟子的这些描述中，我们能够看出，他的“养气”是侧重对人的道德精神的培养，这里的“气”意指精神，是指人赖以立身的道义。从这一角度来认识曹丕所谓“文气”，可知“文气”同样是偏重于作家精神气质方面的内容。然而，与哲学之“气”有所不同，“文气”之“气”已经转化为文学和美学的范畴，意在强调作家的个性、气质等因素在文学创作中的支配地位。

曹丕认为，作家的创作是以“气”为支撑、以“气”为核心

---

① 黄晖撰：《论衡校释》（3），中华书局1996年版，第775页。

② （宋）朱熹撰：《四书章句集注》，中华书局1983年新1版，第231—232页。

的。所谓“文以气为主”即是此意。“气”表现在作家身上具有两种内涵：一种是作家天生的、不可更易的性情；另一种则是后天的、通过学习和生活磨炼可以形成的气质。在文学创作中，这两种因素是一种合力。它们相互制约，相互为用，共同构成了作家的个性，是作家主体性的一个组成部分。“气”既然成为作家主体性的一个组成部分，它必然参与到文学艺术的创作之中，主导着作家的创作，最终，促成作家总体风格的形成。在《典论·论文》中，我们能够较为清晰地看到曹丕的态度。在评价“建安七子”时，他一方面指出“建安七子”学识渊博，善于创新：“于学无所遗，于辞无所假”；另一方面又强调他们自身的个性。如他评徐干“时有齐气”，评应玚“和而不壮”，评刘桢“壮而不密”，评孔融“体气高妙”，这些都是依据作家自身具有的主体个性、气质所得出的结论，同时也兼顾了作家的不可更易的性情和后天修养。

曹丕的文气诗学围绕清、浊两个层面展开，其中有两点值得我们注意。其一，“气”有清、浊两种，这两种“气”是特立独行、相互补足的关系，并非相互冲突、彼此对抗的。也就是说，它们之间各自独立，有明确的界限，但是又相互缠绕，清中有浊，浊中有清。但是，在一个作家身上，主导之气只能是一种，即非清即浊，非浊即清。其二，作家身上所表现出来的主导之气即清气或浊气是这个作家自身固有的，这种“气”是不可能随意改变的。自身固有意味着这清浊之气是人的天生性情以及后天化育的结果，最终成为作家自身的独特品格。这种品格，由于兼及先天和后天的因素，很难改变。因此，曹丕说“不可力强而致”。清浊之气是一个总体性的概括，是针对所有作家的性情而言的，任何一个作家的性情非清即浊，都无法摆脱这两种特征。其实，任何一个作家的性情都是独特的，不可能雷同、重复。因此，清和浊只是大体上的区分，其内在存在着一些细微的差别，同样是清，也不可能是全都雷同、没有差别的清；同样是浊，也不可能是全部雷同、没有差别的浊。为了更加深入理解这一问题，有必要对清浊之气作进一步辨析。这是深入理解曹丕“文气”说的关键。

从“气”的理论发展来看，清浊实际上是阴阳的变称。早在西汉时期，《淮南子》就曾经系统讨论过清浊之气。《天文训》云：

> 天坠未形，冯冯翼翼，洞洞浊浊，故曰太昭。道始于虚霩，虚霩生宇宙，宇宙生气。气有涯垠，清阳者薄靡而为天，重浊者凝滞而为地。清妙之合专易，重浊之凝竭难，故天先成而地后定。天地之袭精为阴阳，阴阳之专精为四时，四时之散精为万物。①

清气即阳气，浊气即阴气。这是宇宙间存在的两种气。这两种气流动于各种事物、现象之中，既可用来指称两种事物，又可用来指称两种现象。例如白天为阳，夜晚为阴；晴天为阳，阴雨为阴；夏天为阳，冬天为阴；男人为阳，女人为阴；年轻为阳，年老为阴；健康为阳，病弱为阴；等等。在古人的观念中，阴阳之间并不存在真正的对立，也无绝对的优劣之分。远古时期，阴阳就是一种辩证法，但不是二元对立的辩证法，常常用来解释世间万物的复杂现象。东汉以后，人物品评盛行，清、浊又被用来进行人物品藻，意义发生了很大的变化。从中我们能够看出，清和浊俨然成为对立的两极，它们之间已经有了明显的优劣之分，夸大了阴的消极面。王充《论衡·骨相》篇说：“非徒富贵贫贱有骨体也，而操行清浊亦有法理。贵贱贫富，命也；操行清浊，性也。”② 操行是指人的品德行为，人的操行当然是可以分出优劣的。王充已经将操行清浊看作人性的表现，以此区分人性的优劣。在《论衡·本性》篇中，他又说：“且孟子相人以眸子焉，心清而眸子瞭，心浊而眸子眊。人生目辄眊瞭，眊瞭禀之于天，不同气也，非幼小之时瞭，长大与人接乃更眊也。性本自然，善恶有质，孟子之言情性，未为实也。”③ 这里的意义已经很明显了，清、浊成为两个对立的概念，被用来评价人心的善恶。王充认为，通过人的眼睛能够洞悉人的内心。清是美好的、善良的，浊是丑陋的、凶恶的。这清浊之气又是“禀之于

① 刘文典撰：《淮南鸿烈集解》（上），中华书局 1997 年版，第 79—80 页。
② 黄晖撰：《论衡校释》（1），中华书局 1996 年版，第 120 页。
③ 黄晖撰：《论衡校释》（1），中华书局 1996 年版，第 135 页。

天”的，言外之意，就是说，清浊之气是天生的，不是人力所能左右的。用清、浊来评价人操行的善恶在东汉成为通行的做法。《后汉书·左雄传》记载左雄批评当时的人才选用状况是“朱紫同色，清浊不分，故使奸猾枉滥，轻忽去就”[①]；曹丕稍后的袁准曾作《才性论》，说：“凡万物生于天地之间，有美有恶。物何故美？清气之所生也；物何故恶？浊气之所施也。”[②]（《全晋文》卷五十四）这与王充的用法大致相当，都是说清和浊是对立的两极，是可以分出优劣的。

王充的清浊理论本身包含着优劣的价值评价，清是褒义的，浊是贬义的。然而，曹丕的“气之清浊有体”是否也包含优劣评价呢？这还要从《典论·论文》的真正用意去看。上文我们说过，《典论·论文》论述的主旨是“文人相轻”。曹丕是坚决反对“文人相轻”的。他从三个方面分析文人相轻产生的原因，主张文人不能相轻。第一，古今。由于古代像文武、周公、孔子之类的圣贤众多，他们的思想、行为及其制定的规则都成为后世学习的对象。这是崇古的由来。盲目的崇古倾向，导致贵古贱今的思想流行。这种思想也左右着文坛，形成复古浪潮，绵延久远。曹丕所说的“常人贵远贱近，向声背实”，就指的是这种风气。以古代、古人（远）为尊，以当下、今人（近）为贱，认为今人无法超越古人。这就是“向声背实”，即追求那些虚无缥缈的，违背了实在的。在曹丕看来，这种倾向要不得，是应该批判的。曹丕就对“常人”的古今态度持有批判的立场，他反对崇古卑今，表现出一种开放的思想观念。第二，文体。在曹丕所处的时代，文体的种类已非常繁多。面对如此众多的文体，每一个作家的适应非常有限，不可能把所有的文体都写好，只能擅长其中的一种或几种。对于擅长的文体写得较好，而对其他文体就不是那么得心应手了。当然，不排除有通才，即将所有文体都写得好的人。因此，不同文体的写作缺乏可比性，

① （南朝宋）范晔撰，（唐）李贤注：《后汉书》，《前四史》（下），天津市古籍书店1991年影缩本，第1676页。

② （清）严可均辑：《全上古三代秦汉三国六朝文》（2），中华书局1958年版，第1769页。

不能说某人擅长这种文体，另一人不擅长这种文体，就说另一人不如某人。这种思维本身是有问题的。第三，文气。文气是作家的个性、气质等，在文章写作中发挥着主导作用，即作家自觉地将自己的个性、气质等注入文章写作之中，使作品表现出与自己的个性、气质相适应的风格特征，这也就是后来人们不时谈论的才性问题。曹丕认为，作家对文体的擅长还与作家自身的才性有关，由于每个人的经历、修养、性情不同，反映在创作中，每个人的风格都不一样。由于作家的个性、气质有清浊之分，创作出来的文章同样也带有清浊的特征。可见，曹丕的“气之清浊有体”之清浊直接继承《淮南子》的思想，借用自然的特质来比拟人的性情，其真正的意义恐怕与王充等人的清浊观念不是一回事。因为他不是从道德的层面来讨论这一问题，而是立足于自然，将人的自然性情与个性气质看成作品风格的成因，显然有他自己独特的理解。今人有研究曹丕者，以为西汉以来的关于清浊的善恶观念与曹丕的用法大致相当。①这是一种误解。我们赞赏这么一种态度：“所以，同样用‘清浊’，在王充的思想以及东汉政治性人物品藻中，其涵义是纯粹政治伦理的，在曹丕的《典论·论文》中则是审美的，审美的意义已远远超过政治伦理的意义。”② 实际上，曹丕的“气之清浊有体”之清浊并不包含善恶或优劣的评价，而是指由于人的不同的性格特征所导致的不同的文学风格。“清”是一种阳刚、清新、爽朗的性格特征，“浊”则是阴柔、凝重、沉郁的性格特征。这两种性格特征各有胜处。它们都是人类性格不可缺少的，缺少任何一种都会使人类失去平衡。因此，不能说清的性格就是美好的性格，而浊的性格就是丑恶的、不好的性格。同理，不能说阳刚的风格就是一种好的、积极向上的风格特征，而阴柔的风格就是不好的、沉沦堕落的风格特征。如果这样，李白的风格是飘逸、豪放的，可归为清的一类，杜甫的风格是沉郁顿挫的，可归为浊的一类，以此类推，李白就比杜甫更胜一筹。这样的结论显然是荒唐的。因此，曹丕清浊的概念与

① 袁济喜:《六朝美学》，北京大学出版社 1999 年版，第 76 页。

② 李泽厚、刘纲纪:《中国美学史》第 2 卷（上），中国社会科学出版社 1987 年版，第 37 页。

东汉以来用于道德操行评价的清浊不是一回事，这一点在《典论·论文》中的表现非常清晰。如果用道德操行评价的清浊来解释曹丕的“气之清浊有体”，有很多问题不能说明白，必然会导致风格优劣论，从而抹杀文学艺术风格的丰富性与多样性。

由此可见，曹丕的“气之清浊有体”之“清浊”，一方面说人的个性气质，另一方面也指称文学风格，可以视为文学风格的简单举例。清是清爽、清刚，它指的是人性格所呈现出来的阳刚、俊秀、豪迈的特征。浊是浑浊、重浊，它指的是人性格所呈现出来的阴柔、凝重、沉郁的特征。这些，具化到文章写作、文学创作中，便形成了不同的风格特征。因此，关于曹丕的“气之清浊”理论，我们又可以从以下两个方面去理解：其一，单纯从创作主体这一角度理解，不同的作家，其性格、气质与审美修养等是不可能相同的，大致可以分为清和浊两个方面。这种性格总体上不可能改变。其二，从文学创作这一角度理解，同一作家处在不同的环境，其性格、气质、审美修养等会发生细微的变化。情绪高涨时则清刚，情绪低落时则重浊。对于这个问题，一般都强调第一个方面，而对第二个方面有所忽略。这种认识是不科学、不全面的。创作之所以会形成清和浊的差别，一方面与作家的性格气质密切关联，另一方面还与环境有关。因为，环境能够暂时改变人的性格和情感取向。而曹丕更加强调的是人的先天因素。他以演奏音乐为例加以说明，父子兄弟同台演奏，演奏的是同一支曲子，然而，由于各自性格与修养的差异，演奏风格会截然不同，给人带来的审美感受也会不一样。这是无法改变的事实。所谓“引气不齐，巧拙有素”，其实兼及先天与后天两个方面，“引气”包括先天的禀赋与后天的学习，“巧拙”就是先天的领悟与后天学习的结果。这是我们应该注意的。

曹丕的“文以气为主”，强调“气”决定作家的创作水平和风格特征。那么，这个“气”应该符合什么样的标准呢？这也是我们思考曹丕文气诗学应该考虑的问题。这一问题的答案，从《典论·论文》中不易直接看出来。现代人在对曹丕之“气”理解的过程中，一般都会受鲁迅的影响，因为鲁迅曾经讲过曹丕说诗赋不必寓教训、反对寓训勉于诗赋的话，好像曹丕摆脱了儒家的思想，与儒家没有太大的关系。[①] 事实果真如此吗？我们可以从曹丕论述文章的价值和人的价值的言论中度测一二。

曹丕说：

> 盖文章经国之大业，不朽之盛事。年寿有时而尽，荣乐止乎其身。二者必至之常期，未若文章之无穷。是以古之作者，寄身于翰墨，见意于篇籍，不假良史之辞，不托飞驰之势，而声名自传于后。故西伯幽而演《易》，周旦显而制《礼》，不以隐约而弗务，不以康乐而加思。夫然，则古人贱尺璧而重寸阴，惧乎时之过已。而人多不强力，贫贱则慑于饥寒，富贵则流于逸乐，遂营目前之务，而遗千载之功。日月逝于上，体貌衰于下，忽然与万物迁化，斯志士之大痛也！[②]（《典论·论文》）

在曹丕看来，文章应该为“经国”服务，国家的治理，离不开文章，它是“经国”的伟大事业。同时，文章还能够彰显人的生命价值，这一方面因为，文章能够传播作家的思想、情感，另一方面能够使作家扬名，声名长久留传后世。这显然是继承了儒家立德、立功、立言三不朽观念。可见，曹丕并没有完全背离儒家的思想。从他所列举的“西伯幽而演《易》、周旦显而制《礼》”这些儒家圣人的例子可以看出，他坚信的仍然是儒家人格。那么，顺理成章，他的“文气”之“气”也是儒家的人格理想。这一点应该没有什么疑问。至于鲁迅所说的曹丕说诗赋不必寓教训、反对寓训勉于诗赋的话则是对他纯文学态度的肯认，不一定否认他的儒家人格。

曹丕的文气诗学不独体现在《典论·论文》中，在其他文章中还有触及且有延伸。如《与吴质书》云：

> 观古今文人，类不护细行，鲜能以名节自立。而伟长独怀

① 鲁迅：《魏晋风度及文章与药及酒之关系》，载《魏晋风度及其他》，上海古籍出版社2000年版，第187—188页。

② （南朝梁）萧统编，（唐）李善注：《文选》（6），上海古籍出版社1986年版，第2271—2272页。

> 文抱质，恬淡寡欲，有箕山之志，可谓彬彬君子者矣；著《中论》二十余篇，成一家之言，辞义典雅，足传于后，此子为不朽矣。德琏常斐然有述作之意，其才学足以著书，美志不遂，良可痛惜。间者历览诸子之文，对之抆泪，既痛逝者，行自念也。孔璋章表殊健，微为繁富。公干有逸气，但未遒耳；其五言诗之善者，妙绝时人。元瑜书记翩翩，致足乐也。仲宣续自善于辞赋，惜其体弱，不足起其文；至于所善，古人无以远过。①

这里仍然评价的是“建安七子”。他评价徐干：“恬淡寡欲，有箕山之志”；评应玚：“斐然有述作之意，其才学足以著书”；评陈琳：“章表殊健”；评阮瑀：“书记翩翩”；评王粲：“体弱”“不足起其文”。其实都没有离开“文气”。这就进一步验证了我们上文的分析，“文气”是包含先天与后天两方面的因素的。从这段话中，我们能够明显感觉到，曹丕似乎又拓展了他在《典论·论文》中所提出的文气诗学的内涵，使文气理论变得更加丰满。这里不仅涉及作家的情感、气质、个性、趣味、才学、文章风格等，而且还涉及作家的身体、心理等。作家的趣味、心理自然会融入创作之中，甚至作家的身体状况也能成为制约创作的一个重要因素。“恬淡寡欲”是徐干的个性、趣味，自然也是他的内在之“气”。这种个性、趣味使他产生了远离世俗的想法，那是在经历了嘈杂社会纷扰之后所产生的厌弃心理，而这些都转化为他的审美趣味，凝练为作品的个性特征，乃至造就了他的风格。应玚具有比较丰厚的知识修养，曾经产生过强烈的著述欲望，只可惜，他的修养之“气”还没有来得及转化成文字作品，人就仙逝了。陈琳章表一类的文体写得非常完美，“健”既言说文章的技术层面，又隐含文章的风格层面。技术层面的“健”是指技法娴熟，风格层面的“健”则与作家的气质关联比较密切，那是一种刚健、老辣的个性气质，以及在这种气质基础上生成的文章风貌。阮瑀书记之类的文体写得比较洒脱，“翩翩”

① （南朝梁）萧统编，（唐）李善注：《文选》（5），上海古籍出版社 1986 年版，第 1897 页。

就是轻快、洒脱之意。这其中也隐含着人的性格与气质方面的问题，文体风格是由人的性格与气质决定的。曹丕在评价王粲的时候特别强调他“体弱”，这里的“体弱”并不仅仅说王粲的身体比较柔弱——疾病确实伴随王粲的一生，更重要的是，身体多病对他文学创作、文章写作产生的影响。因为身体长期有病，王粲不得不生活在痛苦之中，这种痛苦直接影响了他的性格，进而影响了他的创作，左右着他的文章风貌。所谓“不足起其文”，就是说，由于身体的原因导致他的文章不完美，缺乏乐观的精神特质，缺少气势。“起”，我们可以理解为雄起，是指文章的气势，包括文学风格在内的各方面因素。

在这里，我们要多花费一点笔墨来分析一下曹丕对刘桢的评价。曹丕说：“公干有逸气。”什么是“逸气”？在我们看来，那应该是一种桀骜不驯的飘逸之气。这是刘桢的性格，同时，也是他诗文呈现出来的风格特征。从现存的史料记载中，我们可以看出，刘桢出身贫寒，是一个性格非常倔强的人。《三国志·魏书》卷二十一注引《典略》记载了曹丕写信向他索要他之前赠予他的廓落带（一种非常名贵的腰带）一事。在短信中，曹丕带有侮辱性地称刘桢是“贱者”，没资格佩戴如此名贵的腰带，所以要索回，而刘桢回信则反唇相讥，“辞旨巧妙”。可见，刘桢的性格是不屈服于权贵的。该书同时还记载了刘桢见曹丕夫人甄氏一事：“其后太子尝请诸文学，酒酣坐欢，命夫人甄氏出拜。坐中众人咸伏，而桢独平视。太祖闻之，乃收桢，减死输作。”① 其孤傲的性格于此可见一斑！在这里，我们暂且不对曹丕与刘桢的关系进行猜测，他们之间是否存在矛盾我们不关心。从曹丕的《典论·论文》《与吴质书》等文章中，我们能够明显感到，曹丕对刘桢的诗文还是认可的。正是这种孤傲个性，影响刘桢的文学风格，使得他的文风“意象奇特，风骨峻拔，辞气刚直，有挺拔奇崛之势”②。这就是曹丕所说的“逸气”，一种飘逸、孤傲、刚强之气。

---

① （西晋）陈寿撰，（南朝宋）裴松之注：《三国志》（3），中华书局1982年版，第602页。

② 王廷鹏：《建安七子研究》，北京大学出版社2004年版，第244页。

由此看来，曹丕的文气诗学所蕴含的清浊理论原本着眼的是人性格的简单分类，分类的标准是传统的阴阳观念。这原本是一种自然观念，却被曹丕用来言说文章写作、文学创作，指称由于人的个性气质融会而成的风格特征。将清浊观念用之于文学风格的解说，一方面暗示风格与人的关系，另一方面是对风格的简单归类。清是刚健、爽朗、豪迈的风格特征，浊是阴柔、凝重、沉郁的风格特征。曹丕的“气之清浊有体”理论不仅从纯文学角度开启了对作家、艺术家主体性情、个性气质的认识，而且还从美学角度开启了文学艺术风格的探讨，其理论价值极其重大，理论意义极其深远。

第二节　“三曹”“七子”的文学批评与文气诗学

曹丕的文气诗学，立足于文学批评，着眼于文学创作，是从实践中升华出来的具有巨大审美包容性的诗学、美学观念。它是曹丕的理论创造。这种创造并非凭空杜撰，而是建立在传统哲学、美学基础之上的，说到底，是知人论世思想的进一步深化。文气诗学既包含着对作家的个性、气质、情感、学识修养、审美趣味、生活经历等的认识，也包含着对作家的生活时代、生活环境、家庭背景、地域、风俗等的认识，强调这些因素都能够作用于作家的创作，是作家风格的成因。因此，对作家、作品的评价、分析，不可能须臾离开文气，“文以气为主”说的就是这层意思。文气的观念贯穿在“三曹”“七子”的文学批评和身世述说之中，从他们对自身及其他作家、作品的零散评价中，我们能够比较清晰地看出他们自觉或不自觉地运用文气的状况，从而理解他们对文气的认识水平。

曹操现存文章中虽然没有专门的论文的文字，但其书、令、辞、表、封等相关著述中却有不少涉及自身和文人谋士的评价文字，也可以视为与文学批评相关联的内容。实际上，这些评价对文学批评确实有一定的启发，应该成为文学批评的一个重要的组成部分。如他评价著名谋士荀彧：“积德累行，少长无悔，遭世纷扰，怀忠念治。”“《诗》美腹心，《传》贵庙胜，勋业之定，彧之功也。”[①]（《请爵荀彧表》）这是在褒奖荀彧道德高尚，行为规范，忠心耿耿，向往大治，善于运筹帷幄，同时兼及他的个性气质、知识修养、生活阅历等内在和外在的素质，肯定正是因为他具备了这些素质，才能做出如此重大的贡献。在曹操看来，荀彧自幼接受了良好的品德教养，身处混乱的时代，却怀有一颗济世之心，向往政治清明，天下太平。在协助曹操统一天下的过程中，荀彧屡建奇功。因此，荀彧是有着崇高的理想和抱负的，并且已将自己的理想、抱负付诸行动。除此之外，他还饱读诗书，学识渊博，视野开阔。如果把他在政治上取得的成功看作他的“文章”的话，那么，这种成功与他的性格、才能、气质与知识修养等有密切关系。这就说明，治国理政也和写文章一样，都无法脱离人的个性气质、知识修养、生活阅历等。显然，用文气的观念认识、评价作为政治、军事谋士的荀彧也是有效的。同时，曹操还把文气观念贯穿到自己的生平记述之中。他曾经写了《让县自明本志令》，又称《述志令》，是反驳他的政治对手对他的无端攻击的。建安十五年，曹操已经统一了北方，权力逐渐稳固。这时，朝廷内外很多人指责他独揽大权，意欲代汉自立，试图动摇他挟天子以令诸侯的政治根基。在这种情形下，他写了《让县自明本志令》，讲述自己的生活经历和思想发展，以此申明自己对汉室忠心耿耿，绝无不臣之念。曹操写道，他年少之时就“好作政教以建立名誉”；在济南时，“除残去秽，平心选举，违忤诸常侍”，后来，因担心豪强报复，称病回乡，试图隐居，“欲秋夏读书，冬春射猎”；在董卓作乱的时候，举义兵讨伐，兵士伤亡惨重；之后，又破黄巾军，打败妄图称帝的袁绍和“包藏奸心”的刘表，遂平定天下。他历经艰辛，屡立战功，“身为宰相，人臣之位已极，意望已过矣”。[②]这就把他的政治理想、抱负与个人的经历等全都袒露给世人，让世人判断。曹操声称，他年轻的时候就抱有济

---

① （三国魏）曹操著，夏传才注：《曹操集注》，中州古籍出版社 1986 年版，第 80 页。

② 此处所引文字皆见（三国魏）曹操著，夏传才注《曹操集注》，中州古籍出版社 1986 年版，第 124—128 页。

世情怀，想振兴政治与教化，因为秉性刚直，爱抱不平，受到迫害，一度隐居；直到天下大乱时，兴义兵平定董卓，消灭黄巾军、袁绍、刘表，位至宰相，已是人臣之极。通过这些记述，曹操意在说明，他对自己的地位已经很满足了，不可能有其他政治企图。这种满足体现为精神上的自豪，对攻讦者的无端攻击表示不屑与蔑视。曹操自评自己的个性，“强盛”，“不信天命”，自许推崇齐桓、晋文对周室的忠诚，乐毅对母国燕国的怜惜与维护，蒙恬宁可被二世处死也不背叛秦国，借此反驳那些别有用心者对他的污蔑。他还陈述了家族世世代代受皇帝的“亲重”，从祖父、父亲到他，皆被委以重任，并时时告诫儿子曹丕兄弟和妻子，要重信，进一步说明他不可能存有异志。针对有人要他交出兵权，单单去做他的武平侯的建议，他断然拒绝：“奉国威灵，仗钺征伐，推弱以克强，处小而禽大，意之所图，动无违事，心之所虑，何向不济，遂荡平天下，不辱主命，可谓天助汉室，非人力也。然封兼四县，食户三万，何德堪之！江湖未静，不可让位；至于邑土，可得而辞。”① 意志之刚强，态度之坚决，溢于言表。联系这些，我们再回过头来思考一下他的诗歌创作，为什么他能形成慷慨悲凉的风格特征，就是因为他的个性、气质、理想、抱负和不平凡的成长环境与人生阅历。实际上，曹操是在间接言说他的文气。后来，人们研究他的诗歌，探究他的风格特征，除了参照历史的记述之外，也往往结合他自己的陈述以及他的个性、气质、趣味、经历等去理解和评判。

曹丕的文气说，原本就是建立在认识自己和评价“建安七子”的基础之上的。究竟他在认识自己和评价“建安七子”的过程中是如何运用文气观念的，我们结合他的一些言论尝试做一些分析。

在《典论·自序》中，曹丕也曾经陈述自己的生平事迹。在他5岁的时候，就能够体会世道的混乱不堪了，目睹兵祸连连，朝纲失序，百姓挣扎在水深火热之中。为了让他有能力应付这混乱的时代，父亲曹操教他射箭、骑马，等到8岁时，已经熟练掌握了骑射技术。曹操出征，他常常会伴随左右。建安初年，曹操南征荆州，

---

① （三国魏）曹操著，夏传才注：《曹操集注》，中州古籍出版社1986年版，第131—132页。

张绣投降，不久便反水。在这次战斗中，曹丕的长兄曹昂（子修）、从兄曹安民遇害，而他却得以骑马逃脱。曹丕的善射早已名闻遐迩。建安十年，尚书令荀彧奉使犒劳曹丕的军队，一度谈论起曹丕的射箭技艺。荀彧说：“闻君善左右射，此实难能。”曹丕说：“执事未睹夫项发口纵，俯马蹄而仰月支也。”“虽每发辄中，非至妙也。若驰平原，赴丰草，要狡兽，截轻禽，使弓不虚弯，所中必洞，斯则妙矣。”[①]（《典论·自序》）从中可以看出曹丕射箭技艺之高，不仅能左右开弓，而且还能够项发口纵，俯仰射击，每发辄中。曹丕的击剑水准也很高，他曾经师从河南名家史阿，轻松打败击剑高手、奋威将军邓展。少小又喜欢持复（舞双戟），后随陈国袁敏学，“以单攻复，每为若神，对家不知所出”。而在学识方面，受乃父影响，“少诵诗、论，及长而备历五经、四部，史、汉、诸子百家之言，靡不毕览”[②]（《典论·自序》）。《典论》一书成书于丕为太子时，记述的是曹丕建安年间的生活。可见，曹丕的人生经历确实非常丰富，他不仅武艺高强，身强体壮，而且饱读诗书，明察秋毫，写得一手好文章。卞兰在《赞述太子赋并上赋表》中曾经这样评价曹丕：“今太子博纳多容，海渟岳峙；学无常师，惟德所在；恩无所私，惟德所亲；观士察人，毫毛无失。望色则知其情，览始则达其终；遏伪辩于未言，绝谗巧于未形。其所以包罗殊类，鉴观成败，德生于性，明出自然。”[③]其中尤其提到曹丕“学无常师”、识见卓越，这对我们深入认识他的个性气质和思想情感都有很大的帮助。而曹丕自己也深谙此道。他在评价“建安七子”及其他作家时，经常联系他们所处的时代、地域、风俗以及他们的个性、气质、天生禀赋，并依据具体作家的实际状况而有不同的偏重。

我们姑且以曹丕评价徐干为例加以论证。《典论·论文》评徐

① （西晋）陈寿撰，（南朝宋）裴松之注：《三国志》（1），中华书局1982年版，第89—90页。

② （西晋）陈寿撰，（南朝宋）裴松之注：《三国志》（1），中华书局1982年版，第90页。

③ 郁沅、张明高编选：《魏晋南北朝文论选》，人民文学出版社1996年版，第21页。

干时，徐干尚健在。文章中，曹丕重点联系徐干生活的地域风俗，说徐干的辞赋“时有齐气”。所谓“齐气”，就是齐地之气，即齐国的风俗对人的涵养以及由此形成的带有整体性的个性、气质。据《汉书·朱博传》载：“齐郡舒缓养名。”颜师古注：“言齐人之俗，其性迟缓，多自高大以养名声。”① 就是说，舒缓是齐地的风俗，在这种风俗的背后，伴随着齐人的是自高自大，骨子里有一种傲气，非常注重名声。这种风俗涵养了齐人的个性、气质。由于地形、地貌、气候等因素的影响，生活在不同地理环境中的人的个性、气质会有明显的差异，这一点，不同的国家、民族都有共识。刘师培《南北文学不同论》列举了自先秦以来关于南音、北音的认识，并结合地理予以说明：“大抵北方之地，土厚水深，民生其间，多尚实际；南方之地，水势浩洋，民生其际，多尚虚无。”② 法国思想家丹纳也说：“要了解作品，这里比别的场合更需要研究制造作品的民族，启发作品的风俗习惯，产生作品的环境。”③ 这里的民族包括乡土，即涵养这个民族个性、气质的地形、地貌、水土、空气、植被等。人的个性、气质对其行事风格和文章风格都起着决定性的作用。徐干作为齐人，无法摆脱他生活、成长的风俗、环境，这些对他个性、气质起着塑造的作用，他的辞赋风格便深深打上了舒缓的特征，所以，曹丕说他“时有齐气”。任何一种风俗、习惯都有自己的优长和缺陷，《典论·论文》所说的“齐气”显然指的是风俗、习惯的负面，即徐干辞赋创作的缺陷，而徐干辞赋的这种缺陷正是由他生活的地域造成的。徐干的辞赋现今大多仅存标题或只言片语，现存标题除了《典论·论文》记述的《玄猿》《漏卮》《圆扇》《橘赋》外，还有《齐都》《西征》《序征》《从征》《哀别》《喜梦》《车渠椀》等，其中，《玄猿》《漏卮》《橘赋》片语无存，其余除《齐都》文字稍多之外，仅有只言片语。由于徐干的辞赋基本散佚，我们今天已经无法准确验证曹丕的结论，令人遗憾！

---

① （东汉）班固撰，（唐）颜师古注：《前汉书》，《前四史》（中），天津市古籍书店 1991 年影缩本，第 1139 页。

② 舒芜等编选：《中国近代文论选》（下），人民文学出版社 1959 年版，第 571 页。

③ ［法］丹纳：《艺术哲学》，傅雷译，人民文学出版社 1963 年版，第 242 页。

曹丕现存的文章还有一篇涉及对徐干的评价，上文已经引用，那就是《与吴质书》。这是曹丕写给好友吴质的一封信。在写这封信时，“徐陈应刘，一时俱逝”。显然，这封信的写作时间比《典论》晚，那时，徐干已经逝世，没能挺过当时的瘟疫大流行。这封信对徐干的评价着眼的是另一个角度，即理想、抱负的角度。曹丕写道：“伟长独怀文抱质，恬淡寡欲，有箕山之志，可谓彬彬君子者矣。”在曹丕看来，徐干是一位文质彬彬的君子，一生清心寡欲，追求淡泊、宁静。所谓“箕山之志”就是隐居避世、不慕虚荣的志向。曹植有一诗《赠徐干》，就是劝徐干出仕的。他看到徐干“薇藿弗充虚，皮褐尤不全”，生活非常艰难，劝他出来为官。由此可知，徐干确实是有箕山之志的。《三国志》裴松之注引《先贤行状》曰：“干清玄体道，六行修备，聪识洽闻，操翰成章，轻官忽禄，不耽世荣。”[①] 说的意思和曹丕、曹植一样。徐干的个性气质除了舒缓之外，还追求淡泊，不慕荣利，细细想来，这两者又是关联在一起的。所谓“高大养名”就是保持一种人格的高大以涵养自己清高的名声，那是一种精神上的骄傲。对清高名声的看重决定徐干甘求淡泊，轻官忽禄，他从不把名利当作一回事，为人非常真诚。这大概就是曹丕评价他“时有齐气，然粲之匹也”的原因。徐干的赋也大都散佚，现存辞赋除《齐都赋》篇幅稍多外，其余均为只言片语，也无法认识他赋的“齐气”特征，而从他现存为数不多且相对完整的诗歌中，可以看出，他情感沉郁、真挚，对友情、爱情非常看重。我们试举几例：

《答刘桢诗》：

与子别无几，所经未一旬。我思一何笃，其愁如三春。[②]

《情诗》：

---

① （西晋）陈寿撰，（南朝宋）裴松之注：《三国志》（3），中华书局1982年版，第599页。

② 俞绍初辑校：《建安七子集》，中华书局2005年新1版，第144页。

> 君行殊不返，我饰为谁荣。炉熏阖不用，镜匣上尘生。绮罗失常色，金翠暗无精。嘉肴既忘御，旨酒亦常停。顾瞻空寂寂，惟闻燕雀声。①

《室思诗》：

> 峨峨高山首，悠悠万里道。君去日已远，郁结令人老。人生一世间，忽若暮春草。时不可再得，何为自愁恼？每诵昔鸿恩，贱躯焉足保！②（其二）

从这些相对完整的诗中，可以看出徐干诗大致的风格特征，干净，利落，沉郁，绵邈，却丝毫看不出曹丕所说的“齐气”的影子。明代钟惺评《答刘桢诗》：“质甚。”谭元春评之为：“清老。”③就是从理想、抱负的角度去理解徐干的诗歌的。可见，不同文体的风格差异仍然会表现在同一作者身上，同样的“气”作用于不同的文体创作，会形成截然不同的风格特征。我们坚信，徐干的辞赋和诗具有不同的风格特征。

曹丕在评价应玚、刘桢、孔融时，同样立足于文气，除了人的个性气质外，还有天生禀赋。他说，“应玚和而不壮，刘桢壮而不密，孔融体气高妙”，“和”与“壮”都是由人的个性、气质决定的，其中可能有地域、风俗的因素，也可能有理想、抱负的因素。而“体气高妙”则是人的天生禀赋，天生禀赋包括遗传的因素，不是人通过后天的努力就能够达到的。这都是曹丕文气说的实际操作，他已经切实把文气的理论观念贯穿到他的文学批评中，取得了令人意想不到的效果。

曹植的文学创作成就卓著，同时，也有一些文学批评的文字传世，这些批评的文字涉及文气观念。但是，总体来说，曹植的理论见解和阐发远不如曹丕深刻而丰富。遍查现存的曹植诗文，他的文

① 俞绍初辑校：《建安七子集》，中华书局2005年新1版，第144—145页。
② 俞绍初辑校：《建安七子集》，中华书局2005年新1版，第145页。
③ （明）钟惺、谭元春：《古诗归》卷7，明刻本。

学批评观念散见于《七启》《与杨德祖书》《与吴季重书》《王仲宣诔》等文章中。其中《七启》是一篇与枚乘等前辈七体圣手斗技的赋,《与杨德祖书》《与吴季重书》是分别写给杨修和吴质(季重)的信,《王仲宣诔》是悼念王粲的诔文。《与杨德祖书》评价的是"建安七子",其观念关联着文气,关注的是地域批评、文人相轻以及文体等。曹植这样写道:

> 昔仲宣独步于汉南;孔璋鹰扬于河朔;伟长擅名于青土;公干振藻于海隅;德琏发迹于大魏;足下高视于上京。当此之时,人人自谓握灵蛇之珠,家家自谓抱荆山之玉。吾王于是设天网以该之,顿八纮以掩之,今悉集兹国矣!然此数子犹复不能飞轩绝迹,一举千里也。以孔璋之才,不闲于词赋,而多自谓能与司马长卿同风;譬画虎不成,反为狗也。①

王粲、陈琳、徐干、刘桢、应玚、杨修都是一方文章霸主,他们的名声在各自的生活地域均如雷贯耳。这也培养了他们精神上的自负,人人都认为自己掌握了文章写作的精妙之法,运用这种方法就能写出美妙的文字,超越天下所有人。"人人自谓握灵蛇之珠,家家自谓抱荆山之玉",其中蕴含着相互不服气之意。这其实就是曹丕所说的"文人相轻"。但是,曹植没有具体讨论"七子"、杨修诸人的文章因受生活地域影响而形成的特征,只是说,他们在各自的生活区域享有盛名。后来,曹操把他们聚拢在一起,"昼携壮士破坚阵,夜接词人赋华屋"②(张说《邺都引》),鼓励他们充分展现自己的才能,然而,却"不能飞轩绝迹","一举千里",没有达到与他们在各自生活区域所享有的声誉相称的高度。言外之意,在他眼里,"七子"、杨修等人的创作成就仍是有限的。曹植尤其评论了陈琳(孔璋)的创作。在他看来,陈琳并不擅长辞赋这种文体,

① (三国魏)曹植著,赵幼文校注:《曹植集注》,人民文学出版社1984年版,第153页。

② 中国社会科学院文学研究所编:《唐诗选》(上),人民文学出版社1978年新1版,第52页。

可是，他自己偏偏要和司马相如这个辞赋大家相比，这就不伦不类了，很没有自知之明！曹植用“画虎不成反为狗”评价他，讥刺、蔑视之意非常明显。究竟陈琳是如何说的？遍查陈琳现存残文，找不到任何言说的背景，无形中给我们进一步分析增加了难度。曹丕《典论·论文》说：“琳瑀之章表书记，今之俊也。”《与吴质书》云：“孔璋章表殊健，微为繁富。”都是在强调陈琳章表书记之类的文章写得好。我们姑且相信曹植所说，陈琳曾经拿自己擅长的文体和司马相如擅长的文体相比过，尽管所比的内容不在一个层面，似乎不伦不类，然而，细细推想，这种比法并非没有道理，在一定程度上也是可以成立的。假如他是拿自己在章表书记写作方面的地位和司马相如在辞赋创作方面的地位相比，强调他们分别是各领域的翘楚，一个是“辞赋之虎”，一个是“章表书记之虎”，这种比较就成立。这与曹植所渲染的“七子”、杨修等人的自负相吻合。司马相如擅长辞赋，陈琳擅长章表书记，自然与他们的个性、气质有关。司马相如生性洒脱，言语机智，辞赋能充分挥洒他的个性；而陈琳生性乖张，言语霸道，章表书记能充分展现他的性格。陈琳在为何进主簿时，“谠言祸害”；在依附袁绍时，草檄诋毁曹操，“奋其怒气，词若江河”[①]（《陈记室集》）。曹植所说的“孔璋之才”就是指他的个性、气质。在曹植眼里，陈琳的个性、气质、思想、情感以及各方面的天赋、修养等决定他不擅长写作辞赋。故而，明代张溥说：“孔璋赋诗，非时所推，武军之赋，久乃见许于葛稚川，今亦不全，他赋绝无空群之目。诗则饮马游览诸篇，稍见寄托，然在建安诸子中篇最寥寂。子桓兄弟亦少酬赠，元瑜伤寡妇，仲宣好驴鸣，没而系思，不可得也。彼所出尘，惟章表书记。”[②]（《陈记室集》）曹植正是依据文气诗学评论陈琳的。

陈琳现存的批评文字仅有零星片语，其中涉及文气诗学。他曾经评价曹植，赞美他天赋之高：“昨加恩辱命，并示《龟赋》，披览

---

① （明）张溥著，殷孟伦注：《汉魏六朝百三家集题辞注》，中华书局2007年版，第97页。

② （明）张溥著，殷孟伦注：《汉魏六朝百三家集题辞注》，中华书局2007年版，第97页。。

粲然。君侯体高世之才，秉青蓱、干将之器，拂钟无声，应机立断，此乃天然异禀，非钻仰者所庶几也。音义既远，清辞妙句，焱绝焕炳，譬犹飞兔流星，超山越海，龙骥所不敢追，况于驽马可得齐足！夫听《白雪》之音，观《绿水》之节，然后《东野》《巴人》蚩鄙益著。载欢载笑，欲罢不能，谨韫椟玩耽，以为吟颂。”①（《答东阿王牋》）《龟赋》即今存《神龟赋》。这是曹植的一篇由神龟之死而怀疑神仙长生、叹息生命有限的赋，表达的思想与曹操《步出夏门行》之《龟虽寿》类似。“神龟虽寿，犹有竟时；腾蛇乘雾，终为土灰。”世界上没有永久活着的生命，龟虽长寿，但终有老死的一天。因此，人应对生命有正确的认识，在有限的生命里做更多有意义的事。这是建安作家的思想觉醒。陈琳赞美曹植的《龟赋》“音义既远，清辞妙句，焱绝焕炳”，并非过分溢美。曹植的诗赋确实篇篇精美，这在很大程度上应归功于他的创作天赋，这种天赋与生俱来，自然天成。天赋是文气诗学的主要内容。

由于“三曹”“七子”的诗文大多散佚，可以预见，很多批评文字也随之失传，依据现存的材料，我们对他们的文气诗学只能做出如此论析。从这些论析中可以看出，“三曹”“七子”已经能熟练地驾驭文气的观念考察文学创作、从事文学批评了，他们是在自觉地发扬光大先秦以来知人论世的诗学传统，并将之凝练为一种诗学精神。

第三节　文气诗学与中国古代诗学精神

文气诗学是对先秦以来知人论世诗学观念的创造性发展。上文已经谈到孟子的养气，其实，在孟子的观念中，养气是与他的知人论世联系在一起的。养气强调的是培养人的浩然之气。在孟子看来，这种浩然之气自然地存在于天地之间，是配义与道的，而仁、

① 俞绍初辑校：《建安七子集》，中华书局2005年新1版，第53页。陈琳卒于建安二十二年（217），曹植徙封东阿王为太和三年（229），则文章应作于建安二十二年之前。文中称曹植为君侯而不称王，则表明文章内容真实，而标题为后人纂加。

义、礼、智、信就隐含在义与道中，能够灌注于人的身心。也就是说，孟子养气的真实意图在于要求人加强自身的伦理、道德、学识修养，使自己成为一个善人、信人、圣人乃至神人。一旦养气达到一定的阶段，仁、义、礼、智、信就会转化为人的思想和行为，成为人的为人处世的准则。可见，孟子的浩然之气表面上似乎是在言说外在的伦理、道德等规范介入人的思想、情感、心理，同时，也是强调这些规范通过人的天分和后天的努力所进行的内在转换，它们能够切实转换为人的个性、气质、道德、品质等，成为人内在品格的组成部分。正是因为养气与知人论世之间的密切关系，我们强调，文气诗学是对知人论世诗学的发展。孟子的养气思想直接化育了汉代的元气自然论。董仲舒、王充都从根本上接受了孟子的思想，将儒家思想与黄老思想嫁接，用之于对文学艺术创作和批评的言说，使得文气自然而然成为中国诗学精神的一个重要的组成部分。曹丕将之提炼为文气说，用清浊之气来概括文气，这只是一个初步的概括，也是先导。后来，理论家们在阐发文气诗学时，便不用清浊而沿用刚柔了，由此，生成了阳刚和阴柔这两种美的类型，由此派生了诸多对应而非对立的范畴如雄浑与冲淡、劲健与绮丽、豪放与清奇、悲慨与飘逸等，阳刚与阴柔成为一对相互映照而非对立且意义极其丰盈的诗学和美学类型，长期以来指导着中国古代的文学艺术创作与批评，丰富并充实了中国古代美学和诗学精神。

我们姑且以刚柔为例，通过对这一对诗学和美学范畴的简单梳理，窥探文气诗学与中国美学和诗学精神的关联。

考察中国美学和诗学史，我们发现，刚柔范畴出现得很早。先秦时期，它和清浊共同出现在《左传》中，用来言说声音之美。后来，刚柔和清浊一同使用，清浊使用的频率似乎更高一些，直到魏晋时期。这就是曹丕在《典论·论文》中说“气之清浊有体”而不说“气之刚柔有体”的原因。两晋之后，情况发生了变化，清浊逐渐退出主场，代之以刚柔，除了言说声律问题使用清浊的情形较多之外，言说美学问题使用刚柔的情形较多。尽管宋代理学家如朱熹等仍用清浊言说气，但也是与刚柔交织的，刚柔的意义不可忽视。这大概与文气成为诗学、美学的一种重要观念有关。刘勰较早用刚柔概念来进行文学和美学的批评。在《文心雕龙·体性》中，他这样说过：

> 夫情动而言形，理发而文见，盖沿隐以至显，因内而符外者也。然才有庸俊，气有刚柔，学有浅深，习有雅郑，并情性所铄，陶染所凝，是以笔区云谲，文苑波诡者也。①

“气有刚柔”明显沿袭《礼记·乐记》的观念。《礼记·乐记》云：“是故先王本之情性，稽之度数，制之礼义，合生气之和，道五常之行，使之阳而不散，阴而不密，刚气不怒，柔气不慑，四畅交于中而发作于外，皆安其位而不相夺也。”②《礼记·乐记》以刚柔来言说气，意图是强调刚柔中和。所谓“刚气不怒，柔气不慑”就是说刚和柔都不能过，亦如“怨而不怒，哀而不伤”。刘勰所说的“气有刚柔”意图不在气的中和，而在气的类型，其实就是曹丕的“气之清浊有体”，但是，刘勰的刚柔隐含之意明显地昭示这是一个美学的标准。在《定势》篇中，刘勰又说：“然渊乎文者，并总群势；奇正虽反，必兼解以俱通；刚柔虽殊，必随时而适用。”③在《熔裁》篇中，刘勰继续用刚柔概念来言说人的情性：“情理设位，文采行乎其中。刚柔以立本，变通以趋时。”④这就是说，作家的或刚或柔的性情是天生的，是原本就有的，与后天修炼没有多大关系。然而，刚柔在应用的过程中根据具体情况需要变通，这就是“变通以趋时”。刚柔的性情在文学作品中所产生的审美效果截然不同，它使得情感的表达起起落落，跌宕起伏，呈现出层次性和多样性，进而能够产生打动人心的艺术力量。因此，刚柔的性情在一个作家身上就会具体化为他（她）的美学风格，成为这个作家不可更

① （南朝梁）刘勰著，范文澜注：《文心雕龙注》（下），人民文学出版社 1958 年版，第 505 页。

② （清）孙希旦：《礼记集解》（下），中华书局 1989 年版，第 1000 页。

③ （南朝梁）刘勰著，范文澜注：《文心雕龙注》（下），人民文学出版社 1958 年版，第 530 页。

④ （南朝梁）刘勰著，范文澜注：《文心雕龙注》（下），人民文学出版社 1958 年版，第 543 页。

易的诗学品质。

唐代文学完美地吸纳前代进入一个新的阶段，前代很多的诗学观念被验证、履行，其中也包括刚柔。初盛唐时期，伴随着国力的增强和民心的凝聚，建功立业的思想盛行，人们向往边塞立功，边塞诗开始兴起。边塞诗描写边塞的艰苦生活，战争、思念、慷慨捐躯是它的主题。通过这一诗学实践，刚柔被赋予了更为深厚的美学内容。与此同时，刚柔的诗学和美学观念也在文学理论和书法、绘画评赏领域活跃着，理论的内涵得到了空前的增长。唐代对刚柔的要求是刚柔相济，主张两者完美结合。唐初，魏征就执持的是这种观念。他最早谈到刚柔问题，立足的就是文气诗学的视角。其突出表现是，他讨论刚柔，不是针对文学艺术本身，而是比较南北词人的地域风格。我们上文分析了文气诗学的地域因素，论述了作家的生活地域对其个性、气质乃至文学风格的影响，曾经提及魏征。这是典型的文气诗学。魏征在考察南北词人的异同时，杂用了清浊和阳刚的概念。《隋书·文学传序》这样写道：

> 江左宫商发越，贵于清绮，河朔词义贞刚，重乎气质。气质则理胜其词，清绮则文过其意。理深者便于时用，文华者宜于咏歌。此其南北词人得失之大较也。①

“清”和“刚”明显是拆解清浊和刚柔这两个范畴，将“清”和“刚”对应，一方面准确地说明了南北方文风的差异，另一方面又准确地做出了自己的美学评价。南北词人的这种“清绮”和“贞刚”是由于地域的原因产生的，是特殊的地域风情造就了他们的性格特征，这种特征又演化成他文学创作的风格。“清绮”偏于柔美，“贞刚”偏于雄壮。二者各有胜处，难分轩轾。但是，这两种性情又都有它们的缺陷。魏征说南北词人有得失，就是强调它们既有得又有失，也就是说，“贵于清绮”和“重乎气质”都不完美。只有两者结合在一起才是完美的。这是一种非常有见地的诗学和美学态

---

① 周祖譔编选：《隋唐五代文论选》，人民文学出版社1990年版，第28页。

度。在书法和绘画美学领域，孙过庭和李嗣真都推崇刚柔之美，主张刚柔相济。李嗣真在评价郑法士的画时说：“气韵标举，风格遒俊。丽组长缨，得威仪之樽节；柔姿绰约，尽幽闲之雅容。”[①]（《续画品录》）这是刚柔结合的一种典范。刚则“风格遒俊”，柔则“柔姿绰约”。在一个画家的身上，往往呈现出来的并非单一的刚的或柔的性情特征，很多情形下两种性情特征同时并存，只不过有时表现为刚，有时表现为柔。这是艺术家此时此地的情感发展使然。文学创作也是如此。孙过庭批评当时书法创作的倾向，其中就有“刚狠者又倔强无润”，“温柔者伤于软缓”（《书谱》）等现象。[②] 一味的刚或者一味的柔都不是理想的境界。所谓“刚狠”就是刚过了头；所谓“软缓”则是柔过了头，都没有很好地实现刚柔相济的美学要求，因而是不理想的。晚唐司空图将阳刚和阴柔两种美学风格加以拆解，其《二十四诗品》就有不少品格是对刚和柔的解说，如雄浑、劲健、豪放、悲慨、旷达等是对刚的解说，而纤秾、绮丽、清绮、飘逸等是对柔的解说。这说明刚和柔的内涵是丰富而多义的，不能给它规定一个固定的品格。到了宋代，理学家们也论及刚柔问题，把刚柔和阴阳连在一起，具有较为明确的风格倾向。

邵雍说：

> 以物观物，性也；以我观物，情也。性公而明，情偏而暗。人得中和之气则刚柔均，阳多则偏刚，阴多则偏柔。[③]（《观物外篇十》，《皇极经世》）

朱熹也说：

---

① 俞剑华编著：《中国古代画论类编》（上），人民美术出版社 2000 年版，第 395—396 页。

② 上海书画出版社等编：《历代书法论文选》，上海书画出版社 1979 年版，第 130 页。

③ 北京大学哲学系美学教研室编：《中国美学史资料选编》（下），中华书局 1981 年版，第 18 页。

> 盖天地之间有自然之理：凡阳必刚，刚必明，明则易知；凡阴必柔，柔必暗，暗则难测。①

阳和刚、阴和柔都有着密切的联系，阳刚和阴柔组合在一起，便产生了强大的美学包容力量。到了明代，刚柔又被用来言述戏曲。王骥德在论述南北二曲的差别时说：“南、北二调，天若限之。北之沉雄，南之柔婉，可画地而知也。北人工篇章，南人工句字。工篇章，故以气骨胜；工句字，故以色泽胜。”②（《曲律·杂论》）沉雄是阳刚的一种类型，柔婉就是阴柔之美。这些都为清代姚鼐提出并完善阳刚和阴柔的美学理论奠定了基础。

阳刚和阴柔是由文气诗学而衍生出来的两种诗学、美学风格，它们是中国古代诗学传统的精粹之一。这两种诗学、美学风格虽然鲜活，但是，不能将之具体化，从而认定文学艺术只存在这两种风格特征。否则，就将问题简单化了。这是因为，文学艺术风格是多种多样的。大凡成功的作家、艺术家，每一个人都有自己的风格。我们之所以说阳刚与阴柔是两种诗学、美学风格而不说它是两种艺术风格，是因为诗学、美学风格具有高度的涵括性，而艺术风格则是具体而细微的。所谓高度的涵括性，就是说，它有极为宽广的涵盖面，具有极为丰富的意义指向，很难一下子把它的内涵讲清楚。比如，阳刚到底是一种什么样的语言和情感状态？阴柔又是什么样的语言和情感状态？可以说，没有人能把它们说得很清楚。而如果有人问豪放是一种什么类型，人们可能会很快做出反应，那就是东坡的“大江东去，浪淘尽，千古英雄人物”。这说明，豪放可以直观描述，阳刚则似乎难一些。我们说，豪放是一种阳刚之美，但是，阳刚之美并非“大江东去，浪淘尽，千古英雄人物”的豪放所能涵盖尽的，它还有其他更多的类型。这些类型很难例数得尽。

文气是中国古代诗学的经典理论，已经成为中国古代诗学精神

---

① 北京大学哲学系美学教研室编：《中国美学史资料选编》（下），中华书局 1981 年版，第 67 页。

② 中国戏曲研究院编：《中国古典戏曲论著集成》（4），中国戏剧出版社 1959 年版，第 146 页。

之一种，是一个极其重要的组成部分。在文气诗学形成的过程中，曹丕的开拓功绩是无可比拟的，是他真正将古代“气”论哲学引进文学创作和批评领域，开辟了文学批评的新局面。文气诗学着重对文学风格和美学风格成因的深层次探究，精准地揭示了作家的个性、气质、思想、情感、审美趣味、知识修养以及个人经历、生活环境、地域风俗等与创作的密切关系，而文学批评必须重视对这些要素的考察，以实现批评的精准，这体现了中国古代诗学的民族特色；它充实并完善了中国古代诗学精神，其丰富的理论意蕴对当下仍有极高的参考价值。

第四章

“三曹”与风骨诗学

以“三曹”和“七子”等人为代表的建安文学创作，后人赞之为“建安风骨”，这是一个非常独特的评价。为什么用“风骨”这一概念来评价建安文学？风骨的意涵究竟是什么？后世有各种各样的讨论。其实，在古代，关于建安文学的评价，并没有明确的“建安风骨”的提法。刘勰的《文心雕龙》有多篇文章评到建安文学与建安文人，并且首次将“风骨”概念运用到文学批评之中，可是也没有明确使用“建安风骨”。钟嵘《诗品序》使用的是“建安风力”，陈子昂《与东方左史虬修竹篇序》使用的是“汉魏风骨”。今天看来，“建安风力”和“汉魏风骨”这两个说法的差别很大，因为汉魏是一个大的历史时段，而建安只是汉魏这个大的历史时段中的一小段，而且，“风力”“风骨”似乎也有意义的差别。其实，“建安风骨”正是综合这些历史观念的产物。建安文学是汉魏文学的典型，不仅出现了“三曹”“七子”等优秀的作家，而且，形成了独特的美学风格，能够代表汉魏文学的精神风貌，因此，在这个意义上称赞建安文学为建安风骨，非常准确。其实，钟嵘所说的“建安风力”就是建安风骨的意思，因为，“风力”“风骨”都讲究力量。考察中国文学发展史，在建安之前，“风骨”一语已经流行。那时，“风”和“骨”是两个概念。这两个概念在不同人的言说中有不太相同的看法，形成了相对复杂的内涵。先秦时期，人们讨论《诗三百》有“六诗”之说，其中之一就是“风”。先秦之“风”，有歌咏、讽诵之意，经过两汉的发挥，“风”成为讽喻、教化的代用语。到了魏晋，意义又发生了很大的变化，随着缘情观念的出现，“风”与抒情联系在一起。“骨”在汉代是指骨相。王充《论衡》有《骨相》篇，专门讨论人的骨相与性情和命运的联系，其中隐含着谶纬问题，迷信色彩浓郁。这些通常都被视为风骨的源头之一。魏晋以后，人们普遍使用“风骨”这一概念来品评文学艺术和人物风度，倡导文学艺术的气格之美和人物风度的清俊爽朗之美，对中国古代诗学、美学影响甚巨。风骨这一诗学、美学范畴的规范是刘勰确立的。《文心雕龙》专门有《风骨》一篇，全面论述了风骨的理论内涵，最终使风骨成为中国古代诗学、美学的重要范畴，并演化为中国古代的一种诗学精神。

第一节 “风骨”意义探微

在分析“三曹”的风骨诗学之前，我们有必要先梳理一下“风骨”的意义，以获取论证的参照。

刘勰《文心雕龙·风骨》云：

> 《诗》总六义，风冠其首，斯乃化感之本源，志气之符契也。是以怊怅述情，必始乎风，沉吟铺辞，莫先于骨。故辞之待骨，如体之树骸，情之含风，犹形之包气。[①]

这里明确地说风是起源于“六义”的，与《诗三百》有密切的关系。“六义”是一个后出的概念，先秦有“六诗”之称谓，均指风、赋、比、兴、雅、颂。而作为“六诗”之风，因原典记述不详，而先贤没有合理的阐释，故而，意义不明，给后人留下许多猜测。有人认为，风是乐歌中的一种，有十五国风为证；有人认为，风是诗歌的一种表现方法；还有人认为，风是教诗的一种手段。[②]然而，无论持何种态度，都认为风与《诗三百》中的十五国风有

① （南朝梁）刘勰著，范文澜注：《文心雕龙注》（下），人民文学出版社1958年版，第513页。

② 相关著作，请参阅（清）章炳麟《检论·六诗说》、朱自清《诗言志辨》、李健《比兴思维研究》、章必功《“六诗”探故》（《文史》第二十二辑）等。

关。十五国风有不少诗歌是讽喻、教化诗，其意图指向非常鲜明。因此，后来，人们在认识《诗三百》时，往往将其与讽喻、教化联系在一起。如果我们再认真追溯一下先秦文化，风在先秦时期还有歌咏的意思，如《国语·晋语》所言之“风德以广之，风山川以远之，风物以听之”，暗含着风的抒情性特征。这些都奠定了风的意义基础。到了汉代，人们阐释《诗三百》，遂将讽喻、教化与歌咏之意结合起来，使得“风”成为一个意义丰富的概念，为其进入诗学领域准备了比较充分的前提条件。

汉代对“风”有意义的阐释是《毛诗序》。其云：“风，风也，教也。风以动之，教以化之。”[①] “风”又训为“讽”，就是讽喻。讽喻是采取含蓄委婉的手段进行讽刺和劝谕，直面的是政治统治和人伦道德的善与恶。要达到这一目的，必须运用比兴的手法。文学教化是汉代诗学思想的主导性观念，这种观念的形成，不是空穴来风，是对先秦以来的诗学思想的秉承。在一定的意义上，这是汉人研究《诗经》（《诗三百》）、楚辞的结果。汉人真诚地相信，《诗经》、楚辞是具有讽喻和教化的作用的，由此推测，所有的文学艺术作品都应该具有讽喻和教化的功能。如扬雄就持这种态度，在他看来，赋原本就是用来讽喻、教化的：“或曰：‘赋可以讽乎？’曰：‘讽乎！讽则已，不已，吾恐不免于劝也。’”[②]（《法言·吾子》）在这种情形下，风便具有了独特的意义，对后世诗学和美学观念的影响是举足轻重的。

“骨”的本义指骨骼，后来，与相命之学杂糅在一起，成为相术的一个术语。受神性自然观的影响，古代将人的骨相与命运联系起来，认为人的骨相之中能够显现吉凶、贵贱、寿夭、祸福，故而，常常从骨相上来断定人一生的命运。王充《论衡·骨相》云：“人命禀于天，则有表候（见）于体。察表候以知命，犹察斗斛以

---

① 张少康、卢永璘编选：《先秦两汉文论选》，人民文学出版社 1996 年版，第 344 页。

② 张少康、卢永璘编选：《先秦两汉文论选》，人民文学出版社 1996 年版，第 459 页。扬雄的这种观念到后来有所转变。他从辞赋的接受中看到了辞赋的讽谏作用非常微弱，后来就由原来对辞赋的狂热转变为抛弃辞赋而不为，并指责辞赋是雕虫小道。事见《汉书·扬雄传》，言论见《法言·吾子》“或问：吾子少而好赋”条。

知容矣。表候者，骨法之谓也。”① 从人的骨法何以能断定人的命运？王充举了大量的实例来加以说明，但是，尽是些诸如黄帝龙颜、尧眉八采、禹耳三漏、文王四乳等奇形怪状、道听途说之例，并没有真正地讲清楚其中的科学依据。（当然，我们以今天的科学观念来要求谶纬迷信充斥时代的王充可能过分，但意图是说明骨相的说法不可信。然而，骨相对人体美的意义不容忽视。）骨法不仅与人的命运相关，还与人的性格关联。王充说：“非徒富贵贫贱有骨体也，而操行清浊亦有法理。贵贱贫富，命也；操行清浊，性也。非徒命有骨法，性亦有骨法。惟知命有明相，莫知性有骨法，此见命之表证，不见性之符验也。”②（《论衡·骨相》）王充的这种思想虽然弥漫着迷信荒诞的思想，但是，对后来的人物品评却有很大的启发。魏晋南北朝时期，人物品评之风盛行。这一风气的形成，并非单纯玄学化育这一种因素，骨相之学也是一个重要的方面。魏晋南北朝的人物品评，今天看来，也不是纯粹的评定优劣，已带有审美批评的因素。

魏晋南北朝的人物品评之风是从汉代的清议发展而来。汉代的清议有两个方面的内容，一是“激扬名声，互相题拂”，二是“品核公卿，裁量执政”（《后汉书·党锢列传》）。③ 显然，这是出于对世风和人品的考量，把自己的赞赏或不满表达出来。清议的目的是纯正世风，培养良好的监督社会与人的风气。魏晋时期，人物品评非常兴盛。在品评人物中，大量引进相术的“骨相”“骨法”等概念，但却远远超越那时臆想和迷信的因素，而带有很强的审美评价成分。如《世说新语·赏誉》云：

> 王右军道谢万石“在林泽中为自遒上”，叹林公“器朗神俊”，道祖士少“风领毛骨，恐没世不复见如此人”，道刘真长

① 黄晖撰：《论衡校释》（1），中华书局1996年版，第108页。

② 黄晖撰：《论衡校释》（1），中华书局1996年版，第120页。

③ （南朝宋）范晔撰，（唐）李贤注：《后汉书》，《前四史》（下），天津市古籍书店1991年影缩本，第1704页。

“标云柯而不扶疏”。①

刘孝标注“殷中军道右军‘清鉴贵要’”条：

《晋安帝纪》曰：“羲之风骨清举也。”②

王右军目陈玄伯“垒块有正骨”。③

《世说新语·品藻》云：

时人道阮思旷骨气不及右军，简秀不如真长，韶润不如仲祖，思致不如渊源，而兼有诸人之美。④

蔡叔子云：“韩康伯虽无骨干，然亦肤立。”⑤

这里的“正骨”“毛骨”“风骨”“骨气”“骨干”都是指人的精神风度，也就是人的精神之中所透露出来的美的气质、美的风采。当然，这种精神风度是与人的外貌（骨相）分不开的。

魏晋南北朝的人物品评所采取的是直观会意的方法，这种直观会意的背后蕴藏的是比较深入的理性思考。因为，就一个具体的品评行为而言，品评者对被品评者非常熟悉，被品评者的品行操守都包含在品评者的直观会意之中，因此，表面上的直观会意也就不仅仅是现象了。尽管风骨是一个形象化的说法，但是，它又是一个理性的东西，内在包容的是理性很强的诗学和美学内容。

几乎与此同时，书法和绘画品评也大量借用相术的概念，从而也完善了书法和绘画艺术理论。传说卫夫人所作的《笔阵图》，就

① 徐震堮：《世说新语校笺》（上），中华书局，1984年版，第257页。
② 徐震堮：《世说新语校笺》（上），中华书局，1984年版，第260页。
③ 徐震堮：《世说新语校笺》（上），中华书局，1984年版，第262页。
④ 徐震堮：《世说新语校笺》（上），中华书局，1984年版，第283页。
⑤ 徐震堮：《世说新语校笺》（上），中华书局，1984年版，第293页。

记载了李斯曾用“无骨”评周穆王书法的观点。从语态推测，这应是批评周穆王书法的。所谓“无骨”就是缺乏骨力，即缺乏生动鲜明的个性之美，笔力柔弱。卫夫人说：“善笔力者多骨，不善笔力者多肉。多骨微肉者谓之筋书，多肉微骨者谓之墨猪。”[①]（《笔阵图》）顾恺之《魏晋胜流画赞》以“骨”来品评绘画已是寻常现象，“骨”俨然成为一个标准。

> 《周本记》：重迭弥纶有骨法，然人形不如《小烈女》也。
>
> 《伏羲》《神农》：虽不似今世人，有奇骨而兼美好。神属冥茫，居然有一得之想。
>
> 《孙武》：大荀首也。骨趣甚奇。
>
> 《醉客》：作人形骨成而制衣服慢之，亦以助醉神耳。多有骨俱，然蔺生变趣，佳作者矣。[②]

徐复观认为，这里所说的“骨”，都同于“气韵生动”的“气”。[③] 是否如此？需要深入分析。但“气”和“骨”关系密切，是任何人都无法否认的。就“气”与“骨”来说，两者的差异显而易见。“气”是虚化的，“骨”是形象的；“气”是形上的，“骨”是形下的。一虚一实，一抽象一感性。正是因为它们之间存在这种差异，它们的结合才会生成新的意义，新鲜而丰盈。我们可以这样说，“气”是灵动的、活跃的，它的层次仿佛更高一些，“骨”是“气”的外在形式，它必须在充实“气”之后才有美的意蕴，才能参与文学艺术创造和审美。汉魏文学艺术所言之“骨”都是充盈着气的，已是一个美学范畴。

南齐谢赫又将风骨理论向前推进了一大步。他著有《古画品

---

① 上海书画出版社等编：《历代书法论文选》，上海书画出版社 2000 年版，第 22 页。

② 俞剑华编著：《中国古代画论类编》（上），人民美术出版社 2000 年版，第 347 页。

③ 徐复观：《中国艺术精神》，华东师范大学出版社 2001 年版，第 98 页。

录》一书，首先将“骨法用笔”列入“六法”之一，然后，又用这一概念来分别评价其他画家。他评曹不兴：“观其风骨，名岂虚哉？”[①] 评张墨、荀勖：“但取精灵，遗其骨法。”[②] 评江僧宝：“用笔骨鲠，甚有师法。”[③]这里的“风骨”“骨法”“骨鲠”都是指绘画作品所具有的生命气力，尤其是“风骨”一语，不仅把绘画的生命气力囊括其中，而且兼及情感的感染力。这标志着“风骨”美学已经走向成熟。

从相命之术到人物品评和绘画品评，风骨完成了由特定（诗的类型和身体构成）概念向美学概念的转化过程。这一过程的高潮应该是刘勰的《文心雕龙》。在这部“体大虑周”的皇皇巨著中，刘勰最为完整地阐述了风骨的美学意义。

刘勰认为，“风”“骨”作为两个独立的概念各有自己独特的意义。“风”既然出自“六义”，必定与讽喻、教化有关。然而，刘勰更为强调它的情感性，关注它的抒情性特征。他说，“情之含风，犹形之包气”，“意气骏爽，则文风清焉”，“深乎风者，述情必显”。[④]（《文心雕龙·风骨》）可见，“风”是指情感。但是，如果“风”是一般的情感，它可能就失去了独特性。这里的情感必定另有意义。从刘勰所运用的比喻来看，这种情感应该是充满郁勃之气的情感，是一种具有力之美的情感。

“风”是指情感，那么，“骨”又是指什么呢？刘勰说，“沉吟铺辞，莫先于骨”，“辞之待骨，犹体之树骸”，“结言端直，则文骨成焉”，“故练于骨者，析辞必精”，“若瘠义肥辞，繁杂失统，则无骨之征也”。[⑤]（《文心雕龙·风骨》）可见，“骨”是指文辞，即语言。语言是以物质的形式在文学作品中表现出来的，它是实在的。人们通过语言能够把握作家的思想和情感，发现并体验其与众不同

① 俞剑华编著：《中国古代画论类编》（上），人民美术出版社2000年版，第356页。

② 俞剑华编著：《中国古代画论类编》（上），人民美术出版社2000年版，第357页。

③ 俞剑华编著：《中国古代画论类编》（上），人民美术出版社2000年版，第362页。

④ （南朝梁）刘勰著，范文澜注：《文心雕龙注》（下），人民文学出版社1958年版，第513页。

⑤ （南朝梁）刘勰著，范文澜注：《文心雕龙注》（下），人民文学出版社1958年版，第513页。

的审美力量。语言对意义的展示有很多路径，笼统地谈论语言不一定非要使用“骨”这一概念。“骨”所指称的语言绝对不是一般的语言，它是精练的、端直有力的。只有具备这一特征的语言才能称为“骨”。刘勰的“骨”是指语言表述得很明确，但是，这种语言是有着强烈的审美意义的语言，它必须与“风”相结合方能彰显这种语言的本色。

这样，我们就基本理解了刘勰“风”与“骨”并举的意图。“风”和“骨”虽然有各自独立的意义，但是，它们却不能单独存在。离开“风”，“骨”不足以为“骨”；同样，离开“骨”，“风”亦不足以为“风”。“风”是虚幻的，“骨”是实在的，两者一虚一实，虚实相生，产生了奇妙的审美效应，具有丰富的审美意蕴。“风”与“骨”只有结合在一起才能形成打动人心的力量。这是一种美学风范，必须从总体上去把握。这是刘勰对风骨诗学的贡献。

差不多与刘勰同时或稍后，钟嵘也看到了“风骨”的存在，在《诗品》中，他提出了一个与“风骨”意义几乎相同的概念——“风力”。他的具体说法是“建安风力”，提倡风力与丹彩并举。风力是抒情性和力量的结合，“力”即力量，“骨”也是力量，是力之美。与刘勰不同的是，钟嵘在将风骨理论运用于具体的诗人品评时，是从诗人的个体创作实践去验证风骨的理论内涵的。如他称曹植“骨气奇高，词采华茂”，（“骨气”也就是风骨），称刘桢“真骨凌霜，高风跨俗”，称鲍照“骨节强于谢混”，等等，都是应用这一理论的典型表现。[①] 在风骨的运用方面，钟嵘好像是在回应晋宋之际顾恺之、谢赫等人的绘画品评，将文学与书法、绘画等艺术连成一体，彰显风骨的普遍意义。这大规模的批评实践，无疑丰富了风骨的理论内涵，为风骨迈向典范的诗学、美学积聚能量。

既然钟嵘用“建安风力”来评价建安文学，“建安风力”就是建安风骨，这说明，魏晋以后对于风骨的理论建构，建安文学是一个重要的参照，建安、黄初（建安余波）时期的文学实践充实了风骨的理论内涵。作为建安文学生力军的“三曹”“七子”等人是推

---

① （南朝梁）钟嵘著，陈延杰注：《诗品注》，人民文学出版社 1961 年版，第 20、47 页。

动风骨理论完善的推手，他们为使风骨最终成为中国古代的诗学精神做出了重要贡献。那么，究竟“三曹”“七子”等人对风骨诗学贡献的是什么？只有通过细致的分析才能揭示，而这正是本章要解决的问题。

第二节 “慷慨悲凉”：曹操与风骨诗学

建安文学慷慨悲凉，梗概多气，是刘勰首先发现并总结出来的。在《文心雕龙·时序》中，刘勰写下了这么一段话：

> 自献帝播迁，文学蓬转，建安之末，区宇方辑。魏武以相王之尊，雅爱诗章；文帝以副君之重，妙善辞赋；陈思以公子之豪，下笔琳琅；并体貌英逸，故俊才云蒸。仲宣委质于汉南，孔璋归命于河北，伟长从宦于青土，公干徇质于海隅，德琏综其斐然之思，元瑜展其翩翩之乐。文蔚休伯之俦，子叔德祖之侣，傲雅觞豆之前，雍容衽席之上，洒笔以成酣歌，和墨以藉谈笑，观其时文，雅好慷慨，良由世积乱离，风衰俗怨，并志深而笔长，故梗概而多气也。①

在这段话中，刘勰虽然没有明确指出曹操个人的诗学特征是什么，但是，对整个建安文学所给予的“慷慨悲凉”“梗概而多气”的评价是包含曹操在内的。也就是说，无论“三曹”还是“七子”，他们的文学创作都具有“慷慨悲凉”“梗概而多气”的诗学特征。就“三曹”“七子”个人的文学创作来说，由于他们自身诸多独特因素的作用，使得他们的文学风格不可能千人一面，千篇一律，而是各有差异，互不雷同。刘勰用一个共同的诗学特征对他们加以界定，这本身就说明，“慷慨悲凉”“梗概而多气”内在的意蕴非常丰富，可以做多种多样的诗学阐释。钟嵘对曹操的评价比较明确：

① （南朝梁）刘勰著，范文澜注：《文心雕龙注》（下），人民文学出版社1958年版，第673—674页。

“曹公古直，甚有悲凉之句。”① “古直”“悲凉”是“慷慨悲凉”“梗概而多气”的应有之义。从现存资料推断，刘勰与钟嵘生活在同一时代，钟嵘出生稍晚，由于当时的传播手段并不发达，信息的获得往往是一个漫长而缓慢的过程，钟嵘及时读到《文心雕龙》的可能性很小，故而受刘勰影响的可能性也很小。尽管如此，在对曹操与建安文学的认识上，钟嵘与刘勰却殊途同归。钟嵘对曹操的评价与刘勰对建安文学的评价，在诗学和美学的精神上是吻合的。这也说明，“慷慨悲凉”“梗概而多气”“古直”，确实是曹操及建安文学的典型特征，也成为时代美学风貌的表征。在我们看来，“古直”“悲凉”是风骨诗学的应有之义，是它的重要内涵。

古直，我们前文已经做了比较简单的释义，即古朴、古雅、真率、质直。悲凉是悲哀、凄凉。为什么这些能够成为风骨？这确实需要深入思索。在我们看来，这里既有一个传统的问题，也有一个传统与现实连接的问题。

我们知道，曹操现存的诗歌，形式基本上是四言，也就是说，他的诗歌创作以四言诗为主。这种诗歌形式是古老的《诗经》所采用的，当然古朴。其实，西汉时期，适应人们的审美需求，已经兴起了一种新的诗歌形式——五言诗。五言诗作为一种新的诗体，是最能代表两汉文学创造的一种新形式。这种形式兴起的意义，钟嵘《诗品》给予了高度的关注。他将五言诗的发展时段一直延续到他生活的时代，对五言诗诗人的创作进行了专门的品评。和四言诗相比，五言诗毫无疑问地会注入很多当下的元素。这是诗歌同时也是所有事物发展的规律。世界上没有任何东西是一成不变的。然而，和五言诗相比，四言诗这种诗歌形式显得古朴、古雅，这古朴、古雅只能作为一个历史的范畴存在，即便发生在当下，依然是历史的。照理说，作为一位有着鲜明思想革新要求的新潮政治家和思想家，曹操应该对这种新的诗歌形式充满好奇，并乐此不疲。而事实恰恰相反，他却对《诗经》运用的四言形式情有独钟。形式传递出来的并非表面化的东西，往往包含着深层次的思想与意识。这里就

① （南朝梁）钟嵘著，陈延杰注：《诗品注》，人民文学出版社1961年版，第56页。

存在着一个审美情趣的问题。曹操有自己的审美选择。他在诗歌形式上选择了《诗经》，自然而然，也就将《诗经》的古朴、古雅带到他的诗歌之中。当我们吟诵他的诗歌时，不仅仅回到了汉末战乱频仍的年代，而且还可以回到周朝那个风云激荡的岁月。这是形式带来的体验，任何一种形式都是一种追忆。

当然，曹操古直的诗学特征还不仅仅来自《诗经》，在这种形式中，还包含着汉乐府的形式因素。在第一章，我们论述了曹操的诗歌与《诗经》、汉乐府的关系，就已经有了揭示曹操诗歌形式创造的企图。运用四言的形式，采用汉乐府的古题，表达他的现实困境和思想情感，这是曹操的诗学策略。这种诗学策略，加上他特殊的创作才能，形成了他诗歌的古直，也使得古直成为风骨诗学的一个重要内容。古直本身就是传统与现代的嫁接，当然，这种嫁接并不单纯是形式上的，而且还兼顾了内容方面的因素。因为，形式本身就是内容。

曹操继承了《诗经》的形式因素，同时，也把汉乐府的形式因素糅合其中。他的诗歌都是乐府古题。我们可以将这些乐府古题视为一种形式。当然，这种形式不像《诗经》四言的语言形式，它可以纯粹是一种形式的东西，与内容没有任何关联。而乐府古题作为一种形式，却是与内容有密切关联的。乐府古题有一个特点，那就是，每一个题目都有固定的表达内容。乐府的这种写法，是约定俗成的，已经流传了很长时间。如《薤露行》和《蒿里行》，原本是汉乐府中的俗曲，属于《相和歌·相和曲》，是供送丧时歌唱的。郭茂倩《乐府诗集》引东汉人崔豹《古今注》曾这样介绍二曲：“《薤露》《蒿里》泣丧歌也。本出田横门人，横自杀，门人伤之，为作悲歌。言人命奄忽，如薤上之露，易晞灭也。亦谓人死魂魄归于蒿里。至汉武帝时，李延年分为二曲，《薤露》送王公贵人，《蒿里》送士大夫庶人。使挽柩者歌之，亦谓之挽歌。”[①] 田横是汉高帝时人，《薤露》《蒿里》是否真的是因为田横才产生的，我们不去追究。我们看重的是这两首曲的实质。崔豹对它们的表现内容的解释

① （宋）郭茂倩编：《乐府诗集》（2），中华书局2003年版，第396页。

明白之至。《乐府诗集》中还收录了古歌《薤露》《蒿里》。

《薤露》云：

> 薤上露，何易晞。露晞明朝更复落，人死一去何时归。①

《蒿里》云：

> 蒿里谁家地，聚敛魂魄无贤愚。鬼伯一何相催促，人命不得少踟蹰。②

《薤露》《蒿里》原本是丧歌无可置疑。曹操对这一现状应了如指掌，在运用这一乐府形式写作的时候，哀丧的内容并没有成为他的选项，而是对之进行了合理的扬弃，在表现内容上进行了大胆的改造，用以表现新的内容、更有现实意义的主题。曹操的创造性也就表现在这里。日人吉川幸次郎说：“曹操给文学史带来的最大变化之一，我以为，是他把过去作为民歌存在的、因此习惯上是由无名作者写作的歌谣曲的歌词，改变为由他自己来写作。”③ 这只是看到曹操对乐府形式的改造，重新写作歌词。“乐府由市民的诗歌形式，被采纳为知识分子的诗歌形式，已经是重要的革新。”④ 可见，吉川幸次郎没有看到曹操革新的实质。曹操的《薤露行》《蒿里行》描写的是汉末战乱，虽然与哀丧的主题有某种程度的关联，但是，已截然属于两种范畴。这自然而然涉及诗歌表现内容的革新。

曹操诗歌的内容是古直的，比较完整地展现出古直的诗学风貌。我们可以从以下几个方面进行解说。第一，由于曹操诗歌主要采用四言和乐府古题的形式，这种形式本身就是对中国传统诗学精神的继承，力图再现传统诗歌的古拙风貌。而读者在阅读时，自然而然

① （宋）郭茂倩编：《乐府诗集》（2），中华书局2003年版，第396页。

② （宋）郭茂倩编：《乐府诗集》（2），中华书局2003年版，第398页。

③ ［日］吉川幸次郎：《中国诗史》，章培恒等译，复旦大学出版社2001年版，第112页。

④ ［日］吉川幸次郎：《中国诗史》，章培恒等译，复旦大学出版社2001年版，第113页。

会联想到《诗经》和汉乐府，仿佛《诗经》、汉乐府的当下呈现，这就为读者确定了一个大致的审美阅读范式，从而确证了曹操诗歌古直的诗学品格。第二，曹操诗歌内容的古直是与他化用《诗经》和汉乐府的内容紧密关联的。这些化用，超越了一般的模拟或者抄袭，成为一种独特的创造。曹操化用《诗经》的情形，我们在第一章以《短歌行》为例，已经做了比较深入的分析。这首诗化用了《诗经》中的两首诗：《郑风·子衿》和《小雅·鹿鸣》，前一首是爱情诗，后一首是迎宾曲。曹操就是借助于其古雅的思想情感，并将这种思想情感悄悄移植、转化，改变了其原诗的情感意旨，演变为对治国贤才的渴望与期盼。当人们在阅读这首诗时，犹如古乐在耳，古风重现，优雅、欢乐而带有淡淡的哀怨。这种古雅情感与当下的衔接，是曹操的创造。因此，它已经完全超越了模拟，更不能简单理解为抄袭，而是一种创新。语言的相同或相似不能作为模拟、抄袭的依据。在曹操那里，古直已不是历史，不是虚幻，而是一个现实感极强的诗学特征。第三，曹操对乐府古题的运用，进一步化俗为雅，雅俗并存，更加丰富了他古直的诗学内涵。乐府原本是一种俗乐，它来自民间，摆脱不了民间艺术的质朴本质。后来，乐府进入了文人的视野，文人们自觉地创作乐府，给乐府注入了雅的内容，但是，俗的本质是不会完全消除的。这一点与《诗经》十分相像。我们知道，《诗经》中的《国风》就是各地的民间音乐，它原本也是俗的，经过文人的整理加工，后来，成为大雅。到了汉代，汉儒解诗，以讽喻、教化为基本方法，描写爱情的民歌被赋予了歌颂后妃之德、宣扬夫妇之道的儒家伦理道德的意蕴。这在一定程度上促成了《国风》由俗向雅的快速转变。曹操对汉乐府的态度，实际上借鉴了《诗经》演变的途径，却走出了一条属于自己的诗学道路——古直。这一现象本身意味深长。

上文是单纯从文学发展的角度来说的。其实，如果我们联系整个汉代的学术思潮，也能为这种古直的诗学特征找到一个更为广阔的文化源头。可以这样说，曹操古直诗学品格的形成，与整个汉代的学术思潮有着密切关系。从当时学术发展状况来看，崇古、尊今的思想同时并存。崇古与尊今生成了不同的学派，各派各执一端，各占半壁江山。表面看来，崇古派与尊今派水火不容，不可能相互包容，崇古就不可能尊今，尊今就不会崇古，致使两派的言辞论说都陷入极端，然而，从崇古和尊今所表现出来的实际情形来看，两者其实也是可以相互包容的，在崇古之中经世致用，在尊今之中继承传统。学经的目的是致用，就是古为今用。汉武帝时，董仲舒讲《公羊春秋》，就着眼于春秋的经世致用，尔后，不少人都沿袭董仲舒的路数，研究经典与当下的现实结合，这样，崇古与尊今却自然而然地又联系在一起。对于传统经典，古人最为典型的做法是：以《春秋》决狱，以《禹贡》治河，以《三百篇》为谏书。可见，这些先秦经典切切实实地发挥过作用。这种思潮在“三曹”“七子”以及建安其他作家的文学作品中都有反映。他们学习《诗经》、楚辞，学习汉乐府，借鉴它们的优良品质，并将之糅合到自己的文学创作中去，融化为自己文学创作的一个显著特征。曹操在这一方面做得比较突出。具体表现在：他运用四言这一古老的形式，适度接受了当时新兴的五言形式以及汉乐府的杂言形式，深度表现了当时的社会现实。形式因素带动了内容，促成了一种新的美学特征的形成。

说完古直，我们再说悲凉。悲凉是汉乐府中的一种情感类型，主要表现在《相和歌辞》等乐府曲辞中。因汉乐府大多来自民间，反映的是民生疾苦，故而常常悲凉；又因乐府配有哀感顽艳的音乐，受到包括文士在内的很多人的喜爱，故而，流传广泛。曹操的诗歌产生于乱世，主要描写战乱给社会带来的深重灾难，字里行间充满对百姓的深切同情，其情感必定是悲哀凄凉的。在这一点上，恰与乐府相合。这恐怕也是曹操喜爱乐府、善用乐府古题的重要因素。姑且不说他的《薤露行》《蒿里行》《苦寒行》（北上太行山）《短歌行》（对酒当歌）——这些诗歌我们前文均已做了分析，即使《善哉行》也同样流露出悲凉的意绪。下文，我们拟对这一首乐府古题进行分析。

《善哉行》属于《相和歌辞·瑟调曲》，郭茂倩《乐府诗集》中收录了一首古辞，表达的就是悲凉的情感。辞云：

来日大难，口燥唇干。今日相乐，皆当喜欢。（一解）经历名山，芝草翻翻。仙人王乔，奉药一丸。（二解）自惜袖短，内手知寒。惭无灵辄，以报赵宣。（三解）月没参横，北斗阑干。亲交在门，饥不及餐。（四解）欢日尚少，戚日苦多。以何忘忧，弹筝酒歌。（五解）淮南八公，要道不烦。参驾六龙，游戏云端。（六解）①

这首诗表达了以下几个方面的内容：（1）人生苦多。诗歌宣扬的“来日大难”“饥不及餐”“戚日苦多”，表达的都是这一层意思。这颇有点类似佛教所宣扬的苦谛，苦是人生必须经受的修炼。（2）及时行乐。正是因为人生苦多，人不能一味陷入痛苦之中，必须苦中作乐。一解、五解、六解的诗句表达的都是这一内容。“欢日尚少，戚日苦多”，将来还不知道会发生什么样的灾难，今天还是“今朝有酒今朝醉”吧，忘掉忧愁，弹筝饮酒，不要再想来日的事情。（3）向往长生。汉代谶纬迷信盛行，其结果是神仙信仰的形成。二解说，踏遍名山，采摘灵芝仙草，为的是什么？不就是要成仙长寿吗？仙人王子乔是长寿的典范，他为求仙者的虔诚所打动，送一丸成仙的灵药，求仙者会长生。六解说，“参驾六龙，游戏云端”，摆脱了人间的所有烦恼，成为在云端游戏的神仙，这是多么快意的人生！这些，都是向往长生思想情感的真实体现。

这首古辞具体产生于何时？作者其谁？现已无从考据。从诗歌表达的内容和汉代思想的发展状况来看，它应产生于汉武帝之后，最可能是东汉时期。这仅是我们的推测。因为，诗歌中所提到的“淮南八公”是汉武帝时人，他们都是淮南王刘安的宾客，崇信黄老之学，以倡导长生而闻名。即便如此，他们的名声广泛流传，发生在当时的可能性不大，而应有一个时间差。东汉之前，中间经过王莽新政，谶纬大盛，社会混乱。汉光武帝刘秀中兴之后，崇信谶纬尤甚。他不仅用谶纬的方法讲五经，而且在人事安排、行政决策时也依据谶纬。这就使得东汉政治越来越黑暗，越来越腐败。在这

① （宋）郭茂倩编：《乐府诗集》（2），中华书局2003年版，第535—536页。

种情形下，人们看不到希望，找不到出路，产生人生苦多、人生无常、及时行乐、向往神仙的思想是必然的。因此，古辞《善哉行》很可能是东汉的作品。

曹操的《善哉行》，郭茂倩《乐府诗集》收录三首，其中，可以肯定为曹操所作的有两首。关于第三首诗（朝日乐相乐），自古以来就有不同的看法。《宋书·乐志》收录了这首诗，最早署名文帝曹丕，后来，《汉魏六朝百三家集》（明代张溥编）等书都沿袭《宋书》，署名文帝。现今整理出版的《乐府诗集》（中华书局点校本）署名仍为文帝，明显是受《宋书》及后世选本的影响。从整个诗意及风格来看，我们赞同夏传才等人的看法，认定它是曹操的作品。① 《善哉行》全诗如下：

其一

古公亶父，积德垂仁。思弘一道，哲王于豳。（一解）太伯仲雍，王德之仁。行施百世，断发文身。（二解）伯夷叔齐，古之遗贤。让国不用，饿殂首山。（三解）智哉山甫，相彼宣王。何用杜伯，累我圣贤。（四解）齐桓之霸，赖得仲父。后任竖刁，虫流出户。（五解）晏子平仲，积德兼仁。与世沉德，未必思命。（六解）仲尼之世，王国为君。随制饮酒，扬波使官。（七解）

其二

自惜身薄祜，夙贱罹孤苦。既无三徙教，不闻过庭语。（一解）其穷如抽裂，自以思所怙。虽怀一介志，是时其能与！（二解）守穷者贫贱，惋叹泪如雨。泣涕于悲夫，乞活安能睹。（三解）我愿于天穷，琅邪倾侧左。虽欲竭忠诚，欣公归其楚。（四解）快人由为叹，抱情不得叙。显行天教人，谁知莫不绪。（五解）我愿何时遂？此叹亦难处。今我将何照于光曜，释衔不如雨。（六解）

① （三国魏）曹操著，夏传才注：《曹操集注》，中州古籍出版社1986年版，第12页中的注释。

其三

朝日乐相乐，酣饮不知醉。悲弦激新声，长笛吹清气。（一解）弦歌感人肠，四坐皆欢悦。寥寥高堂上，凉风入我室。（二解）持满如不盈，有德者能卒。君子多苦心，所愁不但一。（三解）慊慊下白屋，吐握不可失。众宾饱满归，主人苦不悉。（四解）比翼翔云汉，罗者安所羁。冲静得自然，荣华何足为。（五解）①

《善哉行》属于乐府曲调的《相和歌辞·瑟调曲》，解是每首曲的章节。这组诗有四言，有五言，它们虽然不算曹操诗歌中最为优秀的，但是，却也比较突出地表现了他古直、悲凉的诗学特征。

第一首写的都是历史人物，借这些历史人物慨叹国家兴衰，歌颂仁德在为君治国之中的重要性。一解、二解描写周朝的兴起，涉及周朝开国前的一些重要人物，他们都是仁德之人。这些，历史上都有明确的记载。古公亶父是周文王的祖父，因担心与戎狄战争而导致生灵涂炭，离开豳，率领周族部落迁居岐山。在那里，他发扬先祖后稷、公刘的治国之道，发展农业生产，对百姓实行德政，成为一代贤明的君王。周族从此发迹，奠定了周朝开国的基础。古公有长子太伯、次子仲雍（虞仲）、少子季历。季历的儿子姬昌是古公非常喜欢的孙子，通过对姬昌的认真考察，他认为将来振兴周族的一定是姬昌。可是，按照古代的宗法制度，姬昌继承不了王位。古公应把自己的位子传给嫡长子，然后，嫡长子再传位给他的嫡长子，无论如何，王位都轮不上姬昌。太伯、仲雍（虞仲）都是贤人，为了让父亲能够顺利地将王位传给季历，季历再传位给姬昌，于是，他们避居荆蛮（吴越之地），在那里，很快融入了当地的习俗，断发文身。由此可见，太伯、仲雍（虞仲）都是具有王者仁德的人。诗歌描写古公、太伯、仲雍（虞仲），尤其是太伯、仲雍（虞仲）的高风亮节，带有古直、慷慨悲凉的情感色彩。三解描写了伯夷、叔齐的忠义行为，极其壮烈。伯夷、叔齐是商朝末年孤竹

① （三国魏）曹操著，夏传才注：《曹操集注》，中州古籍出版社1986年版，第7—12页。

君的两个儿子，兄弟二人品德高尚，相互让国；商朝灭亡之后，他们逃到首阳山上，义不食周粟，终因饥饿而死。“让国不用，饿殂首山”，就是在彰显他们的壮烈行为。这些行为都是曹操所钦佩的忠义之举。四解描写了睿智的仲山甫。仲山甫是周宣王时期的大臣，他辅佐宣王，进行政治革新，使得这一时期的政治统治出现了中兴的局面，可谓功德无量。然而，即便智者，也并非永远清醒，也会经常做一些傻事。就是这位智者仲山甫，却错杀了另一个忠心耿耿的贤明大臣杜伯，给他的名誉留下了污点。诗歌以非常沉痛的心情描写了这一段历史史实，惋惜之中自然地渲染了悲凉的氛围。我们从“何用杜伯，累我圣贤”中可以看得非常清楚。五解写齐桓用人之事。他任人有得有失，用管仲而齐国兴，用刁竖而齐国乱。管仲性格有弱点，贪图便宜，但是，人非常睿智。齐桓公任用管仲为相，改革政治，发展经济，倡导“尊王攘夷”，齐国很快富强，齐桓公也成为春秋五霸之首。后来，他宠信宦官刁竖，导致朝纲混乱，政治腐败，乃至在他死后，五个儿子离心离德，为争夺王位相互攻战，没有一个愿意去安葬他的尸首，致使停尸六十天，尸体高度腐败，蛆虫爬到门外。这个教训非常惨痛。曹操在陈述这件事情时，心情是非常沉痛的，内心的悲凉可想而知。六解描写齐相晏婴之事。晏婴是一个非常有个性的政治家，秉性仁厚，曾历仕灵公、庄公、景公三代。他为齐相，生活极其节俭，又特别知人善用，毫无嫉妒之心。最为可贵的是，他守正不屈，对于君王的旨意，合理的就从命，不合理的就抗命，从来不会考虑个人的得失。这种刚正不阿的性格是曹操所钦佩的。七解是歌美孔子与管仲的。孔子所处的时代，礼崩乐坏，诸侯国各自为政，不再听从周天子的指挥。由于周天子地位下降，便很少有人愿意坚持周礼了。可是，管仲却是例外。在他出使周时，因为是诸侯国的官员，本应受下卿礼遇，可是，周天子却用上卿礼遇接待他。他坚持不受。孔子是坚持“克己复礼”的，对管仲的做法非常赞赏。在曹操看来，管仲、孔子都是君子，坚持必要的礼节是为人臣的本分。

这首诗写的是历史，涉及许多历史史实，议论的成分比较多，然而，透过这些历史人物与史实，人们依然能够体味到其中的慷慨悲凉，那是诗人赋予诗歌的情感风貌，是诗人个性、气质的自然折射。

第二首描写曹操自己的身世与理想抱负，并且将自己的身世、理想、抱负与对父亲曹嵩的思念联系在一起，表现出古直、悲凉的情感特征。从语意上推测，这首诗写在曹操父亲曹嵩被杀之后，时间应该是建安元年（196）前后。那时，曹嵩为避董卓之乱，逃到琅邪（今山东诸城），不久为徐州刺史陶谦部下所杀。一解说自己出身贫贱，命薄福薄，父母去世很早，遭受了不少的苦难。“自惜身薄祜，夙贱罹孤苦”表达的就是这层意思。这是为哀叹自己的理想抱负难以实现寻求的铺垫。虽然自己出身贫贱，但是却没有孔鲤和孟子幸运。自己没有像孔子那样的严父，因此，不能够像孔鲤那样经常听到父亲的教诲；同时，又没有像孟母那样的慈母，为了自己的儿子接受良好的教育多次择邻而迁。在这里，曹操哀叹他成长的环境，并非埋怨他的父母，实际是思念他的父母。那时，他的父母都已经离开人世了，自己再也听不到他们的教诲了。同时，这也是哀叹自己没有圣人的经历，很难成为像孟子那样的圣人，并为此而感到悲哀。二解写由于家庭穷困，即使很小的愿望，也很难实现。父亲去世对曹操的打击很大。曹操用“抽裂”来描写这种打击，抽肠裂肺，抽筋裂骨，显然，这种困苦不是物质上的艰苦，而是精神上的痛苦。每当困苦袭来，他就想起父亲，父亲是他的精神支柱。《三国志·魏书·武帝纪第一》曾记载：“太祖少机警，有权数，而任侠放荡，不治行业，故世人未之奇也；惟梁国桥玄、南阳何颙异焉。玄谓太祖曰：‘天下将乱，非命世之才不能济也，能安之者，其在君乎！’”① 也就是说，在当时，他的行为为大多数人所不理解，除桥玄、何颙之外，他的父亲曹嵩也是理解他的人。他少年人生中的很多艰难困苦就是曹嵩给他化解的。据裴松之注引《曹瞒传》云：“太祖少好飞鹰走狗，游荡无度，其叔父数言之于嵩。太祖患之，后逢叔父于路，乃阳败面㖞口；叔父怪而问其故，太祖曰：‘卒中恶风。’叔父以告嵩。嵩惊愕，呼太祖，太祖口貌如故。

① （西晋）陈寿著，（南朝宋）裴松之注：《三国志》（1），中华书局1982年版，第2页。

嵩问曰：‘叔父言汝中风，已差乎？’太祖曰：‘初不中风，但失爱于叔父，故见罔耳。’嵩乃疑焉。自后叔父有所告，嵩终不复信，太祖于是益得肆意矣。”① 这虽然是少年逸事，但是，从中我们可以看出曹操的性格。他的理想、抱负就寄予在这玩世不恭和放荡不羁中。三解是直截了当的感情倾泻。这是曹操在遭遇一系列政治挫折之后情感的真实流露。经历了一番激烈的政治争斗，曹操深尝人间的艰苦。父母都故去了，这是人生的大不幸。在如此混乱的世道，面对如此艰难的生活，缺乏父母的呵护，艰难程度可想而知。面对此情此景，怎能不叹息乃至泪如雨下呢！想到这些，曹操非常悲伤、消沉。哪里才是生活的出路？他无比困惑！四解写父亲曹嵩被杀，迎汉献帝回洛阳之事。父亲原本为避乱逃到琅邪，却不幸为徐州刺史陶谦部下所杀。天降横祸，仿佛晴天霹雳，在曹操及其家人的眼里，整个琅邪山好像都要倾倒了。出了这么大的变故，全家陷入无限悲哀之中，可是，不能一味如此悲哀下去，毕竟活着的人还要继续生活，因此，必须振作起来。皇帝（汉献帝）要回洛阳了，在曹操看来，作为臣子，必须从大局出发，抛开小家的痛苦，竭尽忠诚，为天子安全还都保驾护航。五解抒写对家国的忧愁。汉献帝还都，原本是一件令人欣喜的事，谁承想却会出现这么多不尽如人意之事。史载，为使汉献帝安全还都，曹操令曹洪领兵迎接，保驾护航，但是，却遭到献帝身边的随驾将领杨奉、韩暹的拒绝，二人采取不合作的态度，极力排斥曹兵接近。而今，天子仍在杨、韩二位的挟持之下，虽然身在咫尺，却不能畅叙君臣情谊，因此，曹操叹息“抱情不得叙”。由于天子处于被挟持状态，身不由己，导致政令不畅达，朝臣们不知所措，自然无法建功立业。在这种情形下，曹操感到自己很失败，由此，产生了极度悲凉的情感。六解再一次直截了当地抒写悲凉情感，将悲凉诗学发挥到极致。曹操写道：“我愿何时随？此叹亦难处。今我将何照于光曜，释衔不如雨。”我的愿望什么时候才能够实现？我的叹息什么时候才能够停止？面对日月星辰，我将如何？雨有停的时候，然而，我的忧愁却

① （西晋）陈寿著，（南朝宋）裴松之注：《三国志》（1），中华书局1982年版，第2页。

永无止息。

这首诗通过对自己的艰难遭遇以及亲情、君臣之情的描写，展示自己的胸怀、理想与抱负。诗歌描写的艰难遭遇普通人无法体验，它是一位志士、英雄情感深处的痛苦。曹操将丧亲之痛与家国之忧紧密结合在一起，呈现在诗歌之中，写得如此慷慨悲凉，气韵沉雄，展示了自己独特的语言艺术的魅力，典型地表现了风骨诗学的风貌。

第三首描写宴饮宾客，通过这一场景来表达延揽人才、思贤如渴、建功立业的愿望。这首诗的作者有争议，我们前文已经做了简单的说明。我们之所以认定它是曹操的诗，不仅仅因为曹操曾经发布过著名的《求贤令》，也不仅仅因为他曾经写过《短歌行》（对酒当歌）这样表达思贤如渴情感的诗歌，还因为它所表达的情感意向是典型的曹操式的。诗歌的行文风格与曹操高度一致，但却与曹丕的风格存在显著的差异。因此，我们判断，这首诗不是曹丕的作品。

一解写家里来了许多不平凡的客人，非常兴奋，一天到晚，都在陪着客人欢饮，以至于不知不觉大醉。宴会上演奏起美妙的音乐，古琴发出了悲凉的新声，长笛吹奏起哀怨的清商曲。这些乐曲勾起曹操潜藏在心底的忧伤。二解说古琴、长笛的声音感心动耳，四座宾客都沉浸在美妙的音乐之中，无比欢欣，哀怨的音乐撩动心扉，凉风吹来，那潜藏在心底的忧伤思绪再也无法抑制，不由得悲伤起来。三解以形象的比喻委婉地言说忧伤产生的原因。手里端的明明是满杯，却总是感觉杯中不满；言外之意，生怕自己待人接物有什么闪失，以致失德，因为有德的人永远都是有始有终的。道德高尚的人，心怀忧虑。他们忧虑的往往不是自己，也不是一件、两件具体的事，而是所有的苍生，所有的痛苦。尽管曹操已经得到不少的人才，但是，在他看来还远远不够。他希望有更多的贤人、君子聚集在自己的门下，共同完成伟大的事业。这种气魄显然是曹操的，因此，这首诗也只能是曹操的作品。对人才的渴望是曹操发自内心的真诚，唯其如此，才具有无穷悲凉的意味。四解的诗意就非常明朗了。在这里，思贤如渴的情感得到升华，且表现得淋漓尽致。曹操希望有更多的贤人会聚于此。为了得到这些人才，多大的代价都愿付出。他宁肯屈身下访茅屋，去请那些贫寒之士；也乐意去过周公旦那样的生活：“一沐三握发，一饭三吐哺。”①（《史记·鲁周公世家》）目的就是不让一个有才能的人流失。现在，他的堂下已经聚集了众多贤人，然而，他还是担心没有把天下的贤士都请到这里。五解表达由于不能尽得天下人才为已用而产生的无穷忧虑。曹操写道：“比翼翔云汉，罗者安所羁。冲静得自然，荣华何足为。”志向远大的鸟儿，总是翱翔天空，捕罗者是很难将它们捕罗殆尽的。意谓人才难得。其中一个重要的原因是：古往今来，很多有才能的人淡泊名利，冲静自然，根本不将荣华富贵放在眼里，这些对他们来说又算得了什么？而当今，这种情形依然如故，想得到这些高人太难了。曹操为人才难得而忧伤，其悲凉的诗学意蕴在这里再一次得到凸显。

这组在一般人看来艺术特征不太突出的诗作，同样印证了曹操的悲凉诗学，这恰恰证明，悲凉诗学是贯穿曹操的所有诗作的。通过细读这组诗，结合《短歌行》等一些人们公认的、能突出展现曹操艺术特征的诗歌，能够明显看出他的悲凉实质。悲凉虽然悲哀、凄凉，但是，不是一味悲哀、凄凉，让人看不到出路。在悲哀、凄凉的背后，人们看到的是一种壮怀激烈的奋斗精神，看到的是一种不甘沉沦、迎难而上、不屈不挠的英雄气概。这就是风骨。风骨的美学意义就体现在这古直、慷慨、悲凉之中。这种诗学精神，经过了建安文人及后世文学家的发扬光大，经过刘勰、钟嵘等美学家的升华，已经成为中国诗学的精粹，化为中国古代诗学精神的一个重要内容，对后世的文学艺术创作产生了极其深远的影响。

第三节 “便娟婉约”：曹丕的风骨诗学

清人沈德潜评价曹丕的诗歌特征是“便娟婉约”。从曹丕的实

① （西汉）司马迁撰，（南朝宋）裴骃集解，（唐）司马贞索引，（唐）张守节正义：《史记》，《前四史》（上），天津市古籍书店 1991 年影缩本，第 259 页。

际创作来看，这种评价基本上能够概括他诗歌的诗学、美学风貌。然而，从字面意义上看，“便娟婉约”似乎远离了慷慨悲凉。这是不是说，在沈德潜的眼里，曹丕没有有效地参与建安风骨的书写？其诗风与建安风骨没多少关联？甚至是否可以说，“便娟婉约”与风骨诗学完全背离，风马牛不相及？沈德潜的评价完全不符合实际？这些问题显然令人难以接受。建安文学如果缺少曹丕不可能成就这一特定时代的文学，曹丕的价值是无可替代的。但是，也不能一提起建安时代的文学作品，就一定判定为慷慨悲凉，甚至人人皆是，篇篇皆是。实际上，“便娟婉约”所包含的诗学意蕴并不像字面那样单纯，其内在意蕴依然丰富。我们研究曹丕的风骨诗学，理应从“便娟婉约”着手，或许可以发现一些更为独特的东西，通过对这一诗学内涵的发掘，较为深入揭示它的诗学特征及其与风骨诗学的关系，从而更全面地把握风骨诗学的理论内涵。

作家风格的形成，与他的生活阅历、个性气质、文化素养、审美修养等有着极为密切的关系。这一点，古往今来有共同的认识。曹丕本人对此就非常清醒，因此，他能够在理论上提出“文气”这样一个具有创新意义的观念，引发了人们对文学艺术创作和批评的深度思考。从生活阅历上看，曹丕与曹操没有可比性，因为时代和环境的原因，他的童年过的是贵家子弟的生活，接受正规的教育，不像曹操那样“任侠放荡，不治行业”。因此，其性格虽然洒脱、任性但是又不失儒雅，不可能有曹操那样的气概。可以说，“任侠放荡”成就了曹操的慷慨，“天资文藻”成就了曹丕的婉约。曹操诗风的形成与他野蛮生长的童年有关，这种童年经历涵养了他的性情，天生顽劣是他的禀性。而曹丕的童年比曹操生活条件要好很多。即便曹丕出生时曹操的地位还没有位极人臣，还要经常出征打仗，还不能给他提供最为优越的生活条件，迫不得已地让他在刀光剑影中生活，然而，雄才大略的曹操已经在力所能及的条件下按照贵族的培养模式去培养他和他的弟弟们，专门训练过他的文武才能，并对他寄予厚望。曹丕不负厚望，表现非常突出。据王沈《魏书》记载，曹丕八岁时，就能够写出比较完整的文章，博贯古今经传诸子百家之书，善骑射，好击剑。[①] 可见，他并不是一棵在温室中长大的幼苗，弱不禁风；生活在相对安逸的环境中，却能刻苦历练，成就一身本领。尤其可贵的是，曹丕经历过一系列惨烈的战争，目睹了许多血腥的场景。他为这些血腥叹息、悲哀，在叹息、悲哀的背后是对和平、安宁生活的企盼与向往。这种生活经历自然而然地培养了他的情感气质，一方面体贴柔婉，另一方面刚烈坚韧，直言不讳。体贴柔婉是弥漫曹丕诗歌的基本情调，这就是“便娟婉约”的字面意义。刚烈坚韧是隐藏在“便娟婉约”之中的，这便使他的诗歌风格具有了慷慨悲凉的成分。

曹丕有比较好的文化素养与审美修养，他读了很多书，经传、诸子、百家等无不涉猎。与他同时的著名文人吴质曾经这样评价他：“优游典籍之场，休息篇章之囿，发言抗论，穷理尽微，摛藻下笔，鸾龙之文奋矣。”[②]（《答魏太子笺》）人们可能会认为，这是臣下的阿谀之词。然而，从曹丕的一系列表现和历史记载来看，再联系当时的批评风气进行综合分析，我们认为，吴质阿谀的成分应该不多。曹丕本人就非常讨厌阿谀之风。在《典论·论文》中，他就直言不讳，批评文人相轻的陋习，鄙视阿谀。后人喜欢将曹丕与曹植兄弟二人放在一起进行比较，厚植薄丕的风气盛极一时。实际上，很多批评都缺乏一定程度的公正性。对此，刘勰做了比较深入的分析。《文心雕龙·才略》云：

> 魏文之才，洋洋清绮，旧谈抑之，谓去植千里。然子建思捷而才俊，诗丽而表逸；子桓虑详而力缓，故不竞于先鸣；而乐府清越，《典论》辩要，迭用短长，亦无懵焉。但俗情抑扬，雷同一响，遂令文帝以位尊减才，思王以势窘益价，未为笃论也。[③]

---

① （西晋）陈寿著，（南朝宋）裴松之注：《三国志》（1），中华书局1982年版，第57页。

② （南朝梁）萧统编，（唐）李善注：《文选》（4），上海古籍出版社1986年版，第1826页。

③ （南朝梁）刘勰著，范文澜注：《文心雕龙注》（下），人民文学出版社1958年版，第700页。

作为一位才能卓越的文学批评家，刘勰坚决反对厚植薄丕的批评倾向，认为那是“俗情抑扬”，从同情弱者的心理出发同情曹植，“令文帝以位尊减才，思王以势窘益价”。他对曹丕的评价是“洋洋清绮”，赞美他“乐府清越”，毫不犹豫地将之置于“雅好慷慨”“梗概而多气”的建安文学经典行列。这本身就肯定了曹丕在风骨诗学的建构中所起的作用。曹丕的文学贡献是不可抹杀的。

“便娟婉约”的评价首先着眼于一种柔美的情思，肯定这种情思在建安文学中的特殊性，承认这种情思在曹丕诗歌中的独特地位与价值。这种情思，弥漫于曹丕的诗作，俯拾皆是，它能够典型地展现曹丕的创造性。如果说，曹操对乐府古题的改造还与乐府古题有着某种程度的关联，即尊重其原本的情感意向，那么，曹丕则似乎走得更远，他几乎完全超越了乐府古题的情感阈限，其大刀阔斧的程度令人瞠目。姑且不说大家耳熟能详的《燕歌行》，即便是曹操也用过的乐府古题《短歌行》（这组诗被称慷慨悲凉的典范），曹丕也照样能写得“便娟婉约”。且看曹丕的《短歌行》：

> 仰瞻帷幕，俯察几筵。其物如故，其人不存。神灵倏忽，弃我遐迁。靡瞻靡恃，泣涕涟涟。呦呦游鹿，衔草鸣麑。翩翩飞鸟，挟子巢栖。我独孤茕，怀此百离。忧心孔疚，莫我能知。人亦有言，忧令人老。嗟我白发，生一何早。长吟永叹，怀我圣考。曰仁者寿，胡不是保。①

大概就是因为情思柔美，这首诗诞生不久，便被谱成乐曲，广为演奏。郭茂倩《乐府诗集》引《古今乐录》曾这样记载这首曲在当时演奏的盛况：

> 王僧虔《技录》云：“《短歌行》‘仰瞻’一曲，魏氏遗令，使节朔奏乐，魏文制此辞，自抚筝和歌。歌者云‘贵官弹筝’，贵官即魏文也。此曲声制最美，辞不可入宴乐。”②

① （清）沈德潜选：《古诗源》，中华书局1963年版，第107页。

② （宋）郭茂倩编：《乐府诗集》（2），中华书局2003年版，第446—447页。

从这一记载中，我们可以看出，当时，在演奏这首曲子的时候，曹丕曾经亲自弹筝伴奏，曲调之优美，令人忘情。这就说明，曹丕自己还是比较偏爱这首诗的，它能够代表曹丕诗歌的风格特征。

如果将这首诗与曹操的《短歌行》做一比较，我们就能够清晰看到曹丕“便娟婉约”的诗学特征。这需要从以下几个方面进行分析。

其一，这首诗表达的情感是怀人，怀念的情感奠定了这首诗整体柔婉的基调。今天看来，也只有采用这种情感基调才能更为真切地表达对亲人的怀念。在这首诗中，曹丕怀念的亲人是他的父亲曹操（“圣考”）。父亲去世了，他的遗物仍安静地留置在他生前居住的房间里。每当看到他曾经用过的帷幕，看到他曾经使用过的餐饮几筵，他的音容笑貌仿佛又出现在自己眼前，不由得产生伤感，随即吟诵出“其物如故，其人不存”的诗句。想到父亲生前对自己的关爱，再联系到眼前的现实情境，哀痛之情刹那间变得浓烈。父亲的灵魂升天了，抛弃“我”到另一个世界，使得“我”无依无靠，生存艰难，怎能不“泣涕涟涟”！诗中表达出来的对父亲的情感非常真挚，从中丝毫看不出身为帝王的曹丕的威严，看到的却是一个普通的人，流露出来的是普通人的真情。从这首诗表达出来的悲哀情感中，我们品味出来的意蕴很多，其中，最为重要的就是亲情。在亲情面前，地位、身份都显得非常渺小；在亲情面前，人性的很多弱点都会暴露无遗，甚至于人的不自信。曹操逝世时，国家仍处于战乱之中，并没有统一。后来，曹丕代汉而立，肩上的担子更加沉重。他要完成统一的大业，而眼前却困难重重，怎能不忧愁？从而他更加思念雄才大略的父亲。倘若父亲活着，自己就不会遭受如此艰辛。这样的情感基调，在曹操的诗歌中不会存在。曹操的《短歌行》也悲哀，也忧愁，当他慨叹人生如朝露的时候，虽然悲伤，但是，实质上是悲而不伤，把悲伤与忧愁全都寄托在酒上。“慨以当慷，忧思难忘，何以解忧，惟有杜康。”展示出来的是壮怀激烈的思想情感。曹操从来不轻易洒泪，面对忧愁与悲痛，总是那么坚强、隐忍，更多的是悲凉——哀而不伤。在曹丕、曹植的眼里，父亲的形象是那么高大，给人的感觉似乎永远打不倒，击不垮，具有无坚不摧的本领；而丕、植在他面前只是一个懦弱的孩子，仿佛不谙事体的小儿，不时会嘤嘤啜泣。因此，这首诗的“泣涕涟涟”成为曹丕“便娟婉约”的一个符号，那是一种展示曹丕诗歌特征的外在表现形式。

其二，这首诗表现忧愁，这种忧愁建立在怀人的基础上，通过对亲人的怀念演绎忧愁。上文，我们已经论及这一问题，在这里有必要再进行更为深入的分析。一般来说，怀人不可能是快快乐乐地思念，必然会哀伤、忧愁。曹操的《短歌行》也有怀人的成分，那是借助于《诗经·郑风·子衿》的语句加以表现的。怀念的对象是虚拟的，虽然貌似有一定的对象——那是治国理政的贤人，但只是假想，贤人究竟是谁？并不具体。因此，曹操在表达哀伤、忧愁的情感时，只能采取慷慨悲凉的情感方式。可以说，慷慨悲凉是曹操表达虚拟怀人情感的最恰当的方式。而曹丕所怀之人，不是虚拟之人，而是具体的、实在的，那是自己的父亲。怀念中的亲情交织在其中，决定了那种忧伤的情感表达不可能采用曹操的慷慨悲凉的方式，只能用“便娟婉约”的方式。因此，曹丕选择了一系列柔美的意象，采取比喻与象征的方法表达自己的这种情感：“呦呦游鹿，衔草鸣麑。翩翩飞鸟，挟子巢栖。”一头母鹿，口里衔着草，在山野中游荡，不停地在呼唤着自己的孩子；一对翩翩飞翔的鸟，带着自己的孩子回到温暖的巢穴。父母对孩子的亲情是那么温馨！“游鹿”与“飞鸟”都是比喻或者象征，曹丕借助于这些意象来展示自己内心的孤独，表达自己的忧愁。他把自己的忧愁注入柔美的情思之中，形成了“便娟婉约”的诗学特征。可见，曹丕之忧愁与曹操之忧愁的具体内容不一样，所展现出来的诗风也自然不一样。这符合他们的个性气质，也符合文学的发展实际。然而，倘若从另外一个角度去看便能发现，这反倒是曹丕创造性的一种表现。

其三，这首诗在“便娟婉约”的背后，依然包含着慷慨悲凉的情感意趣，与整个风骨诗学相映成趣。上文，我们分析了这首诗所表达的亲情与忧愁，认为它是奠定曹丕“便娟婉约”的诗学基础。因为表现亲情，诗歌才写得柔婉；因为诗歌表达的哀愁与亲情关系密切，忧愁的情思才显得柔美。在表达思念与忧愁情感的同时，诗歌也展现出了慷慨悲凉的意趣。这慷慨悲凉，以悲凉作为主流的情感基调，使人读过之后，并非一味悲哀，而会产生一种警醒。在《短歌行》这首诗的后半部分，我们可以看出这种情形。曹丕在表达了对父亲的怀念与内心的忧愁之后这样写道：“我独孤茕，怀此百离。忧心孔疚，莫我能知。人亦有言，忧令人老。嗟我白发，生一何早。长吟永叹，怀我圣考。曰仁者寿，胡不是保。”诗人忧愁父亲离开人世，认为自己内心深处的那种“忧心”没有人能够理解。为什么无人理解？这并不是说人们不能理解他对亲人逝世的悲哀，而是不能理解这一悲哀之外的另一种悲哀。这种悲哀，是针对现实政治的，那是对当下政治现实的深沉忧虑。这是曹丕的警醒，是他对为政艰难的畏惧。在当时与后来，可能会有很多人羡慕曹丕，以为曹操逝世之后，他拥有了绝对的权力，能够支配一切，做自己想做的事情。他代汉而立，身居帝王，一言九鼎，有至高无上的权威，有享受不尽的荣华富贵。这都是非常庸俗的想法。实际上，曹丕思考的不是这一点，他思考更多的是他身上的责任。这责任是由于父亲的去世而加在自己身上的，这责任的重大使人不敢有丝毫懈怠。当时，国家没有统一，军队要不断征战，百姓不仅要继续经受战争的苦难，而且要为战争背负沉重的负担。在朝廷中，官员们尔虞我诈，争权夺利。曹丕为此忧虑，他思念父亲。如果父亲在世，他就是擎天立柱，自己身上的负担就不会这么沉重，也不会平白产生这些无穷无尽的忧虑。这种悲哀，本身就包含着雄心壮志。曹丕生于东汉中平四年（187），卒于魏黄初七年（226），年仅40岁，是典型的英年早逝。从这里，我们也可以想象曹丕的压力有多大。像乃父一样，他的雄心都在这悲凉之中。只有透过这悲凉，我们才能体味他蕴藏很深的慷慨情思，理解他“人亦有言，忧令人老。嗟我白发，生一何早。长吟永叹，怀我圣考。曰仁者寿，胡不是保”的真正意义。诗歌即诗人，曹丕的“便娟婉约”，是诗人情怀的展现，与整个时代的风骨诗学相吻合。

由此可以看出，曹丕的“便娟婉约”并非对风骨诗学的游离，恰恰相反，是对风骨诗学的完善，使得风骨诗学成为一种意义丰厚的诗学类型。任何一种诗学在形成的过程中，都会融合多种因素，这些因素异常复杂，甚至相反相成，唯其复杂，才更能彰显这种诗学的创造价值与审美价值。“便娟婉约”本身作为风骨诗学的一个重要组成部分，是曹丕创造性的具体体现。在这里，我们以一斑而窥全豹，以《短歌行》这首曹丕最为平常的诗来确证他的诗学特征，意在申明，连曹丕最一般的诗歌都展示了风骨诗学的意蕴，那些优秀的诗作不更能显示风骨诗学的特征，不更具有典型意义吗？事实也确实如此。从我们上文分析他的诗学要素及其贡献时所引用的代表性作品中，也能够比较清晰地看到这一点。

第四节 “骨气奇高”：曹植的风骨诗学

曹植文采巨丽，文学成就远远超过曹操、曹丕及“建安七子”诸人，赢得了广泛赞誉。建安时期的著名文人陈琳、杨修、吴质等都曾热烈赞美过曹植。陈琳《答东阿王笺》云：“君侯体高世之才，秉青萍、干将之器，拂钟无声，应机立断，此乃天然异秉，非钻仰者所庶几也。音义既远，清辞妙句，焱绝焕炳，譬犹飞兔流星，超山越海，龙骧所不敢追，况于驽马可得齐足。”[①] 杨修《答临淄侯笺》云：“伏惟君侯，少长贵盛，体发、旦之资，有圣善之教。远近观者，徒谓能宣昭懿德，光赞大业而已；不复谓能兼览传记，留思文章。今乃含王超陈，度越数子矣。观者骇视而拭目，听者倾首而竦耳。非夫体通性达，受之自然，其孰能至于此乎？”[②] 吴质明确评价曹植：“是何文采之巨丽，而慰喻之绸缪乎！”[③]（《答东阿王书》）谢灵运非常夸张地说：“天下才有一石，曹子建独占八斗，我得一斗，天下共分一斗。”[④] 这里的“才”就是指文章才能。谢灵运认为，曹子建的文学才能占天下的八成。由此可见，作为一代杰出

① 俞绍初辑校：《建安七子集》，中华书局2005年新1版，第53页。

② （南朝梁）萧统编，（唐）李善注：《文选》（4），上海古籍出版社1986年版，第1818—1819页。

③ （南朝梁）萧统编，（唐）李善注：《文选》（5），上海古籍出版社1986年版，第1908页。

④ 河北师范学院中文系编：《三曹资料汇编》，中华书局2004年版，第95页。

诗人、山水诗“鼻祖”的谢灵运对曹植的钦佩程度。当时的文学家无人能敌曹植，他是一座高山，一片深海，让人高山仰止，叹为观止。钟嵘对曹植的赞美更是不遗余力，不仅从美学上肯定他的成就：“骨气奇高，词采华茂，情兼雅怨，体披文质”，而且从文章（文学）地位上无限抬高他，将他与人伦道德之圣的周公、孔子相比附：“嗟乎！陈思之于文章也，譬人伦之有周、孔，鳞羽之有龙凤，音乐之有琴笙，女工之有黼黻。”①（《诗品·魏陈思王植》）钟嵘认为，曹植是文章之圣。他打了一系列比喻来说明曹植的文学地位。然而，我们特别看重钟嵘对曹植的美学评价。这一评价道出的曹植诗歌所蕴含的骨气、词采、情、体等诗学意蕴，正是曹植的风骨诗学。同时，它是对整个风骨诗学的进一步肯认。这其中，“骨气奇高”，是曹植风骨诗学的核心，“词采华茂；情兼雅怨，体披文质”都是围绕着“骨气奇高”的。曹植诗文中所表现出来的“骨气奇高，词采华茂；情兼雅怨，体披文质”的诗学特征，是对建安风骨（风骨诗学）理论内涵的进一步充实与完善。

“骨气奇高”的内涵究竟是什么？这是我们研究曹植风骨诗学首先面临的问题。“骨气”是汉魏时期用来进行人物品评的典范用语。“骨”，是指人的骨骼，它决定人的身体状况，强壮或柔弱；“气”是指人的情感与性格，与人身体的强壮或柔弱形成对应。一般来说，身体强壮，则性情刚烈；身体柔弱，则善感多愁。刘劭《人物志·九征》云：“强弱之植，在于骨；躁静之决，在于气。”就是说，“骨”决定人体的强弱，“气”左右人的性情。性情的暴躁与平静全赖“气”。而在《人物志·八观》中，刘劭又进一步讨论了“骨”与“气”的意义：“是故骨直气清，则休名生焉。气清力劲，则烈名生焉。”刘昞注云：“骨气相应，名是以美。”“气既清矣，力劲则烈。”② 只有气清才有力量，力量与性情相应，人才具有美的意蕴，成为美的对象。后来，这一观念被运用到书画、诗文批评中。骨气在被具体运用到书画、诗文批评中的时候，与身体评价的“风骨”“风力”概念意义有差别，但是差别不大。一个显著的

① （南朝梁）钟嵘著，陈延杰注：《诗品注》，人民文学出版社1961年版，第20页。

② （三国魏）刘劭撰，（西凉）刘昞注：《人物志》，文渊阁四库全书本。

差别就是“有骨”“无骨”，“有骨”常常用“骨”来加以表述，是指气势刚健，慷慨激昂；“无骨”则相反。如刘勰《文心雕龙·风骨》：“是以怊怅述情，必始乎风，沉吟铺辞，莫先于骨。故辞之待骨，如体之树骸；情之含风，犹形之包气。结言端直，则文骨成焉；意气骏爽，则文风清焉。”① 这里的“风”是指情感，与刘劭所说的“气”的意义相近；“骨”是指语言的端直，也就是刘劭所说的“骨直”。钟嵘《诗品》评永嘉、东晋文学：“永嘉时，贵黄、老，稍尚虚谈，于时篇什，理过其辞，淡乎寡味。爰及江表，微波尚传。孙绰、许询、桓、庾诸公诗，皆平典似《道德论》。建安风力尽矣。”②（《诗品序》）这里提出了“建安风力”的概念，“风”是指情感，“力”是指慷慨激昂的气势，实际上也就是“骨”。可见，风骨、风力与骨气的意义没有多少差别。关于风骨意义的形成，我们上文已经做了相应的梳理，在这里不再重复。

显然，曹植的“骨气奇高”，一方面是“骨”与“气”的结合，另一方面是“骨”“气”结合之后所产生的情感浓烈、慷慨激昂的美感力量。对此，曹植本人就有非常明确的表述。在《与吴季重书》中，曹植曾经这样写道：“若夫觞酌凌波于前，箫笳发音于后；足下鹰扬其体，凤见虎视，谓萧曹不足俦，卫霍不足侔也。左顾右盼，谓若无人，岂非吾子壮志哉！过屠门而大嚼，虽不得肉，贵且快意。当斯之时，愿举泰山以为肉，倾东海以为酒，伐云梦之竹以为笛，斩泗滨之梓以为筝，食若填巨壑，饮若灌漏卮。”③ 这种豪情，这种气度，就是“骨气”。他赞美吴质“鹰扬其体，凤叹虎视”，兼及了吴质各方面的才性与气质。李善注曰：“凤以喻文也，虎以喻武也，叹，犹歌也，取美壮之意。”④ 这“美壮”就是风骨意

① （南朝梁）刘勰著，范文澜注：《文心雕龙注》（下），人民文学出版社 1958 年版，第 513 页。

② （南朝梁）钟嵘著，陈延杰注：《诗品注》，人民文学出版社 1961 年版，第 1—2 页。

③ （三国魏）曹植著，赵幼文校注：《曹植集校注》，人民文学出版社 1984 年版，第 142—143 页。这篇文章的语言，不同的版本文字有差别。如“凤观虎视”之“观”，《艺文类聚》二十六作“翔”，萧统编、李善注《文选》作“叹”。

④ （南朝梁）萧统编，（唐）李善注：《文选》（5），上海古籍出版社 1986 年版，第 1905 页。

义的一个组成部分，而“鹰扬”则是比喻人像雄鹰一样翱翔天空，也是说风骨的，是风骨的一个典型的表现特征。这些，都是曹植艳羡并极力追求的。

曹植的诗文创作追求“骨气”，这种“骨气”除了具有慷慨悲凉的审美意蕴之外，还包含着壮大昂扬的情思。曹植的“慷慨悲凉”，不可能是曹操式的，而是自己的，打上了个人的独特印记，具有独特的审美趣味。我们先看他的《离思赋》。这篇赋作于建安十六年，是残篇。文虽残，但“骨气”存。写别离，伤感在所难免，而慷慨壮大的情思却历历在目：

> 在肇秋之嘉月，将曜师而西旗。余抱疾以宾从，扶衡轸而不怡。虑征期之方至，伤无阶以告辞。念慈君之光惠，庶没命而不疑。欲毕力于旌麾，将何心而远之！愿我君之自爱，为皇朝而宝己。水重深而鱼悦，林修茂而鸟喜。①

建安十六年，曹植随父亲曹操西征马超，太子曹丕留守监国。当时，他身体有病，仍坚持随军。临行前，向曹丕告别，内心悲伤不已。然而，转念想想年迈的父亲，多少年来，南征北战，历尽艰辛，自己怎能不舍命跟随呢？即使粉身碎骨，也在所不惜！他唯一的愿望就是父亲能够自我爱惜，为了国家的长治久安珍惜自己的身体。只有父亲安全、健康，儿女们才会幸福。赋的最后两句意味深长：“水重深而鱼悦，林修茂而鸟喜。”其象征意味浓郁，那种离别的缠绵消失了，代之以壮大的情思，把曹植的慷慨壮大情思推到一定的水平。

我们再看他的诗歌《赠徐干》：

> 惊风飘白日，忽然归西山。圆景光未满，众星灿以繁。志士营世业，小人亦不闲。聊且夜行游，游彼双阙间。文昌郁云兴，迎风高中天。春鸠鸣飞栋，流猋激棂轩。顾念蓬室士，贫

---

① （三国魏）曹植著，赵幼文校注：《曹植集校注》，人民文学出版社1984年版，第40页。

贱诚足怜。薇藿弗充虚，皮褐犹不全。慷慨有悲心，兴文自成篇。宝弃怨何人？和氏有其愆。弹冠俟知己，知己谁不然。良田无晚岁，膏泽多丰年。亮怀玙璠美，积久德愈宣。亲交义在敦，申章复何言！①

徐干，北海人，字伟长，是“建安七子”之一，与曹植交情甚为深厚。他一生清贫，但却甘守清贫，超凡脱俗。这在历史典籍中有比较明确的记载。《三国志·魏书》裴松之注引《先贤行状》曰：“干清玄体道，六行修备，聪识恰闻，操翰成章，轻官忽禄，不耽世荣。”② 就这么短短几句话，却揭示了徐干的个性特征。徐干的道德、才气，深得曹植的喜爱。这首诗赠给徐干，传送的是朋友之间的友情，展示的是朋友之间的坦诚。这首诗赞美徐干，赞美之余，有怜悯，有劝慰；在悲悯之中，充满慷慨壮大的情思。诗的前半部分描写日薄西山的美景，可谓慷慨激昂：一阵急风吹来，吹落了白日，弦月朗朗地高挂天空，尽管不圆满，也非常明亮。天空中星光灿烂。在这么一个美丽的夜晚，夜游到端门，看到了前面高耸的文昌阁，一种慷慨的情感油然而生。诗歌描写了文昌阁的壮观，似乎在隐喻当时的文采繁盛，充满慷慨、自豪之情：“文昌郁云兴，迎风高中天。春鸠鸣飞栋，流猋激櫺轩。”在这么一个文采勃发的时代，朝廷聚集了这么多有才气的文人雅士，诗文唱和，流声激楚，这盛况能不令人兴奋不已吗？然而，就是这么一个辉煌的时代，却也有与这繁盛文采不相适应的现象。由此，诗人怜念起一直住在茅屋里潜心修炼、对为官没有丝毫兴趣的徐干，内心产生了些许不安与悲凉。徐干才干突出，能力很强，本来可以做一个显赫的官，获得一份相当不错的俸禄，可就是因为他自己不在意，以至于“轻官忽禄”。官做得太小，收入微薄，致使他“薇藿弗充虚，皮褐犹不全”。差不多到了家徒四壁的程度。那种贫贱实在让人怜悯！在这

① （三国魏）曹植著，赵幼文校注：《曹植集校注》，人民文学出版社 1984 年版，第 42 页。

② （西晋）陈寿著，（南朝宋）裴松之注：《三国志》（3），中华书局 1982 年版，第 599 页。

里，曹植对徐干的情感投射是多层次的。大致来说，可以分为两个方面，一方面是现实的情感投射，另一方面是艺术的情感投射。现实的情感投射是怜悯、赞美；艺术的情感投射是慷慨、悲凉。曹植怜悯现实中的徐干过度清贫，赞美他的文章写得好（“慷慨有悲心”），赞美他的品德高洁（“亮怀玙璠美，积久德愈宣”）。而具体表现在这首诗中，则以慷慨悲凉的情感形式出现，悲凉之中展现出一种壮大的情思。如诗人一方面描写徐干贫贱，写他“薇藿弗充虚，皮褐犹不全”，另一方面写他“慷慨有悲心，兴文自成篇”。悲凉之后尽是些善意的劝慰。曹植劝慰徐干：你就是一块和氏璧，就这样被弃置太可惜了；入仕需要知己引荐，我现在就引荐你。喜欢出仕的人，都在盼望着知己出现，然而，即便知己，在入仕之前，可能也会经历一个被弃置的过程。现在，你已经到了该上场的时候了。肥沃的土地只要种上庄稼，就能发挥它的作用，必定会获得丰收；而有才能、品德高尚的人也是一样，他们的品德、才能只有付诸具体的行动才不会被埋没。这一段言辞恳切的话，就是在循循劝慰徐干，该到他散发光彩的时候了。由此可以看出，起初的那种悲天悯人的情感，在诗歌的结尾已经荡然无存，明显地上升为壮大的情思了。

相比于曹植的其他诗文，也许，《赠徐干》这首诗的思想境界不是那么高，它一不哀叹生灵，二不表达理想、志向，（这类主题的诗歌在曹植前期的诗作中比比皆是。）主要内容就是劝慰徐干出仕，内容平淡。我们之所以选择这首诗来分析曹植的“骨气奇高”，就是要在平淡之中确证特殊。从这首思想内容平淡的诗歌中，人们尚且能够看出曹植“骨气奇高”的诗学特征，这不正说明“骨气奇高”是曹植的独特之所在吗？显然，“骨气奇高”是风骨诗学的一个非常重要的内容。

曹植这一诗学特征的形成，说到底，是受曹操及当时诗风的影响。其中，曹操的决定性因素尤其不可忽略，这里，有遗传的基因问题，更有个人的禀赋因素。曹植聪慧的禀赋决定了他有高超的文学才能，再加上社会与家庭的熏陶，使他的文学才能逐渐凸显。曹操的诗歌之所以写得慷慨悲凉，主要是因为他有着远大的志向与理想，有开阔的胸襟、高雅的审美趣味，适应了当时的社会审美风尚。而曹植的“骨气奇高”虽然可能会在志向、理想和胸襟等方面有所欠缺，但是，曹操诗学所蕴含的最核心的慷慨情思并没有丢失，并且，依靠他高超的语言技巧，将这种慷慨情思演绎为壮大昂扬，达到了令人无法企及的高度，成为一代典范。

“骨气奇高”是曹植风骨诗学的一个重要内容。然而，如果我们单单从“骨气奇高”来认识曹植的风骨诗学恐怕会存在一些偏差，会导致我们对风骨诗学理解的片面化。其实，在“骨气奇高”的背后，他的风骨诗学还有其他的内涵作支撑。“骨气奇高”只能作为他风骨诗学的核心，统领他的诗文创作。钟嵘准确地认识到这一点。他首先指出曹植的诗学特征是“骨气奇高”，这是曹植诗学的核心问题。然后，又围绕这一核心，讨论了许多与“骨气奇高”密切关联的问题。钟嵘进一步指出，曹植的诗歌在具有“骨气奇高”诗学特征的同时，还具有“词采华茂，情兼雅怨，体披文质”的特征。这实际上是在概括曹植风骨诗学的其他内涵，除骨气之外，还蕴含着语言、情感、体式三个方面的内容。我们有必要对这三个方面的内容进行进一步解析。

“词采华茂”无疑是说曹植的诗歌语言的。（钟嵘所论仅限于五言诗，我们在这里将范围扩大，用以评价曹植所有的文章。）文学语言的魅力所在是文采。这里的“词采”就是文采。关于这一点，在前人对曹植的评论中，我们可以找出大量的证据。陈寿《三国志·魏书·任城陈萧王传第十九》评陈思曰：“陈思文才富艳，足以自通后叶。”注引鱼豢语曰：“余每览植之华采，思若有神。”①左思赞赏曹植之才并评之曰：“摛翰则华纵春葩。”②（《魏都赋》）“文采富艳”“华采”“春葩”云云，不都是说曹植的文采吗？在钟嵘看来，曹植的文采在当时是无人可比的。“华茂”一词具有多层意义，不仅意指词采华美，还意指词采丰富。曹植的词采华美而且

① （西晋）陈寿著，（南朝宋）裴松之注：《三国志》（2），中华书局1982年版，第577—578页。

② （南朝梁）萧统编，（唐）李善注：《文选》（1），上海古籍出版社1986年版，第287页。

丰富，显示了他具有极强的语言艺术化能力。这种华美与丰富是笼罩在“骨气奇高”之中的，也是风骨诗学不可缺少的内容。

曹植诗歌的“词采华茂”，主要表现在对中国古代诗学的语言、意象的丰富与创造上。曹植创造了许多诗性的语言，给中国古典文化增加了光彩，同时，他还创造了许多栩栩如生的诗歌意象，丰富了中国古典意象的审美画廊。在这众多的诗歌意象中，有“飞飞摩苍天，来下谢少年”（《野田黄雀行》）的黄雀，有“挥羽邀清风，悍目发朱光”“长鸣入青云，扇翼独翱翔”（《斗鸡》）的雄鸡，有“身挂滞于重笼，孤雌鸣而独归”（《鹦鹉赋》）的鹦鹉，有“禀太阳之烈气，嘉杲日之休光”[①]（《橘赋》）的橘树，有“实澹泊而寡欲兮，独怡乐而长吟”[②]（《蝉赋》）的蝉，有“餐飞尘以实气，饮不竭于朝露”[③]（《神龟赋》）的神龟，有“捐躯赴国难，视死忽如归”（《白马篇》）的幽并游侠儿，有“叹息通鸡鸣，反侧不能寐”（《弃妇篇》）弃妇，有“翩若惊鸿，婉若游龙”（《洛神赋》）的洛神，有“顾盼遗光采，长啸气若兰”（《美女篇》）的美女，等等。这些意象，每一个意象都有它的神采，都蕴含着丰富的隐喻与象征意义，乃至成为中国文化的象征。曹植独特的语言创造性，我们从他的诗文作品中随处都能够发现。那种语言的诗性光辉，是那样的光彩夺目，动人心魄。如《杂诗》：“烈士多悲心，小人媮自闲。”[④]《赠丁仪》：“凝霜依玉除，清风飘飞阁。”[⑤]《野田黄雀行》：“高台多悲风，海水扬其波。”《赠白马王彪》：“丈夫志四海，万里犹比

---

① （三国魏）曹植著，赵幼文校注：《曹植集校注》，人民文学出版社 1984 年版，第 59 页。

② （三国魏）曹植著，赵幼文校注：《曹植集校注》，人民文学出版社 1984 年版，第 92 页。

③ （三国魏）曹植著，赵幼文校注：《曹植集校注》，人民文学出版社 1984 年版，第 96 页。

④ （三国魏）曹植著，赵幼文校注：《曹植集校注》，人民文学出版社 1984 年版，第 65 页。

⑤ （三国魏）曹植著，赵幼文校注：《曹植集校注》，人民文学出版社 1984 年版，第 129 页。

邻。”《杂诗》：“转蓬离本根，飘摇随长风。”①《远游篇》：“鼓翼舞时风，长啸激清歌。”②《白马篇》：“仰首接飞猱，俯身散马蹄。”《与杨德祖书》：“当此之时，人人自谓握灵蛇之珠，家家自谓抱荆山之玉。”《与陈琳书》：“夫披翠云以为衣，戴北斗以为冠，带虹蜺以为绅，连日月以为佩。”③《洛神赋》云：“其形也，翩若惊鸿，婉若游龙。荣曜秋菊，华茂春松。仿佛兮若轻云之蔽月，飘摇兮若流风之回雪。远而望之，皎若太阳升朝霞；迫而察之，灼若芙蓉出渌波。秾纤得中，修短合度。肩若削成，腰如约素。延颈秀项，皓质呈露。芳泽无加，铅华弗御。云髻峩峩，修眉连娟。丹唇外朗，皓齿内鲜。明眸善睐，辅靥承权。环姿艳逸，仪静体闲。柔情绰态，媚于语言。奇服旷世，骨像应图。披罗衣之璀粲兮，珥瑶碧之华琚。戴金翠之首饰，缀明珠以耀躯。践远游之文履，曳雾绡之轻裾。微幽兰之芳蔼兮，步踟蹰于山隅。”④等等。这些华美的语言，不仅意蕴丰富，而且气势慷慨壮大，对后世的诗文创作启发尤大，给后世文人提供了取之不竭的语言源泉。如王勃《送杜少府之任蜀州》中意蕴最为丰厚的诗句“海内存知己，天涯若比邻”，就化用了曹植《赠白马王彪》中的“丈夫志四海，万里犹比邻”的诗句，从而使曹植的诗句原本所具有的文化张力变得更为强烈。

“情兼雅怨”实际是接着“骨气奇高”说的。前面我们已经说过，“骨气”之中包含着情感与力量。情感与力量相得益彰，情感不是一般的情感，而是充满慷慨郁勃力量的情感。但是，这并不意味着在风骨诗学中只有慷慨郁勃的情感而不允许其他类型的情感存在。我们前面讨论了曹操、曹丕的风骨诗学。他们的诗歌风格差异很大。曹操慷慨悲凉，曹丕便娟婉约。从中可以看出，风骨诗学不

① （三国魏）曹植著，赵幼文校注：《曹植集校注》，人民文学出版社 1984 年版，第 393 页。

② （三国魏）曹植著，赵幼文校注：《曹植集校注》，人民文学出版社 1984 年版，第 402 页。

③ （三国魏）曹植著，赵幼文校注：《曹植集校注》，人民文学出版社 1984 年版，第 176 页。

④ （三国魏）曹植著，赵幼文校注：《曹植集校注》，人民文学出版社 1984 年版，第 283 页。

是单一的风格诗学，而是一种开放性的诗学。作为一种开放性的诗学，它当然是允许情感的多元存在的。“雅”情是指慷慨激昂的情感，“怨”情则是缠绵悱恻的情感。在现实生活中，这两种情感均不可缺少，只有这两种情感互相调节，才能满足人们的审美需要，风骨诗学才是比较完美的。而这，恰恰是钟嵘从曹植身上发现的。在曹植身上，钟嵘切实看到了情感的多元存在，他用“情兼雅怨”来评价曹植，这本身就说明，曹植已经丰富了风骨诗学的内涵，风骨诗学在他的身上有完整性、丰富性和逻辑性的展现。

曹植是如何做到“情兼雅怨”的？只有通过对他的诗歌进行细读才能真正理解。“雅”原本是《诗经》的一个概念，具有丰富的理论内涵。《诗经》的雅是乐歌中的一类，一般认为，它是王畿地区的乐歌，可能出自文人之手，格调高雅。《毛诗序》说：“雅者，正也，言王政之所由废兴也。政有小大，故有小雅焉，有大雅焉。”① 朱熹说：“雅者，正也，正乐之歌也。其篇本有大小之殊，而先儒说又各有正变之别，以今考之，正小雅，燕飨之乐也。正大雅，会朝之乐，受釐陈戒之辞也。”② 方玉润说：“大略小雅多燕飨赠答，感事述怀之作，大雅多受釐陈戒，天人奥蕴之旨。”③从这几条材料中，我们就可以看出“雅”的意义，大致可以分为三个方面。第一，雅是燕飨之乐、会朝之乐，由于演奏的场合是上流社会活动的区域，比较典雅；第二，雅是感事述怀的，具有复杂的情感背景；第三，雅具有祝愿、矫正、劝诫的作用，政治统治清明就祝福，统治昏庸就劝诫。“雅”的这几个方面的意义决定了它的格调总体上应该是慷慨激昂的、欢欣鼓舞的。钟嵘说曹植“雅”，兼及了这几个方面的意义。我们看曹植的诗歌，其中，有不少是燕飨赠答诗，有不少是感事述怀诗；有的是祝愿，有的是劝诫。这些内容有时并不孤立存在，可能会杂糅在一起，包容在一首诗中。如《赠白马王彪》，是赠答，有述怀，有祝福，有劝诫。再如《送应氏》，这原本是两首送别诗，但是，通篇描写的却是“宫室尽烧焚”的社

① 张少康、卢永璘编选：《先秦两汉文论选》，人民文学出版社 1996 年版，第 344 页。
② （宋）朱熹注：《诗集传》，中华书局 2011 年版，第 129 页。
③ （清）方玉润：《诗经原始》（上），中华书局 1986 年版，第 327 页。

会现实情景和“愿为比翼鸟，施翮起高翔”的人生怀抱。正是在这个意义上，钟嵘说他“雅”。这是褒扬他忠实地继承了传统，在继承传统的基础上创新。“怨”是哀怨、爱怨、怨恨，就是孔子“诗可以怨”的“怨”。《诗经·国风》有大量的怨诗，曹植的诗歌与这些诗歌所表达的情感意向相承接，也是显示继承传统的一种姿态。对这种姿态，钟嵘就说得比较清楚了。他明确指出，曹植“源出于《国风》”，其实就是在说他的“怨”与《诗经·国风》的关系。曹植的怨诗很多，虽然不能说篇篇有怨，表达“怨”情的诗歌也应占他现存诗歌的大半。如《送应氏》，就可算典型的怨诗。第一首是描写社会现实的，上文已经讨论。我们来看看第二首：

> 清时难屡得，嘉会不可常。天地无终极，人命若朝霜。愿得展嬿婉，我友之朔方。亲昵并集送，置酒此河阳。中馈岂独薄，宾饮不尽觞。爱至望苦深，岂不愧中肠。山川阻且远，别促会日长。愿为比翼鸟，施翮起高翔。①

应氏是应璩、应玚兄弟，他们都是曹植的好朋友。朋友分别，通常都会伤感，曹植也不能免俗。诗一开始就奠定了怨的情感基调：像这样朋友聚在一起的美好时光不可多得了，今后，朋友不会经常在一起共同生活了。接下来，哀怨的情感升高到了八度：天地长久，无始无终，而人生却是那么短暂，短暂得就像早晨的寒霜，太阳一出来，就迅速消融了。朋友分别，为什么要和人生的长短联系在一起？这是珍惜友情的情感表现。朋友要去很远的地方，路途遥遥，山川阻隔，不知道什么时候还能会面。下面的诗句虽是写宴饮的欢乐，实际上也带着苦涩、哀怨。其中，曹植描写了这样一种情状：由于物质的匮乏，连酒食也不能满足宾客们的需求，“宾饮不尽觞”。这让他更加愧疚。朋友分别的悲伤与物质匮乏的愧疚交织在一起，使得这种怨别有一番滋味，令人回味无穷。

由此可见，曹植的诗有雅有怨。雅、怨是曹植对中国古代诗学

① （三国魏）曹植著，赵幼文校注：《曹植集校注》，人民文学出版社 1984 年版，第 4 页。

传统的继承，然而，曹植的创造性究竟表现在什么地方呢？他的创造性主要表现在：他诗歌的雅与怨并不是孤立的，而是相互交织、相互调节的，以雅意调节怨情，实现含蓄蕴藉。

我们接着《送应氏》第二首说。这首诗是赠别诗，赠别的主题决定了诗歌的情感基调只能是怨。然而，如果一怨到底，势必影响健康情感的表达。对一般诗人来说，处理这一问题可能会比较困难，但是，对曹植来说就显得比较容易。这首《送应氏》，在怨的情感基调下，不时流露出雅的情感意向。这就是“情兼雅怨”。前面我们分析过，雅有典雅、祝愿、欢欣、慷慨等情感意蕴，在这首以怨为主体情感基调的诗中，雅的情感意蕴同样存在。如“愿得展嬿婉，我友之朔方。亲昵并集送，置酒此河阳”，表达的就是欢欣的情感。“嬿婉”就是欢乐的意思。《后汉书·文苑列传·边让传》引边让《章华赋》云：“设长宴之欢饮兮，展中情之嬿婉。”李贤注：“嬿，安也；婉，美也。”① 因为朋友要到朔方去，临行前，大家聚集在一起，共享欢乐时光。于是，置酒河阳，友朋亲昵聚会，这是一个多么欢乐的场景！因为参加聚会的既是朋友又是文友，那种高雅可想而知。诗文中的宴饮，一般来说，写的大都是文人雅集，这类诗往往比较典雅。因此，高雅应是《送应氏》一诗的应有之义。这首诗的情调本身就非常高雅，最后两句诗集祝愿与慷慨于一身，更是高雅之至。“愿为比翼鸟，施翮起高翔。”一是祝愿应氏兄弟展翅高翔，在事业上能够取得更大的成功；二是表达自己的心愿，愿意和他们（应氏兄弟）比试，看看将来谁的业绩更为突出。这最后两句，就把整个诗歌的情感基调提升了。原本的怨情发生了根本性的扭转，最终化作了慷慨激昂，从而也使得这首诗具有了催人奋进的美感力量。这是曹植诗歌突出的诗学与美学特征。这种特征，在他的诗歌随处可见。如《赠白马王彪》，整首诗写得如此悲哀，但在第六节，却能够异军突起，写出了“丈夫志四海，万里犹比邻。恩爱苟不亏，在远分日亲。何必同衾帱，然后展殷勤”的诗

---

① （南朝宋）范晔撰，（唐）李贤注：《后汉书》，《前四史》（下），天津市古籍书店 1991 年影缩本，第 1775 页。

句，催人奋进。这种做法，其实就是庄子所说的“臭腐复化为神奇”[①]（《庄子·知北游》），只有天才的作家才能做到这一点。在曹操的身上，我们能看到这一点，而在曹丕身上，我们就看不到这一点。这就是天才与非天才的差异。曹操、曹植是诗歌天才，曹丕的诗歌才能尽管也很突出，但是，离天才诗人还差一步，无论从艺术上还是思想情感上去衡量，他的诗歌与父亲、弟弟还是有一定的距离的。

曹植的“情兼雅怨”，以雅意调节怨情，蕴含着非常丰厚的诗学意蕴。可以说，曹植在一定程度上继承与弘扬了中国古代的风骨诗学，他的“情兼雅怨”是中国古代诗学精神中最有光彩的内容之一。

钟嵘对曹植的评价，还有一句比较重要的话：“体披文质。”这虽然与曹植的风骨诗学有关，但是，涉及的核心问题却是文质。我们不在这里讨论，将之放到下一章的文质诗学中去论述。

钟嵘对曹植风骨诗学的阐发，准确地捕捉到曹植诗歌所表现出来的美学特征，是对曹植乃至整个建安文学的美学把握。和曹操、曹丕、“建安七子”等人相比，曹植的风骨诗学的意蕴呈现更为复杂，更为丰富，因而也更加典型，更具有审美价值。在中国古代文学艺术的发展历程中，曹植是一个非常重要的辐射之源。在他的辐射下，中国古代的风骨诗学代代延续，最终演化为一种诗学、美学精神，在古代的文学艺术创作与审美中发挥着无可替代的作用。

---

① （清）郭庆藩辑：《庄子集释》（3），中华书局1961年版，第733页。

第五章

“三曹”与文质诗学

文质是中国古代诗学、美学的重要范畴。这一范畴发端于先秦，起初人们使用这个概念并不是谈论诗文的，而是讨论政治、文化、人伦、道德以及人的修养的，涉及的论域非常复杂。《礼记·表记》云：“子曰：‘虞、夏之质，殷、周之文，至矣。虞、夏之文不胜其质，殷、周之质不胜其文。’”① 文和质都兼及外在的形式表现和内在的人伦、道德表现，形式也可以是质的，而人伦、道德等本质的东西也可以是文的，并非文只是外在形式的因素，质只是内在本质的因素。《礼记》的意思是，虞、夏达到质的极致，文不能与质相配；殷、周达到了文的极致，质不能与文相配。虞、夏与殷、周都没有实现文质彬彬。这是泛论四代的政治、文化、人伦、道德的，其中也包括典章制度。虞、夏的文化包括典章制度，因为处于文明之初，呈现得比较粗糙、质素，而政治、伦常由于没受到污染却达到了很高的水准。殷、周的文化包括礼乐制度比较健全，可是，政治、伦常却遭到一定程度的破坏，被后人诟病。所谓“礼崩乐坏”即是指此。《礼记》的文质问题是借着孔子之口提出来的，这是因为孔子老早就谈论过这一问题，从他的口里说出来最有权威性，最有说服力。《论语》中的文质是用来评价人的。孔子说：“质胜文则野，文胜质则史。文质彬彬，然后君子。”②（《论语·雍也》）显然，“文质彬彬”意在给“君子”确立一个标准，可是，这一命题却对文学理论与文学批评产生了实质性的影响。汉魏沿袭先秦的文

---

① （清）孙希旦撰：《礼记集解》（下），中华书局1989年版，第1311页。

② （宋）朱熹撰：《四书章句集注》，中华书局1983年新1版，第89页。

质观念，却有不少拓展，最为突出的就是将之运用到文学批评之中，使之成为一个重要的诗学、美学范畴。这说明，文质观念也是在不断地适应时代变化的。总体来说，文质既是一个政治文化观念，可以用来解释历史上的政治文化现象；同时，也是一个文学、美学观念，可以用来评价文学艺术。这种意义的复杂性源于中国古典学术文史哲不分的特点，在不同的论域，文质的内涵不同。“三曹”“七子”都直接或间接地涉及文质问题，或通过理论言说，或借助于创作实践，从不同方面丰富了文质的内涵。而文质的诗学蜕变正是我们要关注的。文质最终与审美密切地关联在一起，到了南北朝，成为人们评价文学发展的一个非常重要的美学标准、一个价值尺度，演化为一种彬彬大盛的诗学精神。

第一节　文质：从政治文化观念到诗学观念

先秦时期，文质是一个政治文化观念。从上文所引两条材料来看，这一观念与孔子有着密切的关联，是孔子较早提出并讨论了这一观念。《论语》《礼记·表记》都记述了孔子关于文质的言论，言说的问题却很不相同。一条讨论的是政治文化，一条讨论的是人文修养。也就是说，一个指称特别大，面对的是整个社会；一个指称特别小，面对的只是个体，即君子。“文质彬彬”说的是人（君子）的人文素养。文与质作为人文素养的两端对于一个君子来说是缺一不可的。这后一指称对诗学的意义重大。

孔子说“质胜文则野”，这个“野”是朴野之意，那是朴素与粗野的合体，意谓人的个性、气质、品德、修养、言语、行为等都是质朴的。而“文胜质则史”的“史”是浮泛之意，意谓人的个性、气质、品德、修养、言语、行为等都是华艳的、放荡不羁的。“文质彬彬”是孔子的做人理想。在他看来，一个人只有做到文质彬彬，才能称为君子。也就是说，君子的身上应该有一些本色、质朴的东西，也应该有一些华丽的东西，质朴与华丽是应该调和的、平衡的。文与质既可泛指一个人的个性、气质、品德、修养、言语、行为等，也可以单指。如道德、人伦是质，衣饰、文采是文；为人真诚是质，圆滑、世故为文；语言质朴为质，文采飞扬为文；等等，质说不尽，文也说不尽。因此，文质是一个很不好回答的问题，因为，它包含的内容实在太广泛，同时又都有双重指向，并非单一的意义。一个人的文化素养很高，举止文雅，衣着整洁、得体，可以称之为文，反之则是质。文化素养包含着品德修养，文化素养高意味着品德修养好，二者不能分开。然而，在现实中，文与质是经常分裂的，并不像孔子所说的文胜质、质胜文那样单纯。一个人满腹经纶，且能写出漂亮的文章，但是，品德低下，那么，如何评价这样的人？这其中就隐含文质的双重指向性，隐含着人性的背离。同时，我们也应看到文质意义指向的单一。仅仅就孔子说人的意图来理解，文是指一个人的知识修养、衣着文饰、外在显现出来的个性气质等，都是别人能明确感受得到的或者看到、听到、摸到的东西；而质则是相对于文来说的，指的是人的本性、品德、思想、情感等不易觉察的东西，或者说，指向的是人的内在的、不外显的东西。文和质具体到人身上非常复杂，它们又关系着具体人的个性，个性的张扬与内敛是天生的，与人的品德可能有关系，也可能没有关系。比如，一个人巧言令色、玩世不恭，但这不代表这个人的本质、品德令人不齿，他或许是一个品德高尚之人，当然，也可能与他的外在表现一致，是一个不折不扣的道德败坏者。因此，有的人文凸显，胜过质；有的人质凸显，胜过文，文与质确实很难分开。文凸显，说明这个人喜欢显露自己，品质有缺陷；质凸显，说明这个人过于朴讷，灵活度欠缺。故而，孔子强调文质彬彬。“文质彬彬”就是文与质两方面相得益彰，搭配完美，不管文突出还是质突出都不理想。这是孔子对君子的要求，真正的君子应该是表里如一的，不仅要有崇高的品德，而且还应有良好的文化修养，举止文雅，衣着得体，善言辞、交际等。只有这样，才合乎儒家的要求。

韩非子则从另一个角度去认识文质，他将文看成质的外饰。《解老》云：“礼为情貌者也，文为质饰者也。夫君子取情而去貌，好质而恶饰。夫恃貌而论情者，其情恶也；须饰而论质者，其质衰也。何以论之？和氏之璧，不饰以五采，隋侯之珠，不饰以银黄，其质至美，物不足以饰之。夫物之待饰而后行者，其质不美也。”[①]在韩非子看来，一个人是不是君子，要看他是取情还是取貌，好质还是恶饰。真正的君子应该是“取情而去貌”“好质而恶饰”的。情是本质的，貌是表面的，情感和品质的优良胜过外表的英俊或美艳。如果过分注重文的东西，质就会衰弱。也就是说，韩非子把质看作与文相互危害的东西。这与孔子的思想是冲突的。在韩非子看来，人之美和物之美均体现在质上，就像和氏之璧、隋侯之珠，它们的原本的外表都丑朴，但是质地却美艳，正是因为质地的美艳决定了它们的价值。其实这表现出韩非子思想的极端性。无论是孔子的“文质彬彬”还是韩非子的“好质而恶饰”，都对传统的诗学和美学观念产生了重大影响。

到了汉代，起初，文质观念似乎承袭的是韩非子。《淮南子》中不少篇章讨论过文质问题，大都执持的是文质相对的立场。《诠言训》云：“饰其外者伤其内，扶其情者害其神，见其文者蔽其质。无须臾忘为质者，必困于性；百步之中不忘其容者，必累其形。故羽翼美者伤骨骸，枝叶美者害根茎，能两美者，天下无之也。”[②]如此看来，文质是很难两全的。这明显地是接着韩非子说。韩非子的文质观是在解释老子的思想时提出的，而《淮南子》“旨近老子”，接着老子和韩非子的观点说就可以理解了。老子崇尚的是“信言不美，美言不信”，其中确实蕴含着文与质的对立。在这个意义上，韩非子并没有理解偏。而在现实生活中，不管是人也好、物也好，哪怕是自然现象、社会现实，确实会经常出现这种对立的现象。但是，在人的心目中，理想的状态还是文质相称。也就是说，孔子的文质彬彬是有生命力的。刘向、扬雄就继承了孔子的思想。刘向说：“故曰文质修者谓之君子，有质而无文谓之易野。”[③]扬雄说：

① （战国）韩非著，陈奇猷校注：《韩非子新校注》（上），上海古籍出版社2000年版，第379页。

② 刘文典撰：《淮南鸿烈集解》（下），中华书局1989年版，第478页。

③ （汉）刘向撰，向宗鲁校证：《说苑校正》，中华书局1987年版，第499页。

“文。阴敛其质，阳散其文，文质班班，万物粲然。”① 对于一个人来说，文质兼修才是君子，而对于万物来说，文质班班，万物才会光彩灿烂。由此可见，两汉时期文质观念呈现的两极仿佛是儒道的对立，其实，事情可能并不是那么简单。

建安时期的文质观承袭先秦，仍把文质问题当作政治文化的大问题来加以对待。曹操、曹丕、曹植虽然对这一问题没发表过直接的看法，但是，在他们的诗赋和辞令之文中多多少少触及这一问题，需要通过对他们文章的细致考察来确认。“七子”中的阮瑀、应玚曾经各自写了一篇《文质论》，讨论的就是政治文化等问题。足以证明这一时期对文质的重视程度。今天，这两篇文章大部分内容已经散佚，仅在《艺文类聚》中保留了只言片语，从中我们多少还是能够看到他们的思想主旨。这说明，汉末魏初，文质依然是当时的热点问题。建安时期的文学创作和文学观念接受了这一观念的影响，其诗文中会时隐时显地涉及文质。《艺文类聚》保存了曹植本人的《文章序》（又称《前录自序》），其中记载了讨论文质的一段话：“故君子之作也，俨乎若高山，勃乎若浮云。质素也如秋蓬，摛藻也如春葩。氾乎洋洋，光乎皜皜，与雅颂争流可也。余少而好赋，其所尚也，雅好慷慨，所著繁多。”② 这是在明确地用文质来解说文学创作，“质素”就是质，“摛藻”就是文。在曹植看来，有文质的文章就像大海一样无边无际，风光无限，又像日月一样，光明莹洁，千娇百媚，这样的文章是可以与雅颂（《诗经》）媲美的。在这里，曹植运用比喻的方法来解释文质，喻体是大海、日月，皆气象壮观之物；并进一步申述，他从小就喜欢写文章，写的都是慷慨之文，即“雅好慷慨”。也就是说，曹植自称他的文章追求的是内容的高雅，语言及形式的华美。这其中又隐含着文质与风骨的关系。细细思来，文质关联的问题确实很多，也很大。我们只是就“三曹”“七子”而论三曹诗学，力争从不同的层面揭示他们的诗学与传统诗学精神的关联。

---

① （汉）扬雄著，（宋）司马光集注：《太玄集注》，中华书局 1998 年版，第 97 页。

② （三国魏）曹植著，赵幼文校注：《曹植集校注》，人民文学出版社 1984 年版，第 435 页。

到了两晋南北朝时期，文质的意义逐渐扩大，既用来评价自然现象、社会风俗，也用来解释政治法律制度。最为重要的是，文质开始被广泛运用于对文学的评价之中，推动了这一范畴在文学、美学中的运用。陆机《文赋》云：“理扶质以立干，文垂条而结繁。”[①] 沈约《宋书·谢灵运传论》评“二祖陈王”：“至于建安，曹氏基命，二祖陈王，咸蓄盛藻，甫乃以情纬文，以文披质。”[②] 刘勰说：“夫水性虚而沦漪结，木体实而花萼振，文附质也。虎豹无文，则鞟同犬羊；犀兕有皮，而色资丹漆；质待文也。”[③]（《文心雕龙·情采》）文与质是相互依附依存的，表现在文章中是情与采的关系。刘勰还将文质的观念用在文学（文章）演变的解释中，评价文学（文章）的历史发展，在他看来，整个文学（文章）发展的历史就是“质文代变”（《文心雕龙·时序》）的历史。他把商周视为一个转折点，商周以前的文学（文章）是质胜其文，商周以后的文学（文章）是“文胜其质”（《文心雕龙·原道》），只有商周时期的文学（文章）是“丽而雅”的。所谓“丽而雅”，就是文质彬彬的意思，强调商周之文是文的典范。从他对建安文学的评价中，“雅好慷慨”“志深而笔长”也是隐含着文质兼备的。如何理解文学艺术中的文质？从刘勰所论，我们能够感觉问题的复杂性。钟嵘与沈约、刘勰一样，也用文质的观念来评价文章，他评曹植，称赞其“体披文质”。我们认为，沈约、刘勰、钟嵘所使用的文质意义应该没有什么差别，都兼及文章的思想、情感与语言、形式，是两者的完美结合。

沈约、刘勰、钟嵘为什么开始用文质的观念来评价文学？这是适应文学观念发展的一种创新，其中，先贤的启发是一个重要方面。魏晋南北朝时期，思想活跃而且多元，解经、注经盛行，无论儒家还是道家典籍都出现了一些经典的注释，无形中推动了先贤思想的转化。先贤的思想往往具有无限的包容性，它们可以用来解释

---

① （西晋）陆机著，张少康集释：《文赋集释》，上海古籍出版社1994年版，第43页。

② （南朝梁）沈约撰：《宋书》（6），中华书局1974年版，第1778页。

③ （南朝梁）刘勰著，范文澜注：《文心雕龙注》（下），人民文学出版社1958年版，第537页。

宇宙万物和社会文化现象，很多原本与文学艺术无关的思想观念都被自然而然地引进文学艺术之中，引进诗学与美学之中，成为诗学、美学的重要观念。文质便是其中之一。另外，前代的文学创作实践尤其是建安时期的文学创作实践也起着推波助澜的作用。“三曹”“七子”等人通过他们的文学创作，已经将文质问题推到了时代的面前，使人们不能不直面这一问题。思考如何使文学作品既具有强烈的思想情感力量又具有强烈的艺术的感染力？可以说，正是因为“三曹”“七子”等人卓有成效的文学创作和观念探索，推动了文质在文学批评中的应用，为把文质从一个政治、文化的观念转化为纯粹的诗学、美学观念提供了条件。自此以后，文质便真正进入中国古代诗学与美学的殿堂之中，散发出耀眼的光彩。

第二节 “三曹”的诗文创作与文质诗学

“三曹”的诗文创作继承了《诗经》、楚骚的诗学传统，实现了思想情感与艺术形式包括语言的完美统一，这方面的内容我们上文从各个层面、各个角度已经讨论很多。后世评价曹操“文采风流”“气韵沉雄”，评价曹丕“便娟婉约”，评价曹植“骨气奇高，词采华茂，体披文质”，其内在都包含着文质的内容。这些，只有结合“三曹”“七子”等人的诗文创作才能把他们各自的文质诗学特征说清楚。

“文采风流”是杜甫对曹操的评价。这一评价兼及曹操的诗文与人格修养及其社会影响，这些就是传统所谓的文质内容。《丹青引赠曹将军霸》是杜甫题赠著名画家曹霸的诗。曹霸是曹操的后代，他的艺术成就使杜甫自然而然地将他与他的先祖联系在一起，个人的成就与祖上的荣耀自然而然地发生关联。诗中，杜甫先是陈述了曹霸的身世，因为他的先祖曹操是历史上著名的政治家、军事家、文学家，功勋卓著，必然会涉及对曹操的评价。“将军魏武之子孙，于今为庶为清门。英雄割据虽已矣，文采风流今尚存。”① 杜

① （唐）杜甫撰，（清）仇兆鳌注：《杜诗详注》（中），中华书局2015年版，第949页。

甫评曹操是“文采风流”，包含着两个方面的意涵，一是诗文成就，二是历史功绩。曹操不仅诗文写得文质彬彬，而且历史功绩盖世，虽然那个英雄割据的时代已经结束，但是，他的诗文成就和历史功绩对后世的影响却极其深远。“文采”说的不单单是诗文，包括诗文的语言，兼及语言和思想情感两个方面，是两者的融合。在我们看来，对“文采”和“风流”的理解可以着眼于两个方面：一是两者并列，各有所指。“文采”是指文章才能、个性气质、学识修养等，是与人文有关的素质；“风流”则指文学功绩、政治功绩、军事才能、领袖气质等，亦即政治文化的影响力。二是“风流”为“文采”的修饰与评价，意谓曹操诗文才能非常突出，引领创作的风尚。这些，已经为历史所证实。后世的文学理论家、美学家如刘勰、钟嵘等人对曹操的评价已经充分印证了这一点。因此，杜甫评价他“文采风流”，既是对历史评价的总结，又是一种新的认识，意谓曹操在文学和政治等方面取得的历史功绩是值得后人敬仰、学习的。这显然是文质的视野。“气韵沉雄”是对他“文采风流”的具体定性。从文质的角度来说，“文采风流”可以有多种类型，而“气韵沉雄”是属于曹操的类型。

曹操现存为数不多的诗歌，其中不少都实现了语言和思想情感的高度统一，堪称文质的典范。他的《蒿里行》描写汉末的军事斗争以及战争给人民带来的深重灾难，无论语言文采还是思想情感都达到了空前的高度。为了反对董卓的专权，东方各州郡推举袁绍为盟主，组成义军，联合讨伐董卓。可是，各路军阀各有盘算，钩心斗角，没有把心思用在如何战胜董卓上。曹操描写这种情形：“军合力不齐，踌躇而雁行。”各路军阀的军队合起来，虽然人数众多，但是，只是阵势唬人，就像大雁一样，飞行的时候队列非常整齐，谁都不愿意主动出列抢先，哪怕雁群遭受到攻击也是如此。对联军的那种畏缩不前的行为，曹操借助于“雁行”一词生动地呈现在人们眼前，这是讽刺，是痛心。而最为沉痛的是对士兵生活和百姓遭遇的描写：“铠甲生虮虱，万姓以死亡，白骨露于野，千里无鸡鸣。”士兵们由于长期不脱铠甲，身上生了很多虱子；无数士兵和百姓在战乱中死去，白骨遍野，方圆千里，人烟全无。这其中有同情，有悲哀，彰显了曹操的人文情怀。语言文采和思想情感完美结合在一起，形成了曹操的文质诗学，他的诗也成为诗歌典范。就曹操的诗歌创作来说，文不仅指他的语言、文采，也指语言、文采背后的思想、情感和精神气质；同样，质也不仅指思想、情感，也指表达思想、情感的个性化的语言、文采。文质是语言、文采、思想、情感背后的人文素养和人文情怀，是一种独特的精神气质和美学品质。

曹丕的诗歌特征是“便娟婉约”，其中包含着比较丰富的文质内涵。上文，我们在讨论风骨的时候，已经论述了“便娟婉约”中的“天资文藻”“洋洋清绮”，其中还蕴含着另一层面的意义，那就是文质彬彬，意谓从文质的角度来认识曹丕的诗文，也是文采灿烂、情感真挚的。对此，我们不再细挖。但是，我们还是想从他的《燕歌行》入手，来分析他诗歌的文质诗学问题。《燕歌行》是一首代拟诗，也是中国文学史上第一首完整的七言诗。因为代拟，模仿的是一个女性的口吻，所以，思想情感的表达比较细腻，文辞极为优美。诗歌描写的是一种思念的情感，运用了很多秋天的意象。秋天是一个怀人的季节、感伤的季节，因此，曹丕把时间定格在深秋。“秋风萧瑟天气凉，草木摇落露为霜。群燕辞归雁南翔，念君客游思断肠。慊慊思归恋故乡，君何淹留寄他方。”深秋的天气非常寒冷，草木摇落，白露为霜，燕子离去，大雁南飞，纷纷回到温暖的地方。可是，远离家乡的夫君依然没有回来，仍然滞留在他乡。诗以摇曳多姿的语言描写思念：“贱妾茕茕守空房，忧来思君不敢忘，不觉泪下沾衣裳。援琴鸣弦发清商，短歌微吟不能长。明月皎皎照我床，星汉西流夜未央。牵牛织女遥相望，尔独何辜限河梁。”一个人独守空房，长夜难眠，以泪洗面，用琴声表达对夫君的思念。整首诗的文采与情感氛围高度统一。全诗每句均押韵，押比较响亮的韵，如此一来，情感的表达并不沉闷。这种一韵到底的用韵方法，使人读起来却没有丝毫拖沓、冗长的感觉，增强了诗歌的音乐美。诗的语言、文采和思想、情感都是唯美的，实现了文与质的统一。这是不同于曹操的文质彬彬。

曹操、曹丕的诗歌虽然隐含着文质问题，但是，后人并没有明确使用文质概念去评价。曹植则有所不同，南朝时期，已经有人开始用文质概念评价他的诗，表明文质的视野已经进入建安文学的批评之中。钟嵘首先使用文质评价曹植，称他的诗“骨气奇高，词采华茂，情兼雅怨，体披文质”（《诗品》）。在钟嵘的眼里，曹植的诗歌是文质兼备的，所谓“体披文质”就是文质彬彬。这个“体”的意义应该如何理解？联系钟嵘的言说语境，可以肯定的是，它不是指文学形式的文体。这是因为，钟嵘《诗品》论述的对象原本就是五言诗，五言诗作为一种文体是非常明确的，怎么可能在五言诗的限定下评价具体诗人再单独说文体呢？这显然不符合逻辑。因此，这个“体”应该指体貌，也就是诗歌面貌、诗歌风格，意谓曹植的诗歌体貌和风格是文质兼备的，实现了文质的统一。

前面已经说过，“文”与“质”是两个范畴。这两个范畴虽然各有司职，但是，又是相互融合的，完美的情形应是文质彬彬。“文”并非特指语言、文采，“质”也并非特指思想、情感，无论语言、文采、思想，还是情感等都存在文、质的问题。同时，“文”又可以专指语言、文采，“质”也可以专指思想、情感，那是狭义的文质。文质还包含着作品的组织结构、艺术技巧等方面的内容。对具体的作品来说，语言精美，文采绚烂，思想、情感真挚，结构精巧，艺术手法精妙，这是基本的要求，但是，这一基本的要求在某些时代，在某些作家、诗人那里却成为难以企及的目标，要么偏于文，要么偏于质。也就是说，很多时候，很多作家无论语言、文采还是思想、情感的表达都没有达到理想的状态。这说明文质的实现很难，其实是做到文质彬彬很难。钟嵘评曹植“体披文质”，一方面肯定曹植的文采，另一方面也肯定他的思想、情感高度。曹植对文质的态度，借用他自己的话说，就是“摛藻也如春葩”，意谓诗歌（文学）应该像春天的花一样鲜艳。“春葩”不仅仅形容文采，也用来形容整个文章。在日常生活中，我们评判花的优劣，并不是单独从颜色上来评判的，而常常从颜色、造型、品类等多方面来评断。前面说过曹植的“词采”，强调“词采”就是文采。文采只是“文”的一个义项，不是“文”的全部。因此，钟嵘评价曹植“体披文质”，并不是重复“词采华茂”，意义更为全面。质是指诗歌

(文学) 表达的思想、情感及其真实性，借用曹植自己的话说，就是“质素也如秋蓬”，“秋蓬”是一种非常朴素的植物，秋天开粉红色或白色的花，并不像其他娇艳的夏花，斗芳争艳。诗歌表达的思想情感也应像这秋蓬一样，真挚、真实、质朴。这种真挚、真实、质朴的情感和华美的语言结合在一起，就做到了文质彬彬，从而更好地实现了表情达意的目的。

我们以曹植的《种葛篇》来分析他的文质诗学。诗云：

> 种葛南山下，葛藟自成荫。与君初婚时，结发恩意深。欢爱在枕席，宿昔同衣衾。窃慕棠棣篇，好乐如瑟琴。行年将晚莫，佳人怀异心。恩纪旷不接，我情遂抑沉。出门当何顾！徘徊步北林。下有交颈兽，仰见双栖禽。攀枝长叹息，泪下沾罗衿。良马知我悲，延颈对我吟。昔为同池鱼，今为商与参。往古皆欢遇，我独困于今。弃置委天命，悠悠安可任！①

像曹丕的《燕歌行》一样，这也是一首代拟诗，以弃妇的口吻描写了她遭到遗弃时的思想、情感。诗首先以葛藟起兴，隐喻婚姻美满，先扬后抑。结婚之初，夫妻缠绵恩爱。诗歌以华美的语言描写了夫妻的恩爱：“欢爱在枕席，宿昔同衣衾。窃慕棠棣篇，好乐如琴瑟。”这是一段多么令人难忘的时光！然而，当妇人年老色衰，丈夫的爱情便逐渐淡漠。“恩纪旷不接，我情遂抑沉。”丈夫很少搭理妇人，接近妇人，妇人的情绪极其低落。爱情消失的信号已经非常强烈。这时，诗歌的语言开始转入沉郁。接下来，诗歌描写了妇人激烈的行为与心理。她骑着马，出了家门，一路狂奔来到了北边的一片树林，当她看到一对野兽交颈亲热，看到树上鸟巢中那一对恩爱的双栖鸟，想到自己曾经拥有的爱情，想到自己今天的处境，不禁潸然泪下，泪水打湿了衣襟。当她悲哀之时，马仿佛也懂得她的心思，对着她哀鸣。她不禁慨然叹息：“昔为同池鱼，今为商与参。”“商”原本指高辛氏的儿子阏伯，后迁于商丘，主辰；“参”

① (三国魏) 曹植著，赵幼文校注：《曹植集校注》，人民文学出版社 1984 年版，第 314—315 页。

是指高辛氏的另一个儿子实沈，后迁于大夏，主参。高辛氏的这两个儿子为了权力一直争斗，水火不容，而当他们被神化为星座，分别主商星和参星之后，令其在不同的时间出现，就永远不会再见面了，也就避免了争斗。这里隐喻的是爱情的决绝。妇人慨叹自己的命运，但却无可奈何，只能任凭命运的摆布。

这首诗的语言确实如钟嵘所评，“词采华茂”，代拟的表现方法的运用，增强了诗的想象性。在情感表达上，诗歌运用了心理叙事的方法，采取了“爱—怨—恨”的情感结构模式，先描写夫妇的恩爱，再描写因为年长色衰之后遭到遗弃所产生的怨，最后，抒发了内心不可遏制的恨，先扬后抑，从而完成了这一情感的艺术结构，非常精美。同时，这首诗的人物形象描绘非常生动，情感表达非常感人。它沿袭了《诗经》、汉乐府中所表现的传统爱情始乱终弃的主题，在一定程度上揭示了男权社会中妇女的悲惨命运，真挚、真实、质朴、自然，堪称“体披文质”，是文质融合的典范。综合“文”与“质”这两个方面，我们可以看出曹植诗歌的体貌。他的诗歌语言精美、文采繁富、结构巧妙、思想情感真挚。这就是“体披文质”。这种“体披文质”与“骨气奇高，词采华茂，情兼雅怨”结合起来，共同构成了曹植的文质诗学，使之成为中国古代诗学精神的典范。

第三节 阮瑀、应玚的文质诗学

“三曹”和“七子”之中，直接面对文质问题的是阮瑀和应玚，二人分别写过一篇《文质论》，讨论传统的文质问题。由于两篇文章在当时影响较大，不时被人们提及，故而在其大部分内容散佚之后尚能保留只言片语，已属可贵。今天，我们只能就现存的只言片语，分别讨论应玚和阮瑀的文质诗学思想，探究一下他们对这一问题的理论发明。

一 阮瑀的文质诗学

阮瑀的《文质论》今存一个相对完整的部分，字数不到300

字，讨论的是文质的自然与社会特征及其在自然和人身上的具体表现。应玚的《文质论》也基本是这一思路，下文将论及。由此我们推测，阮瑀与应玚的《文质论》应该是相约而作，作于同时，针对的是一个共同的话题。至于具体的写作背景，“建安七子”其他人是否参与此事，史料阙如，则不得而知。

明人张溥《阮元瑜集》题辞如此评价阮瑀和他的作品包括《文质论》：“阮掾为曹操遗书孙权，文词英拔，见重魏朝。文帝云：‘书记翩翩，致足乐也。’元瑜没，王粲诔之，曰：‘简书如雨，强力敏成。’若是乎行人有词，国家光辉，以之折冲御侮，其郑子产乎？余观彼书，润泽发扬，善辨若毂。独叙赤壁之败，流汗发惭，口重语蹇，固知无情之言，即悬幡击鼓，无能助其威灵也。《文质论》雅有劲思，若得悠游述作，勒成一家，亦足与伟长《中论》，翩翻上下。”[①] 后人对阮瑀评价之高，于此可见一斑。张溥称他的《文质论》“雅有劲思”，只是着眼于文章的气势，不涉及内容。可以想见，张溥所见《文质论》文字与我们今天看到的这一部分文字相差无几，不可能是《文质论》的全部。

阮瑀文质论的一个重要贡献是，认识到文质的特征是文虚质实。应该说，这是从一个新的角度所做出的分析，可以称之为一个新的发现。阮瑀说：“盖闻日月丽天，可瞻而难附；群物著地，可见而易制。夫远不可识，文之观也；近而得察，质之用也。文虚质实，远疏近密。援之斯至，动之应疾。”[②] 天上的日月，看得见却难以触及；地上的万物，既看得见又摸得着。人们能欣赏日月之美，是因为日月的光彩，那是日月之文，可见不可及。人们不仅能够欣赏大地万物美的文采，而且能享受大地万物给人们带来的实实在在的利益，那是大地万物之质。因此，文是虚的，质是实的。这是阮瑀“文虚质实”的依据。同时，虚意味着距离之远，实意味着距离之近。远无所为用，近可随时为用。日月离人生存的大地很远，只能远睹；万物生长在大地上，人可以近距离接触，可以根据它们的特

① （明）张溥著，殷孟伦注：《汉魏六朝百三家集题辞注》，中华书局 2007 年版，第 105 页。

② 俞绍初辑校：《建安七子集》，中华书局 2005 年版，第 169 页。

性，直接得到它们的实用。这些看法虽然流于表面，但对文质诗学的拓展是无可置疑的。

由文虚质实、远疏近密，阮瑀从人与自然两个层面进一步展开了他对文质特征的认识。他先说自然：“若乃阳春敷华，遇冲风而陨落；素叶变秋，既究物而定体。丽物苦伪，丑器多牢，华璧易碎，金铁难陶。”[①] 就自然事物来说，文的东西外形亮丽，相对短暂、脆弱，而质的东西外形丑朴，却相对坚固、长久。所谓“丽物苦伪，丑器多牢，华璧易碎，金铁难陶”，意思再清楚不过了。然后说人。在说人的时候，阮瑀将人分“通士”与“质士”两类，分别予以言说。他说通士：“故言多方者，中难处也；术饶津者，要难求也；意弘博者，情难足也；性明察者，下难事也。通士以四奇高人，必有四难之忌。”[②] 对通士来说，文质则呈现为四难，即语言、能力、思想、性情展示之难。言说很多方法，想从中找到一种最适合的方法很难；能力很突出，要找到能力之所以突出的那个最关键的点很难；思想很弘博，弘博的具体情状描述很难；性情明察秋毫，想洞悉很多事情很难。他说质士：“且少言辞者，政不烦也；寡知见者，物不扰也；专一道者，思不散也；混濛蔑者，民不备也。质士以四短违人，必有四安之报。”[③] 质士的特点是少言辞、寡知见、专一道、混濛蔑，由此带来的效果是政不烦、物不扰、思不散、民不备，都是质的特征的呈现。阮瑀关于通士、质士的认识说明，文质在人身上的表现非常复杂。“文虚质实”虽然是一种表面化的认识，但意涵并非浅薄，在一定程度上揭示了人的本质。这是因为，衡量一个人的最终的标准是质，它对人的分量很重。

阮瑀的文质观立足的是社会政治文化的立场，对文学艺术创作、批评以及当时的诗学、美学观念的深化与完善是有一定的启发意义的。他与应玚一道，在建安时期开辟了一个独特的论域，最终将文质观念引入诗学与美学之中，引入当时的文学艺术批评与鉴赏之中。

---

① 俞绍初辑校：《建安七子集》，中华书局2005年版，第169页。

② 俞绍初辑校：《建安七子集》，中华书局2005年版，第169—170页。

③ 俞绍初辑校：《建安七子集》，中华书局2005年版，第170页。

二 应玚的文质诗学

刘勰《文心雕龙·序志》论及应玚《文质论》：“详观近代之论文者多矣：至于魏文述典，陈思序书，应玚文论，陆机文赋，仲洽流别，弘范翰林，各照隅隙，鲜观衢路；或臧否当时之才，或铨品前修之文，或泛举雅俗之旨，或撮提篇章之意。”① 这里所说的“应玚文论”，即指应玚的《文质论》。足见应玚《文质论》在当时的声名之大！刘勰所罗列的这些论著，在他生活的齐梁时期，都是完整存在的，可以肯定的是，他都一一细致阅读过。今天，除了《与杨德祖书》《文赋》完整存在外，其余大部分散佚，仅存后人辑佚得来的部分内容，非常可惜！以刘勰的眼光，将应玚的《文质论》与曹丕的《典论》、曹植的《与杨德祖书》、陆机的《文赋》、挚虞的《文章流别论》、李充的《翰林论》放在一起，同等并列，本身就说明这篇文章的重要。刘勰对应玚和他的《文质论》的价值是认可的。然而，从他的立场出发，又对他所罗列的这些论著不满意，认为它们是“各照隅隙，鲜观衢路”，即看不到大的问题，看到的仅是一些细枝末节，存在以偏概全的弊端，并分别予以具体评说：“魏典密而不周，陈书辩而无当，应论华而疏略，陆赋巧而碎乱，流别精而少巧，翰林浅而寡要。”② 魏文帝的《典论》共20篇文章，堪称一部大著，曾经被刊刻在洛阳太学的石碑之上，凡六碑，其中《论文》一篇专论文人相轻，深入涉及文体观和创作观，尤其“文气”说影响深远。应该说，《典论》的构思是比较严谨的，但是，在刘勰的眼里仍不周全，大概因为它不专论文心，而是规范文人言行的法典。同样，陆机《文赋》专门论文，且文采华美，结构严谨，论析文章构思、作文法术等若干问题，言之凿凿，提出著名的神思论和应感论，实乃中国古代文艺理论之杰出创构，可在刘勰的眼里仍是“巧而碎乱”，足见刘勰要求之高。其实，这些论著都有

---

① （南朝梁）刘勰著，范文澜注：《文心雕龙注》（下），人民文学出版社 1958 年版，第 726 页。

② （南朝梁）刘勰著，范文澜注：《文心雕龙注》（下），人民文学出版社 1958 年版，第 726 页。

各自的理论贡献。《典论·论文》《文赋》《文章流别论》《翰林论》的价值，文学史、批评史、美学史已有公正评价，其中的很多观念被刘勰吸纳到《文心雕龙》中，得到发扬光大。但是，它们之中的任何一篇（部）均不能和《文心雕龙》媲美。这是事实！刘勰话说得虽然不太厚道，但是，并非有意抹杀它们的价值，否则，就不会专门把它们一一罗列出来，品头论足。这一点，我们应该予以理解，保持高度清醒。

刘勰特别提到应玚的《文质论》，而在今天，这篇文章却被现在的文学批评史、文学理论史、美学史忽略了，大概就是因为它散佚了较多的内容，已经不完整。现存《文质论》片段，是从唐代欧阳询所编的类书《艺文类聚》中辑佚而来的，有些观点的呈现尚比较清晰。

从现存《文质论》残篇看，应玚的文质论着眼于政治文化，与先秦的文质观一脉相承。在应玚看来，文与质普遍地存在于自然和人类社会中，对自然和人类社会的塑造意义非凡。自然中的文质，诠释并彰显着大自然的明丽生动；人类社会中的文质，诠释并彰显着人类社会的治乱与气象，在治国理政中发挥着巨大的作用。在应玚看来，自然中的文质是自然的底色与造化，是自然生命的存在方式，同时，也是自然美生成的根源。“日月运其光，列宿曜其文，百谷丽于土，芳华茂于春。”[①] 光彩是日月之文，明亮是星星之文，百谷是大地之文，芳华是春天之文。这些“文”对于它们所从属的主体对象来说，绝对不可缺少。离开这些文，主体对象就不成其为主体对象。更为重要的是，这些“文”的意义并不仅仅在于它们所从属的主体对象，而是超越这些主体对象，对人类社会具有创构作用。人类受自然的启发创造了文化，包括礼乐、制度、秩序、法度、文学、艺术等，使人类社会不断向文明进化，向美演化。应玚认同人类社会的制度、秩序、法度、文学、艺术等都是自然启发的结果。他明确地说：“圣人合德天地，禀气淳灵，仰观象于玄表，俯察式于群形，穷神知化，万国是经。故否泰易趍，道无攸一，二

① 俞绍初辑校：《建安七子集》，中华书局2005年版，第184页。

政代序，有文有质。”① 他从人类发展的历史史实出发推演了文质在历史发展中的作用，看到了文与质在历史上不断交替、轮换，以及这一交替、轮换所带来的一幕幕惊天地、泣鬼神的场景。他特别以成周和汉代初年为例加以说明。在他和众多人的眼里，成周已是一个文极其繁盛的时代，有孔子的言论为证。应玚说：“九官咸乂，济济休令，火龙黼黻，暐韡于廊庙，衮冕旂旒，舄奕乎朝廷，冠德百王，莫参其政。是以仲尼叹‘焕乎’之文，从‘郁郁’之盛也。”② 孔子赞美成周“郁郁乎文”，文采繁盛，是否意味着成周在进行统治的过程中缺少质，或者质的表现不完美呢？在应玚的眼里完全不是这样。成周时期其实是一个文质并重的时代，在这样一个时代，自然会出现“礼乐争辉，辞藻竞骛”③（《文心雕龙·时序》）的现象。由此，应玚表达了他对质以及质在政治统治中作用的理解：“夫质者端一玄静，俭啬潜化利用。承清泰，御平业，循轨量，守成法，至乎应天顺民，拨乱夷世。摛藻奋权，赫奕丕烈。纪禅协律，礼仪焕别。览《坟》《丘》于皇代，建不刊之洪制。显宣尼之典教，探微言之所弊。”④ 质的表现虽然是“端一玄静”，但是，“俭啬”一直是被潜在地化用的，具体表现在国家治理中，应该是“循轨量，守成法”，“应天顺民，拨乱夷世”，最终达到“摛藻奋权，赫奕丕烈”的境界。可是，在汉代，文质的表现却呈现两极分化。西汉初期，文质彬彬。“高帝龙飞丰、沛，虎踞秦、楚，唯德是建，唯贤是与。陆、郦摛其文辩，良、平奋其权谞，萧何创其音律，叔孙订其庠序，周、樊展其忠毅，韩、彭列其威武。”⑤ 而自高后（吕后雉）乱德之后，文质失调。“朱虚轸其虑，辟强释其忧，曲逆规其模，郦友诈其游。”以此类推，在历史演进的过程中，文与质都随时可能会显示各自的不足，在国家治理方面，文与质合理搭配是一种理想的状态，但是，这种状态的实现很难。应玚以他敏

① 俞绍初辑校：《建安七子集》，中华书局2005年版，第185页。

② 俞绍初辑校：《建安七子集》，中华书局2005年版，第185页。

③ （南朝梁）刘勰著，范文澜注：《文心雕龙注》（下），人民文学出版社1958年版，第672页。

④ 俞绍初辑校：《建安七子集》，中华书局2005年版，第185页。

⑤ 俞绍初辑校：《建安七子集》，中华书局2005年版，第185页。

锐的洞察力觉察到文质在社会政治统治、国家治理中发挥的作用，看到了“质者之不足”“文者之有余”，虽然创新的程度有限，但是，却清晰展示他对传统思想的继承态度，进而肯定了传统思想观念的当下价值。这种从文质角度认识政治统治和国家治理的观念也会对文质诗学产生影响，不容忽视。

结　语

"三曹"诗学的精神传承及当代价值

"三曹"诗学是经过以"三曹""七子"等人为代表的建安文学家通过创作实践和理论阐发自主生成的文学和美学思想。它以创作实践彰显为主，以理论阐发为辅，以一种潜在的诗学形态呈现，经过后世理论家和批评家的总结、归纳以及理论提升，形成了相对完整的理论内涵，成为一种诗学的典范，在中国古代的文学创作和批评中发挥极其重要的作用，具有特殊的地位。在中国古代诗学精神的整体链条之中，"三曹"诗学是中介，它上承《诗经》、楚骚的比兴及秦汉的感物、文质传统，下启缘情、绮靡、风骨、兴寄等诗学风尚，加之曹丕开拓的文气诗学，后世所提出的重要诗学命题，所崇尚的诗学精神，很多都与"三曹""七子"有关。唐代大诗人李白说："自从建安来，绮丽不足珍。圣代复元古，垂衣贵清真。群才属休明，乘运共跃鳞。文质相炳焕，众星罗秋旻。"①（《古风》其一）"蓬莱文章建安骨，中间小谢又清发。"②（《宣州谢朓楼饯别校书叔云》）在李白的眼里，绮丽、风骨、文质都是建安诗学的精神意蕴，这种精神对后世的影响巨大。宋人范温说得更为明确："建安诗辩而不华，质而不俚，风调高雅，格律遒壮。其言直致而少对偶，指事情而绮丽，得风、雅、骚人之气骨，最为近古者也。一变而为晋、宋，再变而为齐、梁，唐诸诗人，高者学陶、谢，下者学徐、庾，惟老杜、李太白、韩退之早年皆学建安，晚乃各自变

① （唐）李白著，王琦注：《李太白全集》，中华书局1977年版，第87页。
② （唐）李白著，王琦注：《李太白全集》，中华书局1977年版，第861页。

成一家耳。”[①]（《潜溪诗眼》）同样指出绮丽、质朴、高雅、风骨、格律等是建安文学的精神意蕴，那是极高的审美境界，只有杰出的作家、诗人才能得其精髓，并进行创新。在很多方面，“三曹”“七子”都开风气之先，引导后世文学之变。正如日本学者吉川幸次郎所言：“在后世，十六世纪的明中叶，以李梦阳为首发动了古典主义文学运动，虽然这个运动本身未见得充分地成功，他们也是回顾以曹植为中心的建安文学，把它视为对于变革十分重要的诗歌热情的主要源泉之一。”[②] 这足以说明，“三曹”诗学、建安文学在中国古代诗学精神的形成与传承过程中起着极其巨大的作用。

第一节 “三曹”诗学的精神传承

“三曹”诗学作为一种诗学形态，有自己的诗学创造，更多的是对传统诗学的传承，创造与传承结合在一起，丰富、充实了中国古代诗学精神，使其本身也成为中国古代诗学精神的重要组成部分。“三曹”诗学有一个提炼和精神传承的过程，对“三曹”诗学的提炼与精神传承首先是从南朝开始的。沈约最早注意到建安作家包括“三曹”身上所折射出来的诗学意蕴，《宋书·谢灵运传论》曾经得出这样的结论：“至于建安，曹氏基命，二祖陈王，咸蓄盛藻，甫乃以情纬文，以文披质。”[③]“二祖陈王”即“三曹”，“二祖”指曹操、曹丕，“陈王”是陈思王曹植。在沈约看来，他们都是追求缘情、文采绮丽、文质彬彬的。“盛藻”即华美的辞藻，就是曹丕说的“丽”，陆机说的“绮靡”；“以情纬文”是用情感做文章，“以文披质”就是文质彬彬。也就是说，“三曹”的诗文追求的是文采繁盛、情感充沛和文质彬彬，堪称文章典范。在具体说到曹植、王粲时，沈约称他们“以气质为体”。显然，沈约已经从“三

---

① （宋）魏庆之：《诗人玉屑》（下），中华书局2007年版，第392页。

② ［日］吉川幸次郎：《中国诗史》，章培恒等译，复旦大学出版社2001年版，第128页。

③ （南朝梁）沈约：《宋书》（6），中华书局1974年版，第1778页。

曹”“七子”身上看到了缘情、绮丽、文质、文气等诗学特征，这其实就是“三曹”或建安诗学精神的一部分，是他们在继承前代优秀文学传统的基础上自主形成的。沈约对“三曹”诗学精神的提炼无疑产生了深远的影响。

对“三曹”诗学精神进行全面精准归纳与提炼的是齐梁时期两位伟大的文学理论家、美学家刘勰与钟嵘，他们高扬建安文学创造性的艺术开拓和慷慨悲凉的思想情感与语言风貌，并将之升华为一种卓越的诗学精神和审美精神层面，树立了一个文学的经典时代。“三曹”诗学的理论成型是在这一时期，“三曹”诗学精神的传承也是从这一时期真正开始的。

刘勰对建安文学的总体评价是：“慷慨以任气，磊落以使才，造怀指事，不求纤密之巧；驱辞逐貌，唯取昭晰之能。”[①]（《文心雕龙·明诗》）“观其时文，雅好慷慨，良由世积乱离，风衰俗怨，并志深而笔长，故梗概而多气也。”[②]（《文心雕龙·时序》）“慷慨任气”“志深笔长”“梗概而多气”是他对建安文学特征的概括，虽然简略，但是，其内在意蕴极其丰厚。它不仅涵盖了沈约对建安作家包括“三曹”诗学精神的归纳与提炼，而且更为精准地发现了隐藏在建安作家身上的带有本质性的美学思想内涵。要真正理解刘勰“慷慨任气”“志深笔长”“梗概而多气”的思想精髓，还必须结合他对建安时期众多诗人、作家的具体评价，以及对各人擅长的具体文体形式的评价。如他总评“魏之三祖”“气爽才丽”[③]（《文心雕龙·乐府》），具体评曹丕“洋洋清绮”、曹植“诗丽而表逸”（《文心雕龙·才略》）[④]，等等，都涉及人的个性、气质、才能以及作品的语言、文采等问题。“气”就是文气，是一个作家身上呈现

---

① （南朝梁）刘勰著，范文澜注：《文心雕龙注》（下），人民文学出版社1958年版，第66—67页。

② （南朝梁）刘勰著，范文澜注：《文心雕龙注》（下），人民文学出版社1958年版，第673—674页。

③ （南朝梁）刘勰著，范文澜注：《文心雕龙注》（下），人民文学出版社1958年版，第102页。

④ （南朝梁）刘勰著，范文澜注：《文心雕龙注》（下），人民文学出版社1958年版，第700页。

出来的总体的个性特征。“爽”是爽朗，那是文气的一种类型，也就是曹丕所说的“气之清浊有体”的“清”的类型。“才”是才能，“丽”是雅丽。在刘勰看来，“魏之三祖”最优秀的文学才能就是创作出典雅、华丽的文学作品。这里说的虽然是“气”与“才”两个方面，内在蕴含的意义却非常丰富，是“三曹”诗学的文气诗学和文质诗学的有机融合。这种“气”与“才”兼具思想情感与语言艺术，也就是两晋南朝人极力推崇的绮靡与风骨。这种批评也贯穿在刘勰对“建安七子”及其他作家的评价之中。他称陈琳、阮瑀、曹植之章表：“观其体赡而律调，辞清而志显，应物制巧，随变生趣，执辔有余，故能缓急应节矣。”①（《文心雕龙·章表》）。在《文心雕龙·才略》中，他评价包括“建安七子”在内的诸多作家：“孔融气盛于为笔”，“仲宣溢才，捷而能密，文多兼善，辞少瑕累”，“刘桢情高以会采，应玚学优以得文”。② 尤其可贵的是，刘勰认识到建安文学对两晋南朝的影响：“观夫后汉才林，可参西京；晋世文苑，足俪邺都；然而魏时话言，必以元封为称首；宋来美谈，亦以建安为口实；何也？岂非崇文之盛世，招才之嘉会哉？嗟夫，此古人所以贵乎时也！”③ 这是刘勰在遍读、细读南朝梁之前的文学作品之后得出的结论。所谓“晋世文苑，足俪邺都”，“宋来美谈，亦以建安为口实”，都是在强调建安文学对后世文学的影响。足见在建安文学、“三曹”“七子”等人出现不久，其诗学的精神意蕴便很快落地扎根，流誉文坛。这种影响不仅仅是诗文技艺的传承，更重要的是观念与精神的传承。

钟嵘与刘勰同时，他的《诗品》有对建安文学的总体评价，更有对“三曹”“七子”等人的具体评价。钟嵘对建安文学的整体评价是：“彬彬之盛，大备于时。”④（《诗品序》）这无疑是高度的肯

---

① （南朝梁）刘勰著，范文澜注：《文心雕龙注》（下），人民文学出版社 1958 年版，第 407 页。

② （南朝梁）刘勰著，范文澜注：《文心雕龙注》（下），人民文学出版社 1958 年版，第 699—700 页。

③ （南朝梁）刘勰著，范文澜注：《文心雕龙注》（下），人民文学出版社 1958 年版，第 701—702 页。

④ （南朝梁）钟嵘著，陈延杰注：《诗品注》，人民文学出版社 1961 年版，第 1 页。

定与赞美，可是，肯定、赞美的究竟是什么？还须参照钟嵘对其他时代文学的看法来确定。钟嵘将稍后的太康文学、永嘉文学、江表文学与建安文学比较，认为它们在某种程度上没有继承建安文学的精髓，致使“建安风力尽矣”① （《诗品序》）。到这里就非常明确了，钟嵘肯定、赞美的是“建安风力”。“建安风力”就是“慷慨任气”“志深笔长”“梗概而多气”的建安风骨。显然，在钟嵘的眼里，建安文学同样是一个标杆、典范，其典范意义正体现在“建安风力”上，这与刘勰不谋而合。

我们再通过钟嵘对“三曹”“七子”等具体作家的品评看他对建安文学的认识。《诗品》分为上、中、下三品，共品评五言诗人122位，（“古诗”作者不详，风格统一，钟嵘视为一位。）其中上品12位（含“古诗”），中品38位，下品72位。涉及的建安诗人除“三曹”“七子”中的部分人之外，还有何晏、应璩（中、下品均列，系重复）、曹彪（白马王）、明帝（曹叡）等。上品中，建安诗人占3席，分别为曹植、刘桢、王粲；中品占3席，即文帝（曹丕）、何晏、应璩；下品居4席，即武帝（曹操）、明帝（曹叡）、徐干、阮瑀。“七子”之中，孔融、陈琳、应玚不在品评之列，这是因为，钟嵘的品评对象是五言诗人诗作，大凡能够入得了品的都是在五言诗领域取得重要成就的诗人，孔融、陈琳、应玚在五言诗领域入不了钟嵘的法眼，或者他们根本就不擅长五言诗。正因为《诗品》品评的对象是五言诗人诗作，有些诗人的创作成就虽然很高，但由于擅长的是四言诗，创作的五言诗很少，故而，钟嵘评定的品级会与这个诗人的整体成就产生偏差。比如，曹操就被置于下品。这种做法引起了后世的强烈不满，认为“下品之魏武，宜在上品”。我们还是主张应从钟嵘言说的具体语境去看待这一问题，不能不分青红皂白。如果从总体上评价曹操的文学成就，他的文学史地位确实很高，下品肯定不是他的真实位置；而如果从五言诗的创作出发去评价，毕竟他的主要成就在四言诗上，五言诗数量很少，成就低些。因此，站在五言诗的语境上把他列入下品未尝没有

① （南朝梁）钟嵘著，陈延杰注：《诗品注》，人民文学出版社1961年版，第2页。

道理。这仿佛是个悖论。可是，在通常人的心里，大多迈不过曹操总体成就这么一道坎。不管钟嵘在《诗品》里如何低评曹操，也不管后来的《三国演义》如何诋毁曹操，曹操在文学、政治和思想史上的地位都坚如磐石，是无法抹杀的。

钟嵘对建安文学的总体评价是“彬彬之盛，大备于时”，归纳建安文学的总体特征是“建安风力”。究竟“建安风力”具体指的是什么？我们可以从他对具体诗人的评价得出结论。他评曹植：“其源出于国风。骨气奇高，词采华茂，情兼雅怨，粲溢古今，卓尔不群。”①（《魏陈思王植》）评刘桢：“其源出于古诗，仗气爱奇，动多振绝。真骨凌霜，高风跨俗。”②（《魏文学刘桢》）评王粲：“其源出于李陵。发愁怆之词，文秀而质羸。”③（《魏侍中王粲》）评曹操：“曹公古直，甚有悲凉之句。”评曹彪、徐干：“白马与陈思答赠，伟长与公干往复，虽曰以莛扣钟，亦能闲雅也。”④（《魏白马王彪·魏文学徐干》）这里涉及“骨气”“词采”“雅怨”“仗气”“真骨”“愁怆”“文秀”“质羸”“古直”“悲凉”“闲雅”等概念，意涵直指文气、文质、风骨、绮靡等范畴。这就是钟嵘所说的“建安风力”，是建安时期的诗学精神，是“三曹”诗学的精髓。这种诗学精神是“三曹”、建安诗人在传统基础上的创造。钟嵘所表述的“其源出于”，彰显的是对传统的继承，在继承传统的同时又形成自己的鲜明特色，与整个时代相辉映。由此可见，“三曹”诗学不是建安诗人、作家的全新发明，而是对传统诗学观念的充实与创新。

刘勰与钟嵘对建安文学的认识高度一致，他们都精准地把握了建安文学的精神实质，肯定这种精神对文学创作和批评的意义与价值。后世的文学创作以建安文学包括“三曹”“七子”等人为榜样，从他们身上汲取养分，取得突出的成就。初盛唐的文学创作就是典型的一例。陈子昂在《修竹篇序》中就曾经大声疾呼：“文章道弊

① （南朝梁）钟嵘著，陈延杰注：《诗品注》，人民文学出版社1961年版，第20页。
② （南朝梁）钟嵘著，陈延杰注：《诗品注》，人民文学出版社1961年版，第21页。
③ （南朝梁）钟嵘著，陈延杰注：《诗品注》，人民文学出版社1961年版，第22页。
④ （南朝梁）钟嵘著，陈延杰注：《诗品注》，人民文学出版社1961年版，第56页。

五百年矣。汉、魏风骨，晋、宋莫传，然而文献有可征者。仆尝暇时观齐、梁间诗，彩丽竞繁，而兴寄都绝。每以咏叹，思古人常恐逶迤颓靡，风雅不作，以耿耿也。一昨于解三处见明公《咏孤桐》篇，骨气端翔，音情顿挫，光英朗练，有金石声，遂用洗心饰视，发挥幽郁。不图正始之音，复睹于兹，可使建安作者相视而笑。”① 在陈子昂看来，汉魏风骨就是文章之道。两晋南北朝隋代的漫长时段以迄陈子昂生活的初唐末年，差不多五百年的时间，汉魏风骨并没有被继承下来，一直到东方虬《咏孤桐》诗出现，才算接续上汉魏风骨。《咏孤桐》诗表现出来的诗学特征是“骨气端翔，音情顿挫，光英朗练，有金石声”，“可使建安作者相视而笑”。陈子昂的话虽然有夸大之嫌，言过其实，但是，从初盛唐的诗歌气象来看，确实奋发昂扬，仿佛建安风骨复活。有唐一代很多诗人都把建安诗人视为榜样。如杜甫倾慕曹、刘：“汶上相逢年颇多，飞腾无那故人何。总戎楚蜀应全未，方驾曹刘不啻过。”②（《奉寄高常侍》）“将军魏武之子孙，于今为庶为清门。诸侯割据虽已矣，文采风流今尚存。”③（《丹青引赠曹将军霸》）殷璠在编选《河岳英灵集》时曾这样说：“璠今所集，颇异诸家：既闲新声，复晓古体。文质半取，风骚两挟。言气骨则建安为传，论宫商则太康不逮，将来秀士，无致深惑。”④（《河岳英灵集集论》）他把建安的诗学精神作为编选唐人诗歌的一个标准，足以证明“三曹”诗学、建安文学对唐代文学的影响。唐代诗歌是中国诗歌的高峰。倘若没有“三曹”诗学、建安文学的精神引导，这一高峰的形成是难以想象的。

唐以后，各代以建安文学、黄初文学以及“三曹”“七子”为师法者不可胜数。严羽要求学诗者以汉、魏、晋、盛唐为师，认为“汉、魏、晋与盛唐之诗，则第一义也”⑤（《沧浪诗话·诗辩》），

---

① （唐）陈子昂：《陈子昂集》，上海古籍出版社2013年版，第16页。

② （唐）杜甫撰，（清）仇兆鳌注：《杜诗详注》（中），中华书局2015年版，第928页。

③ （唐）杜甫撰，（清）仇兆鳌注：《杜诗详注》（中），中华书局2015年版，第949页。

④ 周祖譔编选：《隋唐五代文论选》，人民文学出版社1990年版，第145页。

⑤ （清）何文焕辑：《历代诗话》（下），中华书局1981年版，第686页。

并且将诗体进一步区分为建安体、黄初体、曹刘体（曹植、刘桢的诗歌体式）。既然汉、魏文学是诗中的“第一义”，既然建安、黄初、曹刘已经各自成体，自然是后人学习的典范。可见，严羽也是把建安、黄初文学当作榜样极力推崇的。元好问对建安文学及曹、刘赞赏有加，批评后人对建安文风学习不力，致使儿女情长、绮靡婉约的诗风大兴：“曹刘坐啸虎生风，四海无人角两雄。可怜并州刘越石，不教横槊建安中。”“邺下风流在晋多，壮怀犹见缺壶歌。风云苦恨张华少，温、李新声奈尔何！”[①]（《论诗绝句三十首》）在元好问看来，“邺下风流”的精神内核是“慷慨悲凉”，这种精神对晋代文学影响很大，琅琊王敦就非常喜欢吟诵曹操的“老骥伏枥，志在千里”，吟诵时以如意击壶，致使壶口尽缺，可是，同样是在晋代，偏偏出现了绮靡婉约的张华，晚唐温（庭筠）、李（商隐）更是抛弃了“慷慨悲凉”的诗学追求。这说明，在元好问的内心深处，也是把建安文学、“三曹”诗学当作一个标杆，要求后人学习、继承的。明代许学夷推崇建安诗歌的雅正：“建安之诗，体虽敷叙，语虽构结，然终不失雅正，至齐梁以后，方可谓绮丽也。”[②]（《诗源辨体》）清代叶燮认为，建安、黄初之诗是“变之始”，他进一步评价道：“建安、黄初之诗，大约敦厚而浑朴，中正而达情。”[③]（《原诗》）都将建安文学、黄初文学视为文学的典范、正宗，要求后人传承。实际上，无论严羽、元好问还是许学夷、叶燮，要求后人师法的不仅仅是“三曹”“七子”等人的诗歌技法，而是整体的诗学、美学精神。正因为如此，“三曹”诗学精神才得以代代延续，成为中国古代诗学发展的重要动力。

第二节 “三曹”诗学的当代价值

“三曹”诗学是以“三曹”“七子”为代表的建安、黄初作家

① 郭绍虞主编：《中国历代文论选》（2），上海古籍出版社2001年版，第449页。
② （明）许学夷：《诗源辨体》，人民文学出版社1987年版，第84页。
③ 丁福保辑：《清诗话》（下），上海古籍出版社1978年版，第566页。

文学创作实践和理论思考的结晶，在将近1800年的发展历史中，经过历代文学家和理论家的不断阐发、提炼以及自身沉淀，已经成为中国古代诗学精神的重要组成部分，成为传统美学观念与思想的重要内容，对整个中国古代的文学创作和文学批评都产生了十分深远的影响。当今，我们正处在一个学术革故鼎新的时代，文艺理论、美学、诗学都需要重新建构。在全球化的背景中，学术建构必须坚持开放的立场，必须兼容中西。而建构具有中华民族特色的文艺理论、美学、诗学的现代话语体系，中国古代是一个极其重要的理论资源，它应该是中国现代文学理论、美学、诗学话语体系的本和根。“三曹”诗学中蕴含着丰富的诗学观念，每一种观念背后都隐含着深刻的诗学内涵，它必然会成为建构中国现代文学理论、美学、诗学话语体系的重要参照，在当代具有不可估量的价值。

首先，“三曹”诗学直面现实、艺术而本真地表现现实的品质在当下具有重要的价值。在汉末魏初动乱的社会历史中，孕育并产生了建安文学、黄初文学，在此基础之上，形成了“三曹”诗学。可以说，残酷的现实生活成就了建安、黄初文学，也成就了“三曹”诗学，并使其骨子里就存在着表现现实、同情生民疾苦、展示人性美丑的基因。建安、黄初文学对社会现实生活的描写非常真实、生动、形象，这源于作家对社会现实的深刻体验。面对残酷的社会现实和人生境遇，他们慷慨悲凉，虽然内心悲伤、哀痛，但是，意志并没有消沉，字里行间传递出一种不屈和抗争的精神力量。这种精神力量具化为建安风骨，一直在激励着后人：正视现实，反思人生，弘扬真、善、美，鞭笞假、恶、丑。

联系当下的文学艺术创作，我们感到，在直面现实、艺术而本真地表现现实这一方面，尚需要很大的提升。今天，我们正处在一个风云激荡的社会，各种矛盾非常突出。世界的变局随时会影响中国，左右中国的社会现实，给人的思想观念带来很大的变化。虽然当今中国不可能再出现汉末魏初那样的乱世，但是，现实生活依然复杂、严酷，真、善、美与假、恶、丑共存。要实现社会和谐，要实现公平正义，路途会非常曲折、艰难。随着科学技术的发展，社会经济状况在不断地改善，人民生活水平会有很大提高。然而，各地的经济发展仍处在不平衡之中，很多偏远的地方经济落后，温饱依然成为问题；很多人生活在贫困之中，因各种各样的原因，找不到满意的工作，或者根本找不到工作，生病得不到医治，等等，社会公平、社会正义的伸张困难重重。文学如何面对这样的社会，是作家要深入思考的。反观建安、黄初作家，他们都是活跃在社会现实最前沿的作家，深尝生民疾苦，因此，他们能创作出优秀的作品，真实表现社会与人，具有强烈的艺术感染力。而当今的很多作家，已经不再愿意像从前那样，用生命去体验生活，用生命去创作，相反，他们沉溺于享乐之中，不肯深入生活的前沿，生活圈子狭窄，闭门造车，无病呻吟，或者故作高深，一本正经。如此一来，当然写不出打动人心的作品。“三曹”诗学能给今天提供借鉴。我们研究“三曹”诗学，不仅考察它的艺术成就，最主要的是发掘它的诗学精神、艺术精神，意在启迪今天的作家和文学创作，直面现实，关注人生，尽到文学应尽的义务。

其次，“三曹”诗学在艺术上和美学上的创新追求对当下有重要的启发。在中国文学史上，建安文学一枝独秀，短短的时间便取得辉煌的文学成就，成为文学史上的典范。一方面，是时代的造就；另一方面，是建安文学家有着自觉的艺术和美学追求。建安时期的“世积乱离，风衰俗怨”是建安文学生成的基础，如果没有当时的社会现实，不可能产生建安文学，同样，如果没有“三曹”“七子”等一批优秀的作家，也不可能产生建安文学，更不会形成“三曹”诗学。“三曹”“七子”都具有创新的气质。他们的创新表现在美学上，准确捕捉了时代审美的变化，不仅整体性地开始了大规模的文人诗创作（这是前代未有的景象），率先从乐府古题入手，对诗歌文体进行了大刀阔斧的改造，而且，在艺术上继承了诗骚传统，充实并发展了比兴、感物、文质等诗学，开拓了文气、风骨等诗学，开始了全新的艺术与美学追求，开启了一个文学艺术的崭新时代。“慷慨悲凉”是“三曹”诗学精神气质的具体表现，代表着一种新的审美风尚。这就给当下以深刻的启发。今天，如何面对我们所生活的时代？如何本真地表现我们生活的这个时代？如何进行艺术和美学的创新？都是需要认真思索并急切解决的问题。综观今天的文学创作和文学批评，很多作品游离时代的生活，内容空洞，形象苍白，情感虚假，趣味低俗，就是因为作家缺乏对时代的深刻了解，无法本真地表现这个时代，再加上很多作家、批评家片面接受西方，不加辨别地一味拿来，结果拿来了一些糟粕，在一定程度上将文学创作和文学批评引入歧途。诗歌创作中的后新诗潮就是典型的例子。后新诗潮将诗歌当作某种观念的传声筒，刻意学习西方不成熟的艺术表现，模仿翻译诗的语言，是当今诗歌创作存在的突出问题之一。与此同时，对我们自己的传统采取无视甚至蔑视的态度，不愿意虚心向古代优秀的作家、作品学习，不愿意接受古代优秀的诗学观念和艺术手段，致使文学创作缺少高原，更鲜少高峰。这与我们这个时代的发展是不相适应的，与时代的审美也是格格不入的。文学创作必须紧跟时代的步伐，准确把握时代的发展方向，真实地反映时代，表现时代，而文学批评也要贴近时代，针对当下的文学创作及其存在的问题进行合理的引导。因此，文学创作和文学理论都理应把握时代的脉搏，做出符合人民意愿和时代审美的创造，从而满足人民的艺术和美学需求。

最后，“三曹”诗学在语言上的独特成就对当今的文学创作有典范的意义。文学是语言的艺术，文学的创造是语言的创造。“三曹”“七子”等人创作了大量的文学作品，创造了很多精警的语言，涌现出了很多对后世的文学创作有深刻启发并被代代沿用的经典意象，表达了深刻的人生哲理。如“老骥伏枥，志在千里”；“东临碣石，以观沧海”；“白骨露于野，千里无鸡鸣”；“对酒当歌，人生几何！譬如朝露，去日苦多”；“秋风萧瑟天气凉，草木摇落露为霜”；“中野何萧条，千里无人烟”；“丈夫志四海，万里犹比邻”；等等。这些都是继承、学习前代文学尤其诗骚传统的结果。“三曹”“七子”等人对比兴的创造性改造，对诗骚语言的创造性化用，用典雅而平实的语言表达情感，足为后世法。这些做法与两晋南朝的事类诗、玄言诗和宋代的西昆体形成鲜明的对照。我们今天的文学创作尤其要纯净语言。由于当下的文学创作运用的是现代汉语，而现代汉语很容易受西方语言的影响，尤其是翻译体语言的影响。翻译体语言的运用往往破坏汉语的语言规则，影响表达的典雅与流畅。在现当代文学创作中，这种情形已经出现。而作为一个负责任的作家和批评家，理应为纯净汉语做出贡献，有义务去矫正不良倾向。因此，创造性地学习古代优秀的语言传统以及语言表达技巧，是当代作家必须具备的素质。只有如此，才能保持文学的传承性和独创性。在这一方面，“三曹”“七子”等人以及由此生成的“三曹”诗学无疑是一个优秀的范本。

参考文献

一　古代典籍

（三国魏）曹操：《曹操集》，中华书局 1959 年版。

（三国魏）曹操著，夏传才注：《曹操集注》，中州古籍出版社 1986 年版。

（三国魏）曹丕著，魏宏灿校注：《曹丕集校注》，安徽大学出版社 2009 年版。

（三国魏）曹丕著，夏传才、唐绍忠校注：《曹丕集校注》，河北教育出版社 2013 年版。

（三国魏）曹植著，赵幼文校注：《曹植集校注》，人民文学出版社 1984 年版。

（西晋）陈寿著，（南朝宋）裴松之注：《三国志》（1—5），中华书局，1982 年版。

（清）陈沆撰：《诗比兴笺》，中华书局 1959 年版。

丁福保辑：《历代诗话续编》（上、中、下），中华书局 1983 年版。

丁福保辑：《清诗话》（上、下），上海古籍出版社 1978 年版。

（清）方玉润：《诗经原始》（上、下），中华书局 1986 年版。

（宋）郭茂倩编：《乐府诗集》（1—4），中华书局 1979 年版。

郭绍虞辑：《清诗话续编》（上、下），上海古籍出版社 1999 年版。

郭绍虞主编：《中国历代文论选》（1—4），上海古籍出版社 2001 年版。

（宋）洪兴祖：《楚辞补注》，中华书局 1983 年版。

（清）何文焕辑：《历代诗话》（上、下），中华书局 1981 年版。

黄晖撰：《论衡校释》（1—4），中华书局 1990 年版。

胡经之主编：《中国古典文艺学丛编》（1—3），北京大学出版社2001年版。
（清）焦循撰：《孟子正义》（上、下），中华书局1987年版。
（清）刘宝楠撰：《论语正义》（上、下），中华书局1990年版。
（西晋）陆机：《陆机集》，中华书局1982年版。
（南朝梁）刘勰著，范文澜注：《文心雕龙注》（上、下），人民文学出版社1958年版。
（南朝梁）刘勰著，詹锳义证：《文心雕龙义证》（上、中、下），上海古籍出版社，1989年版。
逯钦立辑校：《先秦汉魏晋南北朝诗》（上、中、下），中华书局1983年版。
（清）刘熙载撰，袁津琥校注：《艺概注稿》（上、下），中华书局2009年版。
《前四史》（上、中、下），天津市古籍书店1991年影缩本。
《三曹资料汇编》，中华书局1980年版。
（清）沈德潜选：《古诗源》，中华书局1963年版。
苏舆撰：《春秋繁露义证》，中华书局1992年版。
《唐宋注疏十三经》（1—4），中华书局1998年影印。
（三国魏）王弼著，楼宇烈校注：《王弼集校释》（上、下），中华书局1980年版。
（清）王夫之：《古诗评选》，上海古籍出版社2011年版。
（清）王先谦撰：《荀子集解》（上、下），中华书局1988年版。
王国维：《人间词话》，人民文学出版社1982年版。
（宋）魏庆之：《诗人玉屑》（上、下），中华书局2007年版。
（清）吴淇：《六朝选诗定论》，清康熙刻本。
（南朝梁）萧统编，（唐）李善注：《文选》（1—6），上海古籍出版社1986年版。
（明）许学夷：《诗源辨体》，人民文学出版社1987年版。
许文雨撰：《文论讲疏》，上海古籍出版社2020年版。
徐震堮校笺：《世说新语校笺》（上、下），中华书局1984年版。
（清）严可均编：《全上古三代秦汉三国六朝文》（1—4），中华书局 1965 年版。
（宋）严羽著，郭绍虞校释：《沧浪诗话校释》，人民文学出版社 1983 年版。
郁沅、张明高编：《魏晋南北朝文论选》，人民文学出版社 1999 年版。
俞绍初辑校：《建安七子集》，中华书局 2005 年新 1 版。
（战国）左丘明撰，（西晋）杜预集解：《左传》（《春秋经传集解》）（上、下），上海古籍出版社 1997 年版。
（南朝梁）钟嵘著，陈延杰注：《诗品注》，人民文学出版社 1963 年版。
（明）钟惺、谭元春：《古诗归》，明刻本。
（宋）朱熹集注：《四书章句集注》，中华书局 1983 年新 1 版。
（宋）朱熹注：《诗集传》，中华书局 2011 年版。
（清）朱乾：《乐府正义》，清乾隆朱珪刻本。
（明）张溥注，殷孟伦注：《汉魏六朝百三家集题辞注》，中华书局 2007 年版。
（清）张玉穀：《古诗赏析》，振新书社刻本。

二 著作

陈望衡：《中国古典美学史》，湖南教育出版社 1998 年版。
陈一百：《曹子建诗研究》，山西人民出版社 2015 年版。
顾农：《建安文学史》，湖南教育出版社 2001 年版。
胡大雷：《中古文学集团》，广西师范大学出版社 1996 年版。
胡大雷：《中古诗人抒情方式的演进》，中华书局 2003 年版。
胡经之、李健：《中国古典文艺学》，光明日报出版社 2006 年版。
［日］吉川幸次郎：《中国诗史》，章培恒等译，复旦大学出版社 2001 年版。
李宝均：《曹氏父子与建安文学》，上海古籍出版社 1978 年版。
李健：《比兴思维研究——对中国古代一种艺术思维方式的美学考察》，商务印书馆 2019 年版。
李健：《魏晋南北朝的感物美学》，中国社会科学出版社 2007 年版。

李健:《中国古代感物美学》,人民出版社 2021 年版。
李修建:《中国审美意识通史》(魏晋南北朝卷),人民出版社 2017 年版。
李泽厚:《美的历程》,中国社会科学出版社 1984 年版。
李泽厚、刘纲纪:《中国美学史》,中国社会科学出版社 1987 年版。
李宗为:《建安风骨》,中华书局 2004 年版。
罗根泽:《乐府文学史》,东方出版社 1996 年版。
罗宗强:《魏晋南北朝文学思想史》,中华书局 1996 年版。
罗宗强:《玄学与魏晋士人心态》,南开大学出版社 2003 年版。
穆克宏:《魏晋南北朝文学史料述略》,中华书局 1987 年版。
钱钟书:《七缀集》,上海古籍出版社 1996 年版。
钱钟书:《管锥编》(1—5),中华书局 1996 年版。
钱志熙:《魏晋诗歌艺术原论》,北京大学出版社 1993 年版。
漆绪邦、梅运生、张连第:《中国诗学史》(上、中、下),黄山书社 2007 年版。
宋战利:《魏文帝曹丕传论》,河南大学出版社 2009 年版。
王玫:《建安文学接受史》,上海古籍出版社 2005 年版。
王廷鹏:《建安七子研究》,北京大学出版社 2004 年版。
王文生:《论情境》,上海文艺出版社 2001 年版。
王巍:《建安文学概论》,辽宁教育出版社 1991 年版。
王巍:《建安文学阐释史论》,辽海出版社 2015 年版。
王元化:《文心雕龙创作论》,上海古籍出版社 1984 年版。
王运熙:《乐府诗述论》,上海古籍出版社 1996 年版。
王运熙、顾易生主编:《中国文学批评通史》(1—7),上海古籍出版社 1996 年版。
王钟陵:《中国中古诗歌史》,江苏教育出版社 1988 年版。
萧涤非:《汉魏六朝乐府文学史》,人民文学出版社 1984 年版。
徐复观:《中国艺术精神》,华东师范大学出版社 2001 年版。
徐国荣:《中古感伤文学原论》,中国社会科学出版社 2001 年版。
叶嘉莹:《王国维及其文学批评》,河北教育出版社 1996 年版。
叶嘉莹:《汉魏六朝诗讲录》,河北教育出版社 1997 年版。

张兰花：《曹魏士风递嬗与文学新变》，人民出版社 2015 年版。
张晶：《美学与诗学——张晶学术文选》（1—6），中国社会科学出版社 2017 年版。
张少康：《中国古代文学创作论》，北京大学出版社 1983 年版。
张明华、李洪亮、郑虹霓、马鸿雁：《曹氏文学家族研究》，安徽教育出版社 2009 年版。
周英雄：《结构主义与中国文学》，台湾东大图书公司 1979 年版。
宗白华：《美学散步》，上海人民出版社 2002 年版。
朱光潜：《诗论》，三联书店 1998 年版。
朱良志：《中国艺术的生命精神》，安徽教育出版社 1998 年版。
朱自清：《诗言志辨》，华东师范大学出版社 1996 年版。

三 论文

蔡振雄：《论曹植对诗歌文人化的贡献》，《求索》2003 年第 1 期。
党圣元：《“气”与建安文学》，《贵州社会科学》2018 年第 5 期。
董志全：《论“三曹”与建安文学风气的形成》，《西北大学学报》（哲学社会科学版）2006 年第 4 期。
傅刚：《论建安文学批评的发生》，《文学评论》2019 年第 1 期。
蒋寅：《主题史与心态史上的曹植》，《西北大学学报》（哲学社会科学版）2010 年第 1 期。
李定广：《“情兼雅怨”的内涵与曹植诗的“集大成”地位》，《上海师范大学学报》（哲学社会科学版）2014 年第 6 期。
孙娟、黄震云：《清商曲辞与曹操诗歌的声韵艺术》，《文学评论》2007 年第 6 期。
裴亚丽、郑杰文：《曹操与汉末士人的交往及建安文学批评的形成》，《理论月刊》2015 年第 5 期。
袁济喜：《建安文学：从思想对话到文学批评》，《江海学刊》2009 年第 5 期。
汪春泓：《在汉代诗学背景下看曹丕、曹植诗歌之比较》，《上海师范大学学报》（哲学社会科学版）2014 年第 1 期。
王巍：《曹操的文艺思想与文艺实践》，《清华大学学报》（哲学社会科学版）2003 年第 3 期。
王巍：《论曹植的文艺思想》，《清华大学学报》（哲学社会科学版）2005 年第 5 期。
吴怀东：《文化之演进与诗学之自觉——曹丕“诗赋欲丽”说抉微》，《贵州社会科学》1999 年第 5 期。
张振龙：《曹操创作对引〈诗〉传统的发展及其文学影响》，《华中师范大学学报》（人文社会科学版）2015 年第 2 期。

后　记

这是一本断断续续写了将近20年的书，也是我一直纠结却终于没忍心放下来的课题。

2004年初，我基本上完成了我在北京师范大学中国语言文学博士后流动站的博士后工作报告，回到安徽阜阳师范学院（今阜阳师范大学）的家里休整，等待5—6月份的出站考核。其间，正赶上安徽省2003—2004年度社科规划项目申报，于是，我就选了这个题目，填表报了上去，8月份获得批准立项。经费很少，也就几千元，但是，对于经济相对落后的当时的安徽已经相当不易。那时，我和导师胡经之先生合写的《中国古典文艺学》已基本完稿，50多万字的篇幅来来回回修订并非易事，而博士后研究报告《魏晋南北朝的感物美学》也是成型的书稿，师友们都希望它们能早一点面世。2004年底，我来到深圳大学任教，起初主要忙于安家、授课，课时很多，文学理论、中国古代文论、中国古代文学等本科生的课程轮番上，还有研究生的一些课程，实在无暇顾及这个课题。这种情形一直持续到2006年下半年。可是，我的内心却一直记挂着这个课题，"三曹"诗学与中国古代诗学精神的相关问题会时不时在我的内心翻腾，让我坐卧不安。2006年底，我抛开所有的事情，开始这一课题的写作，准备结项。经过小半年的奋战，写了八九万字，然后，送上去草草结项。总算履行了承诺。

这样说，并不意味着我申报"'三曹'诗学与中国古代诗学精神"这一课题是心血来潮，是为了拿项目。（这是当今不少学者鄙夷的事。）我对"三曹""七子"与建安文学的喜爱是由衷的。这不仅因为我当时的工作地方是"三曹"的故乡，（"三曹"的故乡是亳州，那时，亳州还没有成为省辖市，而是阜阳市下辖的一个县，叫亳县。我曾多次流连过亳州的花戏楼、曹操运兵道。）当地人以“三曹”、管子（颍上人）、庄子（蒙城人）等历史名人作为自己的精神骄傲，还因为我的博士后研究课题是魏晋南北朝的感物美学，必然涉及“三曹”“七子”与建安文学。在撰写博士后报告的过程中，我不知道多少次深情地凝视“三曹”“七子”，总感觉到他们在中国古代思想史上的分量并不低，丝毫不逊色于陶渊明。既然陈寅恪称陶渊明是中古时期的大思想家，“三曹”也担当得起。可是，学界从诗学、美学的角度研究“三曹”“七子”的并不多，更谈不上深入。这是一个缺憾！基于此，“三曹”“七子”是我必须要过的研究的一关。课题结项以后，我并没有终结这一研究，而是利用空闲时间，继续研读“三曹”“七子”，继续写，同时，在《古典文学知识》《河北师范大学学报（社会科学版）》等刊物发表了一些成果，没有因为课题结项就让这一研究半途而废。

时光很快进入 2018 年。这一年，我成功申报了国家社科基金重大项目“中国诗歌的语言艺术原理及其历史生成规律”（项目编号：18ZDA279），因研究对象是中国诗歌的语言，我只能把大量的精力用在具体诗人诗作的研究上，通过对古今诗歌的研读，结合理论阐发，发掘并归纳出中国诗歌的语言艺术原理，探索其历史生成的规律。文学是语言的艺术，诗歌是语言艺术的精粹，中国诗学精神是通过语言建构的，不深入研究语言，是无法了解中国诗学精神的精义的。“三曹”“七子”是中国文学史上第一批正式开始诗歌创作的文人，他们的语言创造性极强，堪称典范。于是，我重新拾起“三曹”诗学，决心先把这个课题认认真真地完成，配合我的重大课题研究，为它做个铺垫。

2020 年的新冠肺炎疫情，给世界带来混乱和不安，却给我带来难得的宁静。不方便出门走动，正好有大把时间待在家里，苦思冥想，奋笔疾书。我一方面修订写成的文稿，进行大规模改写、重写，另一方面完善整个课题的构思，增添一些必要的内容，然后，再把这些内容一一写完整，于是，便成就了今天的 20 多万字的书稿，终于了却了我的一桩心事。

中国古代诗学精神是中国古代的艺术理想与美学理想，既包括思想的内容，也包括语言和技法的内容，并且二者常常融为一体，难分彼此。如比兴与风骨，究竟是思想的问题还是语言、艺术的问题？很难三言两语把它讲清楚。中国古代诗学精神并非只有一种，而有多种，是一个系统，用现代文学理论和美学话语是无法表述清晰的；即便表述了，也会显得不伦不类。中国古代的美学、诗学范畴意蕴丰厚，具有无限的阐释张力，因此，我根据“三曹”等人的实际情况，选择一些贴合他们的古代的诗学和美学范畴加以概括。比兴、文气、感物、风骨、文质，每一个范畴都指称一种诗学精神，意涵深刻，这些范畴有的是“三曹”“七子”的创造（如文气、风骨），更多的是继承传统，而且主要是通过创作实践继承，理论阐发极少，只有透过作品才能看得真切。当然，我的这些想法可能存在这样或那样的问题甚至谬误，论证也可能会漏洞百出，敬请方家批评，不吝教我。

感谢安徽省社科规划办，感谢阜阳师范大学，是它们促成了这项研究；感谢深圳市社会科学联合会将之列为“深圳学派建设丛书”，很荣幸自己能为深圳学派建设出力。热忱希望深圳学人奋发有为，努力提高自己的学术水平，做出更多开拓性的研究，为中国学术向世界发声。我心目中的深圳学派应该是一个极度包容的学术流派，具有很高的学术品质，具有鲜明的特区风范。祝愿具有鲜明特区风范的深圳学派早日形成。

李　健

2022 年 6 月 28 日

于深圳大学美学与文艺批评研究院